MAGGIE ROBINSON
Ein Skandal in Schottland

Zu diesem Buch:
Seit ihre betagte Tante Mim erkrankt ist, leitet Mary Evensong das Familiengeschäft – mit Brille und kratziger grauer Perücke als Eigentümerin verkleidet. Ob nun ein Hausmädchen oder ein Ehegatte gesucht wird, die Evensong-Agentur findet für jedes noch so lästige Problem ihrer adligen Kundschaft eine Lösung. Doch nach Jahren der Maskerade ist es Mary nun endlich leid, und sie wünscht sich nichts sehnlicher, als das Leben einer ganz normalen jungen Frau zu führen. Als eines Tages der attraktive schottische Lord Alec Raeburn eine Schauspielerin sucht, die den Mann entlarven soll, der seine Ehefrau auf dem Gewissen hat, wittert sie ihre Chance auf etwas Abwechslung. Sie entschließt sich kurzerhand, die Rolle selbst zu übernehmen und reist nach Schottland. Dabei ahnt sie nicht, dass dieses vermeintlich kleine Abenteuer nicht nur ihr Herz, sondern auch ihr Leben in Gefahr bringen wird …

Über die Autorin:
Maggie Robinson arbeitete als Lehrerin und Bibliothekarin, bevor sie mit dem Schreiben begann. Aufgewachsen ist sie in New York und lebt heute mit ihrer Familie in Maine, wo die langen Winter ihr viel Zeit zum Verfassen historischer Romane lassen.

Maggie Robinson bei LYX:
1. In den Armen der Erbin
2. Ein Skandal in Schottland

MAGGIE ROBINSON

Ein Skandal in Schottland

Roman

Ins Deutsche übertragen von
Ursula Prawitz

LYX
EGMONT

Die Originalausgabe erschien 2013
unter dem Titel *In the Heart of the Highlander*
bei Berkley Sensation / The Berkley Publishing Group,
New York, USA.

Deutschsprachige Erstausgabe September 2015 bei LYX
verlegt durch EGMONT Verlagsgesellschaften mbH,
Gertrudenstraße 30–36, 50667 Köln

1. Auflage
Redaktion: Catherine Beck
Umschlaggestaltung: Guter Punkt, München | www.guter-punkt.de
Umschlagmotiv: © Guter Punkt unter Verwendung
von Motiven von thinkstock
Satz: Greiner & Reichel, Köln
Printed in Germany (670421)
ISBN 978-3-8025-9767-1

www.egmont-lyx.de

MIX
Papier
FSC FSC® C083411

1

Mount Street, London
Dienstag, 31. Mai 1904

Mary Evensong war es leid. Sie war es leid, sich diese rauchgrauen Brillengläser auf die Nase zu setzen, die ihre haselnussbraunen Augen verdeckten. War es leid, eine kratzige graue Perücke zu tragen, die ihr rostrotes Haar versteckte. War die Probleme leid, die jedes Mal kistenweise bei ihr abgeladen wurden, wenn der Postbote an ihrer Tür klingelte. Und besonders war sie ihre Tante Mim leid, die ursprüngliche Mary Evensong, die sich jedoch weigerte, ihren Ruhestand zu genießen. Jeden Tag, wenn Mary die Büros der Evensong-Agentur abschloss und nach oben in die eleganten Appartements stapfte, sah sie sich Tante Mims Fragen und Tante Mims Gichtfuß ausgeliefert. Es war der Gichtfuß, der ihrer beider Schicksal bestimmt hatte.

Mim hatte seit 1888 nach einer erfolgreichen Karriere als Haushälterin eines Herzogs ihre Arbeitsagentur und die Geschicke von Menschen geleitet. Und anstatt sich in dem schmucken Cottage zur Ruhe zu setzen, das ihr der Herzog zu ihrem fünfundfünfzigsten Geburtstag nach vierzig Jahren außergewöhnlichem Diensteifer für die Familie geschenkt hatte, verkaufte Mim Evensong das kleine Anwesen, nahm ihre Ersparnisse und gründete ihre Firma in London. Sie wusste genau, was große – und manchmal auch nicht so große – Häuser in Sachen zuverlässiger Bediensteter brauchten.

Sie wusste auch, was flatterhafte junge Mädchen der Gesellschaft brauchten – sie hatte reichlich Erfahrung gesammelt, indem sie bei der Vermählung der fünf eigensinnigen Töchter des Herzogs geholfen und nächtelang mit den Mädchen dagesessen hatte, um die Launen junger Gentlemen zu diskutieren. Durch ihre Reinlichkeit, Sparsamkeit und ihren gesunden Menschenverstand war sie prädestiniert dafür, zahlreiche häusliche Katastrophen zu glätten.

Aber eines Morgens im Jahr 1900, gerade als es Zeit war, das neue Jahrtausend einzuläuten, begann ihr großer Zeh zu pochen. Und schon bald folgten die restlichen Zehen. Und schließlich ihr Knöchel. Inzwischen hatte sie größte Mühe, sich aus ihrem Sessel zu erheben und zum Fenster zu humpeln, um das geschäftige Treiben zu beobachten, das sich unterhalb in der Mount Street abspielte. Es war nicht einmal daran zu denken, dass sie nach unten in ihr blühendes Unternehmen ging, um Vorstellungsgespräche mit Dienern zu führen oder sich mit einer Mutter in ihrem Privatbüro zu treffen, um den skandalösen Ausrutscher ihrer Tochter mit einem verarmten Musiker zu diskutieren, der darauf bestand, Ragtime anstelle von Richard Strauß zu spielen.

Vor vier Jahren also hatte Mim ihre Nichte und Namensvetterin Mary eingeladen, mit ihr zu kommen und sie in die Geschicke der Evensong-Agentur einzuweisen. Genau wie Mim war Mary eine Jungfer – der Zusatz *Mrs* war ein Ehrentitel, der ihr als Haushälterin des Herzogs gewährt wurde, als sie in der Rangstufe immer höher aufstieg.

Mary hatte nicht wirklich Besseres zu tun – ihre Eltern waren beide verstorben, ihr Bruder war verheiratet und führte deren Lebensmittelgeschäft weiter. Ihre eigene Zukunft versprach nichts Glorreiches, sie würde tippend an der Registrierkasse sitzen oder ohne Lohn auf ihre ungehörigen Neffen aufpassen müssen.

Mary war eine sensible junge Frau und freute sich auf ein neues Leben in London, ein Leben ohne Frösche in ihrem Bett und das ununterbrochene Geschnatter ihrer herrischen Schwägerin. Sie würde den Geruch von überreifen Melonen und fragwürdigen Würsten bei der Arbeit nicht vermissen und hängte somit ihre makellose Schürze ohne einen Hauch von Bedauern an den Nagel.

Erst als sie in der Stadt ankam, erkannte sie, dass das, was Mim für sie vorgesehen hatte, auch nicht gerade glänzte. Mim gab sich der törichten Illusion hin, dass ihr Fuß eines Tages auf wundersame Weise seine ursprüngliche Größe wiedererlangen würde und sie an den massiven Mahagonischreibtisch in ihrem Eckbüro zurückkehren könnte. Die Tatsache, dass sie bereits in ihren Siebzigern war, hielt sie keinesfalls davon ab zu glauben, das Unternehmen könnte ohne sie und ihre vielgepriesene Weisheit funktionieren. Es war unumgänglich, dass die lukrativen Dienstleistungen weiterbetrieben wurden, und ebenso unumgänglich, dass ihre Kunden der Verrichterin dieser Dienstleistungen vertrauten, wie schon während der letzten Dutzend Jahre.

Die junge Mary sah nicht sonderlich weise aus. Zwar hatte sie eine breite Stirn und scharfsinnige, haselnussbraune Augen, aber ihr Haar wies einen Rotstich auf, und einige Leute hielten Rothaarige für unausgeglichen. Sie war auch eher kurz geraten, obgleich Tante Mim ähnlich groß war und die paar fehlenden Zentimeter sie nie davon abgehalten haben, Furcht einflößend zu wirken, wenn es die Situation verlangte. Wenn die Agentur weiterhin erfolgreich fortbestehen sollte, war eine Verkleidung notwendig. Und so wurde Mary mit einer Perücke und einer Brille bestückt – nur vorübergehend, wie ihr Mim versicherte, bis sie sozusagen wieder selbst auf den Beinen war. Niemand würde sie wirklich wahrnehmen – ältere Damen mit großen schwarzen Hüten gab es zuhauf, und sie waren aufgrund ihrer Allgegenwärtigkeit nahezu unsichtbar, sodass Mary nicht befürchten musste, entdeckt zu werden.

Eine Armee von Ärzten war auf diskreteste Weise konsultiert worden, und dennoch waren die Chancen darauf, dass Mim bald wieder das Tanzbein würde schwingen können, um kein Grad gewachsen. Und auch die arme Mary bekam nie die Gelegenheit, das Tanzbein zu schwingen – sie war viel zu sehr damit beschäftigt vorzutäuschen, dass sie eine alte Frau war, und verwuchs täglich mehr mit dieser Rolle.

Irgendetwas musste geschehen.

Aber nicht heute. Heute war … belegt.

An der Milchglasscheibe ihrer Bürotür klopfte es, dann schob sich der Kopf ihres Sekretärs Oliver Palmer durch den Spalt: »Lord Raeburn ist hier, um Sie zu sehen, Mrs Evensong.«

Oliver war ein stattlicher junger Mann mit tadellosen Manieren. Er hinterließ am Empfang einen ausgezeichneten Eindruck und war überdies vollkommen diskret. Sollte er vermuten, dass Mary nicht wirklich die war, für die sie sich ausgab, so ließ er sich das niemals anmerken. Er hatte selbst Geheimnisse zu hüten.

Oliver war im Hinblick auf seine unglückliche Situation offen gewesen – und hungrig –, als Mary das Bewerbungsgespräch mit ihm geführt hatte. Vollkommen mittellos, war er ursprünglich wegen einer anderen Stelle gekommen, aber Mary hatte ihn gleich für sich in Anspruch genommen, und heute war er für sie von unschätzbarem Wert. Oliver hatte immer ein Ohr für den aktuellen gesellschaftlichen Klatsch. Er war es gewesen, der die Zeitungsausschnitte über Lord Raeburn bereitgestellt hatte … nicht dass sie eine Erinnerung nötig gehabt hätte. Sie erinnerte sich an die körnigen, mürrischen Fotografien auf den Titelseiten.

Unfall, auch wenn das Wort mit unsichtbaren Anführungszeichen versehen war. Offenes Fenster. Unzureichende Beweise.

»Oje. Sehe ich passabel aus?« Mary hätte sich auf die Zunge beißen können. Sie hatte Oliver so etwas noch nie gefragt, gleich wie nobel ihre Klienten auch sein mochten, was er prompt mit einem seltsamen Gesichtsausdruck quittierte. Lord Raeburn war schließlich nur ein Baron. Und nach dem, was in Schottland geschehen war, würde eine anständige Frau nicht einmal mehr seine gute Meinung auch nur in Betracht ziehen.

»Sehr adrett, wie immer, Mrs Evensong. Ihr Hut kleidet sie außerordentlich.«

Es war wahrscheinlich lächerlich, den Hut stets im Haus zu tragen, aber durch die angebrachten Nadeln hielt er ihre Perücke an Ort und Stelle. »Schicken Sie ihn herein. Und bringen Sie uns Tee.«

»Wenn ich an Ihrer Stelle wäre, Mrs E., würde ich dem Kerl Whisky anbieten.«

»Da haben Sie wohl recht. Kümmern Sie sich bitte darum, Oliver?«

Irgendwo im Schrank stand noch eine Flasche Single Malt Whisky herum. Die Evensong-Agentur hatte schließlich stets alles bei der Hand und *in* der Hand. In den vergangenen vier Jahren hatte Mary Evensong Ehegatten für Erbinnen, Diener für Viscounts und sogar ein Milchmädchen für einen Marquis gefunden, der zur Bestürzung seiner Köchin eine Hereford-Kuh in seiner Küche hielt. Die Agentur war bekannt dafür, das Ungewöhnliche möglich zu machen – und tatsächlich hatte ihre Tante »Wir führen seit 1888 das Unmögliche noch vor dem Frühstück aus« als ihr Motto ausgewählt.

Einige Mitglieder des Adelsstands, wie dieser Marquis, waren für ihre Exzentrik bekannt. Lord Alec Raeburn gehörte nicht dazu. Das, wofür *er* bekannt war, ließ Marys Herz ein wenig schneller schlagen.

Hätte er nur ein einfaches Personalproblem, wäre er niemals selbst hierhergekommen. Also musste es bei seinem Anliegen um etwas Persönliches gehen. Sie bezweifelte, dass er nach einer neuen Gattin suchte – seine alte war noch kein Jahr tot, und es würde noch eine ganze Weile dauern, bis sich das Gerede um die Umstände ihres Ablebens gelegt haben würde. Mary war nicht so naiv zu glauben, dass er sich nach all den Gerüchten ins Zölibat verabschieden würde, aber sicherlich war es noch zu früh, ihre Vermittlungsdienste in Anspruch zu nehmen.

Mary räusperte sich und trommelte mit ihren behandschuhten Fingern auf die Schreibtischplatte. Ihre Hände waren weit davon entfernt, runzlig zu sein, also trug sie die ganze Zeit Handschuhe. Und jetzt waren ihre Hände ganz feucht.

Das Klappern der Schreibmaschinentastatur verstummte im Vorzimmer. Ohne Zweifel himmelten ihre Stenografinnen Lord Raeburn auf seinem Weg zu ihrem Allerheiligsten an, und das einigermaßen diskret, wie sie hoffte. Mary selbst musste sich stark zusammenreißen, um es ihnen nicht gleichzutun, als Oliver die Tür öffnete und Lord Raeburn ankündigte.

Als ob man diesen Mann nicht bemerken würde. Eine Frau müsste blind oder tot sein, um bei diesem Erscheinungsbild eines Mannes unberührt zu bleiben.

Er war mehr oder weniger riesig, das aber höchst ansehnlich. Mary war einst auf einem Jahrmarkt gewesen, auf dem »der größte Mann Großbritanniens« beworben wurde, aber der arme Kerl war gleichzeitig auch der hässlichste Mann der Insel gewesen. Lord Raeburn war keinesfalls unansehnlich, außer vielleicht, was seine Garderobe anbelangte. Er trug einen Ausgehkilt im Tartan seiner Familie, eine unglückliche Kombination aus Gelb und Schwarz, die Mary an einen Schwarm aggressiver Bienen erinnerte. Aber sein schwarzes Jackett brachte seine massiven Schultern zur Geltung und passte zu seinem ziemlich langen Haar und dem sorgfältig gestutzten Bart. Mary konnte sich überhaupt nicht für Bärte erwärmen, und sie glaubte auch nicht daran, dass Lord Raeburn ein fliehendes Kinn zu verstecken hatte. Seine Augen wirkten ebenfalls schwarz und unterzogen sie und ihr Büro einem forschenden Blick, während sie sich strauchelnd erhob und ihm ihre Hand entgegenstreckte. »Guten Tag, Lord Raeburn«, sagte sie flink in der Hoffnung, sie konnte sich selbst dazu bringen, sich ebenso selbstbewusst zu fühlen, wie sie klang. »Nehmen Sie doch Platz! Oliver, bringen Sie uns bitte die Erfrischungen, über die wir gesprochen haben.« Sie brauchte jetzt selbst einen guten Schluck, fühlte sie sich doch wie ein albernes Schulmädchen. Er sah hinreißend aus. Kein Wunder, dass ihm die Frauen zu Füßen fielen. *Und aus seinem Fenster.*

Lord Raeburn nahm in einem der ledernen Besuchersesseln Platz. Er passte gerade so hinein. »Vielen Dank, dass Sie mich so kurzfristig empfangen. In ein paar Tagen werde ich wieder zu Hause erwartet, und ich muss mich vor meiner Abreise vergewissern, dass ich mit Ihrer Hilfe rechnen kann.«

»Was kann die Evensong-Agentur für Sie tun, Mylord?«

»Ich bin mir nicht sicher, ob Sie wirklich etwas tun können, aber ich hätte gern, dass Sie es wenigstens versuchen. Ich will nicht lange um den heißen Brei herumreden. Glauben Sie, dass ich meine Gattin umgebracht habe?«

Mary holte Luft und konterte mit einer Gegenfrage: »Spielt es denn eine Rolle, was ich denke?«

»Eventuell. Wenn Sie einfach nur mein Geld nehmen und Lippenbekenntnisse ablegen, sehe ich keinen Grund darin, Sie anzuheuern, oder? Wir Schotten vergeuden nicht gern unsere Zeit. Oder unser Geld.«

Ihre Wirbelsäule versteifte sich. »Ich kann Ihnen versichern, dass die Evensong-Agentur ihre Klienten nicht nur zu deren Belustigung übernimmt und um die Auftragsbücher zu füllen. Wenn wir einen legitimen Service bieten können, tun wir unser Möglichstes, unsere Verpflichtungen auch zu erfüllen.«

»Sie äußern sich also nicht dazu, ob Sie mich für einen Mörder halten?«

»Ich fürchte, dafür bin ich nicht ausreichend in die Einzelheiten des Falls eingeweiht«, log Mary. Oliver führte Notizbücher mit den interessantesten Zeitungsberichten in seiner Schreibtischschublade. Eines dieser Bücher füllte Lord Raeburn ganz allein.

In diesem Moment trat Oliver mit einem silbernen Tablett in den Raum. Er brachte nicht nur einen Dekanter mit Whisky, sondern hatte auch eine hübsche Porzellanteekanne dabei. Sie schwiegen, während Oliver aufdeckte und beiden einschenkte. Mary schätzte, sie sollte lieber bei klarem Verstand bleiben, und griff daher zu einer Tasse Oolong-Tee. Zu ihrer Überraschung tat es ihr Lord Raeburn gleich.

»Danke, Oliver. Das wäre dann alles.«

»Ich bin draußen, wenn Sie mich brauchen, Mrs Evensong. *Gleich* dort draußen.«

Lord Raeburn lächelte Oliver schief an. »Keine Sorge, junger Mann, ich werde Ihre Arbeitgeberin schon nicht vergewaltigen. In den Augen der Welt bin ich vielleicht ein Unhold, aber ich habe durchaus Ansprüche.«

Nun. Könnte dieser Mann noch beleidigender sein? Sie sollte sich nicht angegriffen fühlen – sie sollte schließlich wie eine alte Schachtel aussehen –, aber die neunundzwanzigjährige Frau unter dem schwarzen Hut war unerklärlicherweise verärgert. Mary setzte ihre Teetasse ab und brachte dabei den Inhalt zum Überschwappen.

»Vielleicht sollten Sie mir lieber erzählen, weshalb Sie hier sind.«

»Ich brauche für einen Monat eine Frau.«

Mary richtete sich verstimmt zu ihrer vollen Größe auf – auch wenn da nicht mehr viel ging. »Diese Art von Vermittlungsagentur sind wir nicht, Lord Raeburn. Guten Tag.«

»Na, steigen Sie schon von Ihrem hohen Ross und setzen Sie sich wieder. Ich habe mich nicht klar ausgedrückt. Ich muss eine Frau anheuern, die die Gäste in diesem neuen Hydrotherapie-Bad infiltriert. Dem Forsyth Palace Hotel. In den Highlands. Haben Sie schon davon gehört?«

Und ob Mary das hatte. In allen Londoner Zeitungen waren ganzseitige Anzeigen geschaltet worden, als es letztes Jahr eröffnete. Es war im schottisch-feudalen Stil erbaut, konnte zweihundert Gäste aufnehmen und bot erstklassige Unterkünfte für gesunde Gäste und unzählige Wasserheilbehandlungen für diejenigen, die sich keiner so robusten Gesundheit erfreuten. Mary hatte sogar mit dem Gedanken gespielt, ihre Tante dorthin zu senden, doch Tante Mim würde niemals die Agentur allein unter Marys Obhut zurücklassen.

Aber Mary sollte auch fair sein, denn sie hatte schon so manchen klugen Ratschlag von ihrer Tante erhalten – Mim war äußerst scharfsinnig, besonders wenn es um etwas heikle Kunden ging. Und sobald Mary herausgefunden hatte, was er wollte, würde Lord Raeburn diese Liste wohl ergänzen.

»Sie sagen ›infiltrieren‹. Warum beschäftigen Sie keinen Detektiv? Ich kenne verschiedene seriöse Agenturen, die ich empfehlen kann.«

»Das sind alles Männer, Mrs Evensong. Ich brauche eine Frau, um für den Doktor, der die Einrichtung leitet, eine Falle zu legen. Der Mann ist für den Tod meiner Frau verantwortlich.«

Mary schwenkte den Inhalt ihrer Teetasse und wünschte, sie hätte die Fähigkeit, den Bodensatz zu lesen. »Und warum sind Sie mit Ihrem Verdacht nicht an die Behörden herangetreten?«

»Wozu sollte ich? Sie halten mich für schuldig – sie haben nur keine ausreichenden Beweise. Aber ich sage Ihnen eines – meine Gattin ist von diesem Sch… Schleimer verführt worden. Diesem Dr. Josef Bauer«, zischte er. »Ich bin im Besitz des Tagebuchs meiner Gattin. Da steht alles drin. Für sein Stillschweigen bezahlte sie ihm ein Vermögen.«

Mary sah den Baron über ihren Schreibtisch hinweg an. Selbst durch ihre leicht grau getönten Brillengläser konnte sie noch immer sehen, wie sich sein Gesicht vor Aufregung verfärbt hatte. Wenn man seinem Gesichtsausdruck glauben konnte, befand er sich in einem Zustand kontrollierter Rage, und sie war nicht erpicht darauf zu sehen, wie er seine Contenance verlor. Ein Mann seiner Statur würde jeden einschüchtern, der ein Fünkchen Verstand besaß. Es war schwer, sich vorzustellen, wie es seine Gattin gewagt hatte, untreu zu sein. Sicher wusste sie, dass so etwas nicht ohne Konsequenzen blieb.

»Was soll also diese Frau für Sie machen?«

»Sie soll vorgeben, eine Patientin zu sein. Mit Geld um sich werfen und Bauers Aufmerksamkeit auf sich ziehen. Sich bei ihm einschmeicheln.«

Sie schüttelte den Kopf. »Wie ich bereits sagte, beschäftigen wir keine Damen für derartige Leistungen.«

»Sie müsste nicht mit ihm in … äh, Unzucht treiben. Sie soll ihn nur dabei ertappen, wenn er etwas Unmoralisches tut. Zum Beispiel sie umbringen und es wie einen Unfall aussehen lassen, nachdem sie ihn in seinem Testament bedacht hat.«

»Ich bezweifle, dass meine Stellungsuchenden willens wären, sich als potenzielles Mordopfer zur Verfügung zu stellen, Lord Raeburn«, erwiderte Mary trocken.

»So weit muss es natürlich nicht gehen. Wenn er beschuldigt wird, mit einer seiner Patientinnen auf unprofessionell romantische Weise zu verkehren, sollte das schon ausreichen, um seinen Ruf zu ruinieren. Welcher Ehemann oder Vater würde ihm noch seine Gattin oder Tochter anvertrauen? Und im Übrigen wäre ich auch dort, um die Sicherheit Ihrer Dame zu gewährleisten.«

Marys Mund blieb einen Moment zu lange vor Staunen offen stehen. Gute Güte, sie musste absolut idiotisch aussehen. »Sie?«, fragte sie, als sie sich wieder gesammelt hatte.

»Ich habe dort eine Suite gebucht. Ich lasse in Raeburn Court einige Renovierungen durchführen, jetzt, da Edith – fort ist, und das Hotel liegt nur knapp zwei Meilen entfernt. Mein Aufenthalt dort ist vollkommen unauffällig, ich bin in der Nähe, um die Arbeiten zu überwachen, und das Hotel ist in der Gegend der einzige Ort, wo man angemessen wohnen kann. Eigentlich ist es der einzige Ort überhaupt. Unsere Gegend ist nicht gerade das, was man als Nabel der Welt bezeichnen würde.«

Ja, das war es wohl, was das Heilbad auch so attraktiv machte – die vollkommen unberührte Natur. Reine Luft, große Höhe, frisches Wasser. Dazu eine berauschende Tier- und Pflanzenwelt und Wasserfälle, die das Herz eines jeden Amateurfotografen höher schlagen ließen. Es gab aber eine Zugverbindung nach Pitcarran, einen malerischen kleinen Ort, der für einen Tagesausflug in einer der pferdegezogenen Wagonetten gerade in der richtigen Entfernung lag. Es schien, als hätte sich Mary die Werbeanzeigen ins Gedächtnis gebrannt. Sie fragte sich, ob Oliver irgendwelche Veröffentlichungen darüber archiviert hatte.

»Bauer kennt mich. Ich mache ihn nervös«, fuhr Lord Raeburn fort. »Ihm könnte ein Ausrutscher passieren.«

»Er könnte sich auch ebenso gut ganz vorbildlich benehmen«, sagte Mary. »Weiß er, dass er Sie zum Feind hat?«

»O ja.«

Mary erschauderte unter dem Glanz in Lord Raeburns schwarzen Augen. »Lassen Sie mich sehen, ob ich Sie richtig verstanden habe. Sie wollen, dass Dr. Bauer in einer kompromittierenden Lage mit einer Patientin erwischt wird, auch wenn er weiß, dass Sie ihn im Auge haben.«

»Das Ego dieses Mannes – Sie werden sicher mit dem Psychiater Freud vertraut sein – kennt keine Grenzen. Er kennt nur sich. Ich schätze, aufgrund meiner Anwesenheit wird er seine Taktlosigkeiten offen vor mir zur Schau tragen, weil er weiß, dass ich nichts dagegen tun kann. Wer glaubt mir schon, wenn ich etwas Schlechtes über ihn sage? Mir, einem Mann, der angeblich seine Frau umgebracht hat? Ich bin nicht glaubwürdig.« Lord Raeburn lehnte sich in seinem Sessel zurück und sah zum ersten Mal verletzlich aus.

Mary kam zu dem Schluss, dass sie alle Zeitungsartikel über den Tod von Lady Edith Raeburn abermals durchlesen musste. »Lassen Sie mich darüber nachdenken.«

»Ich habe keine Zeit für irgendwelche Spielchen, Mrs Evensong. Wenn Sie niemanden für diesen Job haben, muss ich eben irgendeine grandiose Schauspielerin engagieren. Ein paar kenne ich.«

Ja, Mary hatte davon gehört. Lord Raeburn und seine Gattin hatten während des Großteils ihrer Ehe getrennt gelebt. Kein Wunder, dass die arme Frau Trost in den Armen eines mitfühlenden Dr. Bauer suchte. »Warum haben Sie das nicht bereits getan?«

»Die Mädchen, die ich kenne – nun, sagen wir einfach, sie passen wohl eher in eine Revue als in die Rolle einer Erbin. Ich brauche jemanden, der unverbraucht ist. Unschuldig. Eine

Frau, von der Bauer denkt, dass er sie folgenfrei verderben kann. Soweit ich weiß, verführt er nur Jungfrauen, die dann zu gedemütigt sind, um ihre Dummheit einzugestehen.«

»Warum hatte es Dr. Bauer dann auf Lady Raeburn abgesehen?« In dem Moment, in dem sie die Frage gestellt hatte, wusste Mary schon, dass es ein Fehler war. Sie beobachtete, wie Lord Raeburn um eine Antwort rang.

Unerwartet ruhig fand er nach einer Weile die notwendigen Worte: »Meine Gattin war noch sehr jung, als wir heirateten. Sie war zart und empfindlich und hatte eine Abneigung gegen den Vollzug der Ehe. Oder vielleicht hatte sie auch nur eine Abneigung gegen mich. Josef Bauer konnte sie wohl irgendwie überzeugen.«

Trotz ihrer relativen Jugend war Mary Evensong selten überrascht von dem, was ihre heiklen Kunden so zu erzählen hatten. Doch jetzt war sie es. Lord Raeburn hatte ihr sein Herz ausgeschüttet. Seine Qual offengelegt. Irgendwie war sie sich sicher, dass er noch niemandem zuvor die Wahrheit gesagt hatte.

Edith Raeburn war Jungfrau gewesen. Und eine Närrin. Mary traf ihre Entscheidung und hoffte, sie würde es nicht später bereuen. »Ich übernehme den Auftrag. Ich meine, ich werde jemanden für Sie finden. Wann soll die Abreise sein?«

»Wir sollten nicht zusammen im Hotel anreisen – ich denke, Ihr Mädchen sollte Donnerstag in einer Woche ankommen. Je früher wir Bauers Schurkereien ein Ende bereiten können, desto besser. Haben Sie schon jemanden im Sinn?«

»Ja«, sagte Mary in der Hoffnung, Tante Mim würde ihrem verrückten Plan zustimmen. Mary war nicht verrückt – sie war standhaft. Zuverlässig. Verantwortungsbewusst. Langweilig. Aber das würde sich schon bald ändern. Sie holte einen Vertrag aus der Schublade und erläuterte die Bedingungen. Dabei ignorierte sie, dass es in ihrem Kopf wild summte.

2

Forsyth, Perthshire, Schottland
Donnerstag, 9. Juni 1904

Alec Raeburn paffte eine Zigarre in einem der Erkertürme des Forsyth Palace Hotels, die speziell für solche männlichen Aktivitäten vorgesehen waren. Auf der anderen Seite des Schieferdachs verweilten im Damenturm mehrere junge, weiß gekleidete Damen, die gar nicht bemerkten, wie sich der Ben-y-Vrackie in der Ferne blau abzeichnete, sondern nur ihn unverblümt ansahen. Sie versuchten durch aufdringliches Winken mit Taschentüchern und eindringliches Kopfnicken seine Aufmerksamkeit zu erlangen, aber Alec ignorierte sie und starrte hinunter auf die kreisrunde Hotelzufahrt.

Die Mädchen hatten offensichtlich noch nichts über ihn und seine Verruchtheit gehört – zweifelsohne würden ihre Mütter jeden Moment hereingestürmt kommen, um ihnen alles zu berichten, was sie wissen mussten. Nach nahezu einem Jahr hatte sich Alec schon beinahe an das plötzlich eintretende Schweigen gewöhnt, das einsetzte, wenn er einen Raum betrat – an Augen, die in die andere Richtung schauten, und Menschen, die Termine vergaßen. Er hatte schon immer für Aufmerksamkeit gesorgt – ein Mann seiner Größe war schließlich nicht unsichtbar –, aber jetzt konnte er auf diese Art von Aufmerksamkeit dankend verzichten.

Er hatte es satt. Sobald das hier vorbei war, würde er eine Weile abtauchen. Aus England zu fliehen würde ihm nicht schwerfallen, da sein Herz ohnehin in Schottland beheimatet war. Ediths Tod hatte jedoch einen Schatten auf sein geliebtes Raeburn Court geworfen, der sich allein durch den Austausch von Vorhängen und Möbeln nicht würde beseitigen lassen. Die andauernde Isolation würde kein Zuckerschlecken werden, aber Alec hatte nicht das Gefühl, dass sich das soziale Klima für ihn in absehbarer Zeit ändern würde.

Er konnte nicht die Wahrheit sagen. Nicht einmal ein boshafter Kerl wie er würde Ediths Torheit als Erklärung für die Geschehnisse an die Öffentlichkeit bringen. Ihre Eltern verabscheuten ihn ohnehin bereits aufgrund seiner Unzulänglichkeiten. Alec konnte mit ihrem Hass leben – daran war er quasi schon seit Beginn ihrer Ehe gewöhnt –, aber nicht mit dem neuen Kummer, den er verursachen würde, wenn sie den wahren Grund für die Verzweiflung ihrer Tochter erführen.

Gleich, was er getan hatte, er war nicht in der Lage gewesen, Edith davon zu überzeugen, ihm zu vertrauen. Nach einer Weile hatte er es aufgegeben und war seiner Wege gegangen, wie so viele Männer seiner Klasse. Und er war beileibe kein Heiliger; niemand war das. Man sehe sich nur den König an: »Kingie« – ein Mann, der mehr außereheliche Abenteuer hatte, als ihm gebührten.

Zumindest hatte Alec keine ernsthaft gebrochenen Herzen hinterlassen – seine Liebschaften waren immer kurz und unblutig verlaufen. Er hatte sich in Edith verliebt, und obwohl das viel Gutes in ihm bewirkt hatte, würde er niemals mehr so töricht sein. Alles, was er also tun konnte, war, irgendwie Gerechtigkeit zu erfahren, und seine Helfer waren bereits unterwegs.

Gestern hatte er ein Telegramm von Mrs Evensong erhalten. Seine beiden neuen Angestellten – ein Mann und eine Frau – würden mit dem Nachmittagszug anreisen. Alec hatte in ihrem Büro nichts eingewendet, als sie ihm erklärte, eine anständige Lady würde niemals allein in die Wildnis Schottlands reisen, auch wenn es sich bei dem Reiseziel um ein solch überragendes Etablissement handelte, das den Gästen persönliche Dienstmädchen und Diener bereitstellte.

Es war ihm gleich, wie viel ihn diese Angelegenheit kostete – sein Ruf war schließlich ruiniert. Er würde nicht mehr heiraten und keinen Sohn haben, an den er Titel und Land vererben konnte. Alecs Bruder Evan würde auf ein paar Tausend Pfund verzichten können, wenn er erbte – Evan war Eigentümer einer erfolgreichen Destillerie, deren Produkt bei König Edward selbst hoch im Kurs stand, und er war von Anfang an schon reicher als Alec gewesen.

Alec streckte den Kopf vor, als der glänzende, schwarze, von Pferden gezogene Omnibus des Hotels den Weg entlangkam. Die Passagiere waren am Bahnhof abgeholt worden und entlang des Flusses Tummel, der für seinen Lachs bekannt war, auf der kurvenreichen Straße zum Hotel gefahren. Sie waren an männlichen Gästen vorbeigekommen, die sich Anfang des Tages hatten absetzen lassen, um ihre Angeln auszuwerfen, wobei ihnen der Hotelkoch versprochen hatte, ihnen ihren Fang zum Abendessen zuzubereiten. Und jetzt fuhren sie an einigen Golfspielern vorbei, die Bälle über den hauseigenen Neun-Loch-Kurs des Hotels schlugen.

Bauer und seine Geschäftspartner hatten mit diesem Unternehmen den großen Treffer gelandet, denn es hatte für jeden Geschmack etwas zu bieten: Sportbegeisterte, hypochondrische Witwen, Familien mit schüchternen Töchtern, die sie im gemeinsamen Speisesaal in die Gesellschaft einzuführen gedachten. Vor dem Schöpfergeist dieses Projekts hatte Alec großen Respekt. Die verstorbene Königin hatte die Highlands vor Jahrzehnten in Mode gebracht, und heute gab es keinen Ort, der mehr in Mode war als das Forsyth Palace Hotel.

Welche von diesen aussteigenden Passagieren war wohl seine Mary Arden? Und wer ihr »Bruder«? Alles, was er erkennen konnte, war ein Gewimmel aus Köpfen, bedeckt mit Stroh- und anderen fantastischen Hüten, die so riesig waren, dass sie die Körper der daruntersteckenden Damen vollständig verbargen.

Alec drückte seine Zigarre in einem Kristallaschenbecher aus. Er hatte vor, ganz beiläufig am Empfang vorbeizulaufen, um zu sehen, ob er die Schauspielerin ausmachen konnte, die Mrs Evensong engagiert hatte. Er hoffte, sie würde naiv und unsicher aussehen – wenn man Ediths Tagebuch Glauben schenken konnte, hatte Bauer damit geprahlt, er wäre hinter den schwächsten Frauen her, die sich durch seine Aufmerksamkeiten stets geschmeichelt fühlten. Er schwatzte sich seinen Weg in ihre Betten und ihnen gleich noch ihr Geld aus den Rippen. Er hatte dabei nie die Absicht, eine von ihnen zu heiraten – schließlich hatte er Frau und Kinder, die brav in Edinburgh auf ihn warteten.

Alec konnte nicht verstehen, wie man Bauers Verderbnisse verschweigen konnte, aber er war ja auch keine Frau. Auch wenn sich die Welt schnell wandelte, blieben die Regeln der Gesellschaft doch bestehen. Ein Skandal war noch immer ein Skandal. Eine Frau hatte bis zu ihrer Hochzeit rein zu sein.

Manchmal sogar noch nach ihrer Hochzeit, dachte er verbittert.

Alec mied den Aufzug und lief die Treppen bis zur großen Empfangshalle im Erdgeschoss hinab. Säulen und Bögen führten in eine enorme Lobby, die wiederum auf eine verglaste Veranda führte, die über die gesamte Länge an der Rückseite des Gebäudes entlanglief. Der Ausblick war spektakulär. Sogar Alec, der in den Highlands aufgewachsen war, konnte sich dieser Vollkommenheit nicht entziehen. Ein paar Leute saßen gerade zum Nachmittagstee in kunstvollen Korbstühlen, und das

Klappern von Untertellern und Gabeln wurde von gedämpftem Plaudern überlagert. Ein paar Leute schauten in seine Richtung, nur um sich dann gleich wieder hastig umzudrehen. Das Spielchen kannte er schon.

Gepäckträger rollten vollgeladene Gepäckwagen in Richtung der byzantinischen Rampen, die von einer Etage zur nächsten führten. Der Architekt hatte vorsorglich so viele Fluchtwege wie möglich vorgesehen, damit alle Gäste und Belegschaftsmitglieder Platz fanden. Brände waren in solchen großen Hotels an der Tagesordnung, und man war um die größtmögliche Sicherheit bemüht. Es gab eine Reihe moderner Fahrstühle, mehrere Treppenaufgänge, eiserne Feuerleitern an der Rückseite des Hotels sowie die Servicerampen, die die Scheuerlappen der Zimmermädchen weit von den Kunden entfernt hielten.

Das gute Dutzend Neuankömmlinge wurde von Josef Bauer selbst in seinem leuchtend weißen Arztmantel begrüßt, sein blonder Bart ordentlich gestutzt. Alec war am Morgen am Herrensalon des Hotels vorbeigekommen und hatte gesehen, wie Bauer ganz entspannt in dem ledernen Sessel gelegen hatte.

Doch wie entspannt wäre er wirklich, wenn Alec ihm das Rasiermesser an den Hals halten würde? Aber nein, dafür war ja jetzt Mary Arden da. Er wusste noch nicht, welche Rolle er ihrer männlichen Begleitung zukommen lassen sollte, aber es konnte nicht schaden, ein zusätzliches Paar wachsamer Augen und Hände zu haben. Was er nicht tolerieren würde, war, dass sich Miss Arden auf eine Affäre mit dem Kerl einließ, den sie mitgebracht hatte. Sie sollte sich allein der Aufgabe widmen, Josef Bauer eine Falle zu stellen.

Alec hatte ihnen eine Woche Zeit gegeben, um den Doktor zu Fall zu bringen. Die Renovierungen seines Hauses sollten auch nicht länger dauern. Hauptsächlich entfernten die Arbeiter das ganze staksige Mobiliar von Edith und nahmen die Chintz-Vorhänge ab. Er brauchte Stühle, auf denen er sitzen konnte, ohne befürchten zu müssen, dass sie unter ihm zusammenbrachen, und er war ganz sicher auch kein Freund von Chintz. Aber zu Beginn ihrer Ehe hatte er Edith freie Hand bei der Neugestaltung seines Ahnensitzes gelassen, und sie hatte das ausgekostet. Aber eine freie Hand bei der Inneneinrichtung hatte nicht dazu geführt, dass sie auch als Person freier wurde, und Alec war über die Kälte seiner Gattin und die ungeeigneten Sitzgelegenheiten äußerst frustriert gewesen.

Grundgütiger. Alec versteckte sich hinter einer Säule. Mrs Evensong war selbst gekommen, von Kopf bis Fuß in Schwarz gekleidet, mit ihrer kleinen grauen Brille auf der Nase und fest auf einen Stock gestützt. Eine Zofe machte viel Aufhebens um sie und brachte sie dazu, sich auf ein Sofa in der Lobby zu setzen, während der Arzt eine wortreiche Rede anstimmte.

Sie konnte doch nicht ernsthaft erwarten, Josef Bauer würde *sie* verführen? Nein, natürlich nicht. Sicher war sie gekommen, um ein Auge auf ihre beiden Schauspieler zu haben. Alec war beeindruckt – er hätte nie erwartet, einen solch aufmerksamen Service zu erhalten, als er den Vertrag unterzeichnete.

Ein paar andere Gäste folgten Mrs Evensongs Beispiel und platzierten sich auf den Sofas. Links stand eine blasse Rothaarige in Blau, mit einem einfachen, eleganten Hut und einem verteufelt gut aussehenden jungen Mann an ihrer Seite. Er kam ihm irgendwie bekannt vor. Der Sekretär? Dann musste das Mary Arden sein. Alle anderen Ankömmlinge sahen zu alt aus, obwohl diese Frau auch nicht unbedingt auf dem Gipfel ihrer Jugend war.

Sie war nicht gerade schön, aber Schönheit war auch nicht nötig, um Bauer zu ködern. Alec fand, sie war auf unaufdringliche Weise attraktiv, mit schlanker, geradliniger Nase und vollen, aber nicht aufgequollenen Lippen. Sie hatte eine hohe Stirn, was auf ein gewisses Maß an Intelligenz hinwies. Gegen die weiblichen Formen war er noch nie immun gewesen, und die von Miss Arden waren ausgezeichnet. Sie war zwar eher kurz geraten, dafür aber mit ausgeprägten Kurven. Ihre Taille war schonungslos in ihr Korsett eingezwängt, und ihre hervorblitzende Haut war so weiß, als hätte sie schon seit Jahren keinen Sonnenstrahl mehr abbekommen. Sie sah ein wenig kränklich aus, was aber auch an der aufgelegten Farbe liegen konnte.

Es war nicht ausreichend, dass die Frau, die er engagierte, ein normaler weiblicher Gast war, eine, die gekommen war, um über die manikürten Wiesen zu wandeln und zu fotografieren oder Tennis zu spielen. Reguläre Gäste fielen nicht in Dr. Bauers Bereich; für die gab es einen unterwürfigen Hotelmanager, Mr Prescott. Dr. Bauers Patienten unterzogen sich all den Kuren im äußersten Flügel des Hotels – in den türkischen Torf- und Droitwich-Salzbädern, genossen Massagen und Körperschaumbehandlungen, die mindestens zwanzig Minuten dauerten. Den Patienten standen hilfreiche Bedienstete zur Seite, aber manchmal kümmerte sich Dr. Bauer auch selbst, um mehr Vorteil aus den verletzlichen – nackten – jungen Damen zu schlagen.

Alec stellte sich vor, dass Miss Arden nackt recht reizend aussehen würde, mit ihrer weißen Haut und dem blassroten Haar, das ihr über den Rücken fiel. Er hoffte, sie würde sich nicht verpflichtet fühlen, so weit zu gehen – er hatte so das Gefühl, die alte Mrs Evensong würde eher energisch eingreifen, auch wenn Mary Arden nur eine Schauspielerin war, die für diese Rolle engagiert wurde. Jetzt klammerte sie sich an den Mann, der sich als ihr Bruder ausgab, und mit angewiderter Miene schüttelte er ihren Arm ab. Miss Arden schwankte rückwärts, und Alec konnte sich gerade noch zurückhalten, um nicht quer durch die Lobby zu rennen, um sie aufzufangen, bevor sie zu Boden fiel.

Sie kippte nicht um, sondern bekam im letzten Moment die Lehne des Sofas zu fassen, auf dem Mrs Evensong Platz genommen hatte. Die alte Frau sah auf und sagte etwas zu ihr, und Miss Arden nickte. Behutsam stöckelte sie um das Sofa herum und ließ sich in die Polster sinken.

Josef Bauer bemerkte den Vorfall und unterbrach seine vorbereitete Ansprache, um sicherzugehen, dass es ihr gut ging. Cleveres Mädchen, das es verstand, von der ersten Minute an die Aufmerksamkeit auf sich zu lenken. Mit ihren klaren, haselnussbraunen Augen blickte sie zum Doktor hoch, und Alec musste ein Kichern unterdrücken. Sie sah aus wie die reinste Verletzlichkeit selbst – eine bessere Vorstellung hätte er sich nicht wünschen können.

Er hatte genug gesehen. Mrs Evensong wurde ihrem Ruf vollkommen gerecht. Die kleine Miss Arden war reizvoll genug, um jedem Mann aufzufallen. Alec würde versuchen, Sie vor dem Abendessen für einen kleinen Moment allein abzupassen – er hatte sich, so hoffte er zumindest, einen brillanten Plan ersonnen, um die Verführung des Doktors zu beschleunigen.

Jetzt war es Zeit, in seine Räumlichkeiten zurückzukehren und sich auf den Abend mit einem feinen Schlückchen seines Bruders Evan einzustimmen. Das Forsyth Palace Hotel war ein Etablissement, das die Abstinenz pflegte und Alkohol nur aus »gesundheitlichen« Zwecken servierte, aber zumindest durchsuchten sie die Taschen der Gäste nicht und konfiszierten keine verbotene Flaschen. Nicht wenige Gäste verschanzten sich diskret während ihres Aufenthalts, Damen ebenso wie Herren. Alec hatte eine Kiste Whisky aus Raeburn Court mitgebracht und arbeitete sich methodisch durch. Nicht zu viel, aber auch nicht zu wenig.

Als Edith starb, hatte er einen vollkommenen Narren aus sich gemacht und dem Getuschel Glauben geschenkt. Er hatte volltrunken randaliert und war umhergewankt, und die meisten seiner Bediensteten hatten ihn in der Furcht verlassen, dass er sie ebenfalls aus dem Fenster werfen könnte.

Es hatte nicht lange gedauert, bis der Klatsch der Bediensteten London erreicht hatte. Wahrscheinlich gab es im gesamten britischen Königreich keinen Ort, an dem man nicht vom niederträchtigen Lord Raeburn gehört hatte. Alec hatte sich auch keinen Gefallen getan, als er in sein Londoner Stadthaus zog und sich mit leichten Mädchen einließ, aber er wollte verflucht sein, wenn er den Rest seines Lebens wie ein Mönch verbringen sollte. Edith zuliebe hatte er es mit dem Zölibat versucht, aber es hatte nicht funktioniert.

Seine Ehe war ein Desaster gewesen. Aber Rache wäre etwas, an dem er sich in den leeren Nächten, die vor ihm lauerten, festhalten konnte.

Alec betrat seine Suite im Obergeschoss. Sein Diener Mackenzie stellte bereits das Getränketablett bereit. Wortlos kippte Alec den ersten Schluck Alkohol hinunter und streckte einen Arm aus, um sich nachschenken zu lassen. Das würde für heute genügen, um seinem Ärger die Luft zu nehmen. Er würde nochmals baden, sich zivilisiert in Schwarz und Weiß kleiden und seine Geheimnisse wie bittere Pillen unter der Zunge verstecken.

3

Tante Mim setzte ihren Fuß auf ein geknüpftes Sitzkissen. »Die Aussicht ist akzeptabel.«

»Um Himmels willen, sie ist mehr als das. Das muss das wunderschönste Fleckchen Erde auf der Welt sein.« Mary öffnete das Fenster und atmete tief ein. Sie fühlte sich, als würde sie Sonnenschein schmecken. Wie anders war es hier im Vergleich zu den schmutzigen Straßen Londons. Meilenweit konnte sie Berge, Wälder und Wasser sehen, gleich in welche Richtung sie in Tante Mims Turmzimmer blickte. Die geräumige Zweizimmersuite am Ende der Halle, die sie und Oliver sich teilten, verblasste dagegen.

»Ich kann mir nicht helfen, aber ich habe das Gefühl, dass ich nicht hätte mitkommen sollen«, sagte Tante Mim. »Bist du sicher, dass Miss Benson in der Lage ist, die Agentur in meiner Abwesenheit zu leiten?«

Mary wusste, dass Tante Mim dachte, sie selbst sei kaum qualifiziert genug, und das auch noch nach vier Jahren Einmischung und Ränkespiel. Erst vor Kurzem hatte sie ihr bislang zufriedenstellendstes Projekt abgeschlossen, eine Eheschließung zwischen der Bankenerbin Louisa Stratton und dem Kriegshelden Charles Cooper. Sie hatte vor ein paar Wochen einen fröhlichen Brief von Louisa aus New York erhalten und eine ansehnliche Dividende der Pegasus Motor Company mit gleicher Post, die einen langen Weg zurückgelegt hatte, um ihr eine angemessene Garderobe für ihre derzeitige Situation zu ermöglichen.

»Wir sind das schon tausendmal durchgegangen. Diese Reise wird dir guttun. Ganz gleich, wie erbärmlich dieser Dr. Bauer ist, seine Behandlungen haben sich bei vielen Patienten als äußerst wirksam erwiesen. Und Harriet ist in jeder Hinsicht ein Ass. Bedenke nur, dass du sie engagiert hast, und das sogar bevor du mich nach London geholt hast. Und wenn etwas Ungewöhnliches vorfällt, wird sie ein Telegramm schicken.«

»Vielleicht hätte Oliver dort bleiben sollen.«

Ach je, aber ihre Tante war so stur. »Unsinn. Er ist in gesellschaftlichen Situationen sehr gut und äußerst unterhaltsam.« Oliver hatte gebettelt, mitkommen zu dürfen, sobald sie sich im anvertraut hatte, und Mary konnte ihm keinen Arbeitsurlaub abschlagen.

»Aber dieser Doktor könnte ihn als ein Hindernis betrachten.«

»Er doch nicht. Oliver wird als der bedrückte Bruder auftreten, dem eine kränkliche Schwester und eine launische Tante am Hals hängen, mit denen er sich auch noch zu Tode langweilt. Wir haben vor, uns so oft wie möglich in der Öffentlichkeit zu streiten. Er wird zum Golfspielen gehen und mit –« Hier pausierte Mary. Mit wem genau würde Oliver flirten? »... mit den anderen Gästen flirten und mich mir selbst überlassen. Da werde ich sein, wehmütig und allein, gerade pflückreif.«

»Und was ist mit mir? Ich sollte eigentlich auf dich aufpassen, oder?«

»Ich bin viel zu alt, als dass du ein echter Anstandsdrachen sein könntest. Für mich gibt es keine Hoffnung. Beinahe dreißig, vergiss das nicht, und sitzen geblieben. Darüber hinaus solltest du mit deiner eigenen Situation so beschäftigt sein, dass du gar nicht auf mich achtest. Denk doch nur, Tante Mim, du kannst so hochmütig sein wie deine alte Herzogin und doppelt so rüde. Es wird dir viel Spaß bereiten, alle zu erschrecken!

Ich gebe zu, dass ich eifersüchtig bin.« Mary dachte, ihrer Tante würde es wirklich gefallen, einmal nicht die steife und ordentliche Mrs Evensong zu sein. Mim Arden hätte so viel mehr Spielraum – genau wie sie.

Mary Arden hatte einen Koffer voller eleganter Kleider dabei, und ihr eigenes, glänzendes Haar war nach der neuesten Mode hochgesteckt. Sie musste sich zur Abwechslung einmal nicht unter Perücken, Handschuhen und rabenschwarzen Kleidern verstecken. Sie hatte schon ausreichend Leute beschäftigt, die vorgaben, jemand anders zu sein, ganz gleich, welche Gründe ihre Auftraggeber dafür hatten – und jetzt war sie an der Reihe. Offen gesagt kämpfte eine Handvoll fröhlicher Schmetterlinge gegen die Schnürung ihres langen Korsetts. Sie konnte es gar nicht abwarten, diesen *Dr. Bauer* zu verführen.

»Wo ist Oliver überhaupt?«

»Er versucht, einen fahrbaren Untersatz für dich zu organisieren. Jetzt sag nicht gleich Nein. Du wirst etwas herumkommen wollen, ein wenig Tratsch verbreiten. Wir brauchen dich.«

Tante Mim verzog das Gesicht, sagte aber nichts. Tief im Innern war sich Mary sicher, dass ihre Tante von der ganzen Eskapade begeistert war. Es war schon lange her gewesen, dass sie mitten in einem Abenteuer gesteckt hatte.

»Hamblen wird dir beim Auspacken helfen. Ich hoffe, es macht dir nichts aus, dass dir dein Abendessen heute in deinem Zimmer serviert wird und nicht im Speisesaal. Ich möchte nicht, dass du nach der anstrengenden Reise morgen früh vollkommen übermüdet bist.«

»Ich schätze, du hast recht. Es war ein langer Tag und mein Fuß brennt.«

Tante Mim beklagte sich selten. Die Reise gen Norden war für sie alle anstrengend gewesen. Aber jetzt hatten sie eine Woche voller Luxus vor sich. Das Forsyth Palace Hotel war bekannt dafür, dass es seine Gäste »mischte«. In dem offiziellen Speisesaal gab es keine kleinen Privattische. Stattdessen standen dort vier lange Tische, die die volle Länge des Raums einnahmen, und die Gäste kamen und gingen ungeplant. Wenn man Abend für Abend die gleichen Sitze belegte, erntete man dafür finstere Blicke. Mütter brachten ihre jungen Töchter hierher, damit sie ihre Konversationsfertigkeiten trainieren konnten, und Mary musste darauf achten, dass keine von ihnen Dr. Bauer zum Opfer fiel.

Sie hauchte ihrer Tante ein Küsschen auf die Wange und eilte in ihr eigenes Zimmer, um sich zum Abendessen zurechtzumachen. Noch vor Jahren hatte sie viel Aufhebens um ihr eigenes Erscheinungsbild gemacht und sich auch nicht in unattraktivem Schwarz vergraben. Eine äußerst junge Mary Evensong hegte einst die Hoffnung auf eine Romanze, aber der Tod ihrer Eltern hatte diese Träume zerstört. Ihr Bruder Albert hatte den Lebensmittelladen geerbt und Mary aus Miss Ambrose's Academy for Young Ladies zum Arbeiten geholt, und nicht nur im Laden, sondern auch noch bei ihm zu Hause, wo sie auf seine Söhne aufpassen musste, während er und seine Gattin Phyllis sich um die Erweiterung des Geschäfts kümmerten. Es gab jetzt drei Läden und fünf Jungs, und Mary wusste, dass es ihr in London besser ging, auch wenn sie sich täglich verkleiden musste.

Dieser Aufenthalt in Schottland war ihre Chance zu glänzen – wenn auch nur kurz –, und sie beabsichtigte, das Beste daraus zu machen. Ihre Zofe Hamblen hatte ihre Koffer bereits ausgepackt, während sie mit Tante Mim gesprochen hatte, und Mary öffnete den Kleiderschrank und betrachtete verträumt die schneeweißen Leibbinden und einen farbenfrohen Miniaturregenbogen aus Abendkleidern. Vier Hutschachteln standen gestapelt auf dem Regal, wobei sich in nur einem davon ein schwarzer Hut für Notfälle befand. Mary gestattete sich selbst einen Moment des Träumens, um sich dann ihrer ersten, schwierigen Entscheidung zu widmen – welches seidene Faille-Kleid sollte sie heute Abend tragen?

Lord Raeburn könnte ihr wieder über den Weg laufen. Und dieses Mal wäre sie vielleicht sogar in der Lage, mit ihm zu sprechen, wenn sie sich begegneten. Es hatte sie etwas aus der Fassung gebracht, als sie ihn in der Lobby entdeckt hatte, wo er sich hinter einer Säule versteckt hielt – als ob eine korinthische Säule seine Körpermasse hätte verdecken können. Am Nachmittag hatte er nicht sein Plaid getragen, sondern ein gut geschnittenes Norfolk Jackett mit Reithosen und einer karierten Kappe auf seinem unbändigen, rabenschwarzen Schopf.

Auch wenn sie vorgegeben hatte, ihn nicht zu sehen, konnte sie doch erkennen, dass sein Gesicht seit seiner Rückkehr in die Berge gebräunt war, und sie konnte auch sehen, wie sich seine Augen vor Argwohn verdunkelten, als Dr. Bauer seine Begrüßungsansprache hielt. Mary konnte sich nur schwer konzentrieren, während er in der Lobby herumschlich – sie würde ihm sagen müssen, dass er sich etwas mehr zurückhalten musste, sonst wäre das Spiel aus.

Natürlich hatte Alec Raeburn keine Ahnung, dass sie schon zuvor miteinander gesprochen hatten. Er dachte ja, sie sei eine fremde Frau, die man extra für diesen Zweck engagiert hatte.

Mary knöpfte ihr blaues Reisekostüm auf und stand in ihrer Kombination, Schnürkorsett und Reizwäsche, vor den Spiegeltüren des Kleiderschranks. Es war ungewöhnlich warm für einen Junitag in Schottland, und da sie fast den ganzen Tag unterwegs gewesen war, drehte sie das heiße Wasser auf und wusch sich mit einem Schwamm das Reispulver aus dem Gesicht, das sie aufgelegt hatte, um auffallend blass auszusehen. Ein Jammer, dass sie das alles mit ihrer Puderquaste wieder auflegen musste, aber schließlich sollte sie »labil« wirken. Mary übte ein kurzes Röcheln und hoffte, dass sie bei ihrem persönlichen Termin am nächsten Tag mit Dr. Bauer als kränklich durchgehen würde.

Aber kränklich zu sein bedeutete nicht, dass sie sich in Lumpen kleiden musste. Wie angeordnet kam Hamblen zurück, um sie noch enger zu schnüren und ihr in das blasse, pfirsichfarbene Kleid zu helfen, das sie ausgesucht hatte. Reihenweise Rüschen betonten ihre Brust, und eine edelsteinbesetzte Kamee lenkte die Aufmerksamkeit des Betrachters zusätzlich zu den Rüschen genau an die beabsichtigte Stelle. Die Anstecknadel war Marys einziger echter Luxus. Wahrscheinlich gab es im Hotel auffälligeren Schmuck, aber Oliver und Tante Mim würden verbreiten, dass sie eine Erbin war – so hofften sie, Dr. Bauer aus der Reserve zu locken.

Es war entschieden worden, dass die erdachten Ardens ihr Vermögen mit Wolle gemacht hatten. Oliver konnte dabei aus dem Erfahrungsschatz des familieneigenen Unternehmens schöpfen, sollte jemand vorwitzig genug sein, ihn dazu auszufragen. Die Burenkriege hatten aus seinem Vater einen unermesslich reichen Emporkömmling gemacht, obgleich die Wolle für Armeeuniformen in den heißen Ebenen von Südafrika eigentlich gänzlich ungeeignet war.

Mary richtete eine kupferfarbene Locke an ihrer Schläfe. »Was meinen Sie, Hamblen?«

»Sie sehen reizend aus, Miss Mary. Genau, wie es sein sollte. Aber ich denke, ich kann noch etwas mit Ihrer Frisur machen.«

Mary saß auf der Bank vor der Frisierkommode. »Das ist schon etwas ganz anderes als mein üblicher Aufzug, nicht wahr?«

»Ich verstehe nicht, wieso Sie Ihre Tante zwingt, sich so zu kleiden. Das ist nicht fair für eine junge Dame, und das schon vier Jahre lang. Es würde der Agentur überhaupt nicht schaden, wenn die Wahrheit schließlich ans Licht käme, nach all dem, was Sie geleistet haben.«

Mary schüttelte den Kopf. »Ich bin mir da nicht so sicher. Die Menschen vertrauen Mrs Evensong aufgrund ihrer jahrelangen Erfahrung. Vier Jahre sind nicht wirklich viel. Es ist schwer für eine Frau, ernst genommen zu werden.«

Die junge Zofe schniefte. »So würden Sie nicht denken, wenn Sie meine Mama kennengelernt hätten. Ihr Wort ist *Gesetz*.«

In den unteren Klassen war es anders – von Frauen wurde erwartet, dass sie arbeiteten und sich um ihren Haushalt kümmerten. Aber die weiblichen Gäste im Forsyth Palace Hotel waren vermutlich nicht einmal imstande, einen Topf Wasser zu kochen. Sie konnten sich mit ihren sieben Schichten Unterkleidern nicht einmal ohne Hilfe ankleiden – geschweige denn auskleiden. Ihre Männer bevorzugten sie hilflos, eingezwängt zwischen Korsettstäben und Konventionen. Es war eine seltsame Welt, und von Mary Evensong wurde erwartet, das Gleichgewicht zu halten und ihren Platz darin einzunehmen.

Oliver klopfte an die Verbindungstür und trat ein, bevor Mary ihn dazu auffordern konnte, wie es ein nerviger jüngerer Bruder wohl tat. Er war in einen makellosen Gesellschaftsanzug gekleidet, und sein polierter Kopf glänzte vom Makassar-Öl. Er sah wirklich zu gut aus, und das sagte ihm Mary auch.

»Sie sind auch nicht so übel, Schwesterherz.« Oliver hockte sich auf eine Stuhllehne und fingerte an seiner Taschenuhr herum. »Ich bin nicht so sicher, ob ich mich daran gewöhnen kann, dass mein Chef wie eine *Frau* aussieht.«

Mary öffnete eine Schublade und steckte ein zusätzliches Taschentuch in ihr Petit-Point-Täschchen. »Keine Sorge. Es ist ja nur für eine Woche. Dann ist wieder alles beim Alten.«

»Ich weiß gar nicht, wieso ich nicht schon eher dahintergekommen bin. Mit Ihrer Darstellung als alte Lady hatten Sie mich über ein Jahr lang hinters Licht geführt.«

»Sie und auch sonst alle, so hoffe ich. Oliver, ich muss mich auf Ihre Diskretion verlassen können, sobald all das vorbei ist. Die Evensong-Agentur ist ein aufstrebendes Unternehmen, und alle Gerüchte über Mary Evensong könnten negativen Einfluss auf das Geschäft haben.« Sie vertraute Oliver, aber er liebte es auch zu klatschen.

»Ich weiß, was Sache ist, Mary. Meine Güte, wie merkwürdig es ist, Sie bei Ihrem Vornamen zu nennen. Es gibt zwei von Ihnen, eine oben und eine unten. Das sprengt meine Vorstellungskraft. Kein Wunder, dass Sie mich nicht einmal zum Tee einladen wollten.«

Sie zuckte mit den Achseln. »Sie haben ja jetzt meine Tante kennengelernt. Nach dieser Reise wissen Sie bereits, wie starrköpfig sie ist. Dieses Geheimnis ist für sie sehr wichtig. Für das Geschäft. Und bis sie herunterkommen kann, um ihren rechtmäßigen Platz einzunehmen, werde ich die Maskerade weiterführen.«

»Das ist echt eine Schande. Diese Aufmachung steht Ihnen ausgezeichnet.« Oliver grinste sie frech an.

»Vielen Dank auch«, sagte Mary trocken. »Jetzt ist aber Schluss mit den Komplimenten, kleiner Bruder. Sie sind mürrisch darüber, dass Sie hier mit zwei weiblichen Verwandten in Schottland festsitzen, wo Sie doch stattdessen das Ende der Londoner Theatersaison genießen könnten oder aufs Land fahren, um irgendetwas abzuschießen. Klagen Sie ausgiebig und lautstark jedem Ihr Leid, der lange genug stehen bleibt, um Ihnen zuzuhören.«

»Es wird mir ein Vergnügen sein, der perfekte Flegel zu sein. Dieser Ort ist einfach erstaunlich, nicht wahr?«

»Er hat gewiss etwas Annehmliches.«

Oliver sah sie vielsagend an. »Und Ihr Lord Raeburn. Sie haben doch wohl sein ansehnliches, wolliges Gesicht in der Lobby gesehen, als wir ankamen, oder?«

Er hatte also nicht vergessen, wie nervös sie an dem Tag gewesen war, als Raeburn ins Büro kam. Nun, schließlich war sie keine alte Lady, und der Baron war attraktiv genug, jedes Herz zum Klopfen zu bringen.

»Er ist nicht ›mein‹ Lord Raeburn, sondern einfach nur ein Kunde, demgegenüber wir eine treuhänderische Verantwortung haben. Also sollten wir uns jetzt auch darum kümmern.« Sie drehte ihren Kopf zum Spiegel, und was sie sah, gefiel ihr gar nicht schlecht. »Ich schätze, Sie haben getan, was Sie konnten, Hamblen. Bitte achten Sie ein wenig auf Tante Mim und sorgen Sie dafür, dass sie nach dem Abendessen ihr Tonikum nimmt.«

Mary und Oliver stolzierten über die breite, zentrale Treppe hinunter, da die Aufzüge bereits mit Gästen überfüllt waren, die sich ebenfalls auf den Weg zum Abendessen machten. Eine ansehnliche Zahl Leute hatte es sich auf den Plüschsofas und Sesseln in der Lobby bequem gemacht und wartete darauf, dass sich die Türen zum Speisesaal öffneten. Nachdem sie sich kurz umgesehen hatte, war Mary zufrieden, dass sie jünger war als die anwesenden Damen im Durchschnitt, was für ihren Plan sehr hilfreich war. Das Hotel schien momentan nicht ganz ausgebucht zu sein, sodass Dr. Bauer aus weniger Damen würde wählen müssen. Sie hustete sanft, und Oliver zog seinen Arm zurück.

»Da wir keine fest zugewiesenen Plätze haben, hast du sicher nichts dagegen, wenn ich mir einen interessanteren Tischnachbarn suche, oder, Mary? Ich habe genug von deinem Hüsteln und Schniefen«, sagte er laut.

Mary langte nach einem Taschentuch und betupfte ihre Augen. »Oh, Oliver, wie kannst du nur so grausam sein!«

»Dir wird man schon nichts anhaben. Schließlich bist du so alt wie die Berge. Wer würde sich schon nach dir umdrehen?«

»Ich werde das tun.«

Sowohl Oliver als auch Mary stutzten, als sie in ihrem Spiel derart unterbrochen wurden. Als sie sich umdrehten, stand Lord Raeburn in seiner Abendgarderobe vor ihnen, mit einem schelmischen Glanz in seinen dunklen Augen.

»Also verziehen Sie sich schon. Ich werde die Dame zum Abendessen führen.« Er legte Marys plötzlich feucht gewordene Hand in seine. Sie hoffte, dass sie ihre Handschuhe nicht durchschwitzen würde. »Ich bin Raeburn. Bitte vergeben Sie mir meine Impertinenz, aber ich hasse es einfach, wenn eine reizende Dame wie Sie schlecht behandelt wird. Ich darf annehmen, dass es sich bei diesem jungen Schnösel um Ihren Bruder und nicht um Ihren Gatten handelt?«

»J-ja«, stotterte Mary. Bei Lord Raeburn zu sitzen war nicht Teil ihres Plans gewesen.

»Kleine Brüder sind verdammt nutzlos. Ich habe selbst zwei, die mir oft mächtig Kopfschmerzen bereiten. Kommen Sie doch, Miss – ?«

»Arden. Mary Arden«, flüsterte Mary. Sie musste in dem Moment nicht mehr viel schauspielern, um sich schwach und überwältigt zu fühlen.

»Ah, die Türen werden geöffnet. Sie werden weder vom Essen noch von der Gesellschaft enttäuscht sein, das verspreche ich Ihnen. Ich bin bereits seit ein paar Tagen hier, während mein Anwesen renoviert wird, und ich wette, ich habe schon einige Pfund zugenommen.«

»Halten Sie das für klug?«, fragte Mary leise, während die Leute lautstark um sie herumschwirrten.

»Bauer ist wie ein Raubtier. Wenn er denkt, dass Sie für mich von Interesse sind, wird er alles tun, um Sie mir abzujagen. Habe ich Sie schon einmal auf der Bühne gesehen? Sie kommen mir so bekannt vor.«

Sogar Oliver hatte sie nicht erkannt, als sie in Erscheinung trat, und er arbeitete schließlich seit einem Jahr jeden Tag mit ihr im Büro zusammen.

»Das bezweifle ich. Dies ist mein e-erster Auftrag.«

»Harte Zeiten, hm? Nun, ich hoffe, die alte Schachtel Mrs Evensong bezahlt Sie auch gut. Mir zumindest berechnet sie ein Vermögen.«

Mary war empört. »Ich versichere Ihnen, dass alles zu Ihrer Zufriedenheit verlaufen wird. Aber genug jetzt vom Geschäft. Wenn Sie vorgeben wollen, um mich zu werben, dann tun Sie das auch richtig.«

Lord Raeburn sah sie abschätzend an. »Ich werde mein Bestes geben. Trotz der Schärfe Ihrer Zunge sind Sie ein reizendes kleines Wesen. Wer ist der junge Mann, der Sie begleitet? Ist das nicht dieser Sekretär aus der Agentur?«

»Welchen Teil von ›genug vom Geschäft‹ haben Sie nicht verstanden, Mylord? Sie werden noch vor dem Fischgang alles ruiniert haben.«

Lord Raeburn warf den Kopf zurück und lachte, was dazu führte, dass noch mehr Leute in ihre Richtung sahen.

Er führte sie zum Ende eines der Tische, und anstatt sich gegenüber von ihr zu platzieren, ließ er sich direkt neben ihr nieder.

Der Speisesaal füllte sich langsam, und doch schien es, als zögerten die Gäste, sich zu Mary und Lord Raeburn zu setzen. Sein Ruf begleitete ihn stets. Wäre er nicht in die Auseinandersetzung mit Oliver eingeschritten und hätte sie weggelotst, würde er wahrscheinlich allein sitzen. Eine Gruppe von Sportsmännern nahm ein paar Stühle weiter Platz, nahm aber keine Notiz von ihnen.

Mary fragte sich, wie Lord Raeburn seine Tage hier bislang verbracht hatte. Sie würde ihm unmissverständlich sagen müssen, dass er sich nicht einzumischen hatte.

Auch wenn er vielleicht in gewissem Maße recht hatte. Männer hegten Gebietsansprüche und begehrten oft das, was ihnen nicht gehörte. Auch wenn sie überhaupt kein Interesse daran hatte, ein Knochen zu sein, um den sich zwei attraktive, bärtige Männer balgten, dachte Mary, dass es ihrem Vorhaben nicht schaden würde.

Sie wollte schon fast selbst lachen. *Zwei Männer.* Noch nie in ihrem Leben war sie einem attraktiven Mann so nahe gekommen wie an diesem Abend. Sie konnte das Eau de Cologne riechen, das er trug – Blenheim Bouquet, ihr absoluter Lieblingsduft –, und die zarten, silbernen Härchen in seinem gepflegten Bart zählen. Sein Oberschenkel streifte den ihren, und sie rutschte ein Stückchen zurück.

Flinke Kellner strömten aus der Küche und begannen, weiße Porzellanteller zu verteilen. Die Mahlzeiten kamen auf Servierplatten und in Schüsseln auf den Tisch, aber es saß keiner nahe genug bei ihnen, um ihnen die Platte mit den glitzernden Austern zu reichen.

Mary betrachtete die leeren Stühle, die sie von den anderen trennten. »Sollten wir aufrücken?«, fragte sie.

»Sollten wir, einfach nur um diese Bastar– Kerle etwas nervös zu machen. Aber wir werden es nicht tun.« Der Baron hob einen Finger, und ein sommersprossiger, junger Ober stand unmittelbar vor ihnen.

»Wir werden unsere eigenen Platten brauchen, junger Mann. Kümmern Sie sich darum.« Dabei ließ Lord Raeburn ein paar Münzen in die behandschuhte Hand des Jungen gleiten. Eine Minute später wurde eine Platte vor ihnen aufgebaut, auf der sich mehr Austern türmten, als zwei Menschen auch nur ansatzweise essen konnten.

Das dachte Mary jedenfalls. Lord Raeburn servierte ihr eine Portion und hatte den Rest schnell verschlungen. All die Brüskierungen um sie herum konnten seinem Appetit offensichtlich nichts anhaben. Mary streckte den Hals, um nach Dr. Bauer Ausschau zu halten. Das leitende Hotelpersonal aß zusammen mit den Gästen, und sie entdeckte ihn, als er sich mit einem grauhaarigen Paar am anderen Ende des Raums unterhielt.

Lord Raeburn bemerkte, wohin ihr Blick ging, und wischte sich den Mund an einer Leinenserviette ab. »Noch vor dem Kaffee wird er hier auftauchen. Er geht von Tisch zu Tisch und begrüßt seine Patienten, und es wird ihm gar nicht gefallen, dass Sie neben mir sitzen. In der Tat«, sagte er mit einem fröhlichen Grinsen, »hat er sogar versucht, mir den Aufenthalt im Hotel verweigern zu lassen. Aber Prescott liebt Geld mehr als alles andere, also blieb meine Reservierung bestehen.«

Noch mehr Essen wurde aufgetragen, aber Mary fühlte sich zu entnervt, als dass sie viel hätte essen können. »Das muss sehr unangenehm für Sie sein. So … gemieden zu werden.«

»Das ist es wert, wenn ich Sie dabei erwischen kann, wie Bauer Ihnen gegenüber zärtlich wird.«

Marys Wangen wurden heiß. »So weit wird es hoffentlich nicht kommen. Aber Ihre Freunde – hat Ihnen niemand beigestanden?«

»Meine Brüder halten mich nicht für einen Verbrecher. Aber andererseits sind sie selbst so wild, dass ihre Meinung gar keine Rolle spielt. Genug von mir und meinen ruchlosen Plänen. Erzählen Sie mir mehr über sich, Miss Arden.«

Mary trank einen Schluck Wasser. Im Hotel wurde kein Alkohol ausgeschenkt, aber dem Grölen nach ließ sich vermuten, dass die anständigen Herren bereits vor dem Abendessen ausgiebig den in ihren Koffern versteckten Flaschen zugesprochen hatten.

»Da gibt es nicht viel zu sagen. Meiner Familie gehört eine kleine Kette von Kolonialwarengeschäften in Oxfordshire. Bevor ich nach London kam, habe ich in einem davon gearbeitet.« Es gab keinen Grund, ihre Herkunft vor ihm zu verbergen – Mary schämte sich ihrer Eltern nicht, nicht einmal ihres lästigen ambitionierten Bruders.

Seine dunklen Augenbrauen hoben sich. »Ein Kolonialwarengeschäft? Das ist aber ein weiter Weg bis zur Bühne.«

»Ich habe Ihnen bereits gesagt, dass ich keine Schauspielerin bin.« Was wohl eher eine Funkelei war, wenn man es genau nahm.

»Wie wurde Mrs Evensong auf Sie aufmerksam?«

»Schh. Sie sollten diesen Namen nicht einmal erwähnen. Viele dieser Leute hier haben sicher von der Agentur gehört. Es würde mich nicht überraschen, wenn wir – äh, sie – nicht sogar in die Hälfte aller anwesenden Haushalte hier Personal vermittelt hätten.«

»Die alte Dame ist recht bekannt. Warum ist sie hier?«

Mary starrte auf ihre Gabel. »Sie ist stolz auf ihren persönlichen Service. Die Situation machte sie neugierig.«

»Und der Sekretär?«

»Es ist immer einfacher, mit einem Mann zu reisen.«

»Er hat doch nicht etwa ein Auge auf Sie geworfen, oder?«

»Oliver?« Mary musste ein Lachen unterdrücken. »Aber nein.«

»Dann ist es in Ordnung. Ich würde Ihnen nicht zumuten wollen, drei Männer unter einen Hut zu bekommen, allein schon deswegen, da dies Ihr erster Auftrag ist, wie Sie selbst sagten.«

»Nun, ich habe jahrelang im Geschäft ausgeholfen.« Viel zu viele Jahre. »Man lernt viel über die Menschen, wenn man ihre Einkaufslisten abarbeitet.« Mary fragte sich, was auf Lord Raeburns Liste stehen würde – es würde eine Menge Lebensmittel brauchen, um eine derartige Statur zu versorgen. Er musste wohl knapp zwei Meter groß sein. Auch wenn er anscheinend kein Gramm Fett zu viel auf den Rippen hatte, war er dort breit, wo es sein musste, und der Schnitt seines Abendanzugs brachte seine Schultern voll zur Geltung. Sie hatte schon seine muskulösen Waden bewundert, als er seinen Kilt angehoben hatte … aber genug jetzt – wenn sie dieses Abendessen manierlich hinter sich bringen wollte, musste sie langsam damit aufhören, über die verschiedenen Teile dieses Männerkörpers zu sinnieren.

Aber genau das könnte sich noch als unmöglich erweisen.

4

Zu seiner eigenen Überraschung amüsierte sich Alec. Miss Arden war nicht wie seine üblichen Flirts – in der Tat würde er sie für eine unschuldige Jungfrau halten, ganz entsprechend der Rolle, die sie spielte.

Ihre blasse Haut errötete, wenn er sie zu sehr neckte, und auch wenn sie seine Doppeldeutigkeiten zu verstehen schien, weigerte sie sich, sie zu bestätigen.

Ihre Geziertheit war faszinierend – er war jedoch bereits einmal einer gezierten Frau erlegen, und wohin hatte ihn das geführt? Alec war dumm genug gewesen zu glauben, er könne Edith auftauen, aber vier Jahre lang war er erbärmlich gescheitert.

Doch einer *war* erfolgreich gewesen, und derjenige war jetzt auf seinem Weg durch den Speisesaal. Er legte seine Hand auf Miss Ardens behandschuhte Hand. »Schauen Sie nicht auf, aber unsere Beute steuert gerade auf unseren Tisch zu.«

»Lassen Sie meine Hand los, Mylord«, zischte Mary ihn an.

»Keine Chance. Er hat uns den ganzen Abend beobachtet. Lassen Sie ihn glauben, Sie seien leicht zu erobern.«

»Sie liegen da ganz falsch. Ein Mann wie Bauer will das Gefühl haben, der Erste zu sein. Es mag für Sie amüsant sein, seine Eifersucht zu schüren, aber es wird unser Vorhaben vereiteln, wenn er denkt, Sie hätten vor ihm bereits das Feld gepflügt.«

»Miss Arden! Eine solche Metaphorik! Ich bin schockiert.« Gleichwohl ließ er von ihrer Hand ab.

Miss Arden hüstelte sofort hinein und griff dann mit zitternder Hand nach ihrem Glas Wasser.

»Guten Abend, Miss Arden. Geht es Ihnen gut?« »Ich – ich …« Die Frau erschien recht atemlos. Ihr freigiebiger Brustkorb hob sich unter den Rüschen ihres tiefen Ausschnitts. Alec unterdrückte das Bedürfnis, den Stoff weiter nach oben zu schieben, um Bauer einen solchen Anblick zu vergällen. »Sicher wird es mir morgen besser gehen.«

»Vielleicht hat Sie Ihr Tischnachbar zu sehr aufgeregt.«

Alec musste sich auf die Zunge beißen, als Miss Arden ihren Blick hinab zu ihrer leeren Kaffeetasse wandern ließ. Er wartete darauf, dass sie ihn verurteilte.

»Oh, ganz und gar nicht. Lord Raeburn war ä-äußerst z-zuvorkommend. Mein Bruder …« Sie hustete erneut und brachte es fertig, dabei immer noch absolut hinreißend auszusehen. »… hat mich im Stich gelassen. Ich bin sicher, er hat unterhaltsamere Gesellschaft als mich gefunden.« Mit großen, unschuldigen Augen blickte sie zu Bauer auf.

»Ich bin mir sicher, dass man sich keine bessere Tischgesellschaft als Sie vorstellen kann, Miss Arden«, erklärte der Doktor schmierig.

»Erlauben Sie mir, Sie morgen Abend zu begleiten. Die Klientel im Hotel ist für gewöhnlich die Crème de la Crème, aber es gibt bisweilen auch Ausnahmen.«

»Damit können Sie aber nicht Lord Raeburn meinen. Er war ein absoluter Gentleman.« Seine Wimpern flatterten.

Alec wusste jetzt, dass Miss Arden eine vollendete Lügnerin war.

Er hatte sich an ihren Röcken gerieben, um ihre prallen Schenkel zu fühlen, und lange genug auf ihr pastellfarbenes Kleid geblickt, damit auch die naivste Frau keine Zweifel mehr an seinen ehrbaren Absichten hatte. Er redete sich ein, dies sei alles Teil des Plans, Bauer zu verärgern, aber er hatte mehr Vergnügen dabei verspürt als erwartet. Sie war ein verführerisches kleines Paket, fest verpackt in Seide und süße Unschuld.

»In der Tat, Bauer. Ich wollte Miss Arden eben bitten, wieder neben mir zu sitzen«, sagte Alec.

Jetzt flatterten Miss Ardens Wimpern. »Ach, Lord Raeburn, Sie wissen doch, dass das gegen die Hotelregeln verstößt. Wir sollen uns doch alle v-vermischen. Ich halte das für äußerst demokratisch, Dr. Bauer. Zu Hause habe ich so wenig Gelegenheit, unter Menschen zu kommen. Oliver und Tante Mim müssen m-mich schon richtig satthaben.«

»Das kann doch gar nicht sein, Miss Arden. Sie sind ein solch charmantes Mädchen.« Bauer verbeugte sich, nahm ihre behandschuhte Hand und streifte ihre Knöchel mit seinen Lippen. Sie war wohl kaum ein Mädchen mehr, aber Alec wusste, dass es der Sache nicht dienlich sein würde, wenn er ihn darauf aufmerksam machte. Er stellte sich vor, wie sich Miss Ardens spitzer Ellbogen in seine Rippen bohrte.

All dieser kontinentale Unsinn hatte Bauer bei den Damen derart erfolgreich gemacht. Der leichte Wiener Akzent, das goldene Haar, die hellen blauen Augen – Alec wollte ihm eine Gabel in den Leib rammen.

»V-vielen Dank, Dr. Bauer.« Miss Arden errötete erneut.

Du meine Güte, konnte diese Frau auf Befehl rot werden? Eine wahrlich grandiose Schauspielerin. Im Kolonialwarenladen hätte sie ihr Talent gewiss vergeudet.

Plötzlich wollte Alec wissen, an welchen Körperstellen sie sonst noch erröten konnte. Er stellte sich gerötete Brüste vor und pinkfarbene Ohrläppchen, und dann kamen seine Gedanken zur natürlichen Schlussfolgerung. Weicher Bauch, feuriges Haar zwischen ihren gespreizten weißen Schenkeln –

»Haben Sie etwas gesagt, Lord Raeburn?«

Er hörte die Warnung in ihrer Stimme – offenbar musste er laut gegrunzt haben. Jetzt verlangte es ihn nach einem Schluck Wasser. Am besten sollte er es sich über seinen Schoß kippen. »Ein Frosch im Hals«, knurrte er.

»Ich halte Fisherman's-Friend-Pastillen in solchen Fällen für sehr hilfreich«, erklärte Miss Arden. »Ich bin mir sicher, Dr. Bauer kennt die beste Medizin.«

»Die wir am besten morgen bei Ihrem Termin besprechen, Miss Arden. Ich werde Sie eingehend untersuchen.«

Darauf wettete Alec. Der Gedanke, dass sich Miss Arden vor Bauer auszog, schnürte ihm den Magen zu. Er stand auf und freute sich, dass er seinen Feind weit überragte. »Da Miss Arden ihre Ruhe braucht, werde ich sie jetzt zurück zu ihrem Zimmer geleiten.«

»Ich k-kann schon allein zurückfinden.«

»Unsinn«, sagte Alec, der sie nicht allein gehen lassen wollte. Wer wusste schon, was passieren konnte? »Dieses Hotel ist wie ein Kaninchengehege.«

»Und ich sage«, entgegnete Bauer, »es ist das feinste Hotel auf den Britischen Inseln. In ganz Europa!«

»Ist das jetzt so?«, feixte Alec. »Ich frage mich, ob Ihre Patienten dem zustimmen würden.«

»Sie haben keinen Grund zur Klage«, sagte Bauer blasiert. »Sie erhalten einen erstklassigen Service. In *jeder* Hinsicht. Ihre verstorbene Gattin unterzog sich den Heilmethoden und war sehr dankbar. Ich wage sogar zu behaupten, dass sie hier so glücklich wie nie zuvor war – vor ihrem … unglücklichen … Ableben.«

Alecs Fäuste ballten sich. Er würde sich nicht dazu anstacheln lassen, vor versammelter Mannschaft auf Bauer einzuprügeln. Und was der Doktor gesagt hatte, war verdammt wahr – Ediths Tagebuch konnte das belegen. Zumindest bevor sie erkannte, dass sie nur eine weitere von Josef Bauers Eroberungen war.

»Oh! Lord Raeburn, mir war gar nicht bewusst, dass Sie Witwer sind. Mein Beileid zu Ihrem Verlust«, sagte Miss Arden und erhob sich zwischen den beiden Männern, als ob sie den Ärger riechen könnte. Was für ein tapferes kleines Ding.

»Miss Arden, es tut mir leid, Sie darüber informieren zu müssen, dass Raeburn den schlimmsten Ruf hat. Keine anständige Frau – oder auch Mann – lässt sich in seiner Gesellschaft sehen. Da Sie so krank und isoliert zu Hause saßen, wissen Sie das wahrscheinlich nicht. Ich werde sichergehen, dass Ihnen die anderen Gäste das nicht anlasten. Aber wenn Sie meinen Rat befolgen wollen – lassen Sie sich von ihm lieber nirgendwohin geleiten.«

Miss Arden blickte von einem Mann zum anderen, wie ein gefangenes Rehkitz zwischen zwei Jägern. Sie bedeckte ihren Mund mit einer behandschuhten Hand und hustete, ein heftiger, quälender Anfall, der alles andere als bezaubernd war. Alec fühlte, wie alle Augen im Raum auf ihnen ruhten.

»Sehen Sie, was Sie angerichtet haben, Bauer? Sie haben sie verängstigt und krank gemacht!«

»Sie sollte auch verängstigt sein. Kommen Sie, Miss Arden, ich bringe Sie nach oben.«

Alec öffnete den Mund, um zu widersprechen, als Miss Ardens »Bruder« durch den Raum flitzte.

»In welche missliche Lage bist du hier geraten, Mary? Kann ich dich nicht einmal eine Stunde lang allein lassen, ohne dass du eine Szene machst? Es tut mir leid, meine Herren, aber meine Schwester hat einfach überhaupt keine Ahnung, was Männer anbelangt. Was auch immer sie gesagt haben mag, das Sie verärgert hat, es tut mir leid.« Er zog Mary fort und nörgelte den ganzen Weg lang bis zu den Türen des Speisesaals.

Miss Arden sah gedrückt aus und starrte hinab auf ihre sich schnell bewegenden Füße. Sie warf noch einen verzweifelten Blick zurück in den Saal, bevor sie der junge Mr Arden zur Tür hinausbeförderte.

Bauer grinste ihn an. »Nun, ich werde dafür sorgen, dass Miss Ardens Bruder alles über Sie erfährt.«

»Was macht Sie so sicher, dass ich nicht das Gleiche tun werde?«, fragte Alec. »Das können Sie nicht, Raeburn. Ihr Stolz und Ihre Ehre werden Sie davon abhalten, die schmutzige Wäsche Ihrer Frau öffentlich zu waschen. Und wer würde Ihnen schon glauben? Schließlich haben Sie sie in einem Anfall von Eifersucht aus ihrem Schlafzimmerfenster gestoßen.«

Alec wünschte, er stünde jetzt vor einem Fenster. »Sie wissen genau, weshalb sie starb.«

»Ach wirklich? Ich bin Arzt, kein Wunderheiler. Sie war sehr unglücklich. Ich tat mein Bestes, aber nicht jede Behandlung ist erfolgreich. Sie müssen wissen, dass ich ihr angeboten hatte, sie von ihrem kleinen Problem zu befreien, aber das lehnte sie ab.«

Wäre Bauer auch nur ansatzweise reumütig gewesen, hätte Alec seinen Plan vielleicht geändert. Aber da gab es kein echtes Bedauern bei Josef Bauer. Er hatte Ediths Tod mit einem Achselzucken und ein paar aalglatten Worten abgetan.

»Es ist mir einerlei, was Sie über mich sagen. Wir beide kennen die Wahrheit. An Ihrer Stelle würde ich bei jeder zukünftigen Patientin genau aufpassen, Bauer. Wie bei der armen Miss Arden.«

»Sie ist recht süß, nicht wahr? Für die kommende Woche oder so wird sie ausreichend sein – die Auswahl ist jetzt noch nicht so groß. Die besten Leute kommen im August. Was ist heute, Donnerstag? Ich schätze, spätestens am Sonntag wird sie in meinem Bett liegen. Und Sie kommen mir dabei besser nicht ins Gehege.«

Genau das hatte Alec gewollt, oder? Aber der Gedanke daran, dass Bauers Hände Mary Arden berühren sollten, war ekelerregend. »Rühren Sie sie nicht an«, knurrte er daher.

»Sie können mich nicht aufhalten.« Bauer grinste ihn draufgängerisch an.

»Auch wenn es ihr Bruder herausfindet, denke ich, es wird ihn nicht kümmern – die haben nichts füreinander übrig.«

»Sie hat eine Tante.«

»Die derart mit ihrem eigenen Leid befasst ist, dass sie keine Zeit für ihre Nichte hat. Ja, ich würde sagen, Mary Arden ist genau das, was der Doktor bestellt hat.« Bauer kicherte über seinen eigenen Witz.

Wenn Alec noch eine Sekunde länger in diesem Speisesaal blieb, würde er Bauers Nase blutig schlagen. Das Ergebnis wäre sein Rauswurf aus dem Hotel, und er hatte Mrs Evensong versprochen, dass er Mary Arden beschützen würde.

Also machte er auf dem Absatz kehrt und ging und ließ das Geflüster und die Seufzer der Erleichterung hinter sich, als er den Raum verließ. Manchmal war es nötig, sich zurückzuziehen, um einen Krieg zu gewinnen, auch wenn es ihn maßlos ärgerte, Josef Bauer unversehrt zurückzulassen. Er würde Mrs Evensong warnen müssen, dass sein Plan nur allzu gut aufging.

Er hatte sich schon vorher erkundigt – sie war in einem der Turmzimmer eine Etage unter ihm untergebracht. Ob es schon zu spät war, um bei der alten Dame vorzusprechen? Er hoffte es um Marys willen nicht.

Er sprang die Treppe hoch und dachte, er würde ausreichend körperliche Ertüchtigung erfahren, auch ohne die dafür vorgesehenen Räumlichkeiten zu nutzen. Am Ende des Korridors klopfte er mit seiner noch immer geballten Faust an die Tür.

Anstelle einer Zofe öffnete Mary selbst. Sie packte seinen

Arm und zog ihn hinein. »Sind Sie noch bei Sinnen? Was zum Teufel machen Sie hier?«, fragte sie, eindeutig aufgebracht.

»Biete doch Lord Raeburn einen Stuhl an, meine Liebe«, sagte Mrs Evensong. »Ich fühlte mich schon gelangweilt, weil du mir so wenige Einzelheiten vom Abendessen erzählt hast.«

Miss Arden – Mary – lief scharlachrot an. »Es gibt nichts zu erzählen, Tante Mim.«

»Oh, also so würde ich das nicht sagen.« Oliver hantierte mit einem Dekanter voll Brandy in einer Ecke des Wohnzimmers. »Darf ich Ihnen einen kleinen Trunk anbieten, Mylord?«

»Er bleibt nicht lange«, sagte Mary.

»Herzlich gern, Mr Arden«, entgegnete Alec, wofür er von ihrem Blicken durchbohrt wurde.

»Nennen Sie mich doch bitte Oliver. Auf den anderen Namen reagiere ich am Ende nicht.«

»Das würde ich Ihnen aber nicht raten!«, ermahnten sowohl Mrs Evensong als auch Mary den jungen Mann unisono.

»Schon gut, schon gut. Es war nur ein kleiner Scherz. Das Ganze ist für mich neu und mir nicht ganz geheuer.« Oliver grinste und goss für alle einen Drink ein. »Zum Wohl! Ich würde sagen, wir sind auf dem besten Weg zu einem umwerfenden Erfolg, oder?«

Alec nahm seinen Drink entgegen und setzte sich auf einen gestreiften Stuhl, ohne von Mary dazu aufgefordert worden zu sein. »Ich bin nur gekommen, um Ihnen das zu sagen. Bauer prahlt damit, dass er Sie bis Sonntag in seinen Fängen haben wird.«

Mary erbleichte. »W-was?«

»Er hat Sie als sein neuestes Opfer auserwählt. Ich war mir sicher, dass, wenn er Sie mit mir sehen würde, dies auf ihn eine Wirkung haben würde wie eine rote Fahne vor einem Bullen, und ich hatte recht.«

»Bis Sonntag sind es nur noch zwei Tage. Sicher sollte ich nicht ganz so einfach zu erobern sein«, brummelte Mary.

»Er ist davon überzeugt, dass Sie keine Verteidiger haben. Aber da hat er die Rechnung ohne mich gemacht.«

»Lord Raeburn, wenn ich unterbrechen darf.«

Er drehte sich zu Mrs Evensong und erkannte plötzlich, dass sie bereits eine gemusterte Robe, ein Nachtgewand und eine Spitzennachthaube trug. Ein Fuß war in Leinen gewickelt und ruhte auf einem Sitzkissen.

»Vergeben Sie mir bitte mein Eindringen zu dieser Stunde«, entschuldigte sich Alec. »Ich dachte nur, ich sollte Sie darüber informieren.«

»Zu dieser Stunde? Die Sonne scheint noch immer so weit im Norden, nicht wahr? Es wird noch Stunden dauern, bis ich schlafen kann. All diese Aufregung. Beinahe wie früher. All ihr jungen Menschen.«

»Nun ja.« Mit fünfunddreißig hatte sich Alec schon seit Jahren nicht mehr für jung gehalten.

Irgendetwas an Mrs Evensong war anders, aber Alec konnte es nicht ausmachen. Sie trug noch immer ihre getönten Gläser, und graue Locken lugten unter der Spitze hervor. Sie schien älter und weniger lebhaft zu sein als an dem Tag in der Mount Street. Nicht ganz so sachlich, beinahe so, als würde sie sich auf seine Kosten amüsieren. Was ihr natürlich nicht schwerfallen dürfte nach dem, was er ihr bezahlt hatte.

»Darf ich etwas einwenden? Wenn Sie Marys Beschützer werden und Dr. Bauer abhalten, werden Sie Ihren eigenen Plan vereiteln.«

Alec nahm einen großen Schluck Whisky. Sie hatte natürlich recht.

»Sie können mir nicht dauernd folgen«, fügte Mary verärgert hinzu, »Sie werden noch alles ruinieren.«

»Ich bin Ihnen nicht gefolgt. Ich bin gekommen, um mit Mrs Evensong zu reden.«

Er war ebenso überrascht gewesen wie sie, als sie ihn in die Suite zerrte.

»Was auch immer Sie ihr zu sagen haben, können Sie auch mir sagen.«

»Vergeben Sie mir, Miss Arden, aber Sie sind lediglich die angeheuerte Hilfskraft.«

Grünes Feuer loderte in Marys Augen, verschwand aber auf der Stelle wieder. »Ja, Mylord.«

Oliver schnaubte, sagte aber klugerweise nichts.

»Also«, lächelte Mrs Evensong, »erzählen Sie mir von heute Abend. Ich glaube, Mary hat das Interessanteste ausgelassen.«

5

Mary saß rauchend und trinkend da, während Lord Raeburn Tante Mim über den Abend und seine Begegnung mit Bauer berichtete. Nun, nicht alles über den Abend – er erwähnte beispielsweise nicht, wie er ihre Brust angegafft und unangemessene Dinge zu ihr gesagt hatte, als sei sie eines dieser Florodora Girls. Es war offensichtlich, was er von ihr hielt, aber Mary hatte keine Ahnung, wie sie ihn vom Gegenteil überzeugen konnte. Schließlich mimte sie die Verführerin, obwohl es wohl nicht viel brauchte, um Josef Bauers Gunst zu erwerben. Sonntag also! Dieser schmierige, zynische Flegel.

Mary war nicht ganz sicher, wen sie damit meinte. Bauer vermutlich. Sie konnte verstehen, wie seine höfischen Manieren im Wiener Stil ein empfängliches Mädchen beeinflussen konnten, aber sie persönlich ließ sein Gehabe eher kalt. Lord Raeburn wiederum hatte in ihr so ein Jucken und ein Gefühl von Wärme hervorgerufen. Diese Schmetterlinge in ihrem Bauch wurden immer wilder und hatten es ihr nicht leicht gemacht, die sieben Gänge durchzuhalten. Hätte es Wein zum Essen gegeben, hätte sie wohl versucht, sie zu ertränken. Aber sie sollte besser bei klarem Verstand bleiben. Sie und Tante Mim hatten immer zusammen einen Gutenachtbrandy zu sich genommen, während sie über das Agenturgeschäft plauderten, aber jetzt setzte sie das Glas ab und versuchte, ohne es zu entspannen. Sie schaute aus dem Fenster auf die dunkel werdende Bergsilhouette und zählte die Sterne am perlgrauen Himmel. Sie schätzte die Anzahl der Nagelstifte an der Ottomane, auf der

Tante Mims Fuß ruhte. Mary schaute sich überall im Raum um, sie sah nur nicht das an, was sie wollte. Sie würde Olivers Blick meiden, denn dieser Spitzbube würde sicher sofort wissen, was sie dachte. Oliver hatte ein Gespür für Veränderungen in der Atmosphäre, nachdem er der jüngste von sechs Brüdern war. Dank seines guten Instinkts war er auf diese Weise so mancher Prügelei entgangen.

Verflixt. Trotz Lord Raeburns schwülstiger Redeweise und unangebrachter Vertrautheit war sie ergriffen. Unter all seiner Verruchtheit wusste sie, dass er verletzlich war. Und viel zu attraktiv.

Das war nur so, weil sie zu wenig Erfahrung hatte, versuchte sie sich einzureden. Als sie zum letzten Mal ein normales Kleid getragen hatte, war es von einer monströsen Schürze verdeckt worden. Keiner der Kunden – die meisten davon Frauen oder Bedienstete – hatten ihre Weiblichkeit bemerkt, und ihr Bruder Albert hatte ihr davon abgeraten, mit jungen Herren auszugehen, wobei es ohnehin kaum welche gegeben hatte, die gefragt hätten. Es war Albert ganz recht gewesen, Mary in seinem Laden oder Haushalt beschäftigt zu halten, und sie hatte keine Wahl, da sie ihre Ausbildung nicht abgeschlossen und auch selbst kein Geld hatte. Wenn Sie sich aus der Beschäftigung bei ihrem Bruder davonstahl, würde sie sich nur für irgendeinen Fremden abschuften müssen.

Als Tante Mim geschrieben hatte, musste Mary nicht zweimal nachdenken. Aber die Freiheit, auf die sie in London gehofft hatte, blieb leider aus. Es war bemerkenswert, wie viel Zeit es in Anspruch nahm, die Probleme anderer Leute zu lösen, und wie wenig am Ende des Tages übrig war, Brandy hin oder her. Mary hatte immer vorgehabt, ins Theater zu gehen oder Konzerte zu besuchen, aber irgendwie hatte sich dazu nie die Gelegenheit ergeben. Als sie sich aus der Mount Street hinausbewegte, hatte es stets geschäftliche Gründe – um irgendjemandes häusliche Angelegenheiten geradezurücken, wofür sie ihre Verkleidung als Mrs Evensong brauchte.

Sie strich mit einer Fingerspitze über ihre seidenen Röcke. Ihre Handschuhe hatte sie als Allererstes abgelegt, und das Material fühlte sich einfach himmlisch an. Wie wunderbar es war, nackte Hände zu haben, und wie köstlich wäre es, sie in Lord Raeburns Bart zu vergraben.

Woher war jetzt dieser Gedanke nur gekommen? Sie *mochte* Bärte nicht einmal besonders. Mary gab sich selbst einen Tritt, einen echten Tritt mit dem rechten Schuh an den linken Knöchel, der in einem Strumpf steckte.

»Was denkst du, Mary?« Tante Mim sah sie über ihre Gläser hinweg durchdringend an.

»Ich – ich fürchte, ich habe die Aussicht genossen und den Gesprächsfaden verloren.«

»Sie sollten lieber zuhören, meine Liebe. Rein, raus, dann sind Sie sicher und können sich um Ihre Dinge kümmern, was immer das sein mag. Der junge Herr Oliver hier und ich werden uns in seinem Zimmer verstecken und so viele Leute wie möglich zu uns bitten.«

»Wie bitte?«

»Samstagnacht. Karten. Drinks«, sagte Oliver überdeutlich, als sei sie taub.

»Ihr gebt eine P-Party?«

»Was wir haben werden, sind Zeugen. Du lädst Bauer in dein Zimmer ein, dann schreist du ein wenig, und der junge Oliver hier wird durch die Verbindungstür stürzen, um dich zu retten.«

»Das ist absurd«, sagte Mary. »Sicher würde Dr. Bauer keine Liebschaft in Betracht ziehen, wenn im Zimmer nebenan jede Menge Herren sitzen.«

»Nichts würde seine Lust mehr anstacheln, als Sie hilflos zu sehen, seiner Gnade ausgesetzt. Er würde niemals glauben, Sie würden Ihre Stimme erheben, um ihm zu widersprechen. Die Mädchen, die er sich als Opfer aussucht, sind zu eingeschüchtert, um Vergewaltigung zu rufen«, sagte Lord Raeburn verbittert.

Mary schwankte. »Er – er ist ein *Vergewaltiger*?«

Lord Raeburn errötete. »Nein. Sie sind willens genug. Bedürftige, arme kleine Dinger. Er raspelt Süßholz, bis sie nicht mehr klar denken können, dann dreht er den Spieß um und bittet sie um Geld, damit er schweigen wird. Alles, was er tun muss, ist, damit zu drohen, dass er sie als hysterisch – als nymphoman – diagnostiziert, und ihre Familien werden sie ohne Hoffnung auf Hotels oder irgendetwas anderes in ihrer Zukunft wegsperren. Er wird sagen, *sie* hätten *ihm* Angebote gemacht. Egal wie, er schlägt daraus Kapital.«

»Bastard«, fauchte Oliver.

»Achten Sie auf Ihre Sprache«, sagte Tante Mim, »auch wenn ich dem nur zustimmen kann. Mary, hätte ich alle Risiken gekannt, hätte ich ein Machtwort gesprochen. Das ist kein Ort für eine behütete junge Dame, wie du eine bist.«

Lord Raeburn drehte sich um und hob die Augenbrauen. »Ich hatte den Eindruck, Miss Arden hätte etwas Erfahrung.«

»Nichts kann einen auf diese besonderen Umstände vorbereiten«, sagte Mary schnell. Sie würde es Tante Mim nicht erlauben, ihr zu untersagen, in der Angelegenheit fortzufahren. Schließlich ging es nur um zwei Tage Arbeit und um eine saftige, nicht zu erstattende Gebühr, auch wenn sie nicht erfolgreich war. »Ich denke, wir sollten den Abend absprechen. Es ist sehr wahrscheinlich, dass ich nicht in einer Position sein werde, in der ich schreien kann.« Sie stellte sich Bauers Hände mit seinen langen Fingern vor, wie sie sich über ihren Mund legten, und schauderte. »Und wenn ich es tue, hört ihr mich vielleicht nicht, wenn eure neuen Freunde trinken und Karten spielen und so. Die Männer, neben denen wir heute Abend gesessen haben, hätten es nicht gehört, wenn eine Bombe am nächsten Tisch explodiert wäre, sie waren so verwirrt. Wir sollten einen Zeitpunkt für meine Vergewaltigung festlegen.«

»Eine ausgezeichnete Idee, Miss Arden. Auch wenn Sie *nicht* vergewaltigt werden.« Lord Raeburn blickte finster drein, wie er es auf all diesen Zeitungsfotos auch getan hatte.

»Mein Vorsatz lautet also Vergewaltigung. Bis Samstagabend ist es noch etwas hin, und wir werden rechtzeitig unter uns eine Uhrzeit vereinbaren – vielleicht hat Dr. Bauer ja gar keine Zeit.«

»Oh, vertrauen Sie mir, er wird alle Termine absagen, nur um sicher zu sein, dass er mich ausstechen kann. Zwei meiner Frauen zu verführen, dem kann er nicht widerstehen.«

»Ich bin nicht Ihre Frau, Lord Raeburn«, sagte Mary nicht ganz so nachdrücklich, wie sie es vielleicht hätte tun sollen.

»Das muss er ja nicht wissen. Morgen werde ich mich jedenfalls Ihretwegen zum Narren machen.« Er warf sich in eine Liebhaberpose und klopfte mit der Hand auf seine Brust. Nun, hoffentlich ließ er sich am nächsten und übernächsten Tag mehr einfallen – momentan sah er jedenfalls ziemlich schwachsinnig aus.

Sie hob eine Augenbraue. »Ich hoffe, das wird Ihnen keine allzu große Mühsal bereiten.«

»Fishing for compliments, Miss Arden? Sie werden erst welche erhalten, wenn Sie sie verdient haben. Vor den Hotelgästen werde ich mich ausreichend liebestoll geben. Alle werden glauben, ich hätte mich hoffnungslos verliebt.«

Tante Mim hustete. »Wenn ich einen weiteren Vorschlag machen dürfte, Lord Raeburn. Niemand mit Verstand würde glauben, dass Sie ein Mann sind, der sich leicht verliebt. Der sich der Lust hingibt, ja. Sie hatten diesen Ruf bereits, als Sie noch in kurzen Hosen herumliefen – oder ohne Hosen … wie man es nimmt.«

Mary schlug sich eine Hand vor den Mund. Tante Mim nahm nie ein Blatt vor denselben.

»Dr. Bauer wird viel leichter zu lenken sein, wenn Sie ihn in eine Wette verwickeln – wer von Ihnen kann wohl Miss Ardens Widerstand als Erster brechen? Dadurch haben Sie eine Entschuldigung, sich in Ihrer Gesellschaft aufzuhalten, ohne Verdacht zu erregen. Über Liebe muss nicht getratscht werden – schließlich befinden Sie sich noch in Trauer, oder?«

Lord Raeburn war so still geworden, dass sich Mary fragte, ob er noch atmete. Fühlte er sich beleidigt aufgrund des Hinweises auf seinen verwegenen Ruf? Verärgert über die Erwähnung seiner toten Gattin?

Und dann lachte er. Sie hatte es erst einmal zuvor erlebt, als sie ihn beim Betreten des Speisesaals gerügt hatte. Da hatte er sich jedoch selbst ausgebremst; jetzt aber saß er da wie ein glücklicher Bär, der röhrte und schnaufte, bis ihm die Tränen aus den dunkelbraunen Augen kullerten. Er überschlug sich regelrecht, und Mary hatte einen Moment lang Panik. Was, wenn dieser Mann unausgeglichen war? Was, wenn er seine Frau tatsächlich umgebracht hatte?

Oliver reichte ihm einen weiteren Brandy, als er nach Luft schnappte, den er in einem Zug schluckte. Als er wieder zu Atem kam, zwinkerte er Mary zu und wandte sich an Tante Mim. »Ich habe gehört, dass Sie Wunder vollbringen können, aber niemand hat mir gesagt, wie unverblümt Sie sind, Mrs Evensong. Sie haben absolut recht. Ich werde mich nicht in Miss Arden oder jemand anderen verlieben, über all diesen Unfug bin ich hinweg, und ohne Zweifel weiß das Bauer. Also fein. Ich werde somit den großen Lüstling mimen, um Bauer anzustacheln. Das ist eine Rolle, die ich spielen kann, wie Sie bereits betonten.«

Eine Rolle, die er während des gesamten Abendessens gespielt hatte, dachte Mary. Er war während seiner Flirtereien zur Hochform aufgelaufen – und teilweise etwas zu weit gegangen. Sie konnte seine »zufälligen« Berührungen und extravaganten Bemerkungen nur ignorieren.

Mary Arden sollte eine naive Junggesellin sein, aber Mary Evensong – obwohl sie eine Junggesellin war – war nicht mehr wirklich naiv. War sie das jemals gewesen? Das Einwickeln von Lammkeulen und das Dosieren von Fläschchen mit Oxo hatten sie aller romantischen Anflüge beraubt, die sie sich als Schulmädchen zurechtgelegt hatte. Der ständige Kontakt mit Leuten der Ober- und Unterschicht in den letzten vier Jahren hatte bei ihr ohnehin einen sauren Geschmack hinterlassen. Betrunkene Lakaien und verschwenderische Herzöge waren einer wie der andere. Die meisten Leute wussten nicht genug, um sich nicht selbst im Weg zu stehen, und es ärgerte sie, dass sie oft engagiert wurde, um Probleme zu lösen, die einfach unter ihren bemerkenswerten Fähigkeiten lagen.

Aber nicht dieses Mal. Lord Raeburns Schwierigkeiten würden sich nicht lösen, auch wenn Dr. Bauer bloßgestellt wurde. Was er brauchte, konnte sie ihm nicht geben.

Mary konnte ihm keinen körperlichen Trost spenden. Und im Übrigen bekam er durch seine ganzen Chormädchen wirklich genug davon. Sie war alles andere als nachsichtig mit der verstorbenen Lady Edith Raeburn, die ihn ausreichend frustriert hatte, sodass er sein Ehegelübde brach und sich jetzt auf dieses absurde Spiel einließ, um ihren Tod zu rächen.

Man fiel nicht für gewöhnlich aus seinem eigenen Schlafzimmerfenster. War sie gestoßen worden? Oder war sie gesprungen? Mary würde nicht fragen. Sie war nicht ganz so unverblümt wie Tante Mim.

»Nun, jetzt, da wir alles geklärt haben, schlage ich vor, dass wir uns morgen nach meiner Untersuchung treffen, damit Sie damit beginnen können, Ihren Charme auf mich wirken zu lassen. Sollen wir vielleicht ein zweites Frühstück auf der Veranda einnehmen?«

»Ich kann es kaum erwarten.« Lord Raeburn stand auf, sein Gesicht verfärbte sich rot. »Bitte verzeihen Sie mein Verhalten heute Abend beim Abendessen. Ich wusste nicht –«

»Dass ich eine ehrenwerte Dame bin? Ich nehme es Ihnen nicht wirklich übel, Mylord. Eigentlich war es eine ganz gute Übung für mich. Dr. Bauers Schmeicheleien können so an mir vorbeirauschen. Zumindest bis Samstag.«

»Ich habe irgendwie das Gefühl, dass nichts so einfach an Ihnen vorbeirauscht, Miss Arden. Gute Nacht, Mrs Evensong. Oliver.«

»Angenehme Träume«, sagte Tante Mim und lächelte ihn an. Auch als die Tür zum Wohnzimmer geschlossen war, lächelte ihre Tante noch immer.

»Ich mag ihn.«

Mary verdrehte die Augen. »Du hast ihn doch eben erst kennengelernt, Tante Mim.«

»Das weiß er ja nicht. Ein attraktiver Teufel. Gequälte Seele.«

»Ich mag ihn auch«, meldete sich Oliver zu Wort.

Das hätte er wohl gern. Oliver hatte eine fatale Schwäche für ein attraktives Äußeres. Sein wohlhabender Vater hatte ihn auf die Straße gesetzt, als er Oliver in den Armen des hauseigenen, schmucken französischen Küchenmeisters entdeckt hatte. Der Küchenmeister aber durfte bleiben, denn wie hätte Mr Palmer auf die vorzügliche Gänseleberpastete verzichten können?

Oliver andererseits war als jüngster von sechs Söhnen gänzlich entbehrlich.

Wenn er nicht aufpasste, würde er noch wie der arme Mr Wilde enden. Mary könnte das nicht ertragen; ihr war Oliver inzwischen wie ein echter jüngerer Bruder ans Herz gewachsen. Er war gewiss weitaus amüsanter und loyaler als Albert, und er verdiente es, wo auch immer sein Glück zu finden.

Sie gab vor, zu gähnen und sich zu strecken. »Ich bin so müde! Ich schätze, sobald mein Kopf das Kissen berührt, bin ich schon weg. Kommen Sie, Oliver, seien Sie ein guter Bruder und geleiten Sie mich über den Gang.«

»Ja, Mrs Evensong. Ich meine Mary.«

Tante Mim kicherte. »Armer Junge. Die Dinge sind oft nicht so, wie sie scheinen, nicht wahr? Sie sollten sich lieber daran gewöhnen.«

6

Freitag, 10. Juni 1904

Mary hatte sich dumm gestellt. Dümmer als dumm. Sie hatte keine Einwände gezeigt, als Dr. Bauer seine Krankenschwester weggeschickt hatte, und hatte vorgegeben, nicht zu bemerken, dass seine Finger von seinem Stethoskop ein paar Sekunden zu ihrer linken Brust abgewandert waren, länger als unbedingt nötig. Sie konzentrierte sich darauf, ihre Augen weit offen zu halten und doch so zu tun, als habe sie nichts bemerkt – und auf Kommando zu erröten.

Dies war eine ihrer wenigen femininen Fertigkeiten – sie hatte mit den anderen Mädchen an Miss Ambrose's Academy for Young Ladies das Erröten geübt, bevor Albert sie hinter die neue Registrierkasse verbannte. Mary hatte sich ein paar Sachen ausgemalt, an die sie dachte, wenn sie ihren Wangen mehr Farbe verleihen wollte, und jetzt, da Sie Bekanntschaft mit Lord Raeburn gemacht hatte, wurde er schlichtweg in ihr System eingebunden. Es war nicht sonderlich schwer, unanständige Dinge über ihn zu denken – eigentlich war es eher schwierig, nicht die ganze Zeit nur an ihn zu denken. Dieser Mann schien sie weit mehr in ihren Gedanken zu beschäftigen als ihre anderen Kunden.

Jede Frage wurde mit schüchternem, atemlosem Gestammel beantwortet.

Die Symptome, die sie Bauer nannte, waren widersinnig. Wäre er ein anständiger Arzt gewesen, hätte er ihr erzählt, sie wäre wohl etwas »nervös« und hätte ihr geraten, ihre Koffer zu packen. Stattdessen nickte er mitfühlend und ließ seine Hände über ihren gesamten, in Weiß gekleideten Körper gleiten. Er verschrieb ihr aromatisierte Bäder und sein eigenes Elixier. Nachdem sie einmal daran gerochen hatte, war sich Mary sicher, dass es größtenteils aus Alkohol bestand – das Hotel sollte eigentlich von diesem Gespenst der Mäßigung ablassen und seine Gäste sich nach Lust und Laune auf die altmodische Weise betrinken lassen.

Für den Nachmittag setzte er ihr einen Termin für ein Kräuterbad und eine Massage. Leider könnte er nicht anwesend sein, um die Aufgabe persönlich zu übernehmen, weil noch andere Patienten auf ihn warteten. Mary war erleichtert. Für einen Tag hatte dieser Mann sie durchaus genug berührt. Sie musste ihm jedoch zugutehalten, dass er sehr behutsam gewesen war. Zärtlich. Seine blauen Augen waren arglos, seine blonden Locken engelsgleich. Satan hatte viele Erscheinungsformen, dachte sie bei sich.

Also saß sie nun in einem gepolsterten Korbsessel und wartete darauf, Lord Raeburn »zufällig zu begegnen«. Eine kleine weiße Teekanne aus Porzellan stand vor ihr, daneben ein Teller mit glasierten Keksen. Vor ihrem Termin bei Dr. Bauer war sie zu nervös gewesen, als dass sie hätte gut frühstücken können, also biss sie gerade in einen Keks, als Alec Raeburn hinter ihr auftauchte und ihr auf die Schulter tippte. Allein durch diese kleine Berührung wurde ihr schon ganz warm.

»Darf ich Ihnen Gesellschaft leisten, Miss Arden?«

Mary nickte und schluckte hastig den Keks hinunter. Ihre Zunge glitt durch ihren Mund, um die restlichen Krümel zu beseitigen. Nichts war schlimmer, als wenn man noch Essensreste an den Zähnen hatte. »G-guten Morgen, Mylord.«

Lord Raeburn zog einen Sessel näher heran und winkte einer der jungen, beschürzten Serviererinnen, um für sich ebenfalls eine Kanne Tee zu bestellen.

»Nun, wie war es?«, fragte er und beugte sich nach vorn, sodass seine Knie beinahe die ihren berührten.

Sie dachte einen Moment lang nach. Bauer war sehr sanft gewesen, und dennoch war es diese Sanftheit, die in ihr alle Alarmglocken läuten ließ, über die sie bei Miss Ambrose gelernt hatte. »Ich kann verstehen, warum eine Frau ihm erliegen würde.«

»Aber nicht Sie.«

Mary schüttelte ihren Kopf. »O nein. Selbst wenn ich Ihren Anschuldigungen gegen Dr. Bauer keinen Glauben schenken würde, wäre er überhaupt nicht mein Fall. Ich mache mir nichts aus Bärten.«

Instinktiv fasste sich Lord Raeburn ans Kinn. »Wirklich?«

Hatte sie ihn jetzt beleidigt? Sie konnte nicht anders; sie war allzu ehrlich, wenn sie nicht gerade für eine gute Sache lügen musste. »Das ist so eine Eigenart von mir. Ich kann mich nicht einmal für einen Schnauzbart erwärmen.«

»Der König trägt einen Bart. Und das scheint seinem Erfolg bei den Damen nicht abträglich zu sein«, sagte Lord Raeburn anscheinend beleidigt.

»Das mag wohl sein, aber das hat keinen Einfluss auf meine Gefühle.«

Edward war berüchtigt für seine Vielzahl von Mätressen. Arme Alexandra – Mary würde eine solche Treulosigkeit von ihrem Ehegatten niemals hinnehmen, auch nicht, wenn er der König war. Nicht dass sie damit rechnete, überhaupt einen Ehegatten abzubekommen. In ein paar Tagen schon würde sie wieder in London sein und sich in ihren Akten vergraben, und das Abenteuer im Forsyth Palace Hotel wäre nur noch verblassende Erinnerung. Sie nahm einen Keks und biss heftig hinein.

Das Dienstmädchen brachte ein weiteres kleines Tablett mit dem Tee für den Baron. In zwei Stunden würde es einen leichten Lunch geben, hier auf der verglasten Veranda oder an überdachten Tischen auf dem Rasen.

Die Nachmittagsmahlzeit war eine weitaus weniger förmliche Angelegenheit als das Abendessen. Viele Gäste ließen sich in der Hotelküche Picknickkörbe packen und machten sich auf, die Spazierwege des Grundstücks zu erkunden, oder, um schnell wieder zurückzukehren, in Gamaschen im Fluss zu stehen. Und wenn der Lunch gerade nicht ins Konzept passte, musste man nicht lange hungern, denn um vier Uhr wurde auf umfangreichste Weise der Tee serviert. Mary würde ihre neuen Kleider ändern lassen müssen, wenn sie die ganze Woche hierblieb.

Sie beobachtete Lord Raeburn, wie er in seinen Keks biss. Obwohl sie hungrig war, war sie plötzlich zu schüchtern, es ihm gleichzutun, und legte ihre beiden Stücke zurück auf ihren Teller.

Er funkelte sie an. Seine Augen waren tiefbraun, beinahe schwarz, umrahmt von dichten, langen Wimpern. »Warum starren Sie mich so an? Hängen mir etwa Krümel in meinem grässlichen Bart?«, fragte er.

»Ich habe nicht gestarrt.« Und eigentlich war sein Bart gar nicht so fürchterlich.

»Doch, haben Sie.«

»Habe ich nicht. Na ja, Sie sitzen hier direkt neben mir. Wo soll ich sonst hinschauen?«, fragte Mary vernünftig, obwohl sie sich überhaupt nicht vernünftig fühlte.

Lord Raeburn deutete mit einem seiner langen Finger in Richtung Fenster. »Die Aussicht ist hier normalerweise das Zentrum der Aufmerksamkeit.«

»Fein.« Mary drehte den Kopf, unberührt von der Erhabenheit der Berge. Sie würde viel lieber den Mann ansehen, der vor ihr saß, aber sie heftete ihren Blick fest an einem weit entfernten Gipfel.

»Was hat er also gemacht?«

War da ein Adler? Egal. Wenn sie einen Adler sehen wollte, konnte sie auch in einen Zoo gehen. Oder nach Amerika. »Wer?«

Lord Raeburn seufzte. »Bauer, Miss Arden. Hat er Sie all Ihrer Kleider entledigt und Ihnen Avancen gemacht?«

Sie würde ihn nicht ansehen. Würde ihn nicht ansehen. »Ich trug ein Krankenhaushemd, das mich von Hals bis Knöchel bedeckte. Wenn dieser Mann eine übermäßige Vorliebe für nackte Zehen hat, so hat er sich das nicht anmerken lassen.«

»Hat er Ihnen versprochen, Sie wiederzusehen?«

»Er hat für heute Nachmittag eine Wasserheilbehandlung angeordnet, aber darum kümmert sich einer seiner Bediensteten. Wie Sie wissen, wird er mich ja heute Abend zum Dinner begleiten.« Darauf freute sich Mary zwar überhaupt nicht, aber irgendwie musste sie sich das großzügige Honorar ja auch verdienen.

»Ich werde auch da sein.«

»Ich kann Sie nicht vom Essen abhalten, aber ich bitte Sie inständig, die Distanz zu wahren.«

Sie hörte, wie er einen Schluck Tee nahm. Er schlürfte nicht.

»Ich habe ihm heute Morgen eine Nachricht geschickt, wie Mrs Evensong es vorgeschlagen hatte.«

Sie konnte nicht anders. Sie drehte den Kopf ein Stückchen und sah diesen Funken Übermut in seinen dunklen Augen. »Und wie lautete diese Nachricht, Mylord?«

»Nur dass ich mich entschieden habe, ihn bei seinem eigenen Spiel zu schlagen. Dass ich die Absicht hätte, Sie in die Freuden der fleischlichen Lust so schnell wie möglich einzuweisen. Dass der beste Mann gewinnen solle.«

Marys Mund war trocken, also trank sie selbst von ihrem inzwischen lauwarm gewordenen Tee. »In der Tat. Und, hat er geantwortet?«

»Das hat er. Ich erwarte nicht, dass er fair spielt, also seien Sie auf der Hut.«

»W-Was meinen Sie damit?« Würde ihr Bauer in irgendwelchen Korridoren auflauern, um sie in ein dunkles Zimmer zu zerren? Das Hotel war riesig, ein Kaninchengehege, wie Lord Raeburn es bezeichnete. Man würde sie niemals finden. Dann würde Mary eventuell auf ihre Hutnadel zurückgreifen müssen – eine weitere Sache, die sie bei Miss Ambrose geübt hatte. Ihre Schulzeit lag schon so weit zurück, sodass sie hoffte, sie konnte sich noch genau daran erinnern, wie man die Nadel einsetzte.

»Rechnen Sie mit einem Zimmer voller Rosen aus dem Gewächshaus des Hotels oder etwas ähnlich Banalem. Bauer hat nicht viel Vorstellungskraft.«

»An Rosen ist nichts auszusetzen«, sagte Mary erleichtert. Rosen zu bekommen war einer Entführung bei Weitem vorzuziehen. Lord Raeburn schnaubte nur und aß den Rest seines Kekses auf.

»Wann ist Ihre Behandlung?«, fragte er, nachdem er seinen Bart nach fehlgeleiteten Stückchen durchforstet hatte.

Sie hätte niemals etwas über seinen Bart sagen sollen. Tante Mim würde ihr einen Vortrag halten. Der Kunde hatte immer recht, auch wenn er eindeutig falschlag. Und wenn Lord Raeburn einen Bart trug, der ihm bis zu seinem Hinterteil reichte, würde das Mary auch nichts angehen.

Nun, das war anatomisch gesehen unmöglich. Er würde eher an seiner Vorderseite herunterwachsen, genau bis zum –

»Miss Arden, ich rede mit Ihnen.«

»Ich bitte um Verzeihung. Die Behandlung ist für vierzehn Uhr angesetzt. Ich weiß nicht so recht, was ich zu erwarten habe.«

»Ich denke, Sie werden in einer Wanne eingeweicht, bis Ihre Haut runzelig ist, und dann werden Sie mit irgendeinem Haufen Dreck eingerieben. Edith kam oft tageweise hierher. Sie sagte, die Bäder würden sie entspannen, aber heute weiß ich, dass nicht nur heißes Wasser im Spiel war.« Lord Raeburn plauderte im lockeren Ton, aber Mary ließ sich nicht täuschen.

»Wir können uns nochmals zum Tee treffen, dann kann ich Ihnen alles erzählen«, sagte Mary kühn.

»Das würde mir gut passen – so werden uns auch diese Wichtigtuer zwei Mal zusammen sehen. Man wird das an Bauer weitertragen. Was macht Oliver denn heute?«

»Er spielt Golf. Er hofft, dass er die Bekanntschaft einiger Gentlemen machen kann, die mit ihm morgen Abend Karten spielen wollen. Sie waren ja so nett, Ihren Bestand an alkoholischen Getränken zur Verfügung zu stellen. Nicht jeder denkt daran, seinen eigenen Trunk einzupacken, und findet die rigorosen Regulierungen des Hotels in Bezug auf Alkohol äußerst lästig. Ich schätze, Raeburn's Special Reserve wird den Ausschlag geben.«

»Das Familienunternehmen, wie Sie wissen. Oder zumindest das meines Bruders Evan. Es ist eine der kleinsten Destillerien hierzulande, aber auch die beste. Leider muss ich zugeben, dass ich mit dem Unternehmen nichts zu tun habe, außer dass ich gelegentlich dessen Produkte konsumiere.«

»Leider? Sie meinen, Sie würden Ihre Hände im Handel schmutzig machen?«

»An ehrlicher Arbeit gibt es nichts auszusetzen. Ich bin nicht einer von denen, die auf ihrem Hinterteil hocken und warten, bis die Münzen rollen. Ich verwalte meinen Besitz, so gut ich es kann, und manchmal lege ich sogar gemeinsam mit meinen Pächtern selbst Hand an. Sind Sie jetzt überrascht?«

Mary stellte sich vor, wie er auf einem Feld stand, mit nacktem Oberkörper, seine breite Brust glänzend vom männlichen Schweiß körperlicher Arbeit. Sie spürte, wie sie ihre Wangen zu verraten drohten. »Äh, nein. Ich fürchte, mich kann so leicht nichts überraschen.«

»Und doch sind Sie noch unschuldig.«

»Eine Jungfrau zu sein bedeutet nicht, dass man geistlos ist, Mylord.« Sie fühlte, wie ihr die Hitze unter dem engen Spitzenkragen ihrer Bluse emporstieg.

»In der Tat. Sie haben etwas recht Keckes an sich, Miss Arden. Darf ich Sie Mary nennen?«

»Das wäre wohl nicht angemessen.«

»Umso mehr Grund, um Bauer zu quälen. Und Sie müssen natürlich Alec zu mir sagen.«

Alec. Es hatte schon etwas, wenn man sich mit einem Vertreter des Adels gegenseitig mit Vornamen ansprach. Sogar als sie Cristobel Burke davon abgehalten hatte durchzubrennen, hatte sie Lord Burke nicht aufgefordert, ihn Percival zu nennen.

»Also gut. Alec.« Sie mochte es, wie sich ihre Zunge in ihrem Mund rollte, wenn sie seinen Namen aussprach. »Sie sagten, Sie hätten zwei Brüder. Evan leitet die Destillerie. Hat Ihr anderer Bruder auch damit zu tun?«

»Nick? Ach nein, ich bin nicht einmal sicher, wo er sich momentan überhaupt aufhält. Unser Nick ist immer auf Reisen. Ein Künstler, zumindest versucht er, einer zu sein. Er scheint Raeburn Court für den ödesten Ort auf Erden zu halten und findet dort keine Inspiration. Und er hatte auch für Edith nicht viel übrig, also konnte ich ihn nicht zu Hause halten.«

Mary schaute ihm in die Augen. »Können Sie mir etwas über sie erzählen, oder wäre das zu qualvoll?«

Er wich ihrem forschenden Blick nicht aus, sondern erwiderte ihn. »Da gibt es nicht viel zu erzählen. Ich habe sie geheiratet, als sie siebzehn war. Aye, sie war viel zu jung für mich – ich war fast doppelt so alt. Aber sie war eine echte Schönheit, und ich musste sie einfach haben. Wer hätte gedacht, dass sie vor mir gehen würde?« Er blickte auf seine großen Hände, Hände, die sehr wohl eine zerbrechliche junge Frau aus einem Fenster hätten stoßen können.

»Wie haben Sie sich kennengelernt?«

»Mary Arden, ich habe Sie nicht angeheuert, um Nachforschungen über *mich* anzustellen. Es ist ganz gleich – ich habe einen Narren aus mir gemacht und bezahle noch immer dafür.« Er klang eher entnervt denn verärgert.

»Bitte entschuldigen Sie, dass ich so neugierig war. Ich neige dazu, zu viel zu fragen.«

Und aus irgendeinem Grund gaben ihr die meisten Menschen auch Antwort, zumindest wenn sie als ältere Dame verkleidet war. Alec Raeburn war sich nicht bewusst, dass er ihr bereits erzählt hatte, dass seine Ehe nicht vollzogen worden war – dieses überraschende Geständnis, das er Mrs Evensong gemacht hatte. Was für ein Schlag das für ihn gewesen sein musste. Er verströmte pure Manneskraft – die Luft auf der Veranda knisterte förmlich davon. Oder vielleicht hatte sie auch nur das Gefühl, weil sie ihm so nah war, seine Größe und sein Duft deswegen so präsent waren. Wenn sie sich nicht irrte, hatte er bereits einen Schluck von Raeburn's Special Reserve zu sich genommen. Nicht dass er etwa angetrunken gewesen wäre. Und er roch auch noch nach anderen Dingen – nach warmer Wolle, Blenheim Bouquet und einem Hauch Zigarre. Aber es war noch früh am Tag, zu früh, um bereits zu trinken.

Männer taten solche Dinge aus Langeweile oder Verzweiflung.

Abrupt stand er auf und schnappte sich ihre Hand vom Tischchen. »Ich werde mich jetzt verabschieden, meine liebe Mary.« Er beugte sich vor und küsste jede Fingerspitze. »Bis heute Nachmittag.« Mit seiner nackten Hand umschloss er ihre Wange und blickte sie an, wie ein Liebhaber es tat.

Mary saß da mit offenem Mund, während er sich durch die Korbstühle und Tische seinen Weg bahnte. Und dann erkannte sie den Grund für seine Darbietung. Dr. Bauer hatte den Raum betreten und steuerte direkt auf sie zu.

Sie musste sich nicht erst dazu bringen zu erröten – sie war sicher, dass sie aussah, als würde ein Feuer in ihr lodern.

»Miss Arden. So sehen wir uns wieder.« Der Doktor setzte sich ohne Einladung in den frei gewordenen Sessel. »Ich hoffe, Sie denken nicht, dass ich meine Grenzen überschreite, aber ich habe Sie gestern Abend vor Lord Raeburns Ruf gewarnt. Es ist nicht gut für Sie, wenn Sie in seiner Gesellschaft gesehen werden.«

»W-wir haben uns hier nur zufällig getroffen.«

Der Doktor blickte finster auf die zweite Teekanne auf dem Tisch. »Hat er versucht, mit Ihnen eine Verabredung zu treffen?«

»Eine V-V-Verabredung? Was meinen Sie damit?« Mary stotterte und schlüpfte in ihre beschränkte, unschuldige Routine.

»Er ist ein Grobian, wenn es um Frauen geht. Ich will ganz offen sein – jemand mit Ihren zarten Empfindungen kann seine Motive wohl kaum nachvollziehen. Sie wissen doch, dass er seine Frau umgebracht hat?«

Mary holte Atem. »Nein!«

»Die örtlichen Behörden sind ein Haufen Pfuscher. Dieser Mann sollte schon längst hängen. Ich fühle mich meinen

Patientinnen gegenüber verantwortlich, Miss Arden, und ich kann nicht zulassen, dass Sie sein nächstes Opfer werden. Sie müssen beschützt werden.«

Er machte seine Sache wirklich gut, sich derart moralisch zu entrüsten. Sie gab vor, besorgt zu sein. Und wieder wurde Marys Hand umschlossen. An nur einem Tag bekam sie mehr Aufmerksamkeit als in den letzten neunundzwanzig Jahren.

»Sie müssen sich täuschen, Dr. Bauer. Er scheint so ... nett zu sein.«

»*Gott im Himmel!* Nett! Dieser Mann ist eine Gefahr. Ich untersage Ihnen, ihn noch einmal zu sehen. Er wird Ihr feines Herz strapazieren und Ihrer Gesundheit schaden, vielleicht unwiederbringlich.«

»Meine Güte. Sie scheinen diesbezüglich so leidenschaftlich zu sein, Dr. Bauer.«

»Ich bin leidenschaftlich! Nichts bedeutet mir mehr als das Wohlergehen meiner Patienten. Und ich werde alles tun, Miss Arden – alles, damit es Ihnen wieder gut geht.«

Mary biss sich auf die Lippe, um angesichts seines Ausbruchs nicht laut loszulachen. Sie hatte da so ihre Vermutung, was er mit »alles« meinte.

»V-vielen Dank, Dr. Bauer. Ich werde versuchen, in Zukunft vorsichtiger zu sein. Wenn ich Lord Raeburn wieder begegne, versuche ich ihn zu schneiden.«

»Versuchen reicht nicht aus, Miss Arden, Sie müssen es tun. Und wenn er Sie belästigt, kommen Sie zu mir. Ich werde ihn dann aus dem Hotel werfen lassen. Weshalb ihn Prescott hier wohnen lässt, ist mir ohnehin schleierhaft.«

»Der Baron lebt doch gleich in der Nähe, oder? Er sagt, er lässt sein Haus renovieren, und alles ist durcheinander.«

»Bah! Dann soll er doch in seinen Ställen schlafen, weit weg von unschuldigen Mädchen, wie Sie es sind.«

»I-ich bin nun wirklich kein Mädchen mehr«, sagte Mary und war gespannt, welches Kompliment nun folgen würde.

»Sie sind jung, süß und reizend. Eine Vision. Sie sollten Ihre Zeit nicht mit diesem schottischen Trottel vergeuden.«

Und schon gar nicht werde ich meine Zeit mit einem österreichischen Trottel vergeuden, schwor sich Mary.

Wäre Lord Raeburn – Alec – nicht zu ihr gekommen, hätte sie dann die Galanterie Bauers durchschaut, wäre sie ihm bei anderer Gelegenheit begegnet? Vielleicht nicht. Seine Sanftheit hätte sie eventuell als willkommene Abwechslung gesehen, und ihre Alarmglocken wären still geblieben.

Was, wenn Sie Tante Mim hierhergebracht hätte, als das Hotel eröffnete? Mary war in Hinsicht auf ihren Ledigkeitsstatus im letzten Jahr etwas traurig gewesen, insbesondere nachdem sie beobachten musste, wie sich Charles Cooper und Louisa Stratton ineinander verliebten. War sie bereit, gepflückt zu werden? Empfänglich für Schmeicheleien und Aufmerksamkeit? Bei Alec Raeburn wurde ihr schwindelig, und er versuchte es noch nicht einmal.

Vielleicht war sie in Hinsicht auf Alec Raeburn ebenso töricht, wie Edith Raeburn es bei Josef Bauer war.

Nein. Edith war gerade einmal einundzwanzig Jahre alt gewesen, als sie ihrem Schicksal ins Auge sah. Mary glaubte fest daran, dass sie durch ihr Alter einiges an gesundem Menschenverstand besaß, und der sagte ihr, dass sie Alec trauen konnte. Aber sie würde sich auf keine Affäre mit ihm einlassen. Das wäre unprofessionell, und Mary Evensong war alles andere als unprofessionell.

Verflixt.

7

Alec war vom Forsyth Palace Hotel nicht sonderlich beeindruckt. Sicher, das Gebäude war prachtvoll, das Essen frisch, täglich angeliefert und gut zubereitet, die Betten flauschig weich.

Die Belegschaft des Heilbades jedoch ließ zu wünschen übrig, und hier machte er sich nicht nur um Josef Bauer Gedanken. Es war nicht viel nötig gewesen, den fleischigen Bademeister zu bestechen. Meine Güte, er könnte einer sein, der gekommen war, um Mary Arden umzubringen. Sein Ruf hätte die Masseurin zum Nachdenken bringen müssen, aber seine Pfundnoten halfen ihr dabei, alle Skrupel zu überwinden. Alec sollte überhaupt nicht hier sein, in diesem fensterlosen Raum, der nur durch eine Duftkerze beleuchtet war, die Tür zu und verschlossen. Er sollte nicht einmal in der Nähe von Mary sein, die mit dem Gesicht nach unten nackt und hilflos auf einem Behandlungstisch lag. Zumindest war ein Großteil von ihr in ein warmes Leinentuch eingewickelt. Ihr Rücken hatte noch immer eine rosige Farbe vom siedend heißen Bad. Ihr rotbraunes Haar war hochgesteckt, und feuchte Löckchen klebten an ihrem schlanken Hals. Alec musste sich zusammenreißen, um sich nicht über sie zu beugen und sie wie ein Vampir zu beißen.

Sie hatte ihm heute Nachmittag eine Botschaft zukommen lassen, dass Bauer ihr »verboten« hatte, ihn zu sehen, also würde es keine Verabredung zum Tee geben. Es war auch unnötig – sie war ziemlich sicher, dass sie es auch ohne das Provozieren seiner Eifersucht auf Alec schaffen würde, mit dem Doktor ein Rendezvous für die morgige Nacht zu arrangieren.

Alec war sich dessen auch sicher. Welcher Mann konnte schon ihrer Schamröte und ihren Seufzern, ihren großen haselnussbraunen Augen und ihrem drallen kleinen Körper widerstehen? Sie war sicher keine konventionelle Schönheit wie Edith – sie hatte überhaupt nichts mit Edith gemeinsam –, und doch fühlte er sich trotz seiner guten Absichten zu ihr hingezogen. Um Himmels willen, sie war nicht einmal eine richtige Schauspielerin, sondern nur eine Angestellte aus einem Kolonialwarenladen! Ein Ladenmädchen.

Und nicht einmal wirklich ein Mädchen mehr, brachte er sich in Erinnerung. Sie musste fast dreißig sein. Aber vielleicht war es für ihn an der Zeit, diese flatterhaften jungen Dinger hinter sich zu lassen. Für sinnlose Tändeleien war er inzwischen auch zu alt geworden. Was er brauchte, war eine reife Geliebte, jemanden, mit dem er reden konnte. Oder noch besser, jemanden, mit dem er schweigen konnte.

Mary Arden war eine respektable Frau der Mittelklasse. Alec bezweifelte irgendwie, dass sie auf sein Angebot, seine Geliebte zu werden, sobald dies alles vorbei war, mit Luftsprüngen reagieren würde, ganz gleich, wie viel Geld und Komfort er ihr bieten konnte. Für diesen Job war sie ohnehin etwas zu spitzzüngig.

Dies könnte also das einzige Mal sein, dass er sie auf diese Weise zu sehen bekam. Sogar bei dieser dämmrigen Beleuchtung konnte er die Sommersprossen erkennen, die sich malerisch auf ihren Schultern verbreiteten, und ihre Fußfessel war wohlgeformt.

Alec hatte eigentlich vorgehabt, mit ihr über den nächsten Tag zu reden, aber er wollte sie nicht erschrecken. Sie erwartete eine Abreibung mit irgendwelchem klebrigen Zeug, keine

Unterhaltung. Je länger er neben der Tür stand, desto schwieriger wurde es, bei Verstand zu bleiben. Vielleicht war es doch keine so gute Idee gewesen, sich in das Bad zu schleichen – er hätte ihr ebenso gut eine Nachricht zurücksenden oder sie nach dem Abendessen in Mrs Evensongs Zimmer aufsuchen können.

Aber irgendso ein Wurm in seinem Kopf hatte ständig etwas von ihrem Behandlungstermin um 14 Uhr gemurmelt, und dieser Wurm war hartnäckig. Was, wenn Bauer seine Pläne änderte und doch entschied, sich selbst darum zu kümmern? Mary wäre diesem Mann vollständig ausgeliefert. Alec wollte sie lediglich vor den Tätlichkeiten dieses schmierigen ausländischen Bastards schützen. Mary atmete tief ein und er schnappte ebenfalls nach Luft.

»Fangen Sie bald an?«, fragte sie mit gedämpfter Stimme in die Kissen hinein. »Ich muss zugeben, dass ich noch niemals so entspannt war. Ich kann mir gar nicht vorstellen, wie es mir nach der Massage gehen wird.«

Alec fühlte, wie ihm die Zunge anschwoll. Jetzt sollte er mit sanftester Stimme reden, bevor sie zu schreien anfing, ihr erklären, weshalb er heute zu ihrem Schutz gekommen war, und mit ihr über morgen reden. Aber er brachte kein Wort hervor.

Er machte einen Schritt vorwärts, dann noch einen. Eine Flasche mit Balsam stand auf einem Tabletttischchen. Alec nahm den Deckel ab und goss ein wenig davon in seine Handfläche. Dann rieb er die Hände aneinander, um die Flüssigkeit anzuwärmen. Es roch stark nach Rosen, und er musste gegen ein Niesen ankämpfen.

Was zum Teufel dachte er sich nur dabei? In Wahrheit dachte er gar nichts. Er legte seine Hände auf ihre Schultern, und seine Daumen fingen an, ihren Nackenbereich zu umkreisen.

Er hörte ein kleines, knackendes Geräusch und fragte sich, ob seine Berührung zu fest war. Sein ganzes Leben lang hatte er mit seiner Größe gekämpft und fühlte sich auch dann noch als roh, wenn seine Absichten unschuldig waren. Jetzt war er jedoch nicht wirklich unschuldig. Mary schien es nicht zu stören – in der Tat reckte sie sich wie ein Kätzchen, das man hinter den Ohren kraulte. Seine Finger pressten sich in ihre Schultern und kneteten sie unfachmännisch durch.

Manchmal hatten ihn seine Mätressen auf diese Weise berührt, um die Anspannung von ihm zu nehmen, und er versuchte, sich an ihre Technik zu erinnern. Alec erkannte, dass er stets am nehmenden Ende gesessen hatte, und während er sich selbst damit brüstete, Frauen Vergnügen zu bereiten, stand sein Vergnügen doch stets an erster Stelle.

Schließlich hatte er die Mädchen auch dafür bezahlt. Er war ein selbstsüchtiger Bastard gewesen, hatte ein leeres Leben gelebt. Die Ehe hätte das ändern sollen, aber das tat sie nicht. Mary stöhnte. Sofort zog er seine Hände zurück.

»Nein, nein. Ich habe nicht aus Schmerz gestöhnt. Sie haben wahrlich magische Hände«, murmelte sie ins Kissen. »Ich war sehr verspannt. Viel Stress in meinem Beruf – ich meine, in meinem Leben, wissen Sie? Es ist schon eine Aufgabe, mich um meine mürrische Tante zu kümmern, und auch mein Bruder ist eine konstante Herausforderung. Meine Gesundheit hat darunter gelitten.«

Da hatte sie sich geschickt aus der Affäre gezogen. Es war nicht vorgesehen, dass sie einem Beruf nachging – sie sollte nur eine ziellose Erbin mit einer Neigung zur Hypochondrie sein.

Wahrscheinlich erwartete Bauer von seiner Belegschaft, dass sie ihm alles berichteten, was sie über die Patienten in Erfahrung bringen konnten. Alec sagte nichts, sondern rieb einfach weiter und versuchte sich vorzustellen, wo ihre Flügel sitzen würden, wäre sie ein Engel gewesen. Sie zuckte und seufzte zufrieden, hörte aber glücklicherweise auf zu reden. Sie erwartete eine weibliche Bademeisterin, und Alec wollte keinesfalls seine Stimme um mehrere Oktaven verstellen, was die Situation noch arglistiger gemacht hätte, als sie ohnehin schon war.

Er würde keinesfalls das Laken heben und seine großen Pranken darunterschieben. Nein, das würde er nicht. Das würde die schnellste Massage der Welt werden, denn er wusste jetzt, dass er an diesem Punkt unmöglich erklären konnte, weshalb er in dieses Zimmer gekommen war und sie derart intim berührte, wo er doch einfach nur persönlich mit ihr reden wollte.

Sie würde ihn ausweiden, wenn sie entdeckte, wer er war, und das zu Recht. Alec war genauso schlimm wie Bauer, schlug seinen Vorteil aus einer ahnungslosen Frau. Er würde noch ein wenig Marys nackte Füße durchkneten und auf die gleiche Weise verschwinden, wie er gekommen war. Fliehen.

Was für ein Esel er doch war. Sein Gehirn war vollkommen verdreht. Wenn hier jemand verspannt war, dann war er es – das letzte Jahr war er durch die Hölle gegangen und ganz offensichtlich aus dem Gleichgewicht geraten.

Nach Sonntagnacht würde er nach Raeburn Court zurückkehren und versuchen, die Scherben seines Lebens zusammenzusammeln. Bauer würde blamiert sein, und das musste genügen. Alecs Brüder würden ihm Gesellschaft leisten – falls sich Nick aus dem Bordell irgendwo auf dieser Welt losreißen konnte, in dem er wahrscheinlich hauste –, und er hoffte, dass einer von ihnen heiratete, sodass die Baronie einen Erben hatte. Er wäre ein nachsichtiger Onkel und würde sich ein Hobby suchen. Das Massieren von Frauen gehörte definitiv nicht dazu.

Alec kniff die Augen zusammen, während seine Hände über das Laken glitten. Die Tatsache, dass sie darunter nackt war, verschaffte ihm einen trockenen Mund.

Wieso benahm er sich nur so töricht – er hatte schon vorher reichlich Zeit mit etlichen nackten Frauen verbracht. Aber sich vorzustellen, wie Mary Arden ohne ihre Bedeckung aussah, brachte sein lästiges bestes Stück zum Anschwellen.

Füße. Er musste sich auf ihre Füße konzentrieren. Alec hatte seines Wissens keinen Fußfetisch; er hatte immer mehr auf Brüste gestanden. Groß oder klein, das war ganz gleich – Brüste waren so unglaublich weich und reagierten auf jede Berührung. Ihm gefiel auch, wie die Taille einer Frau ihre Hüfte betonte. Und ein runder Po war ebenfalls reizvoll. Der von Mary sah unter dem Laken verlockend aus.

Ah, zum Teufel. Du musst an ihre Füße denken.

Ihre Sohlen waren sauber, er goss etwas mehr Öl in seine Hände und umschloss einen ihrer Füße damit. Es war ein kleiner Fuß, ein anmutiger Fuß für eine kleine Frau. Aber auch wenn Mary nicht sehr groß war, sah man ihr an, dass sie die Dinge unter Kontrolle hatte.

Ja, sie würde ihn wohl umbringen, im wahrscheinlich mit einem Sonnenschirm eins überziehen. Und er würde es hinnehmen, denn Gott weiß, er hätte es verdient.

Er drückte ihren Fuß zwischen seinen Handflächen, streichelte über ihre Ferse, zog an ihren Zehen. Ihren Rücken und die Schultern zu massieren war viel einfacher gewesen – in so einem Fuß gab es verdammt viele Knochen, und sie alle schienen unter seinen Berührungen leicht zu knirschen. Alec hoffte nur, er würde nichts kaputt machen.

Abrupt ließ er ihren Fuß auf den Tisch fallen und ging einen Schritt rückwärts, dann noch einen, bis er an einen Stuhl stieß.

Der Raum war dunkel, und es herrschte Totenstille. Mary war doch nicht etwa eingeschlafen, oder? Aber das wäre zu schön gewesen.

»Massieren Sie den anderen Fuß nicht auch noch? Das fühlte sich herrlich an.«

Nein, er würde den anderen Fuß nicht auch noch massieren. Er war dabei, seine eigenen zur Flucht aus dem Zimmer zu gebrauchen. Aber dann rüttelte jemand vehement am Türknauf.

»Schließen Sie diese Tür sofort auf!«

Es war der böse Doktor. Alecs Glück war definitiv verbraucht. Bauer klang aufgebracht, wodurch sein Wiener Akzent noch stärker als sonst zu hören war. Mary regte sich auf dem Tisch.

»Nicht bewegen«, flüsterte Alec. Ihr Kopf flog herum, und er konnte ihr Gesicht sehen, das rosige Abdrücke von den Falten im Kissen aufwies. »Was? Was ist los?« Verflixt, sie rollte sich auf die Seite und setzte sich ungelenk auf, wobei sie das Laken um ihre Brust geschlungen hielt. Ihr Mund klappte auf, als sie ihn sah, flach an die Wand gepresst, aber sie hatte Verstand genug, nicht zu schreien.

»Ich kann es erklären«, sagte Alec und fuhr sich mit den öligen Fingern durch seine Haare.

»Das bezweifle ich ernsthaft.« Sie blickte flüchtig durch den kerzenbeleuchteten Raum. »Keine Fenster. Nur eine Tür. Ich würde sagen, Sie sitzen in der Falle.«

Bauer hämmerte draußen an die Tür und rief nach jemandem, der ihm die Schlüssel bringen sollte.

»Ich habe Sie doch gebeten, mir nicht zu folgen, oder? Und jetzt sehen Sie, in welch missliche Lage Sie uns gebracht haben. Schlüpfen Sie unter den Behandlungstisch«, schnappte sie.

»Sind Sie verrückt? Da passe ich doch niemals darunter!«

»Es ist Ihre einzige Chance. Es sei denn, Sie wollen alles kaputt machen.«

Alec hatte auch keine andere Idee. Also machte er sich klein und kroch unter den gepolsterten Tisch, wo er sich in einer Höhle aus drapiertem Stoff wiederfand. Was bedeutete – er lugte gerade noch rechtzeitig unter dem Saum hervor, um zu sehen, wie Mary die Kerze auspustete. Eine nackte Mary, nur kurz beleuchtet. Aber lange genug für ihn. *Heilige Mutter Gottes*. Sie war hinreißend.

Sie ging zur Tür, kämpfte etwas mit dem Riegel und öffnete sie dann mit einem Krachen. Alec ließ das Laken im Interesse der Vernunft und der Selbsterhaltung wieder fallen.

»Oh, Dr. Bauer. Es tut mir so leid. Ich muss wohl eingeschlafen sein. Das Duftbad war einfach himmlisch.«

»Wo ist er?« Bauer klang wirklich aufgebracht.

»Wo ist wer?«, fragte Mary mit einem Gähnen. »O nein. Sie können nicht einfach hereinkommen. Ich habe überhaupt nichts an.«

»Ich bin Arzt, Miss Arden – ich habe schon viele nackte Frauen zuvor gesehen«, haspelte Bauer.

»Aber nicht mich, Sir. Es wäre nicht angemessen ohne Ihre Schwester, nicht wahr? Ich war nur etwas überrascht, als Sie sie heute Morgen weggeschickt haben.«

Dieser Hundesohn. Alec zwang sich stillzuhalten, aber er war kurz davor, unter dem Tisch hervorzuspringen und Bauer am Hals zu packen.

»Schon gut. Wo ist Raeburn?«

»L-Lord Raeburn? Warum sollte dieser schreckliche Mensch denn hier sein?«

Schrecklicher Mensch? Alec schätzte, dass sie da nicht ganz falschlag.

»Er hat Hedwig – Ihre Masseurin – bestochen, um sich stattdessen hier einzuschleichen. Natürlich hat sie das Geld verweigert und ist direkt zu mir gekommen.«

Hedwig war also eine Diebin *und* eine Lügnerin zugleich. Und auch noch recht langsam, wenn man es genau nahm. Alec hatte ausreichend Zeit gehabt, Mary Arden zu kompromittieren.

»Das ist ja lächerlich! Ich bin ganz allein hier, Dr. Bauer. Ich habe gewartet und gewartet, und dann muss ich wohl eingeschlafen sein. Wenn Sie nicht diesen Aufstand gemacht hätten, würde ich wohl immer noch schlafen. Zum ersten Mal seit Monaten konnte ich mich endlich entspannen, und jetzt – jetzt erzählen Sie mir, dass hinter mir ein Wahnsinniger her ist, der Leute besticht, um an mich heranzukommen!« Sie brach lautstark in Tränen aus.

»Miss Arden, Miss Arden, beruhigen Sie sich.«

»Fassen Sie mich nicht an!«, kreischte Mary. »Jemand soll mir meine Sachen holen. Welche Art von Heilbad leiten Sie hier genau, Dr. Bauer? Ich werde ein paar Gebete sprechen und in Ruhe nachdenken müssen, bevor ich wieder in mein Zimmer gehe. Oh, meine Nerven!« Sie schlug die Tür zu.

»Sind wir denn noch zum Abendessen verabredet, Miss Arden?«, fragte der Doktor durch die geschlossene Tür.

»Ja. Nein. Ich kann jetzt nicht denken. Ich bin viel zu aufgebracht. Stellen Sie sich nur vor, dieser Feigling Raeburn hätte mich gefunden, nackt und allein in diesem kleinen Zimmer. Ungeschützt. Ohne Ausweg. Vielleicht hätte er mich – oh! Es ist so entsetzlich, ich mag gar nicht daran denken.« Mary schlug hart gegen den Tisch, sodass sich eine Metallstange in Alecs Kopf bohrte. »Ich bin zu verschämt, als dass mich irgendjemand sehen sollte. Ich kann Ihnen noch nicht gegenübertreten.« Alec hörte, wie eine Flasche zu Bruch ging und sich ein Duft nach Rosen im Raum verbreitete. Verflixt, er würde niesen müssen. »Hm. Miss Arden. Es gibt eine kleine Tür, die hinter dem Geräteschrank versteckt ist. Sie führt zum Bedienstetenaufgang. Sie können dort den Raum ganz unbeobachtet verlassen. Ich werde der Belegschaft mitteilen, dass der Bereich – sagen wir zehn Minuten lang, nachdem wir Ihnen Ihre Kleider gebracht haben – für Sie freigehalten wird. Gibt Ihnen das ausreichend Zeit, um in Ihr Zimmer zu gelangen?«

Etwas anderes flog jetzt gegen die Wand und rollte am Tisch vorbei. *Die Kerze,* dachte Alec.

»Oh, Sie sind wirklich zuvorkommend, Dr. Bauer! Es tut mir leid, dass ich hier Dinge kaputt schlage. Mein Temperament, müssen Sie wissen. Die meiste Z-Zeit bin ich ja zaghaft und sanft, aber wenn ich verärgert bin, kann ich zur Xanthippe werden, sagt Oliver. Stellen Sie sich nur vor, dieser Schuft von Raeburn dachte, er könnte mich ausnutzen! Wenn er jetzt hier wäre, würde ich ihn wohl mit meinen bloßen Händen umbringen! Ihn bis zum Umfallen würgen! Sehen, wie seine schwarzen Augen aus seinem Kopf springen!«

Alec schloss sie, obwohl sie es ohnehin nicht sehen konnte. Er glaubte ihr.

»Ich werde zusehen, dass Sie kein weiteres Unheil erleiden, Miss Arden. Sie können sich auf mich verlassen.«

»Danke, Dr. Bauer. Josef. Darf ich Sie Josef nennen? Und bitte holen Sie mir jetzt meine Kleider. Legen Sie sie einfach draußen vor der Tür hin.«

»Ja, meine Liebe. Ja in Bezug auf die Kleider, und ja in Bezug auf Josef. Ich schätze, ich darf Sie dann Mary nennen?«

»Selbstverständlich. Ich denke, wir werden großartige Freunde, wenn ich mich erst einmal beruhigt habe.«

»Ich habe Möglichkeiten, Sie zu beruhigen, Mary. Überlassen Sie mir das. Hedwig! Bitte holen Sie doch Miss Ardens Kleider.«

Mary versetzte ihm mit einem ihrer hinreißenden kleinen Füße einen Tritt unter dem Tisch. Das Laken wurde vom Tisch gezogen und ebenso schnell wieder übergeworfen.

Es klopfte an der Tür. »Ihre Kleider, Miss. Wollen Sie, dass ich Ihnen beim Ankleiden helfe?«

»Nein, danke, Hedwig. Lassen Sie sie einfach da.«

»Ja, Miss. Ist gut, Miss. Und passen Sie jetzt auf diesen Mann auf.«

»Dr. Bauer?«

»Nein, Miss. Auf diesen schwarzbärtigen Kerl. Man kann ihm nur schwer widerstehen.«

»Oh, ich denke, ich werde ihm ohne Schwierigkeiten widerstehen können. Ich kann Bärte nicht ausstehen. Vielen Dank, Hedwig. Das wäre dann alles.«

Mary wartete eine Sekunde, öffnete dann die Tür, schnappte sich ihre Kleider und schloss sich wieder ein.

»Sie waren großartig«, flüsterte Alec unter dem Tisch hervor. Irgendwie traute er sich noch nicht heraus. Der Raum war pechschwarz, aber er war sich ziemlich sicher, dass Mary Arden ihn anblitzte.

»Machen Sie sich nützlich und helfen Sie mir bei der Schnürung.«

Alec kannte sich im Dunkeln eher mit dem Lösen von Schnürbändern aus, aber irgendwie schaffte er es, Mary wieder in ihrem langen Korsett zu verstauen. Ihr steifer Rücken ließ auf Verärgerung schließen. Er hörte Kleider rascheln und darunter ein Murmeln, vielleicht auch ein paar Flüche. Sobald sie ihren Kopf aus dem Stoffberg befreit hatte, sagte sie: »Was zum Teufel haben Sie sich dabei gedacht?«

Hatte er sich das nicht auch schon selbst gefragt? Offensichtlich wurde gar nicht von ihm erwartet, dass er die Frage beantwortete. Ihre kleine Faust trommelte mit jedem Wort auf seinen Brustkorb ein. »Ich kann es einfach nicht glauben, dass Sie so dreist waren, hier hereinzukommen und – mich wie ein Lüstling zu befummeln. Sie sind verabscheuungswürdig, Lord Raeburn! Haben Sie ernsthaft geglaubt, Sie könnten so davonkommen?«

Ja. Ja, das hatte er. Seine Flucht war ihm ja auch beinahe gelungen. Seine Stiefelabsätze schlugen gegen den Schrank, als sie ihn zurückstieß, und er schob es zur Seite. Es stand auf Rädern und krachte in die Ecke. Er befühlte die Wand dahinter und fand eine Tür, die wie für Schneewittchens Zwerge gemacht war. Alec zog die Tür auf, und ein Strahl elektrisches Licht fiel in den Raum. »Ladys first.«

Mary Arden sah so verärgert noch hübscher aus, als er sie je gesehen hatte, auch wenn ihre Leibbinde schief geknöpft war.

»Sie sollten sich besser daran erinnern, dass ich eine Dame *bin*, und nicht eine von Ihren Londoner Flittchen. Ich überlege mir gerade, ob ich nicht Tante Mim – ich meine, Mrs Evensong, sagen soll, dass ich fertig bin mit diesem Job. Wenn sie erfährt, was Sie getan haben, sind Sie ein toter Mann.«

»Ich führte nichts Böses im Schilde«, sagte Alec und duckte sich unter dem Türrahmen hindurch, das allerdings nicht ganz widerstandslos. Das würde ein Hämatom geben. »Ich bin nur gekommen, um mit Ihnen zu reden, aber Sie schienen so bequem zu liegen. Ich wollte Sie nicht hochschrecken, und dann baten Sie mich anzufangen, und ich – und ich –«

»Ach, halten Sie doch den Mund«, sagte Mary und eilte den Aufgang hoch.

Alec bemerkte weitere kleine Türen entlang der Wand. So konnten die Bediensteten die Räume versorgen, ohne gesehen zu werden. Sie stiegen hoch, bis sie zu den schwingenden Doppeltüren kamen, die den Zugang zur dritten Etage markierten, auf der sich Marys Räumlichkeiten befanden. Er folgte ihr kleinlaut bis zu ihrer Tür, wo sie den Schlüssel aus ihrem Pompadour nestelte. Glücklicherweise sahen sie keine anderen Gäste, als sie ihn in ihr Schlafzimmer zog. Zu seinem Erstaunen setzte sie sich auf einen Stuhl, zog ihre Stiefel aus und rollte ihren Strumpf herunter.

»Auf die Knie und beenden Sie die Fußmassage«, forderte sie.

Und Alec ließ sich nicht zwei Mal bitten.

8

Es war sehr schlecht für sie, das wusste sie. Niemand hatte ihre Füße zuvor berührt, abgesehen von einem Schuhmacher und natürlich ihrer Mutter, wenn sie »dieses kleine Schweinchen« mit ihr spielte, als Mary noch ein kleines Kind war. Sobald Lord Raeburn fertig war, hatte sie vor, ihm eins auf die Nase zu geben und ihm dann den Job zu kündigen.

Nein, sie konnte nicht kündigen. Dr. Bauer sollte bereits einen Tag später bloßgestellt werden. Ihr Stolz war nicht so wichtig, wie dafür zu sorgen, dass er keine weiteren unschuldigen Frauen kompromittierte.

Aber Mary war kompromittiert. Wie viel hatte dieser elende Raeburn gesehen? Sie hatte Glück gehabt, dass sie Bauer davon abhalten konnte hereinzuplatzen. Ein Laken konnte schwerlich vor einer Entdeckung schützen, und es war das einzige Hilfsmittel gewesen, um zu versuchen, Lord Raeburns mächtigen Körper zu verbergen. Sie hatte keine Wahl, außer es über diesen Mann zu werfen und das Beste zu hoffen.

Wie komisch er unter dem Tisch aussah, zusammengefaltet wie ein Teleskop. Wie komisch er auch jetzt aussah, wie ein benommener Märchenprinz auf Knien, aber ohne Glasschuh.

»Oh, stehen Sie schon auf! Ich wollte nur sehen, wie reumütig Sie sind.«

»Und wenn Sie ein Dutzend Füße hätten, würde ich sie alle massieren«, sagte Alec, sein Gesicht düster vor Verlegenheit. Er rappelte sich auf, setzte sich auf einen Stuhl und saß da mit gesenktem Kopf, die Reue in Person.

»Wenn ich ein Dutzend Füße hätte, würde ich Sie direkt nach Hause katapultieren«, antwortete Mary schroff. »Wie konnten Sie nur? Ich war *nackt*. Sie, mein Herr, sind kein Gentleman.«

»Da kann ich nichts entgegensetzen. Alles, was ich sagen kann, ist, dass mir die Situation entglitten ist.«

Entglitten. Entrutscht. In jeder Hinsicht. Seine breiten, nackten Hände hatten ihre nackten Schultern und ihren Rücken berührt. Ihren linken Fuß. Mary hatte sich zuvor noch nie eine Massage gegönnt, aber all das hatte sich so wunderbar angefühlt, als sie noch dachte, Hedwig war über sie gebeugt. So wunderbar, wie diese magischen Hände ihre Haut in kreisenden Bewegungen massiert hatten.

Mary zerrte ihren Kragen hoch, obwohl sie bereits das Gefühl hatte, dass er ihr die Luft nahm. »Wir hatten Glück, dass ich Bauer abhalten konnte.«

»Sie waren wahrlich erstaunlich. Sie behaupten vielleicht, keine Schauspielerin zu sein, Mary, aber Ihre Darbietung steht dem, was ich bislang auf dem Strand gesehen habe, in nichts nach. Sie wissen, dass ich ein großer Theaterliebhaber bin – Sie waren überzeugender als jede Frau, die ich jemals –« Er räusperte sich. Sie kannte seinen Ruf; es wurde gemunkelt, dass er gut die Hälfte der Londoner Schauspielerinnen in seinem Bett gehabt hatte. Ihre Augen verzogen sich zu schmalen Schlitzen, und er hatte den Anstand, noch beschämter dreinzuschauen.

»All dieses Schreien und Umsichwerfen«, sagte er voller Bewunderung. »Das war schon eine Vorstellung. Ich werde selbst ein Bad nehmen müssen, um diesen Rosenduft loszuwerden.«

Mary schnupperte. Der Mann war vom Duft durchtränkt, ebenso wie sie. Es war nicht sehr weise gewesen, all diese Sachen an die Wand zu werfen, aber sie war furchtbar verärgert gewesen.

Sie war *noch immer* verärgert, aber es hatte keinen Sinn, sich noch weiter in diesem Gefühl zu suhlen. Ein kühler Kopf sollte immer vorherrschen. Sie hatte sich aus ihrer Zwangslage befreit und die Sache mit Dr. Bauer vorangetrieben. Josef. Sie nannten sich jetzt beim Vornamen, und er dachte, sie sei verwirrt. Wie viel leichter würde es ihm fallen zu denken, er könnte sie verführen.

Mary hoffte, dass sie es nicht übertrieben hatte. Wenn er dachte, dass sie ernsthaft irrsinnig war, könnte er denken, sie würde ihn aus einer Laune heraus öffentlich denunzieren. Sie würde an diesem Abend ihren Redefluss besonders bremsen und sich für ihren für sie untypischen Wutanfall entschuldigen müssen. Mary würde Lord Raeburn die Schuld geben. Dort war sie auch zu suchen.

»Ab jetzt müssen Sie sich von mir fernhalten. *Und ich meine* fern. Wenn ich Sie sehe, können Sie damit rechnen, dass ich in Dr. Bauers Armen in Ohnmacht sinken werde. Sie sind jetzt der Bösewicht in diesem Stück, was Ihnen ja liegen sollte. Lassen Sie uns hoffen, dass er es nicht schafft, Sie vor morgen Nacht aus dem Hotel werfen zu lassen. Besticht die Masseurin«, schnaubte sie.

»Nur um mit Ihnen zu reden«, wiederholte Alec. »Ich war nicht sicher, ob sich eine andere Gelegenheit bieten würde.«

»Ihr Redeschwall war in der Tat nicht zu bremsen.«

»Ich machte mir Sorgen um Sie, müssen Sie wissen. Was, wenn Bauer seine Termine mit seinen Patienten verschoben hätte und in den Raum gekommen wäre, in dem Sie nackt und allein lagen?«

»So wie Sie?«, fragte Mary und zog ihre Augenbraue hoch.

Der Baron ließ sich nicht beirren. »Er hätte Sie belästigen können, und Sie hätten es niemals erfahren.«

»*Genau*, wie Sie es taten.«

»Das war doch keine Belästigung, und das wissen Sie genau, Mary. Ich habe Sie kaum angerührt.«

Ha! Was für ein Gefühl wäre es wohl, wenn er sie mit mehr Einsatz berührte? Sie war mehr als zufrieden gewesen. Ihr Nacken hatte sich seit Jahren nicht mehr so locker angefühlt.

»Lassen Sie uns nicht mehr weiter darüber diskutieren. Ich muss zugeben, dass ich etwas unmutig bin – alle weiteren Massagetermine sind bis Montag ausgebucht. Jetzt werde ich nie erfahren, wie sich eine richtige Behandlung anfühlt.«

»Ich – ich werde es wiedergutmachen. Ich werde Ihnen eine eingehende Massage in London organisieren, wenn all das hier vorbei ist. Werde jemanden organisieren, der nicht für Bestechung und Lügengeschichten empfänglich ist. Diese Hedwig sieht ohnehin aus wie ein Mann. Ich würde ihr nicht so weit trauen, wie ich sie werfen könnte, und das wäre nicht sehr weit.«

Marys Lippe spitzte sich zu. Sie stellte sich Hedwig vor, wie sie an einen Baumstamm gebunden war, und Lord Raeburn, wie er sie über eine Wiese wuchtete. Aber sie sollte nicht mehr an Alec Raeburn und seine körperlichen Leistungen denken. »Sie müssen jetzt gehen. Sorgen Sie dafür, dass Sie niemand sieht.«

»Wann werde ich Sie wiedersehen?«

»Ich werde Mrs Evensong nach dem Abendessen Meldung machen. Wir trinken am Ende des Tages immer – das heißt, seit diesem Engagement – ein Glas Brandy in ihrer Suite zusammen.«

Alec stand auf und überragte sie. »Wie sind sie eigentlich dazu gekommen, für sie zu arbeiten?«

»Nun ja, auf die übliche Weise«, antwortete Mary mit einem Schulterzucken. »Ich wollte einmal ein bisschen Abwechslung haben nach der Zeit im Kolonialwarenladen.«

»Sie scheinen sich sehr gut zu verstehen, man hat den Eindruck, Sie arbeiten schon seit Jahren für sie. Sie ist eine Furcht einflößende alte Lady, müssen Sie wissen. Sie blickt einem Menschen direkt in seine Seele.«

Mary entschied, das als Kompliment hinzunehmen. Man hatte sie schon immer als altersweise bezeichnet, und in Tante Mims Fußstapfen zu treten war relativ leicht gewesen.

»Sie sehen ihr auch ein bisschen ähnlich. Natürlich ohne die Falten«, fuhr Alec fort und starrte auf sie hinab.

Sie konnte ihm doch eigentlich einen Teil der Wahrheit erzählen, oder? »Sie ist *tatsächlich* meine Tante Mim. Die Schwester meines Vaters.«

»Ah, das erklärt einiges. Kein Wunder, dass Sie mitgekommen ist, um Sie wie ein großer, schwarzer Habicht zu bewachen. Meine Güte, sie wird mich umbringen, wenn sie von den Ereignissen heute Nachmittag erfährt, nicht wahr?«

Mary hatte nicht die Absicht, ihrer Tante irgendetwas über die Vorgänge im Behandlungszimmer zu erzählen – oder, was noch schlimmer wäre, Oliver. Vielleicht würde sie es irgendwann einmal tun, wenn diese Aufgabe hinter ihnen lag und sie herzhaft darüber lachen konnten. Oliver konnte nun auch nach oben gebeten werden, jetzt, da er ihr Geheimnis kannte. Was Tante Mim und sie selbst anbelangte, konnten sie ihn vor Schwierigkeiten schützen.

»Sie werden ihr doch nichts erzählen, oder?«

Da war er nun, Alec Raeburn, ein Bär von einem Mann, und hatte Angst vor Tante Mim – oder eigentlich vor *ihr*. Diese Doppel- … nein, eigentlich war es eine Dreifachidentität, die Mary pflegte, wurde immer verwirrender.

»Wie Sie schon selbst sagten, sie ist eine alte Lady. Ich möchte nicht, dass sie sich sorgt«, wich ihm Mary aus.

»Also dann, bis später.« Er zögerte an der Tür. »Lassen Sie

diesen Lump Bauer heute Abend nicht zu nahe an Sie heran.«

»Ich versichere Ihnen, dass meine Keuschheit bewahrt bleiben wird.« Vorläufig zumindest. Mary konnte keinen Eid darauf ablegen, weiterhin rein zu bleiben, wenn Alec noch einmal ihre Zehen berührte.

Er öffnete die Tür einen Spalt, um nachzusehen, ob die Luft rein war, und ließ sie mit einem Stiefel an ihrem Fuß auf ihrem Teppich stehend zurück. Sie musste sich setzen. Dass sie die ganze Zeit zu ihm aufblicken musste, hatte sie etwas verwirrt.

Was für ein Tag bislang! Und zweifelsohne verdiente sie jeden Penny für die Agentur. Mary warf in dem langen Spiegel an der Kleiderschranktür rasch einen Blick auf sich selbst und befand, dass sie viel zu gesund aussah – ihre Wangen waren rosig, ihre Augen funkelten, und sogar ihr Haar sah noch lockiger aus. Daran würde sie etwas ändern müssen, bevor sie nach unten zum Abendessen ging.

Mary ließ sich in ihrer eigenen Wanne Wasser einlaufen. Das war zwar etwas überflüssig, nachdem sie so energisch von Hedwig abgeschrubbt worden war, aber das Rosenöl verursachte ein Kribbeln in ihrem Hals. Sie stellte sich vor, dass Alec das Gleiche tat, wie er seinen langen Körper in die kurze Kupferwanne seiner Suite gleiten ließ.

Jedes Zimmer hatte sein eigenes Bad, in dem es eine Toilette, eine Wanne und ein Waschbecken auf einem Sockel gab. Das Wasser für die Versorgung von einhundert Zimmern mit Bad war in den Highlands reichlich vorhanden – das ganze Schmelzwasser des Schnees floss in die unterirdischen Flüsse und Seen und konnte ohne Probleme in das moderne Gebäude gepumpt werden.

Das Hotel war jedoch in den Wintermonaten geschlossen, da die Straßen dann unpassierbar waren. Hier oben das ganze

Jahr zu leben musste eine Herausforderung sein. Wie war Lady Edith Raeburn damit klargekommen, bevor das Hotel gebaut wurde und sie sich auf ihre gefährliche Liebschaft einließ? Soweit Mary wusste, fuhr Alecs junge Gattin nicht einmal runter nach Edinburgh, sondern vergrub sich in Raeburn Court wie Rapunzel in ihrem Turm.

Mary fragte sich, ob Alec und seine Brüder planten, ihren Winter in Raeburn Court zu verbringen, eingewickelt in den Raeburn-Tartan, düster ins Feuer starrend, jetzt, da sie tot war. Es hatte den Anschein, dass Edith die Männer aus ihrem eigenen Heim vertrieben hatte.

Sie sank in das dampfende Wasser und war alles andere als entspannt. Ihre Gedanken rasten, und sie sprang auf, als Oliver gut zehn Minuten später an die Tür klopfte.

»Alles in Ordnung, Mrs Evensong?«, fragte er hinter der Tür.

»Still, Oliver. Die Wände haben vermutlich Ohren.« Sie wand sich aus der Wanne und wickelte sich in ein Badetuch ein. »Ich bin gleich da.«

»Ich komme rein.«

»Unterstehen Sie sich.« Es machte ihr nicht wirklich etwas aus, wenn sie Oliver so leicht bekleidet sah – es war unwahrscheinlich, dass irgendwelche nichtbrüderlichen Gefühle in ihm aufstiegen. Sie trocknete sich schnell ab und zog ihren Morgenrock fest. Oliver saß in ihrem Schlafzimmer mit den Füßen auf ihrer Frisierkommode. Das helle Pink an seinem Zeigefinger ließ darauf schließen, dass er sich an ihrem Rougetöpfchen zu schaffen gemacht hatte.

»Lassen Sie das«, sagte Mary und schob den Glasbehälter aus seiner Reichweite. »Auch nicht so zum Spaß. Wie war Ihr Tag?«

»Wissen Sie, wie langweilig Golfspielen ist? Die ganze Zeit schlägt man einen kleinen weißen Ball in Richtung eines kleinen braunen Lochs. Und wozu? Zum Angeben? Wenigstens war mein Caddie etwas fürs Auge.«

»Oliver!«, verwarnte ihn Mary.

»Oh, keine Sorge. Ich werde die Mission nicht gefährden. Ich habe fünf Männer zum Kartenspielen morgen Abend organisieren können, und sie sind wahrlich die Crème de la Crème. Richter Whitley, der unter Arthritis leidet. Der arme Kerl ließ immer wieder seinen Schläger fallen, und ich kann mir nicht vorstellen, wie er sich mit den Karten anstellen wird. Ein strenger alter Mann, der den Zorn Gottes im Gerichtssaal verbreitet. Glaubt fest an Recht und Unrecht. Ich habe es nicht gewagt zu schummeln«, sagte Oliver und zählte jeden Gast an seinen Fingern ab. »Sein Freund und Anwalt Richard Hurst, dessen geliebte junge Tochter hier wegen ihres Asthmas behandelt wird. Beschützer der Unschuldigen und all den Quatsch. Lord Peter Brantley, dessen Frau ›schwache Nerven‹ hat. Ist das nicht auch das, worunter du leidest, Schwesterlein? Aber wenn sie mal nicht nervös ist, ist diese Frau eines der größten Klatschweiber Englands, und Brantley steht ihr in nichts nach. Sir Jacob Rycroft, Eigentümer des *The London Ledger* und sein Bruder Amos. Beide sind hierhergekommen, um angeln zu gehen und ihre brüderlichen Bande zu festigen. *The Ledger*, musst du wissen, druckt alles erst einmal ab und fragt hinterher nach der Wahrheit. Ich denke, wir sollten in der Lage sein, Bauer zugunsten des Hotels zu überzeugen, an dem er ja Anteile hat. Er sollte zurücktreten und zurück nach Tirol gehen, um zu jodeln.«

»Meines Wissens jodeln sie in der Schweiz und nicht in Österreich«, sagte Mary mit einem Grinsen. »Ausgezeichnete Arbeit, Oliver. Ihr Talent war während dieser ganzen Monate hinter dem Empfangsschreibtisch vollkommen vergeudet. Wenn wir zurückkommen, spreche ich mit Harriet. Seit Ewigkeiten redet sie schon über einen Urlaub, aber wir waren so beschäftigt. Unter uns, wir können Sie ausbilden, sodass Sie für eine kurze Zeit ihren Platz einnehmen, und Sie dann, wenn alles gut läuft, zum Juniorassistenten befördern. Die Arbeitsbelastung in der Agentur kann das rechtfertigen.«

Oliver sprang auf und drehte Mary so wild im Kreis, dass ihr beinahe übel davon wurde. »Großartig! Ich werde Sie nicht hängen lassen, das verspreche ich!«

»Nun, für den Anfang könnten Sie mich aber *runterlassen*«, sagte Mary außer Atem. »Werden diese aufrechten Gentlemen auch nichts dagegen haben, mit Lord Raeburn zu spielen?«

Oliver schüttelte den Kopf. »Nicht jeder schenkt den Gerüchten Glauben. Raeburn ist mit den Rycroft-Brüdern zur Schule gegangen. *The Ledger* war eine der Zeitungen, die ihn nicht in den Dreck gezogen hatte, als sie es hätte tun können. Brantley wird nach Dreck suchen wollen. Die Juristen aus London sind eher an Raeburn's Special Reserve interessiert. Sie ist im Süden schwer zu bekommen.«

»Um wie viel Uhr startet das Kartenspiel?«

»Um Punkt neun Uhr. Ich habe einen Kartentisch und extra Stühle organisiert, die in meinem Zimmer aufgestellt werden.«

»Sie denken aber auch an alles.« Mary war beeindruckt von der akribischen Sorgfalt, die Oliver bislang an den Tag gelegt hatte. »Also lade ich Bauer auf zehn Uhr in mein Zimmer ein?«

»Wir werden alle in den Startlöchern stehen, um Sie zu retten. Denken Sie daran, die Verbindungstür unverschlossen zu lassen.«

Mary nickte. Der morgige Abend stand also fest. Jetzt musste sie nur noch die heutige Nacht überstehen.

9

Es war nicht sonderlich schwierig, blass auszusehen und nervös zu wirken. Mary betrat allein den Speisesaal, nachdem sie sich mit Oliver in der Lobby eine neue öffentliche Auseinandersetzung geliefert hatte. Es gab ein paar mitfühlende Blicke, aber sie hatte sich selbst sozial ins Abseits gedrängt, nachdem sie zwei Mal mit Alec als Begleitung gesehen worden war, und stand jetzt unter dem Verdacht, sie hätte die Verachtung ihres Bruders wohl verdient.

Sie wusste, dass ihr Abendkleid exquisit aussah, eine eng anliegende Schicht aus eierschalenfarbenem Satin, tief geschnitten und akzentuiert mit besetzten Schleifen an Dekolleté und Schultern. Ein Latzkragen aus eierschalenfarbener Spitze, fein wie ein Spinngewebe, der an das Mieder genäht war, reichte ihr bis an den Hals und legte sich in Rüschen darum. Sie trug gelbe Diamantspangen in ihrem Haar und einen Perlmuttfächer, den sie verwendete, um die Hitze gleichermaßen elegant gekleideter Körper im Raum abzuwehren. Mary sah aus wie eine Erbin, und nur sie wusste, dass sie das Kleid in einem Geschäft für gebrauchte Kleider erstanden hatte. Die Schleppe war fleckig gewesen, aber in nur wenigen Minuten abgetrennt und eingesäumt.

Und das Kleid für den nächsten Abend war noch besser. Vermutlich würde sie das vierte Dinnergewand, das sie gekauft hatte, gar nicht tragen – am Sonntag würde sie bereits in einem Zug sitzen, der sie zurück in ihr schwarzes Reich brachte.

Jetzt, da sie ihre Mary-Arden-Ausstattung hatte, wollte sie

auch eine Gelegenheit finden, sie zu nutzen. Vielleicht konnte sie Oliver dazu überreden, sie zu Konzerten und ins Theater zu begleiten. Sie war gern in seiner Gesellschaft, wenn er nicht gerade dafür bezahlt wurde, mit ihr zu streiten.

Sie setzte sich ans Ende eines Tisches, legte ihren Fächer auf den Platzteller neben sich und besetzte so einen Sitz für Dr. Bauer, wenn er sie nicht für eine Verrückte hielt und ihre Verabredung einhielt. Sie ließ die Schultern hängen und starrte schlecht gelaunt in die flackernde Kerze auf dem Tisch. Der Raum war erfüllt von Gelächter und Gesprächen, wodurch sie sich wahrhaft ausgeschlossen fühlte. Sie hielt ihre behandschuhten Hände auf ihrem Schoß, sodass sie sich nicht dazu verleiten ließ, ihre Wangen zu berühren und damit ihr weißes Make-up zu verwischen, das sie aufgetragen hatte, um anfällig zu wirken.

Die jungen Ober begannen, aus der Küche die ersten Gänge aufzutragen, und Mary saß noch immer isoliert. Bauer würde wohl doch nicht kommen. Sie hatte es übertrieben – Bauer musste denken, sie war nicht bei Sinnen und der Mühe nicht wert. Sie hatte Lord Raeburn im Stich gelassen – sie, die sich rühmte, das Unmögliche möglich zu machen, wie es das Motto der Agentur versprach.

Ein Ober hatte Mitleid mit ihr und stellte eine Platte mit Garnelen und Cocktailsauce vor sie hin. Als sie nach dem Servierlöffel griff, legte sich eine Hand auf ihre.

»Lassen Sie mich das tun, Miss Arden. Mary.«

Mary blickte auf und in ein vollständig unbekanntes Gesicht. Blasse blaue Augen. Stumpfe Nase. Sinnliche Lippen. Sein leichter Akzent verriet ihn jedoch.

»D-Dr. Bauer?«

»Das bin ich, Mary.« Er drückte ihre Hand wie ein Raubtier. »Erkennen Sie mich?«

»Was ist mit Ihrem Bart geschehen?«

»Ein kleines Vögelchen hat mir gezwitschert, dass Sie sich nichts daraus machen. Und um Sie für mich einzunehmen, würde ich alles tun. Sie sind die Delilah zu meinem Samson.«

Sie durfte nicht lachen. Männer mochten es nicht, wenn man sie auslachte, auch wenn sie ganz genau wussten, wie absurd sie sich verhielten. Bauer hatte einen besorgten Gesichtsausdruck an sich, und das sollte er auch, denn seine Wangen hatten ein zerkratztes Babyrosa, und sein Kinn erschien alles andere als gemeißelt.

»Oh! Wie romantisch, dass Sie das für m-mich tun. Ich hoffe nicht, dass Sie denken, ich sei die Art von Frau, die einen Mann seiner Kraft berauben will. Ein M-Mann steht in jeder Hinsicht ü-über einer Frau«, würgte sie hervor und überkreuzte die Finger in ihrem Schoß. »Ausgenommen natürlich mein Bruder.«

Bauer nickte, und sein Brustkorb blähte sich auf. »Er ist ein Ekel«, stimmte er zu. »Wie ich sehe, hat er Sie wieder sich selbst überlassen. Darf ich Ihnen Gesellschaft leisten?«

»Selbstverständlich. Wie wir vereinbart hatten. Ich dachte schon, Sie hätten es v-vergessen.«

»Wie könnte ich ein Mädchen wie Sie vergessen, Mary? So süß. So geistreich.« Er entfernte ihren Fächer vom Teller und setzte sich. »Ich habe entschieden, mich heute Abend ausschließlich um Sie zu kümmern.« Er sah sie mit, wie er wohl meinte, einem glühenden Blick an.

Dabei taten sich eisblaue Augen wirklich schwer mit dem Glühen. Dunkle Augen hingegen, wie sie zu schottischen Edelmännern gehörten, konnten in der Tat sehr hübsch glühen.

»Ihre anderen Patienten werden noch eifersüchtig werden«, lächelte Mary gekünstelt.

»Und dazu haben sie auch allen Grund. Ich kann nur noch an Sie denken, Mary. Bitte sagen Sie mir, dass Sie mein Interesse erwidern.«

Mary trank alles andere als damenhaft einen Schluck Wasser, wünschte sich, es würde etwas Stärkeres geben, und leerte das gesamte Glas schließlich in einem Zug. Ihr Mund war trocken. Das Flirten fiel ihr nicht so leicht. In der Tat war es bereits über ein Jahrzehnt her gewesen, dass sie ihre weiblichen Listen einzusetzen hatte, als sie Hoffnungen in Bezug auf Miles Stanhope hegte, einen Anwaltsangestellten, der gegenüber vom Eckladen ihrer Familie in seinem Büro arbeitete. Miles hatte ihr freundliches Zuwinken nicht bemerkt, als er vorbeiging, und heiratete die Tochter des Anwalts. Mary hatte ihn wegen seines Ehrgeizes angehimmelt und hakte die Episode als Erfahrung ab. Es war nicht leicht, zwischen von der Decke hängenden Würsten und gehäuteten Kaninchen im Ladenfenster kokett zu sein. Weitere Angestellte gab es nicht, weder ehrgeizige noch sonstige. Und Dr. Bauer mochte sie noch nicht einmal *wirklich* – er war nur darauf aus, seine Eroberungsliste zu komplettieren und Alec Raeburn einen Strich durch die Rechnung zu machen. Verflixt. Was war falsch an ihr? Sicher war sie kein Diamant erster Güte, aber sie verfügte über eine gute Figur, insbesondere wenn Hamblen sie geschnürt hatte, und ihr Gesicht war nicht zum Davonlaufen. Man hatte sie schon wegen ihrer breiten Stirn geneckt und einige Locken entsprechend geschnitten, um die Wirkung etwas zu mildern.

Mary erschauerte. Sie war noch niemals berührt worden – mit Ausnahme von Alec Raeburns außerordentlicher Frechheit an diesem Nachmittag –, geschweige denn hofiert. Die Geschäfte und ihre Neffen hatten sie vollkommen in Beschlag genommen, seit sie eine junge Frau war. Verdammt, aber ihre Jugend war an ihr vorbeigezogen, als wäre sie niemals vorhanden gewesen. Die Dreißig lag nicht mehr in weiter Ferne, sie war eine alte Jungfer, die mit ihrer Arbeit verheiratet war.

Alec Raeburn war nur ein Klient, nicht mehr und nicht weniger. Sie hatte ihm gegenüber eine treuhänderische Verantwortung.

Ha. Sie würde *ihm* etwas dafür bezahlen, wenn er noch einmal ihre Schultern einrieb.

»*Liebste*, Sie sagen ja gar nichts. Und essen tun Sie auch nicht. Sind Sie noch immer in einer nervösen Verfassung? Lassen Sie mich noch etwas von meinem speziellen Tonikum in Ihr Glas geben.« Bauer langte in sein Jackett und holte ein silbernes Fläschchen hervor.

»D-das sieht aber überhaupt nicht wie Medizin aus«, sagte Mary.

Er gluckste. »Ich kann doch nicht mit klirrenden Glasflaschen in meinen Taschen durch das Hotel marschieren.« Er kippte die Flasche, und die Flüssigkeit, die sich daraus ergoss, war klar wie Wasser.

Er würde ihr eine Pistole an die Schläfe halten müssen, damit Mary das trank. Mary hatte von Drogen gehört, die feine Herren den Damen einflößten, um sie willig zu machen. Sie würde sich heute kein zweites Mal täuschen lassen, auch wenn sich herausgestellt hatte, dass Alecs Täuschmanöver äußerst harmloser Natur war.

Sie spießte eine Garnele auf und ließ sie in ihrem Mund verschwinden. Sie schmeckte nach nichts. »S-Sie machen mich ein wenig nervös, Josef. Ich bin an m-männliche Gesellschaft nicht gewöhnt.«

»Das kann ich gar nicht glauben. Sie sind doch schließlich eine wunderschöne Frau. Sind denn alle Engländer blind? Einen Engel, wie Sie es sind, darf man sich doch nicht durch die Finger schlüpfen lassen.«

Mary musste sich zusammennehmen, um nicht die Augen zu verdrehen. Ganz ehrlich, Bauer war so vorhersehbar. Banal. Mary wusste, dass sie nicht wunderschön war. An ihr war zwar nichts Sonderbares, denn sie war ausreichend anmutig, aber ihr Gesicht war nicht dafür gemacht, dass deswegen tausend Schiffe in See stachen.

»Ich g-glaube, Sie versuchen, mir den Kopf zu verdrehen.«

Seine Hand fiel sanft auf ihren Oberschenkel. »Und bin ich erfolgreich damit? Ich hätte es so gern.«

Mary empfand Mitleid für diese armen, einsamen Frauen, die auf diesen Müll hereingefallen waren. Sie hob seine Hand hoch und glättete ihren Rock. »D-das geht mir viel zu schnell. Ich weiß überhaupt nicht, was ich empfinde. Ich kenne Sie doch k-kaum.«

»Dann lassen Sie uns einander besser kennenlernen. Wir sollten nach dem Abendessen zusammen im Mondschein spazieren gehen. Die Anlage wurde mit nachtblühenden Blumen bepflanzt. Vielleicht werden auch Sie für mich erblühen?«

Nicht solange sie lebte, ganz gleich, ob sie als alte Jungfer endete. »Oh, nicht heute Nacht. Ich habe meiner Tante versprochen, ihr vorzulesen.«

»Pah! Geben Sie der alten Schachtel ein bisschen von meiner Medizin, und sie wird gar nicht merken, dass Sie nicht da sind.«

Genau, wie sie vermutet hatte. Mary schob ihr Glas außer Reichweite. »Oh, das könnte ich nicht. Tante Mim ist von mir abhängig. Oliver denkt nur an sein eigenes Vergnügen, und sie hat niemanden sonst.«

»Sie dürfen Ihr Glück aber nicht den Launen einer alten Frau opfern, Mary.«

Er hatte ja gar keine Ahnung, wie recht er damit hatte. Sobald sie wieder in London war, würden sich einige Dinge ändern müssen. »Heute kommt nicht infrage«, sagte sie bestimmt.

»Dann morgen.«

»Ich habe Tante Mim versprochen, in ihrem Zimmer zu essen. Sie ist so einsam, wissen Sie, und es ist hart für sie, sich mit ihrem gichtkranken Fuß zu bewegen. Aber vielleicht danach –« Sie ließ die Worte offen zwischen ihnen stehen.

Seine entschlossene Hand landete wieder auf ihrem Oberschenkel. »Wo kann ich Sie treffen?«

Mary schaute auf seine Hand hinunter und fragte sich, ob sie sie wegstoßen sollte. Oder vielleicht mit ihrem Buttermesser hineinstechen. Was würde eine verwirrte Jungfrau tun?

Sie erhob sich unsicher von ihrem Stuhl. »Ich f-fühle mich etwas schwach. Sie machen mich ganz schwindelig.«

Er stand ebenfalls auf. »Darf ich Sie zu Ihrem Zimmer geleiten.«

»O nein! Jeder wird uns zusammen weggehen sehen und daraus falsche Schlussfolgerungen ziehen.«

»Die richtigen, Mary. Wir gehören zusammen.«

Sie atmete tief ein und tauchte in den Abgrund ein. »M-morgen Nacht. I-in meinem Z-Zimmer. Sagen wir zehn Uhr? Mein Bruder plant eine Kartenrunde, und er wird uns niemals hören.«

»Mary! Sie machen mich zum glücklichsten aller Männer!«

Bauer sah wirklich glücklich aus. Selbstgefälliger Idiot. Aber aus seiner Blasiertheit sollte er schon bald unsanft erwachen.

Mary ging mit erhobenem Kopf durch den Speisesaal.

Die Lobby war bis auf den uniformierten Fahrstuhlführer leer.

»Ist alles in Ordnung, Miss?«

Mary nickte nur, denn sie war sich nicht sicher, ob sie ein Lachen zurückhalten konnte. Sie hielt drei Finger in die Höhe und bedeutete ihm damit ihre Etage, als wäre sie stumm. Und gerade als der Fahrstuhlführer die Tür schließen wollte, eilte ein großer Mann im Abendanzug herein.

»Welche Etage, Sir?«

»Drei, bitte.«

Mary blickte hoch. Weit hoch. Alec Raeburn zwinkerte ihr zu. Ein makellos rasierter Alec Raeburn. Sein lockiger schwarzer Bart war ein Ding der Vergangenheit. Er sah jetzt noch besser aus, als sie es sich hätte träumen lassen … und *wie sie* geträumt hatte.

Du lieber Himmel. Wer hätte gedacht, dass ihre Worte solche Macht über Männer hatten? Sie könnte es mit »Frieden auf Erden« oder »Kuchen für alle« als Nächstes versuchen.

Der Fahrstuhl setzte sich ächzend in Bewegung. Als er hielt, ging Mary nach links in Richtung ihres Zimmers und Alec wegen des Fahrstuhlführers nach rechts. Sobald das Beförderungsmittel jedoch nach unten verschwunden war, rannte er ihr über den Korridor nach.

Mary hielt gar nicht erst dagegen. Sie fischte den Schlüssel aus ihrem Täschchen und öffnete die Tür.

»Ihretwegen habe ich mein Abendessen verpasst, wissen Sie das?«, grollte Alec und ließ sich in einen Sessel fallen. Er lockerte seinen Schlips.

Meine Güte, er würde sich doch wohl jetzt nicht entkleiden? Obwohl es eigentlich nur fair wäre, wenn er es täte. Auge um Auge, sozusagen.

»Warum sind Sie gegangen?«

»Ich habe Bauer für morgen Nacht um zehn Uhr in mein Zimmer eingeladen. Mehr gab es nicht zu sagen. Der Gedanke, sich während des restlichen Essens weiter betatschen zu lassen, war nicht besonders erbaulich.«

»Dieser Bastard!«

»Nun ja, Alec, das war aber unser Ziel, oder? Mein Oberschenkel wird es schon überleben.«

Das nannte sie ein Glühen. Ohne seine Bartmaske heftete sie sich an seinen dunklen Augen fest. Sie waren groß, mit viel zu langen Wimpern für einen Mann, und glitzerten sogar im düsteren Licht ihres Schlafzimmers.

»Ich kann sehen, weshalb er die Hände nicht von Ihnen lassen konnte.«

Mary holte ein Taschentuch hervor und rieb ihre Wangen ab. »Soll das ein Kompliment sein?«

»Ich wage es nicht, Ihnen Komplimente zu machen. Sie schneiden mir noch die Zunge ab. Aber dieses Kleid ist äußerst reizend. Sie sehen sehr – jungfräulich darin aus.«

Mary setzte sich in den Clubsessel gegenüber. Gerade jetzt schien ihr der hohe Spitzenkragen die Luft abzuschnüren. Vielleicht sollte sie einen der winzigen Strassknöpfe lockern. Stattdessen zog sie nur ihre Handschuhe aus und legte sie ordentlich auf ihren Schoß.

»Haben Sie Hunger?«, fragte Alec.

»Eigentlich nicht.«

»Sie sollten etwas essen. Wir können uns etwas aus der Küche bringen lassen.«

»Wir?«

»Niemand braucht zu wissen, dass ich hier bin.« Er sprang von seinem Stuhl auf und nahm das Telefon in die Hand, das auf ihrer Frisierkommode lag. Es war ein geschlossener Kreislauf, mit einem Rund-um-die-Uhr-Telefondienst, bestehend aus Mädchen, die in einem kleinen Raum hinter der Rezeption saßen, um den Gästen jeden Wunsch zu erfüllen. »Na los, bestellen Sie etwas. Wir werden es uns teilen.«

Mary seufzte. Dieser Auftrag erwies sich mit jeder Stunde als komplizierter. Wie könnte sie nur etwas zu essen hinunterbringen bei diesem engen Kragen und mit Alec Raeburn in der Nähe?

10

Der Zimmerservice war gekommen und wieder gegangen. Alec hatte in Olivers Zimmer gewartet, bis sie das Essen geliefert hatten, und jetzt hantierte er mit Messer und Löffel, während sich Mary mit der einzelnen Gabel begnügte. Sie hatte um eine kleine Auswahl des Dinnermenüs gebeten und die Hilfe des Obers abgelehnt, als er anbot zu bleiben, um sie zu bedienen.

Alec hatte sich amüsiert, als sie zuerst die Hälfte ihres Desserts gegessen hatte, ein Baiser aus wilder Erdbeere und Haselnuss. Sie knabberte an den Koteletts und ließ die Forelle gänzlich aus, denn deren Augen sahen sie vom Teller aus anklagend an. Alec hatte keine Skrupel und schlang alles hinunter, was vor ihm stand, danach spülte er mit einem Krug eiskalten Quellwassers nach.

»Köstlich«, schwärmte er und wischte den Mund mit seinem Taschentuch ab. Mary faltete ihre Serviette wie eines von diesen japanischen Papierkunstwerken. Sie hatte während des gesamten Essens kaum etwas gesagt. »Sie erscheinen mir etwas verunsichert.«

»In der Tat, das bin ich ein wenig. Warum haben Sie Ihren Bart abrasiert?«

Seine Hand wanderte zu seinem nackten Kinn. Nun, nicht gänzlich nackt. Ein paar Stoppeln eroberten bereits die jungfräulichen Ebenen zurück. Das war das Üble daran – er würde sich zukünftig zweimal täglich rasieren müssen, wenn er sich in zivilisierter Gesellschaft aufhalten wollte. »Nun, Sie sagten, Sie könnten sie nicht ausstehen.«

»Und?«

»Was meinen Sie mit *und*?«

»Meine Meinung sollte Sie nicht kümmern, Mylord. Sie haben die scharfe Kritik der Gesellschaft im vergangenen Jahr weggesteckt, ohne auch nur in Betracht zu ziehen, Ihr Verhalten auf irgendeine Weise zu ändern. Varietétänzerinnen, Schauspielerinnen, und das alles, als ihre Gattin kaum unter der Erde lag. Warum ist es Ihnen jetzt so wichtig, was jemand denkt?«

Verdammt, aber dieses Weib war lästig. Und hier dachte er, er könnte Sie ein oder zwei Tage lang beeindrucken. »Vielleicht hatte ich ihn satt.«

Alec war recht erschüttert gewesen, als sein Diener an diesem Nachmittag damit begann, ihn abzuschneiden. Seine Wangen hatten kein Tageslicht mehr erblickt, seit er in seinen Zwanzigern war, und er hatte die Befürchtung, er würde wie ein Harlekin aussehen. Glücklicherweise deckten die nachwachsenden Stoppeln die blasse untere Hälfte seines Gesichts so ab, dass er nicht gänzlich absurd aussah. Ein paar Runden Golf und ein Durchwaten des Stroms würden ihm schnell wieder eine einheitliche Farbe verleihen.

»Ich schätze, Dr. Bauer hatte heute ebenfalls von seinem Bart genug.«

»Also ehrlich, Männer«, murmelte Mary und zog an der Krause um ihren Hals.

»Was ist mit uns? Nicht dass es mir gefällt, dass sie mich mit diesem Bastard auf eine Stufe stellen.«

»Ihr denkt, dass ihr euch mit einer großen Geste in unsere Herzen zwängen könnt.«

»Große Geste? Ich versichere Ihnen, es handelte sich nur um eine Rasur. Und niemand sagte irgendetwas über Herzen.«

»Genau!« Mary sah irgendwie kampflustig aus.

»Ich habe in Hinsicht auf Ihre Person keine Absichten«, log Alec.

»Warum kommen Sie mir dann ständig in die Quere, wo Sie doch wissen, dass Ihre Entdeckung unsere Pläne ruinieren wird? Was, wenn es mir nicht gelungen wäre, Bauer oder Hildegard oder wie auch immer sie heißen mag, davon abzuhalten, in den Behandlungsraum zu kommen? Was, wenn sie Sie unter dem Tisch versteckt entdeckt hätten?«

»Ich habe mich nicht versteckt! Und es hätte alles bestens in den Plan gepasst, Bauer eifersüchtig zu machen.«

»Und was, wenn Bauer herausfindet, dass Sie in meinem Zimmer speisen? In meinem Schlafzimmer!«

»Ich habe genug bezahlt, dass Sie sich eine vollständige Suite wie Ihre Tante leisten könnten. Es ist nicht meine Schuld, dass Sie sparen wollen.«

»Das ist nicht der Punkt!« Mary warf ihre Serviette zu Boden, wo sie sich entfaltete wie eine Witwe, die zu fest geschnürt war.

Alec war irritiert. »Und was *ist* der Punkt?«

»Meine Jungfräulichkeit ist der Trumpf. Wenn Bauer denkt, sie wäre mir genommen worden, wird er sich eine andere suchen, die er verführen kann.«

Ja, das war jetzt bekanntes Territorium. Alec fühlte sich leicht beschämt, aber nur ein bisschen. »Ich habe Sie nicht angerührt.«

Sie hob eine bronzefarbene Augenbraue. »Haben Sie nicht?«

»Nicht richtig.« Ihre Haut hatte sich wie Samt angefühlt, als sie sich unter ihm bog und wand. Nun, unter seinen Händen zumindest.

»Es war ein reines Missverständnis«, sagte er und rutschte in seinem Sessel hin und her. »Eine Massage ist nicht wirklich *Berühren*.«

Sie schnaubte.

Er schätzte, er kam ein wenig jesuitisch daher. »Ich dachte, das hätten wir schon geklärt. Ich habe mich entschuldigt. Ich habe es gut gemeint.«

»Die Straße zur Hölle ist mit guten Absichten gepflastert.«

»›Die Hölle steckt voller guter Absichten, aber der Himmel voller guter Taten‹«, zitierte er seinerseits. »Wenn wir es schaffen, Bauer von seinem Ast der Boshaftigkeit zu vertreiben, können wir uns auf unbestimmte Zeit auf unseren Lorbeeren ausruhen.«

»Ich ruhe mich nicht auf meinen Lorbeeren aus. Es gibt immer wieder Neuigkeiten, die meine Aufmerksamkeit erfordern.«

Alec lächelte. »Im Kolonialwarenladen? Aye, dort müssen Sie sich um das Gewicht der Welt kümmern, oder zumindest um das Gewicht einer Lammkeule.«

Ihre Miene verdunkelte sich. »Und jetzt machen Sie sich lustig über meine Anstellung und meine Herkunft. Nicht jeder wird mit einem silbernen Löffel im Mund geboren, Lord Raeburn.«

Kein Alec mehr. Er war gerade dabei, den Abend vollends zu verderben. Mary Arden war schließlich ein Rotschopf, und die waren für ihr Temperament bekannt. War nicht seine eigene Mutter zu einem Vulkan geworden, wenn sich sein Vater ihr nicht hingegeben hatte? Seine jüngeren Brüder hatten ihr Haar und ihre Einstellung geerbt, sosehr sie sich auch bemühten, sich selbst zu bändigen. Es war gut, dass Evan sich um seine erfolgreiche Destillerie kümmern konnte, ansonsten würde die Familie alle zerbrechlichen Dinge verstecken müssen. Welches Chaos Nicholas auf dem Kontinent anrichten würde, war unvorstellbar.

»Ich fürchte, da bin ich wohl ins Fettnäpfchen getreten, und das mit beiden Füßen, Miss Arden. Ich wollte Ihnen keinesfalls mit Missachtung begegnen.«

»Sie können einfach nicht anders, oder? Sie sind derart daran gewöhnt, Ihren Kopf durchzusetzen, dass Sie gar nicht wissen, was Sie tun sollen, wenn es einmal nicht nach Ihrem Kopf läuft.«

Sie hatte keine Ahnung, was sie da überhaupt redete. »Nach meinem Kopf! Sie sollten wissen, dass es vier elende Jahre lang alles andere als nach meinem Kopf ging! Sagen Sie mir also nicht, dass ich keine Ahnung habe, worum es im Leben geht.« Klagen war keine sehr männliche Eigenschaft, aber Edith hatte ihm reichlich Anlass dazu gegeben.

»Aber Sie haben nie eines Ihrer Vergnügen geopfert, nicht wahr? Haben im gesamten Königreich gezecht. Deswegen konnten die Leute nur schlecht über Sie denken.«

»Es interessiert mich einen Dreck, was die Leute glauben, Miss Arden. Ich kann mein Leben nicht daran ausrichten, was jemand anderes für richtig hält. *Ich* weiß, was richtig ist. Und ich werde nicht wie ein Mönch leben, nur weil –« Weiter redete er nicht. Er war ein Narr gewesen, sich Mrs Evensong anzuvertrauen. Hatte die Frau ihrer Nichte von seiner fehlgeschlagenen Ehe und seiner Schande erzählt? Verflixt. Verflixt und zugenäht.

»Ich schätze, wir sind in einer Sackgasse gelandet, Lord Raeburn. Gute Nacht.«

»Sie werfen mich raus, nur weil wir eine kleine Meinungsverschiedenheit hatten?«

Sie schnaubte. »Klein würde ich das nicht nennen. Nichts an Ihnen ist klein.«

Und das würde er ihr gern beweisen. Sie hatte recht – er war kein Gentleman. Es hatte auch nicht geholfen, es zu versuchen. Ganz gleich, wie sorgsam er Edith behandelt hatte, sie war immer zurückgewichen. Und das Schlimmste von allem – sie hatte am Ende kein Vertrauen zu ihm gehabt.

Er stand auf und rumpelte dabei gegen den Servierwagen. Die Kaffeekanne kippte um und ergoss sich brühend heiß über seine Hose. Er ließ sich sofort wieder in den Sessel fallen. Heilige Mutter Gottes. Seine Oberschenkel brannten.

»Ach je«, sagte Mary Arden. »Ist alles in Ordnung?«

Nein, das war es überhaupt nicht. »Ich Tölpel«, stieß er hervor und biss sich auf die Zunge, um nicht loszuheulen.

»Ich schätze, Sie sollten lieber Ihre Hose ausziehen.«

Er starrte sie an und dachte, er hätte sich verhört.

»Nur zur Erleichterung. Sie können dann Ihre Haut mit kaltem Wasser abwaschen. Ich nehme an, das muss wehtun.«

Was ließ sie das vermuten? Er schrie nicht, sondern hatte sich lediglich auf die Zunge gebissen, um es nicht zu tun. Alec schmeckte Blut.

»Kommen Sie schon, Lord Raeburn, seien Sie nicht so förmlich. Ich bin sicher, dass Sie schon viele Frauen ohne Hosen zu Gesicht bekommen haben. Was macht da eine mehr schon aus?«

Alec torkelte vom Sessel und stolperte ins Badezimmer, wo er die Tür hinter sich zuschlug. Er zog an seinem Hosenschlitz, und seine Hosen rutschten schmachvoll auf seine Knöchel. Seine Oberschenkel waren hellrosa verfärbt – hätte er sich nur ein paar Zentimeter weiter oben abgeschüttet, würde er jetzt sicher aufheulen, denn er trug keine Unterwäsche. Er drehte das Wasser auf, tauchte ein Leinenhandtuch ins kalte Wasser und presste es auf seine Beine. Was für eine Tortur.

Es klopfte an der Tür. »Darf ich eintreten?«

»Nein, dürfen Sie nicht. Lassen Sie diesem Mann sein letztes bisschen Würde.«

»Ich habe eine Salbe, die vielleicht helfen könnte.«

Natürlich tat sie das. Wahrscheinlich wollte sie sie auch noch selbst auftragen, um es ihm für sein Verhalten an diesem Nachmittag heimzuzahlen.

Alec starrte auf sein ungewohntes Bild im Spiegel über dem Sockelbecken. Er war so weiß wie das Porzellan. Zart.

Sollte sie ihre Verkörperung von Florence Nightingale verfolgen. Er würde sich selbst auf ihrem einsamen Bett niederwerfen und ihr den Vortritt lassen. Für einen von ihnen würde es sich vielleicht als amüsant erweisen. »Ich komme raus.«

Er raffte seine Hose zusammen, ohne sie wieder zu schließen, und ging vorsichtig zurück in ihr Schlafzimmer. Sie blickte mitfühlend zu ihm auf und hielt irgendeine Dose in ihrer kleinen Hand. »Warum legen Sie sich nicht auf mein Bett, Lord Raeburn?«

»Ich dachte schon, Sie würden nie fragen«, schoss er aus dem Hinterhalt.

»Wir werden nichts von Ihren Unverschämtheiten machen, Sir. Und wenn ich richtig urteile, verfügen Sie derzeit nicht über Ihre übliche Stärke. Ich fühle mich daher recht sicher.«

»Das sollten Sie lieber nicht.« Alec ließ sich erleichtert auf die strahlend weiße Tagesdecke sinken.

»Heben Sie Ihr Unterteil, damit ich die Hose herunterziehen kann.«

Sie klang wie seine alte Nanny, und so schrecklich professionell. Alec sorgte dafür, dass sein gestärktes Hemd noch immer sein bestes Stück verdeckte, und schloss die Augen.

Sie schnappte kurz nach Luft. »Du meine Güte. Ich frage mich, ob wir lieber einen Arzt rufen sollten.«

»Welch ausgezeichnete Idee. Warum nicht gleich Bauer?«

»Seien Sie nicht albern. Aber die Verbrennung sieht ernst aus. Haben Sie große Schmerzen?«

Ausreichend groß, dass sein Penis sich kaum rührte, obgleich

Mary Ardens süße kleine Hand nur wenige Zentimeter davon entfernt lag. »Mir geht es gut. Tragen Sie schon das verdammte Zeug auf, und dann bin ich weg.«

Ihre Berührung war zaghaft. Alec knirschte mit den Zähnen, während sie vorsichtig die Lösung auf seine Haut auftrug. Es fühlte sich sofort kühler an, und der stechende Schmerz ließ nach.

»Sie können die Salbe mitnehmen und sie von Ihrem Diener am Morgen oder nach Bedarf neu auftragen lassen. Ich habe noch eine andere Dose in meinem Koffer.«

»Sie sind wirklich immer auf alles vorbereitet, oder?«

Sie lächelte ihn an. »Ich versuche es zumindest. Meine Tante hat mich gut ausgebildet. Wir befinden uns hier schließlich in der schottischen Wildnis.«

»Es tut mir leid, dass ich mich über Ihre Erfahrungen herablassend geäußert habe. Ich kann mir vorstellen, dass man viel lernt, wenn man jeden Tag in einem solchen Laden mit Menschen zu tun hat.«

»Sie wären durchaus überrascht.« Da war ein Schimmer in ihren grünen Augen, den er sich nicht erklären konnte.

Alec rappelte sich auf, bis er sitzen konnte, und zog seine Hosen über die wunde Haut. »Ich würde Ihnen gern die Wildnis Schottlands zeigen, Mary, oder zumindest einen Teil davon. Wenn dies vorbei ist, warum kommen Sie und Oliver und Mrs Evensong mich nicht in Raeburn Court besuchen, bevor Sie zurück ins schmutzige alte London reisen? Ich kann mich dann dort mit Ihrer Tante über meine Personalbedürfnisse beraten. Wenn ich das ganze Jahr hier leben soll, brauche ich mehr Bedienstete. Als Edith starb, habe ich nicht nur ein paar verloren. Die Gerüchte haben sie verschreckt – schließlich wissen wir ja alle, welch niederträchtiger Schurke ich sein kann.«

»Ich halte Sie nicht für einen niederträchtigen Schurken. Sie sind nur –«, sie starrte in eine Ecke –, »ein wenig nachlässig, denke ich.«

So nachlässig, dass er keine Ahnung davon hatte, was seine Frau durchmachte. »Reden Sie mit Ihrer Tante über diesen Besuch. Sie gehen doch jetzt sicher zu ihr, oder?«

»Ich schätze schon. Sobald ich Sie und die Essensreste losgeworden bin.«

»Ich gehe ja schon.« Er fummelte an seinen Knöpfen, und es tat ihm leid, dass er gehen musste. Er würde jetzt seinen eigenen Whisky in seiner eigenen Suite trinken, anstatt in Mrs Evensongs – und er würde über zahlreiche düstere Erinnerungen an diesen beschämenden Tag sinnieren können.

Vielleicht konnte er noch etwas davon retten. Er stand vom Bett auf. »Vielen Dank, Mary. Für alles.« Er beugte sich vor, um ihre Wange zu küssen, nur ein unschuldiger Kuss, von einem Freund zum anderen. Aber er stolperte, und sie drehte sich um, ihre vollen Lippen vor Überraschung geöffnet. Lippen, die irgendwie ihren Weg zu den seinen fanden.

Sie zog sich nicht zurück, schrie nicht und gab ihm auch keine Ohrfeige. Alec schmeckte Erdbeeren, Haselnüsse und Neugier. Ihm war klar, dass sie nicht oft geküsst worden war – man stelle sich vor, er hatte sie erst gestern noch für eine erfahrene »Schauspielerin« gehalten, als er all diese unartigen Dinge zu ihr gesagt und auf ihren Busen gestarrt hatte. Er konnte sie lehren, ihr zeigen, wie es funktionierte – sie war unschuldig, genauso, wie sie es für die Rolle, die sie spielte, sein sollte. Zu unschuldig für ihn, aber er würde diesen Kuss nicht vorüberziehen lassen.

Alec war jedoch zu groß für sie – er war zu groß für die meisten Frauen, es sei denn, sie lagen unter oder auf ihm, und dieser Kuss im Stehen war nicht so bequem, wie er hätte sein können. Er holte sie zu sich heran, sich des starren Korsetts bewusst, das ihr unter ihrem Satingewand solch verlockende Kurven verlieh. Indem er sein Bein um sie schlang – verflucht sei der Schmerz –, brachte er sie beide dazu, auf die Matratze zu gleiten, wo sie jetzt mehr auf gleicher Höhe saßen. Er öffnete die Augen und sah, wie sie ihn anstarrte. Es war befremdlich, so als würde sie einen Käfer unter einem Mikroskop untersuchen. Sie sah jedoch nicht entsetzt aus, also musste er ein netter Käfer sein, auch wenn er schielte. Er schloss die Augen und fühlte ihre Hand auf seinem Kinn. Diese einfache Berührung schickte ein heftiges Zucken durch seinen Körper. Gott, er hatte nie begriffen, dass ein nacktes Kinn eine erogene Zone sein konnte – es hätte sich auch nicht viel anders angefühlt, hätte sie sein Glied berührt. Aber er musste dafür sorgen, dass dies ein guter Kuss für sie wurde. Er musste etwas Besonderes daraus machen. Musste dafür sorgen, dass sie fühlte, was er fühlte.

Er hatte Dutzende – unzählige – Frauen Hunderte oder Tausende Mal geküsst. Er hatte darüber nicht Buch geführt, es wären ohnehin zu viele gewesen. Seit zwanzig Jahren hatte er Erfahrung in dieser Männerdomäne gesammelt. Aber nichts hatte ihn auf dieses besondere Teilen von Lippen vorbereitet, den Austausch von Zungen, das Teilen des gleichen Atems. Alec ließ seine Finger in ihr Haar gleiten und hielt sie fest, kostete die Weichheit ihres Mundes und die schüchterne Fertigkeit ihrer Zunge aus.

Vielleicht brachte ja sie ihm stattdessen etwas bei – ihre Arglosigkeit würde ihn in die Knie zwingen, würde er stehen. Wenn er seiner Bestie freien Lauf ließ, würde er sie nach hinten kippen und ihren Körper mit dem seinen bedecken, sich in ihrem Satin und ihrem Fischbein festkrallen, um sich mehr als nur einen Kuss zu holen. Es wäre zwar falsch, würde sich aber unfehlbar richtig anfühlen.

Nein, nicht heute Nacht. Vielleicht nie. Mary Arden war keine schamlose Frau und verdiente mehr, als er ihr bieten konnte. Sie brauchte einen Mann mit einer Zukunft, einen Mann, der weniger Fehler begangen hatte als er mit seinen fünfunddreißig Jahren.

Er würde niemals mehr einer anderen Frau versprechen, sie zu lieben, zu ehren und zu schätzen.

11

Mary konnte seine Einsamkeit fühlen, obwohl er so nah war, die Hitze seines Kusses ihre Wangen in Flammen setzte und sie an Stellen feucht werden ließ, an die sie nicht einmal denken mochte. Er küsste sie, als hätte er Angst, sie würde zerbrechen, seine Fingerspitzen berührten kaum ihre Kopfhaut. Sie nahm an, er war es gewöhnt, dass Menschen aufgrund seiner Größe vor ihm Angst hatten, aber sie bestand schließlich nicht aus Zuckerwatte, und er musste nicht so vorsichtig sein. Sie umfasste seinen Kiefer etwas fester, wobei sich die starke Kante in ihre Handfläche bohrte.

Er hatte ein hübsches Kinn, mit dem Ansatz eines kleinen Grübchens. Kein Wunder, dass er es verdecken wollte – er sah dadurch verwundbar aus. Zwischen seinen Wimpern und dem Grübchen war er dazu verurteilt, dass sich Frauen in ihn verliebten. Bis auf seine Kinderbraut, und das war die Crux des Problems.

Mary war noch nie so geküsst worden, aber instinktiv wusste sie, dass mehr dahintersteckte. Etwas Tieferes. Etwas Dunkleres. Etwas, das sie mit sich forttragen und sie vergessen lassen würde, Nein zu sagen. Stopp zu sagen.

Sie war jetzt nahe dran, sich wegzuziehen, aber vielleicht käme eine Chance wie diese nie wieder. Er war ein Baron. Ein Baron küsste nicht einfach so eine Frau wie sie. Er hatte es nicht einmal vorgehabt, bis sie sich in seinen unschuldigen Kuss gedreht hatte, in das onkelhafte Küsschen, das er ihr hatte auf die Wange geben wollen. Sie war nicht seine Nichte, und sie hatte seine nackten Oberschenkel gesehen, also warum nicht einen Schritt mehr wagen?

Sie hatte bislang keine männlichen Oberschenkel zu Gesicht bekommen, bis auf die ihrer Neffen, und die waren mit dunklen Haaren bewachsen gewesen oder hatten wie Baumstämme ausgesehen. Sie hatte die Stärke seines Hemds und das Cologne gerochen, das er trug, und ja, einen Hauch von Zitrone, als sie die Salbe auf seine verbrühte Haut aufgetragen hatte. Die Situation zwischen ihnen war bereits derart unangemessen, dass es ein kleiner Kuss nicht noch schlimmer machen konnte.

Angemessen. Angemessen. Angemessen.

Mary konnte ihre verstorbene Mutter, Miss Ambrose, ihre Schwägerin Phyllis, ihre Tante Mim hören. Ihr ganzes Leben lang hatte sich alles um Warnungen und Pflichten gedreht. Verflucht seien die Warnungen und die Pflichten. Verflucht sei der Anstand.

Sie seufzte und lehnte sich nach vorn, was bei Alec Raeburn zu einem qualvollen Grunzen führte. Ihm schien zu gefallen, was sie mit ihrem Mund tat, also machte sie weiter.

Mary fühlte sich unsicher, was ihre weiblichen Fertigkeiten anbelangte, aber Alec hatte wahrscheinlich ausreichend männliche Fertigkeiten, die für sie beide reichten. Sie ließ sich führen, ließ ihn gewähren, als er ihre Zunge sanft mit seiner umspielte, wobei er jede Parade und jeden Vorstoß erwartungsvoll erwiderte. Mary wurde durch seinen Arm belohnt, der sie umklammerte und sie so eng an seine breite Brust zog, dass keine Visitenkarte mehr dazwischen Platz gefunden hätte.

Ihre Brüste fühlten sich merkwürdig und kribbelig an, und sie konnte nicht genug Luft in ihre Lungen bekommen, sodass sie sich etwas benommen fühlte.

Und das lag nicht nur einfach in einer engen Schnürung begründet. Das war episch. Welten und Zungen und Zähne kollidierten. Jetzt verstand Mary, was all die albernen Buchromanzen sagen wollten, die Harriet ihr geliehen hatte, wenn sie mit Auslassungszeichen gespickt waren. Mary machte gedanklich Punkt, Punkt, Punkt, ihre Hände ruhten auf Alecs Schultern, ihre Augen schlossen sich flatternd. Sie musste ihn nicht mehr ansehen, nur seine Herrschaft über sie fühlen, als er seine Skrupel überwand und sie küsste, als sei sie die einzige Frau auf der ganzen Welt. Die Vorstellung war absurd – Mary war sicher, dass er schon bessere, souveränere Küsse erlebt hatte –, aber wozu sollte sie das erörtern? Sie konnte nicht mehr klar denken, sie konnte gar nicht mehr denken.

Heiß. Hart. Nass, was jetzt nicht so wundervoll klang, aber ein anderes Wort hatte sie dafür nicht. Glatt. Roh. Keine Worte mehr. Ihr Vokabular war gänzlich unzureichend. Sie fiel zurück auf ihr Bett, und er war neben ihr, eine große Hand umfasste ihre satinbedeckte Brust, die andere vergrub sich in ihrem Haar. Sie würde sich ihre Frisur neu richten müssen, bevor sie zu Tante Mim ging – ach, sie wollte eigentlich überhaupt niemanden mehr sehen oder irgendwo hingehen. Niemals wieder. Das war so … Ihre Lippen spitzten sich. So … unprofessionell. Fehlgeleitet. Fabelhaft.

Aber vielleicht hörte Alec die ersten beiden Worte und nicht das letzte, denn er rollte zur Seite und gab ein Wort von sich, das sie niemals gewagt hatte zu benutzen, nicht einmal zu denken.

Er lag flach auf dem Rücken, starrte an die Decke und sah gleichzeitig angespannt und verwirrt aus. Mary bemerkte, dass er ein Kissen über sein bestes Stück hielt. Sie setzte sich auf und richtete ihr Mieder. Sie hätte die kratzige Spitzeneinlage gern losgehakt, aber Alec sah schon jämmerlich genug aus. Sie sollte ihn – oder sich – nicht mehr weiter reizen.

»Es gibt keinen Grund, sich zu entschuldigen, Mylord«, erklärte sie hastig. »Das war sehr angenehm. Gänzlich meine Schuld. Ich habe Sie in diese Situation gebracht.« Eigentlich hatte sie sich selbst ausgetrickst – als er sich nach unten beugte, tat sie das Erstbeste, was ihr in den Sinn kam, und öffnete den Mund. Es war ihr so natürlich erschienen. So richtig, obwohl es natürlich das Gegenteil davon war.

Sein Mund öffnete sich, aber es kam kein Ton heraus.

»Als Sie mir einen Kuss auf die Wange geben wollten. Ich habe mein Gesicht gedreht. Sie konnten nicht anders. Bitte entschuldigen Sie meinen kläglichen Versuch, Sie zu verführen. Na ja, nicht gerade verführen, ich wollte nur einen richtigen« – oder ungebührlichen – »Kuss, nicht auch noch den ganzen Rest.« Vage äugte sie zu dem Kissen, das immer noch umklammert war, als wäre es ein Rettungsring und Alec gerade dabei zu ertrinken.

»Sie müssen wissen, dass meine Erfahrungen bei meinem Hintergrund etwas begrenzt sind. Und nach dem heutigen Tag und all den Ereignissen dachte ich, was kann es schaden? Es ist doch nur ein Kuss.« Um fair zu sein, hatte sie eigentlich überhaupt nicht viel gedacht.

»Nur ein Kuss«, murmelte er und sah dabei etwas angespannter und weniger verblüfft aus.

»Ich bin beinahe dreißig. Lassen Sie uns diesen Tag als meinen Schwanengesang betrachten. Schließlich ist es unwahrscheinlich, dass sich die Dinge wiederholen werden. Ich war nackt mit Ihnen in einem Raum –«

»Es war dunkel, und ich konnte nichts sehen«, unterbrach sie Alec.

»… als Sie mich auf intimste Weise berührten, und dann musste ich Ihnen Ihre Hosen ausziehen, damit ich *Sie* berühren konnte. Sagen Sie mir, was ist schlimmer? Der Kuss oder die Berührung?«

Er knurrte. »Es ist alles schrecklich. Es darf nie wieder passieren, Miss Arden.«

Mary verspannte sich. War sie wirklich so ungeschickt und unattraktiv? »Natürlich nicht, Lord Raeburn. Meine Neugier wurde befriedigt.«

»Neugier ist der Katze Tod.«

»Sie würden mir niemals etwas tun, Lord Raeburn. Ich kann Menschen gut einschätzen, und ich würde mein Leben darauf verwetten«, sagte Mary aufrichtig. Dieser Mann hatte unter dem Argwohn der Gesellschaft genug gelitten. Hätten ihn mehr Menschen geküsst, wären sie schon bald eines Besseren belehrt, dass dieser Mann kein Mörder war. Er war der Sanfteste unter den Riesen. Er war während ihres Intermezzos höchst respektvoll gewesen. Verflixt.

Natürlich konnte er nicht einfach jeden küssen, auch wenn er heldenhaft so ziemlich alles küsste, was einen Rock trug, wenn man seinem Ruf Glauben schenken durfte. Grundgütiger, aber ihre Gedankenprozesse waren irgendwie übel zugerichtet. Sie fühlte sich wie ein elektrischer Schaltkreis mit einem Stolperdraht.

Er bewegte sich nicht vom Bett. »Sie erzählen doch Ihrer Tante nichts davon, oder?«

»Über unseren albernen Kuss? Halten Sie mich für eine Schwätzerin? Sie sind nicht der Einzige, der sich vor Tante Mim fürchtet.« Oliver würde die Sache verstehen, aber Mary wollte ihn nicht inspirieren. Der Junge käme vielleicht hier oben noch in Schwierigkeiten, wenn er sich entschied zu küssen, wen auch immer er mochte.

Mary konnte es nicht leidtun, dass sie gefallen hatte. Nein, es war ein lohnendes Experiment gewesen. Sie rieb mit einem Finger über ihre Lippen, um zu sehen, ob sie noch da waren.

»Ich sollte aufstehen.« Alec machte keine Anstalten, sich zu bewegen.

»Ja. Ja, das sollten Sie.«

»Ich glaube aber, ich kann noch nicht.« Seine Knöchel auf dem Kissen waren ziemlich weiß.

»Ich muss furchtbar aussehen.« Mary schaffte es, den Raum zu durchqueren und an ihrer Frisierkommode Platz zu nehmen, was ihm die Chance gab, das geradezurücken, was eben geradegerückt werden musste. Das Polster, das sie nutzte, um ihren Pompadour zu außerordentlichen Höhen aufzutürmen, spitzte wie ein kleiner Laib Brot aus ihrem Kopf. Ihre Lippen waren geschwollen, als wäre sie von einem Bienenschwarm zerstochen worden. Was sie getan hatte, konnte sie schwerlich verbergen.

Es war offensichtlich. Sie hatte sich mit einem Mann auf ein Bett gelegt, auch wenn ihr Korsett noch immer geschnürt und fest wie immer war. Das war alles schockierend und aufregend zugleich.

Sie war albern wie ein Schulmädchen. »Mist.« Mary zog sich die Nadeln aus dem Haar und warf das Polster auf den Tisch. Sie hatte so viele Haare wie alle, aber manchmal war ihres ohne die Hilfe einer Zofe nur schwer zu bändigen. Hamblem hatte genug mit Tante Mim zu tun und war nicht immer verfügbar. Mary nahm ihre Bürste und begann, das rote Knäuel zu entwirren.

Hinter sich hörte sie ein Stöhnen. »Haben Sie Schmerzen, Lord Raeburn?«

»Ja, meine Gute, in der Tat. Ich sollte lieber blind sein.«

»Ich weiß, dass ich etwas derangiert bin, Sir«, sagte sie mürrisch. »Daran sind Sie schuld.«

»Sie werden mich noch ins Grab bringen. Gott gib mir Kraft«, brummelte er.

»Gott gebe Ihnen die Kraft, von meinem Bett aufzustehen! Sie müssen gehen, bevor die Gäste vom Speisesaal zurückkehren. Man sollte Sie auf dieser Etage nicht sehen.«

Ihre Bürste verhakte sich in einem Knoten, und sie verkniff sich, das gleiche schmutzige Wort auszusprechen, das Lord Raeburn vor Kurzem gebraucht hatte. Er hatte wirklich einen sehr schlechten Einfluss auf sie. Bis sie ihn getroffen hatte, hatte sie niemals auch nur daran gedacht, jemandem die Hosen auszuziehen oder mit ihm küssend auf einem Bett zu liegen, und wenn Sie es getan hatte, dann war eben alles nur – ein Traum gewesen. Mary verbrachte einen Großteil ihres Lebens vollkommen wach, praktisch und zweckorientiert. »Was, wenn der Fahrstuhlführer Sie erkannt hat und Bauer erzählt, dass wir zusammen hochgefahren sind?«

»Das Kind ist schon in den Brunnen gefallen, meine Liebe. Und ich könnte genauso gut jemand anderes besuchen. Wo ich doch so beliebt bin.«

Tat er sich selbst leid? Zumindest hatte er seine Brüder.

»Sie müssen morgen diskreter sein. In der Tat wäre es am besten, Sie würden mich überhaupt nicht treffen, bis Oliver mich morgen Nacht rettet. Nichts darf unser mühevolles Arrangement zerstören.«

»Das Arrangement wurde bereits zerstört, Eva.«

Was meinte dieser Mann nun damit? Ihr Haar knisterte unter ihrer Bürste, während sie methodisch die Bürstenstriche zählte. Sie konnte so tun, als sei er nicht da, und würde nicht so viel Platz auf ihrem Bett einnehmen, in ihrem Zimmer, in ihrem …

Mary Arden Evensong, sagte sie zu sich selbst, *sei nicht so albern. Es war schließlich nur ein Kuss*. Nur weil sie in ihrem Leben bislang ungeküsst war, hatte das im Großen und Ganzen keine Bedeutung. Lord Raeburn war ein Schwerenöter und

Schurke, und sie war eine lächerliche alte Jungfer, die viel zu naseweis war.

Nun, zumindest eine Frage war beantwortet – Küsse waren in der Praxis viel angenehmer als in der Theorie. Mary hatte sich immer gefragt, wie es zwei Menschen gefallen konnte, sich die Nasen einzudrücken und Spucke auszutauschen, aber jetzt war das nicht mehr so schwer zu verstehen. Wahrscheinlich war der sexuelle Akt an sich gleichermaßen angenehm, wenn man über die Verlegenheit und Körpergerüche einmal wegsah. Lord Raeburn roch eigentlich ganz wunderbar. Sie hatte mit der Bürste auf ihren Kopf eingehämmert, um ihm etwas Verstand einzuprügeln. Da hörte sie das Bett knarren. »Sind Sie noch immer da?«, fragte sie genervt.

Er setzte sich jetzt auf, sein dunkler Haarschopf war durcheinander. »Sie haben wunderschönes Haar. Wie ein Sonnenuntergang.«

Mary verdrehte ihre Augen. »Es sind nur Haare.«

»Meine Mutter hatte ebensolches Haar, unglaublich feurig.«

»Ich erinnere Sie an Ihre Mutter?« Mary fühlte sich unerwartet gereizt.

»Aye. Ich meine, nein. Sie sind überhaupt nicht wie sie. Sie war groß, eine regelrechte Walküre. Eine furchtlose Reiterin. Mein Bruder Evan kommt nach ihr. Sie werden ihn kennenlernen, wenn Sie nach Raeburn Court kommen.«

Mary sah ihn jetzt an. »Ich halte das für keine gute Idee, Mylord. Ich bin sicher, dass Ihre Haushälterin und Ihr Butler eine genaue Vorstellung von den Personalbedürfnissen in Ihrem Heim haben. Sie können das per Brief der Evensong-Agentur übermitteln, und wir – ich meine, Tante Mim wird ihr Bestes geben, geeignete Angestellte für Sie zu finden.«

»Ha, und da liegen Sie falsch. Sie sind beide weg.«

»Sie haben Sie verlassen?«

Seine Hand strich durch sein Haar, wodurch es noch mehr durcheinandergebracht wurde. »Sprichwörtlich sozusagen. Der alte Elphinstone ist letzten Monat plötzlich verstorben, direkt in der Eingangshalle, wo er seit fünfzig Jahren gesessen hatte. Und Mrs Spotwood ist kurz darauf in den Ruhestand getreten mit der Anmerkung, das Haus bringe Unglück. Ich denke, es war einfach zu groß für sie, um alles in Ordnung zu halten, wo doch das entsprechende Personal fehlte, und sie musste sich auch noch ums Kochen kümmern. Die ortsansässigen Mädchen würden heutzutage lieber als Schreibkraft in Edinburgh arbeiten, als einen Mopp zu schwingen und Haferkekse zu backen. Abgesehen von den temporären Arbeitern sind wir also ein wenig in eine Sackgasse geraten. Ich fahre jeden Tag rüber, um die Renovierungsarbeiten zu überwachen, aber ich habe immer mehr Zeit in meinem Londoner Haus verbracht als hier in den Highlands. Mein Fehler. Evan hat nicht die Zeit, sich um alles zu kümmern, und da ich vorhabe, ab sofort hier zu überwintern, muss ich das auf mich nehmen. Und sollte es auch.«

Die Haarbürste glitt ihr beinahe aus den Fingern. »S-Sie geben Ihr Londoner Leben auf?«

»Aye. Es ist an der Zeit, oder nicht? Ich habe mir die Hörner abgestoßen. Und es ist alles andere als amüsant, in die Clubs zu marschieren, wo sofort alle Gespräche verstummen. Mir wird es hier bei meinen Brüdern besser gehen. Man kann nicht für immer vor dem eigenen Erbe davonlaufen.«

Aber das *wäre* wie weglaufen, wenn er sich hier oben versteckte, um seine Wunden zu lecken. »Ich verstehe. Ich werde mit Tante Mim reden. Der Besuch könnte jedoch etwas viel für sie werden.«

»Als wir uns in der Mount Street gesehen haben, schien sie bei ausgezeichneter Gesundheit zu sein. Was ist passiert?«

Guter Gott, dieses Doppelleben war wirklich nur schwer aufrechtzuerhalten. »Oh! Nur eine kleine Unpässlichkeit. Es hat nicht einen Jota Einfluss auf ihren Geschäftssinn. Ich möchte nicht, dass Sie oder jemand anderes denken, die Agentur würde unter mangelnder Führung leiden.«

»Nein, ihr Ruf ist es, warum ich Sie in erster Linie aufgesucht hatte. Ich habe einen Freund – einen der wenigen, die übrig blieben, der eine Frau sucht. Er hat mir erzählt, dass Ihre Tante auch eine Paarvermittlung betreibt.« »Gelegentlich. Aber die Gebühr für einen derartigen Service ist recht exorbitant.«

»Keine Sorge. Ich werde davon keinen Gebrauch machen. Eine verhängnisvolle Ehe war genug.«

Trotz seiner Versicherung, niemals wieder heiraten zu wollen, konnte Mary nicht anders, als sich vorzustellen, welche ihrer Klientinnen als nächste Baronin Raeburn taugen würde. Aber dann verbannte sie diesen Gedanken gleich wieder aus ihrem Kopf. Das brauchte sie gar nicht zu interessieren. Doch leider gehorchte ihr Geist nicht und machte sogleich wieder Platz für weitere Gedanken.

12

Konnte dieser höllische Tag noch schlimmer werden? Endlose kalte Regengüsse. Eisstürme. Schneeverwehungen. Blizzards. Die Nordsee im Januar. Alec dachte an all die kalten Orte, die er kannte, und an einige, die er nicht kannte – wie den Nordpol –, aber nichts schien seine ungelegene Erektion unterdrücken zu können.

Er hatte ihre glatten, sommersprossigen Schultern berührt. Ihre weichen, pinken Lippen geküsst. Eine perfekt geformte Brust umschlossen. Jetzt lockte sie ihn mit einem Vorhang aus Kupfer und Bronze, der bis auf ihren üppigen Hintern fiel.

Er war nur ein Mann, anfällig für die Versuchung wie jeder, und ihre Mütter wussten das. Er war nie ein Heiliger gewesen, außer für den kurzen Zeitraum, in dem er dachte, er könnte die launische Edith in sein Bett schwatzen.

Es war unfair – die kleine Mary Arden hatte dafür gesorgt, dass er sie küsste. Sie schmeckte. Und jetzt sollte er sich schleichen, als sei nichts geschehen.

All dieser Unsinn über ihren »Schwanengesang«! Er konnte ihr all die Schwänge und Gesänge zeigen, die sie sich je erhofft hatte, aber sie redeten jetzt über die Agentur ihrer Tante, wovon sie als einfaches Mädchen aus einem Kaufmannsladen, das sich im Urlaub befand, eine ganze Menge zu verstehen schien. Vielleicht bereitete sie ihre Tante darauf vor, das Geschäft zu übernehmen. Er schnaubte. Als ob irgendjemand seine Zukunft in die Hände dieser Venus im Taschenformat legen könnte. Alec war es egal, wie alt sie war – sie sah aus wie ein unschuldiges Mädchen.

Nicht ganz so unschuldig, dieses kleine Luder. Sie hatte sich einen Kuss von *ihm* gestohlen! Er rieb sich über den Mund und war froh, dass er noch da war. Sein Bart schien auch wieder zu sprießen. Er würde ihn sich wieder wachsen lassen. Was hatte er sich überhaupt dabei gedacht, ihn abzurasieren? Ohne ihn fühlte er sich nackt. Ha. Nackt. Eisschollen. Eskimo. Robert Peary aufgetakelt mit Seehundsfell. Schlittenhunde. Schneemänner. Schneebälle. Oh, *Bälle*. Es war sinnlos. Er würde im Krebsgang aus dem Zimmer kriechen müssen und hoffte, er würde es nach oben schaffen, ohne für zu viel Aufsehen zu sorgen. Vielleicht könnte Alec das Fransenkissen mitnehmen.

»Sie haben also nicht vor, wieder zu heiraten?«

»Wer würde mich schon wollen? So ein armes Mädchen würde alle Fenster in Raeburn Court meiden, wenn ich zu Hause wäre, und ich kann Ihnen sagen, dort gibt es viele Fenster. Mrs Spotwood hatte sich immer darüber beklagt, dass sie alle geputzt werden mussten.«

»Nun, natürlich würden Sie nicht jemanden heiraten, der nur Schlechtes von Ihnen denkt.«

»Meine liebe Miss Arden, die einzigen Leute, die glauben, dass ich keine Schuld am Tod meiner Frau trage, sind neben einer Handvoll Freunde meine Brüder – und in Bezug auf Nick bin ich mir da nicht einmal so sicher. Seit es geschehen ist, ist er nicht mehr nach Hause gekommen.«

Mary schlug sich die Bürste an ihren Kopf. »Es ist so unfair.«

Ja, hatte er das nicht auch eben gedacht? »Ich sollte gehen. Ihre Tante wartet auf Sie.« Er suchte ihren Blick im Spiegel, und ihre Wimpern senkten sich. Fühlte sie sich schuldig dafür, was sie mit ihm getan hatte? Gut.

Und dann drehte sie sich um, um ihn wieder anzusehen, ihre Haselnussaugen dunkel wie ein Wald. »Könnte ich Sie überreden, mir aus diesem Kleid zu helfen, bevor Sie gehen? Es ist höchst unbequem.«

Alec sagte ein Wort, das er nicht sagen sollte. Schon wieder. »Sie wollen, dass ich Ihnen beim Auskleiden helfe?«

»Nur die Knöpfe am Rücken.«

»*Nur* die Knöpfe. *Nur* ein Kuss. Ich glaube, Sie kennen die Bedeutung des Wörtchens *nur* nicht, Miss Arden. Wenn ich Ihre Knöpfe öffne, werde ich Ihre Schnürbänder sehen. Und wenn ich Ihre Schnürbänder sehe, gerate ich in Versuchung, an ihnen zu ziehen. Notfalls mit meinen Zähnen, wenn meine Hände zu sehr zittern sollten. Und dann gibt es nur noch Unterwäsche und Haut. Sie können von mir nicht erwarten, mich wie ein Gentleman zu verhalten, denn im Moment bin ich keiner. Sie sollten das inzwischen wissen.«

»Oh.«

Ihr Erröten stand einem kräftigen Rouge in nichts nach. Verdammt, warum versuchte er sogar, ihr Verstand einzureden? Bot sie ihm nicht das an, was er wollte, seit er sie zum ersten Mal in der Lobby des Forsyth Palace Hotels gesehen hatte? Sie war nicht wirklich schön, brachte er sich in Erinnerung. Sie war jedoch mehr als schön. Intelligent. Geistreich. Ihr loses Haar war wie ein fließender Fluss, ihr Körper üppig. Aber etwas an Mary brachte ihn dazu, dass er sich als ein Gentleman verhalten *wollte*, verflixt und zugenäht.

»Stehen Sie auf«, knurrte er.

Die Knöpfe waren glänzend und winzig. Vielleicht hatte er das Alter für eine Lesebrille erreicht. Seine klobigen Finger glitten immer wieder ab, und er gab wieder diesen Fluch von sich. Mary stand still wie eine Statue, ihr Haar über die rechte Schulter gelegt.

Alec verrenkte sich wieder das Genick – sie waren wirklich das unpassendste Paar. Zum Teufel, sie waren ja gar kein Paar – sie hatten sich nur einmal geküsst. Aber was für ein Kuss das gewesen war. Er trat zurück. »Na also. Ich schätze, von hier ab können Sie es selbst übernehmen.«

»J-ja.«

Sie schien etwas benommen, vielleicht von den warmen Atemzügen, die er ihr ins Genick geblasen hatte, oder wegen der Art, auf die seine Hände dort über ihre bloße Haut gestrichen hatten, wo sie sich unter den Stofffalten zeigte. Er war ein Hundesohn und hatte das Unwohlsein in seiner Unterleibsgegend nur gesteigert.

Alec glättete sein Haar und zog seine Krawatte wieder fest, sodass er, ohne Aufmerksamkeit zu erregen, nach oben gehen konnte. Als er sein Ohr an die Tür legte, hörte er beständiges Auf- und Abgehen auf dem Korridor. Gelächter. Türen, die sich öffneten und schlossen.

»Ich muss vielleicht noch ein paar Minuten warten. Das Abendessen ist wohl vorbei.«

Sie biss sich auf die Lippe und nickte. War es so schrecklich, in seiner Gesellschaft zu sein?

»Ich könnte auch durch Olivers Tür rausgehen. Man könnte dann denken, ich hätte ihn aufgesucht«, sagte er unwirsch.

Mary schüttelte den Kopf. »Er ist noch nicht wieder zurück. Man könnte Sie für einen Einbrecher halten. Jemand könnte ihn unten gesehen haben und zwei und zwei zusammenzählen.«

Alec würde zumindest zwei zusammenbringen, aber das wäre unwahrscheinlich, da Mary Arden das Mieder ihres Satinkleids zusammenraffte. Der Spitzenkragen hatte sich entfaltet, und ihr Hals sah äußerst küssenswert aus. Er konnte schwache rosafarbene Linien um ihren Hals erkennen, wo der hochgeschlossene Kragen an ihrer Haut gescheuert hatte. Diese verflixten albernen Frauen und ihre Mode.

»Lord Raeburn – «

»Miss Arden – «

Sie hatten beide zugleich gesprochen. Alec war sich nicht einmal sicher, was er eigentlich sagen wollte, aber das Schweigen im Raum war etwas beschwerlich gewesen. »Sie zuerst.«

»Hm.« Sie erwiderte seinen Blick nicht. »Wenn wir nach Raeburn Court kommen, muss ich Sie um einen Gefallen bitten.«

Alec hatte ihrer Tante ein Vermögen bezahlt, und er hoffte, Mary würde für ihre Leistung einen großzügigen Anteil davon erhalten. Aber er hatte ein Faible für sie und wollte ihr etwas geben, das nur ihr gehörte. Im angemessenen Rahmen natürlich. Er war zwar kein Krösus, obgleich er mehr hatte, als er jemals brauchen würde, jetzt, da er keine Gattin mehr hatte, die er nach der neuesten Pariser Mode einkleiden musste. Auch würde er keine Kinderstube einrichten müssen. Er versuchte, sie anzulächeln. »Wenn Sie es schaffen, Bauers Ruf zu ruinieren, können Sie haben, was Sie wollen.«

»Sie wissen nicht, was ich will. Zumindest *denke* ich, dass ich es will«, murmelte sie. Sie trat nervös von einem mit Seide beschuhten Fuß auf den nächsten, als ob sie ihre Notdurft zu verrichten hätte.

Verflixt. Er sollte lieber *gehen*. Aber stattdessen setzte er sich zurück aufs Bett. »Dann schießen Sie schon los, meine Beste. Sie machen mich neugierig.«

»Oh, das hoffe ich. Wie Sie wissen, Lord Raeburn, habe ich bislang ein eher ruhiges Leben geführt. Ich hätte gern … etwas mehr.«

»Eine Reise nach Paris vielleicht? Ich muss Sie aber warnen, die Franzosen riechen nach Knoblauch«, neckte er sie.

»Nein, nicht Paris. Wir haben über Raeburn Court geredet.«

»Das haben wir. Mein Haus und die Bediensteten, die mir noch geblieben sind, stehen Ihnen zur vollen Verfügung.«

Sie sah ihn direkt mit ihren großen haselnussbraunen, unschuldigen Augen an. »Ich brauche Ihre Bediensteten nicht. Ich brauche nur Sie.«

»Und was kann ich für Sie tun?« Alec lächelte jetzt wirklich und war offen neugierig. Auf dem Gang polterte es immer noch, während Mary nach Worten rang. Komisch. Für gewöhnlich hatte sie ihm viel zu sagen, und das waren nicht immer nur Nettigkeiten.

Sie atmete tief ein. »Ich würde gern eine Nacht voller Leidenschaft erleben.«

Seine Sehfähigkeit verließ ihn, und nun schien auch noch sein Gehör zu leiden. »Wie bitte?«

Sie blickte hoch zur Decke. »Oh, lassen Sie es mich nicht wiederholen.«

Er fühlte sich sehr dumm. »Was wiederholen?«

»Hol Sie der Teufel. Vergessen Sie es.«

Er sprang vom Bett auf. »Aber nein! Warten Sie! Ich habe Sie nicht richtig gehört – ich meine, Sie haben mich, abgesehen von diesem irrtümlichen Kuss, mit einem Stock abgewehrt. Nicht dass er nicht reizend gewesen wäre. In der Tat war es so ziemlich die reizendste Sache –«, du liebe Zeit. Was faselte er da? »Sie haben nicht etwa das gesagt, was ich denke, dass Sie gesagt haben, oder?«

Sie faltete ihre Arme um ihr prächtiges Dekolleté und hielt das Kleid noch immer fest. »Könnte schon sein.«

Er setzte sich lieber wieder hin, bevor er noch umkippte. »Ich? Sie wollen, dass ich Ihnen Ihre –«

»Meine Jungfräulichkeit nehmen. Ja, ich denke schon. Ich könnte es mir bis morgen allerdings noch anders überlegen. Es ist nicht wirklich so, dass ich sehr viel mehr Möglichkeiten bei meiner Arbeit haben werde, einen geeigneten Mann zu finden. Männern wie Ihnen begegnet man nicht jeden Tag.«

Das stimmte. Alec war noch nie zuvor in einem Lebensmittelgeschäft gewesen, obgleich er jetzt, da ihn Mrs Spotwood verlassen hatte, wohl selbst würde einkaufen müssen. »Haben Sie meinen Ruf bedacht?«

»Gerade deswegen halte ich es für eine gute Idee. Sie verfügen über jahrelange Erfahrung in der Interaktion mit dem weiblichen Geschlecht. Ich gehe davon aus, dass Sie wissen, was zu tun ist.«

»Das will ich doch hoffen«, sagte Alec zaghaft. Er dachte an all die geschmeidigen Kurtisanen, Schauspielerinnen, Gattinnen und Witwen, die er im Bett gehabt hatte. Nun, nicht an *alle* – sein Erinnerungsvermögen folgte in letzter Zeit dem Beispiel seines Seh- und Hörvermögens. Er hörte nie irgendwelche Klagen, obgleich er auch sagen musste, dass einige seiner Damen zu gut bezahlt wurden, sodass sie gar nicht anders konnten, als ihn zu loben.

Alecs Magen verknotete sich. Was, wenn er nicht der kompetente Casanova war, für den Mary ihn hielt?

Ihre Errötung war zurückgegangen, und sie sah recht vernünftig aus, sogar irgendwie geschäftsmäßig, schaffte es irgendwie, ihr Haar ohne Zuhilfenahme des Spiegels zu flechten und dabei auch noch ihr Kleid hochzuhalten. »Wie ich bereits sagte, ich bin beinahe dreißig. Ich erwarte nicht, dass ich jemals heiraten werde, aber ich will auch nicht unbedingt als Jungfrau sterben. Dabei bin ich nicht auf irgendeine komplizierte Affäre aus – dafür habe ich gar keine Zeit. Ich habe genug Geheimnisse – ich meine, es wäre schwierig, ein Geheimnis zu wahren, und wenn es meine Tante herausfinden würde, wäre sie nicht sonderlich amüsiert. Aber eine Nacht – oder zwei – in den Highlands kämen mir sehr gelegen. Dann könnte ich mit

Wissen im Gepäck zurück nach London gehen, was mir bei meiner Arbeit hilfreich sein könnte.«

Welche Art von Kolonialwarengeschäft betrieb ihre Familie da nur, dass die Kassiererinnen über sexuelle Kenntnisse verfügen mussten? »Ich dachte, Sie sagten, die Läden befänden sich in Oxfordshire.«

»Wir überlegen die Gründung von Filialen«, sagte sie vage. »Wie dem auch sei, ich sollte mich langsam auf mich konzentrieren. Ich durfte jahrelang keinen Spaß haben.«

Spaß? *Spaß?* Keine anständige Frau, die er kennengelernt hatte, hatte sexuelle Begegnungen als Spaß bezeichnet, das war schade. Deshalb hat er so viel Zeit mit den unanständigen verbracht.

»Sie könnten enttäuscht werden«, sagte Alec und fühlte sich nicht unbeträchtlich unter Druck.

Mary Arden beäugte ihn mit einem spekulativen Schimmern in ihren Haselnussaugen. »Das bezweifle ich. Sie geben als Mann eine sehr gute Figur ab. Ich habe den Kuss genossen. Was sollte also schiefgehen?«

»Ihre Tante – dieser Oliver …«

»Oh, wir werden ganz diskret sein. Raeburn Court ist schließlich keine Hundehütte, oder?«

»Aye.«

»Wir werden uns einfach einen ruhigen Ort weit weg von ihnen suchen. Da kommt es auch gelegen, dass Ihr Haus momentan unter einem Belegschaftsmangel leidet. Kein Getratsche unter den Bediensteten. Obwohl ohnehin nie jemand erfahren wird, wer ich wirklich bin.«

Sie war eine Kandidatin für die psychiatrische Anstalt, das war sonnenklar.

»Ich denke, Sie sollten diese Idee noch einmal überschlafen, Miss Arden. Wenn Sie am Morgen noch immer auf diese

Weise empfinden, können wir ja die Diskussion nochmals aufgreifen.«

Sie sah angeschlagen aus. »Oh! Sie wollen mich nicht. Ich verstehe. Ich war wohl viel zu dreist. Sie flirten wahrscheinlich mit jeder und tauschen Küsse aus.«

»Das tue ich nicht!«, log Alec. »Aber ich will es, also, ich will Sie. Sie sind so … anders. Auf positive Weise«, fügte er schnell hinzu, als er sah, wie sie ein langes Gesicht zog. »Auf äußerst positive Weise. Sie müssen mir vergeben. Für gewöhnlich bin ich es, der solche Angebote unterbreitet. Seit meinem Schulabschluss habe ich kein solches Angebot mehr erhalten. Eine bemerkenswerte junge Frau, aber Einzelheiten müssen Sie nicht wissen.« Guter Gott, würde diese Nacht denn nie ein Ende finden?

»War sie auch eine Jungfrau?«

»Himmel, nein. Grace hat mit allen geschl… – ich sollte offen mit Ihnen sein, Miss Arden. Nach bestem Wissen habe ich niemals eine Jungfrau defloriert, nicht einmal, als ich selbst noch eine war.«

Er erinnerte sich an Dory, das kecke Hausmädchen, das sich dazu entschlossen hatte, sich durch alle drei Raeburn-Jungs zu arbeiten, wenn sie sich im Londoner Stadthaus aufhielten. Er atmete tief ein. »Ihre Tante muss es Ihnen erzählt haben – noch nicht einmal meine eigene Gattin. Wir haben unsere Ehe nie vollzogen. Sie fürchtete sich vor mir.«

»Ich habe keine Angst vor Ihnen.«

»Das sollten Sie aber! Was, wenn Sie nach dieser einen Nacht der Unbekümmertheit schwanger werden?« Herrje, warum malte er nur derart den Teufel an die Wand? Er sollte Luftsprünge machen ob seiner Chance, genau das mit Miss Arden zu tun, was er von der Sekunde an, als er sie zum ersten Mal sah, tun wollte.

»Ich schätze, Sie wissen, wie man dem vorbeugt.«

»Nichts ist absolut narrensicher.« Soweit er wusste, hatte er die Landschaft nicht mit seinen Bastarden übersät, was eigentlich schon an ein Wunder grenzte.

Vielleicht war er ja zeugungsunfähig. Das war jetzt doch ein abschreckender Gedanke. Aber Evan war sein Erbe und Nick danach, sollte Evan in ein Fass mit Raeburn's Special Reserve fallen.

Auf dem Korridor war es jetzt ruhig. Torkelnd stand Alec auf. »Ich gehe jetzt. Wie ich schon sagte, Miss Arden, wir müssen das noch nicht heute Nacht entscheiden. Vielleicht bin ich gar nicht der Richtige für Sie. Was ist mit Oliver? Er sieht doch wirklich gut aus.«

Mary biss sich wieder auf die Lippe. »Ich fürchte, das geht nicht.«

Das Mädchen hatte wahrscheinlich dem Jungen bereits Avancen gemacht, zwischen ihnen gab es ja auch nur eine dünne Verbindungstür.

Ah, nun gut. Alec war mehr oder weniger noch immer geschmeichelt.

Aber irgendwie auch in Panik.

13

Mary konnte nichts auf alkoholische Getränke schieben, denn außer Tee und dem guten schottischen Wasser hatte sie nichts konsumiert. Was war nur über sie gekommen?

Alec Raeburn. Technisch gesehen hatte er zwar nur neben ihr gelegen, aber es hätte nicht viel gefehlt, ihn heute Nacht dazu zu bringen, auf sie zu rollen. Und das hätte sie gern gehabt.

Wo war nur ihr viel gepriesener gesunder Menschenverstand geblieben? Nicht in den Highlands, so viel war sicher.

Aber war es wirklich so falsch von ihr, in ihrem fortgeschrittenen Alter das Verbotene zu begehren? Seit dieser Mann am Nachmittag ihre nackten Schultern – und ihre Füße! – massiert hatte, blubberten die merkwürdigsten Empfindungen durch ihr Blut und ihren Verstand. Es war, als hätte Alec Raeburn einen Hahn aufgedreht, und der Wahnsinn schoss eimerweise daraus hervor.

Mary hatte ihre körperlichen Bedürfnisse ihr gesamtes Leben lang ignoriert, abgesehen davon, dass sie ihren Leib angemessen sauber und bedeckt hielt. In den vergangenen vier Jahren war er nur allzu angemessen bedeckt gewesen – all der schwarze Bombasin, die riesigen Hüte, die Handschuhe und Brille. Und diese grässliche Perücke. Noch nie zuvor hatte ihr jemand gesagt, dass sie schönes Haar hatte. Noch nie hatte sie jemand so geküsst wie Alec Raeburn.

Wenn er auf ihren Vorschlag einging, würde er sie wieder küssen. Und noch viel mehr tun.

Mary erschauerte. Der arme Mann sah so aus, als könnte er es nicht erwarten, aus ihrem Schlafzimmer zu flüchten. Sie hatte ihn schockiert. Nun, willkommen im Club, Lord Raeburn, denn sie war vor sich selbst erschrocken, und es war ein wunderbares Gefühl.

Bevor sie von der Schule abging, hatte sie Geschichten im Schlafsaal gehört. Harriets Bücher waren auch irgendwie hilfreich gewesen. Als sie sich als ihre Tante ausgab, war sie in gar viele Gespräche eingebunden gewesen, die für die Ohren einer unverheirateten jungen Frau überhaupt nicht angemessen waren. Ihr Wissen war bestenfalls lückenhaft. Es war an der Zeit, das zu beheben.

»Ich brauche keinen Tag, um darüber nachzudenken. Wenn ich mich für etwas entschieden habe, ziehe ich es für gewöhnlich auch bis zum Ende durch.« Tante Mim nannte sie so stur, wie sie selbst es war. »Ich vertraue darauf, dass Sie keine Krankheiten haben?«

Lord Raeburns blasses Gesicht gewann wieder an Farbe. »Was?«

»Ich mag vielleicht eine Jungfrau sein, aber ich bin nicht gänzlich unschuldig. Wussten Sie, dass Gerüchte kursieren, Isabella Beetons Gatte hätte sie mit Syphilis infiziert? Das kann man wohl schwerlich Haushaltsführung nennen. Zahlreiche historische Persönlichkeiten sind an Geschlechtskrankheiten gestorben. Ich lege keinen Wert darauf, einen Ausschlag zu bekommen, dass mir die Haare ausfallen oder dass ich verrückt werde.«

Die Lippen des Barons kräuselten sich: »Sie sind doch bereits verrückt, Miss Arden.«

Sie band das Ende ihres Zopfs mit einem Band zusammen, ihr Kleid fiel beinahe zu Boden. Sie war noch nicht bereit dafür, dass Lord Raeburn sie sah, obwohl er wahrscheinlich schon reichlich von ihr gesehen hatte. War sie denn verrückt? Sie fürchtete sich wirklich, dass sie es war.

Sie war mit etwas infiziert worden – Lust. Mary konnte verstehen, warum weibliche Personen in der Nähe von Männern wie Alec Raeburn von ihren Aufsichtsdamen umringt wurden. Ein paar Tage in seiner Gegenwart, und sie hatte Jahre der Selbstkontrolle über Bord geworfen.

Nun, warum eigentlich nicht? Wer würde es denn je erfahren? Wenn sie diese Gelegenheit nicht nutzte, würde sie niemals wieder die Chance bekommen, und sie würde für den Rest ihrer Tage nur noch ihrer nicht befriedigten Neugier frönen können. Sie lächelte Alec auf, wie sie hoffte, vollkommen zurechnungsfähige Weise an.

»Vielleicht sollte ich mir am Ende noch ein Gesundheitszeugnis von Dr. Bauer ausstellen lassen«, blaffte er.

»Das wird nicht nötig sein. Ich werde Sie als Gentleman beim Wort nehmen.«

Alecs Nasenlöcher blähten sich auf. »Ich bin aber kein Gentleman, haben Sie das vergessen? Aber ich bin auch nicht krank. Also wirklich, diese Unterhaltung ist höchst außergewöhnlich.«

»Führen Sie normalerweise keine solchen Diskussionen mit Ihren Mätressen? Ich würde meinen, sie würden es wissen wollen, und Sie ebenfalls. Man kann niemals vorsichtig genug sein.«

»Welche Art von Jungfrau sind Sie eigentlich genau?«, prustete Alec.

»Meine Unerfahrenheit schließt doch meine Intelligenz nicht aus, Lord Raeburn. Alec. Es erscheint mir albern, Sie mit Ihrem Titel anzureden, wo wir doch kurz davor stehen, Unzucht zu treiben.«

»Miss Arden – Mary … bei Ihnen klingt das alles für meinen Geschmack etwas zu kaltblütig.«

»Das überrascht mich aber. Ich hatte den Eindruck, dass die meisten Ihrer Verbindungen auf geschäftlicher Basis funktionierten. Ich habe Sie nicht für einen Romantiker gehalten.«

»Ich bin auch kein verfluchter Romantiker! Aber das hier – Sie – das ist nicht angemessen!«

Er sah hinreißend zerzaust aus, sein Haar stand an einer Seite derart hoch, als hätte er es herausgerissen. Mary hatte nie vermutet, sie könnte eine solche Wirkung auf einen Mann haben.

»Genau. Ich habe es irgendwie satt, mich stets angemessen zu verhalten. Und es tut mir leid, wenn Sie mich für zu dreist halten. Ich weiß, dass Frauen stets darauf warten sollten, dass der Mann die Initiative ergreift. Aber ich würde sagen, für den heutigen Tag haben Sie ausreichend Initiative ergriffen. Ich erwidere lediglich.«

»In höchstem Maße«, murmelte er. »Sei's drum. Wenn mit Bauer alles so verläuft wie geplant, sollten wir das Hotel am Sonntag verlassen können. Am Tag des Herrn, Miss Arden, also sollten Sie doch lieber bis Montag mit der Durchführung dieses haarsträubenden Experiments warten. Ich selbst werde den ganzen Sonntag lang in der Kapelle von Raeburn Court auf den Knien liegen und um Vergebung bitten. Und um Kraft.«

Mary fragte sich, ob er dabei seinen Kilt tragen würde, mit piekenden Steinen unter den Knien. »Es ist besser, um Vergebung zu bitten als um Erlaubnis.«

»Ich sollte meine Einladung eigentlich widerrufen. Das Haus ist ja noch nicht fertig«, erinnerte sie Alec. »Die Arbeiter werden noch mindestens eine Woche beschäftigt sein.«

»Dann werden wir wohl etwas kreativer sein müssen, was die Suche nach einem geeigneten Ort für unser Rendezvous angeht.«

»Ich bevorzuge ein gutes, altmodisches Bett, Miss Arden. Für akrobatische Einlagen bin ich zu sehr in die Jahre gekommen.«

Mary bezweifelte das. Alec Raeburn war fit, muskulös, hatte eine vitale Persönlichkeit. Sie konnte sich vorstellen, dass er sich auf so ziemlich alles einließ.

Sie wollte aber kein exotisches Zusammentreffen, sondern nur das Übliche. Kein Herabhängen von Kronleuchtern. Mary wäre schon genug damit beschäftigt, sich jedes Gefühl für die Zukunft gut einzuprägen, ohne sich Sorgen machen zu müssen, sich einen Rückenmuskel zu zerren.

»Also gut. Lassen Sie uns das mit einem Händedruck besiegeln«, sagte Mary. »Wollen Sie die Abmachung nicht lieber schriftlich festhalten? Sie erinnern mich doch stark an Ihre Tante. Sie ist eine schlaue, gerissene Frau. Ich wünschte beinahe, ich hätte sie nicht aufgesucht.« Alec klang verteufelt niedergeschlagen.

So sollte es nicht sein. Mary wollte sich nicht selbst als eine Aufgabe sehen, als jemanden, den man tolerierte, bis eine unangenehme Aufgabe erfüllt war. Ihr Anblick sorgte schließlich nicht für Brechreiz. »Sollten Sie Bedenken haben, Mylord, so können Sie jederzeit Ihre Meinung ändern.« Sie streckte ihm eine Hand entgegen, und er sah sie geringschätzig an.

»Ein Handschlag, um diese Art von Handel zu besiegeln? Wohl eher nicht.« Er packte ihre Finger und zog sie vorwärts, bis sie eng an seinem Körper lag. Zumindest wäre es so gewesen, wenn nicht der Arm, mit dem sie ihr Kleid hochhielt, im Weg gewesen wäre. Er blickte herab, und Mary fühlte selbst Zweifel.

Als sich sein Gesicht näherte, schloss sie die Augen, wobei jeder Stoppel seiner dunklen Wange irgendwie tödlich aussah. Sein Mund bedeckte ihren besitzergreifend, seine Zunge drang tief ein. Das war kein Kuss wie zuvor. Es fehlte die verspielte Zartheit, die sanfte Erkundung. Dieser Kuss war reiner Besitz, was Marys Hoffnung bestätigte, mitgerissen zu werden.

Momentan trieb sie auf einem Meer tückischer Wellen, konnte kaum aufrecht stehen. Er hielt sie fest, jede Fingerspitze brannte sich in das bloße Fleisch ihres Rückens.

Ihre ungleiche Höhe war ein Problem, und sie stolperte nach vorn zum Bett, während er sie zur Seite dirigierte. Eine kleine Stimme in ihr sagte *noch nicht,* aber sie hätte nicht sprechen können, auch wenn ihre Lippen frei gewesen wären. Wie weit würde er gehen? Wie weit würde sie ihn gehen lassen?

Er schob ihren Arm beiseite und zog ihr das Mieder vom Leib, was eine der Fragen beantwortete. Und dann knabberte er sich seinen Weg nach unten, verharrte an einem Ohrläppchen, ihrem Hals, an ihrem Schlüsselbein, verbrannte sie fachmännisch. Während er sie küsste, löste eine Hand die Vorderseite ihres Korsetts, schob ihr Unterhemd beiseite und umfing eine Brust. Sein Mund folgte seinen geschickten Fingern, und Mary schnappte nach Luft, als er ihren Nippel in den Mund nahm und daran saugte. Sie fühlte, wie in ihr ein Band riss und ihre Beine auseinanderfielen, als wäre sie eine kaputte Marionette.

Aber Alec beschränkte sich auf ihre Brüste, ihren Hals, wieder ihren Mund, wobei seine Hände, Zähne und Zunge im Einklang arbeiteten, in ihr den Wunsch nach mehr weckten. Und das würde sie auch bekommen, drei lange Nächte von heute entfernt.

Man sollte immer aufpassen, was man sich wünschte. Mary fühlte sich kopflos, ihre Arme lagen nutzlos an ihrer Seite, während Alec sie plünderte. Sie wusste nicht, was ein Mann wollte. Was ein Mann brauchte. Sie würde es vor Montagnacht herausfinden müssen.

Und was, wenn Tante Mim Raeburn Court nicht besuchen wollte? Mary würde sie überzeugen müssen, ohne bei ihrer Tante Verdacht zu wecken. Die Reise nach Schottland hatte sie ermüdet, also könnte ihr Mary vielleicht ein paar extra Tage Ruhe schmackhaft machen, bevor sie wieder in die Realität nach London zurückkehrten.

Sie selbst würde ein Leben lang brauchen, um sich von den Küssen und Liebkosungen von Lord Alec Raeburn zu erholen. Das – was immer es war – war so viel wunderbarer, als sie es erwartet hatte, und doch noch nicht genug. Marys Nase wurde unerklärlich taub, und sie hörte ein Rauschen in ihren Ohren. Ihre Kopfhaut prickelte. Konnte man vor Genuss in Ohnmacht fallen? Das geräumige Zimmer war auf Bett und Körper darauf geschrumpft, und sie war froh, dass sie sicher in Alecs Armen lag.

Sicher. Ha. Wohl nicht gerade das richtige Wort.

Alec schauderte und rutschte weg, wobei er ihr Kleid mit hochzog. Sie unterdrückte den Drang, es wieder herunterzuziehen. Auf einen Ellbogen gestützt, atmete er rau ein und starrte mit dunklen Augen auf sie hinab.

»Haben Sie noch keine Angst, Miss Arden?«

Angst war auch nicht das richtige Wort. Was immer sie fühlte, es war ein Wort, das in ihrem Vokabular nicht existierte. Sie musste es wirklich erweitern.

»Ich denke nicht«, sagte sie vorsichtig, froh, dass ihre Zunge noch für gewöhnliches Sprechen zu gebrauchen war.

»Das ist nicht richtig.«

Sie würde versuchen, ihre Ignoranz zu überwinden. Sollte sie Oliver befragen? Konnten seine persönlichen Begegnungen so viel anders sein? »Ich bin sicher, dass ich schnell lernen werde.«

Ein eigenartiger Ausdruck legte sich über sein Gesicht. »Ich meine, es ist nicht *richtig*. Nicht angemessen.«

Mary nickte. »Ich weiß. Deswegen will ich es ja.«

»Sie spielen mit dem Feuer und wissen es nicht einmal. Was

soll ich nur mit Ihnen machen?« Er ließ sich erneut auf den Rücken fallen. Dieses Mal gab es kein strategisch platziertes Kissen, und Mary bekam ganz offensichtliche Einblicke, als sie hinsah.

»Genau das, was Sie getan haben, nur mehr davon.«

Zunächst schmunzelte er nur, dann folgte eine Lachsalve. Mary tippte ihn auf die Brust. »Seien Sie still! Meine Nachbarn werden Sie sonst hören!«

»Vielleicht halten sie mich ja für den jungen Oliver«, sagte Alec und wischte sich übers Gesicht. »Wo ist er überhaupt? Er sollte eigentlich hier hereinstürmen und Sie vor *mir* retten.«

Mary häufelte ihr Kleid zusammen und stand auf wackligen Beinen. »Er lernt gern neue Leute kennen. Wahrscheinlich pafft er eine Zigarre im Raucherturm der Herren. Sie sollten gehen. Ich bin sicher, dass der Gang jetzt frei ist.«

»Geben Sie mir eine Minute.«

»Tut es – Ihr Zustand – weh, wenn Sie keine Erleichterung erfahren?«

»Fallen Sie nie auf diese alten Kamellen herein. Sie dürfen meine aktuelle Unpässlichkeit nicht erwähnen. Eine Lady sollte solche Dinge nicht bemerken.«

»Aber man kann ja gar nicht anders. Könnte ich Ihnen denn dabei helfen?«

Alec schoss vom Bett hoch. »Es reicht wirklich für eine Nacht, Miss Arden. Ich werde mich selbst erschießen, wenn Sie noch ein Wort über mein unglückliches Problem fallen lassen, und dann müssen Sie sich einen neuen Mann suchen, den Sie quälen können. Ich glaube das alles nicht.«

Sein schottischer Akzent kam deutlicher heraus, wenn er erregt war. Mary fand es charmant. Es würde immer einfach sein, seine Emotionen abzuwägen.

Nicht dass sie ihn über Dienstag hinaus noch sehen würde,

nachdem sie ihm nach einer Nacht der Glückseligkeit Lebewohl sagte. Oder Mittwoch, nach zwei Nächten. Es gab keine Zukunft für Lord Alec Raeburn und Miss Mary Arden Evensong.

14

Samstag, 11. Juni 1904

Zum Teufel auch. Alec erwachte mit pochenden Kopfschmerzen und konnte nur sich selbst die Schuld geben. Gewiss hatte Raeburn's Special Reserve auch ihren kleinen Teil dazu beigetragen, aber niemand hatte ihn dazu gezwungen, das Glas derart oft anzuheben. Und dann hatte er die Flasche umgedreht, um auch noch die letzten Tröpfchen herauszuholen.

Er hatte seinen Arbeitern für Samstag freigegeben, also mussten die Stalljungen auch nicht sein Pferd für den täglichen Ritt nach Raeburn Court satteln, wo er für gewöhnlich die Baufortschritte inspizierte. Er hatte heute nichts anderes zu tun, als an diesem verfluchten Ort auszuharren und zu versuchen, dieser verfluchten Frau nicht zu begegnen.

Er stöhnte. Was war nur in ihn gefahren, solch einen Handel mit ihr zu schließen? Und wie sollte er bis Montag warten?

»Guten Morgen, Mylord.«

Sein Diener Mackenzie zog die Vorhänge auf, und sogleich warf sich Alec schützend den Arm vor das Gesicht. »So schlimm? Ich werde mein Spezialmittel mixen.« Mac schüttelte den Kopf, als er sich vorbeugte, um die leere Flasche neben dem Bett aufzuheben.

»Sperren Sie allen Alkohol weg. Ich will keinen Milliliter mehr davon sehen.«

»Ich hatte den Eindruck, Sie würden ihn für heute Nacht brauchen, Mylord. Für das Kartenspiel, das der junge Mr Arden arrangiert hat. Sie sollten Mr Evan für alle Fälle um eine weitere Kiste bitten.«

»Ich habe nur eine Flasche getrunken, Mac. Es sind noch mindestens ein Dutzend übrig.«

Der Diener schniefte. »Sie wissen doch, wie Gentlemen so sind, wenn sie ihrer üblichen Vergnügen beraubt werden – sie werden heute Abend durstig sein. Ich verstehe nicht, wie das Forsyth Palace Hotel Gewinn machen kann, ohne seinen Gästen alkoholische Getränke zu verkaufen. Es ist höchst unnatürlich für eine Einrichtung in Schottland.«

Für gewöhnlich hielt Alec die Abstinenzbewegung für ausgesprochen töricht, aber gerade heute Morgen fragte er sich, ob all diese alten Schachteln nicht doch irgendwie recht hatten.

»Tun Sie, was Sie für das Beste halten, Mac. Ich gehe heute nicht nach Raeburn Court, also können Sie das Automobil benutzen, wenn Sie wollen.« Neben seinem Pferd hatte er sein Pegasus Automobil in der neuen Garage des Hotels abgestellt, obwohl es momentan gänzlich in Isolation glänzte. Die meisten der Hotelgäste reisten weiter per Zug oder Pferdewagen an. Die Straßen waren schwindelerregend, aber der Pegasus bewältigte sie traumhaft.

Sein Diener erbleichte. »Das Automobil! Aber das geht doch nicht.«

»Seien Sie nicht so memmenhaft, Mac. Es sind nur zwei Meilen, und ich habe Ihnen gezeigt, wie man fährt. Die Straße ist ganz in Ordnung.«

Der Diener kreuzte die Arme über dem dürren Brustkorb. »Ich werde eines der Hotelgefährte mieten.«

»Sie sollten sich mehr anpassen. Irgendwann werden auch Sie im zwanzigsten Jahrhundert ankommen müssen.«

»Aber nicht heute, Mylord. Soll ich nach dem Frühstück klingeln?«

Alec schüttelte den Kopf, was ihn beinahe umbrachte. »Nein. Nur Ihr Gebräu. Sie müssen auch nicht bleiben, um mir beim Baden und Ankleiden zu helfen. Ich bin sicher, das schaffe ich auch alleine.«

Mac sah zweifelnd drein, war aber zu klug, um etwas zu erwidern. Er verschwand im Wohnzimmer und kam mit einem trüben Getränk zurück.

Es war ein Abwehrmittel, wie sich Alec erinnerte, aber er schluckte brav alles hinunter. In den letzten Monaten hatte Mac dieses abscheuliche Gebräu unzählige Male mixen müssen. Denn auch wenn die ganze Gesellschaft Alec für einen herzlosen Mörder und Schürzenjäger hielt, war ihm Ediths Tod doch sehr nahegegangen, und er hatte sich zu viele Male bis zur Stumpfsinnigkeit betrunken.

Vielleicht hatte sich sein Gehirn deswegen in Luft aufgelöst, und er hatte eingewilligt, Mary Arden wie ein Hengst zu Diensten zu sein. Was war ihre Entschuldigung? Offen gesagt konnte er nicht verstehen, warum sie noch immer unverheiratet war. Gab es denn keine Männer in Oxfordshire? Sie war reizend, attraktiv, intelligent, wenn auch etwas anspruchsvoll. In einem Zeitalter, in dem Frauen umsorgt und beschützt werden sollten, dachte Alec, wäre Mary nicht glücklich, hinter den Herd verbannt zu werden und Tücher zu besticken. Sie würde mitreden wollen – zum Teufel, wahrscheinlich würde sie auch mitbestimmen wollen.

Alec steckte einen Fuß unter der Decke hervor. »Darf ich Ihnen helfen, Mylord?«

Als ob sein dürrer Diener Alecs Gewicht hätte stützen können. »Seien Sie nicht absurd. Ich habe Ihnen gesagt, dass es mir gut geht. Hören Sie auf, mich zu bemuttern. Fahren Sie schon nach Raeburn Court und richten Sie Evan meine besten Grüße aus.«

Evan lebte nicht im Haupthaus, das es in Sachen Zimmerzahl durchaus mit dem Forsyth Palace Hotel aufnehmen konnte, sondern im sogenannten Witwenhaus auf dem Grundstück. Edith hatte nicht gewollt, dass ihr ständig einer von Alecs Brüdern über den Weg lief. Sie hätte ihn am liebsten auch aus dem Weg gehabt, weshalb er so viel Zeit in London verbrachte. Er hatte sich in letzter Zeit auf Evan verlassen müssen, der das Gut für ihn verwaltete, aber jetzt war es an der Zeit, wieder seine Verantwortung zu übernehmen. Evan hatte mit der Destillerie genug zu tun.

Welch verflixter Idiot Alec doch gewesen war, ein unschuldiges Mädchen zu ehelichen, das gerade einmal halb so alt war wie er – und zu erwarten, darin sein Glück zu finden. Edith war die Debütantin der Edinburgher Saison gewesen, von der jeder Mann träumte, der ihre blasse, blonde Statur erblickt hatte. Dass sie – oder besser gesagt ihre Eltern – sich auf Alec festgelegt hatte, war wie ein Traum erschienen, der wahr wurde. Aber schon bald kam für alle Beteiligten das böse Erwachen.

Bah. So sollte man den Tag nicht beginnen.

Alec kletterte aus dem Bett, wobei sein Kopf stark zu pochen begann. Die verdammte Sonne schien, der Fluss glitzerte, und der Golfplatz bestach mit einem samtigen Grün.

Alec hatte jedoch kein Interesse daran, mit den anderen Gästen zu kommunizieren, denn in seiner Anwesenheit erstarb beinahe jede Konversation. Er freute sich aber auf das Kartenspiel mit den Rycroft-Brüdern heute Abend. Zumindest hatten sie immer zu ihm gehalten, auch wenn ihre Zeitungsumsätze sicher in Rekordhöhen gestiegen wären, hätten sie ihn in den Dreck gezogen.

Sollte er sich rasieren? Wahrscheinlich würde er sich dabei schneiden. Er würde Mac darum bitten, sobald er zurückkam. Aber er konnte sich selbst für eine Wanderung über die gepflegten Wege ankleiden, die den Gästen den falschen Eindruck vermittelten, sie würden sich in der »Natur« bewegen. Die frische Luft würde ihm guttun und den Kopf frei blasen.

Als Buße nahm er die Treppe nach unten anstelle des Fahrstuhls, wobei sein Kopf stumpf mit jeder Stufe pochte. Kleine Grüppchen saßen in der Lobby zusammen und frühstückten auf der verglasten Veranda. Ein Autobus wartete vor der Hoteltreppe auf eine Truppe Angler. Alec angelte auch gern, bevorzugte es aber, allein zu sein und vor Sonnenaufgang loszuziehen. Dann war es wunderbar still, und man konnte beobachten, wie die Welt erwachte. Die Highlands hatten irgendetwas Heiliges an sich, was nicht heißen sollte, dass er in letzter Zeit Grund gehabt hätte, an Gott zu glauben.

Es gab mehrere gepflegte Wege durch den Wald. Einer führte direkt bis zu seiner Grundstücksgrenze und endete an einem Tor, das er mit eigenen Händen gebaut hatte. Alec entschied sich für diesen und pfiff tonlos vor sich hin, während er über den verschlungenen Pfad stampfte. Mit jedem Schritt schien ihm der Kopf zu zerspringen. Diese Qualen würden ihn wohl dazu bringen, sich dem delikaten Familiendestillat nicht mehr derart hinzugeben. Er wurde langsam zu alt, und sein Kopf und Magen waren nicht mehr so unempfindlich wie früher.

Die Fotografie wurde immer beliebter, seit mit der Kodak Brownie eine wirklich tragbare Ausrüstung auf den Markt gekommen war, und er rechnete damit, auf einen Amateurfotografen zu stoßen, der die Wunder eines schottischen Blatts oder eines überraschten Fuchses im Bild festhalten wollte. Solange sie nicht versuchten, ihn mit seinem rasenden Kater abzulichten und das Foto an die Boulevardpresse zu verkaufen, sollte jeder das tun, woran er Spaß hatte. Jeder brauchte eine Freizeitbeschäftigung. Jetzt, da er das Trinken und leichte

Mädchen für die nähere Zukunft aufgegeben hatte, fragte er sich, womit er sich beschäftigen sollte.

Als Junge war er mit seinen Brüdern durch diese Wälder gestreift, als junger Mann hatte er gejagt, wenn er von Lord Northcott dazu eingeladen wurde. Eine finanzielle Kehrtwende hatte den Mann jedoch dazu gebracht, das Land an das Konsortium zu verkaufen, welches das Forsyth Palace Hotel gebaut hat, und jetzt war das Jagen natürlich auf dem Gelände verboten. Es wäre nicht gerade förderlich, unerfahrene Gäste in einem Sarg nach Hause zu schicken, wo sie doch gekommen waren, um ihre Gesundheit zu verbessern. Folglich hatte sich das Wild prächtig vermehrt, was Alec wiederum Beschwerden von seinen Pächtern einbrachte. Vielleicht würde er im Herbst eine Jagd organisieren, wenn überhaupt jemand kommen würde.

Er setzte sich auf eine einladende, rustikale Bank aus einem gefällten Baumstamm, schloss die Augen vor der ihn umgebenden Schönheit und drückte den Kopf zwischen die Hände, um den Schmerz irgendwie zu verlagern. Und so fand ihn Mary Arden vor.

»Guten Morgen, Mylord.«

Alec war zu überrascht, um aufzustehen. Sie war hinreißend im gesprenkelten Schatten, eine Vision in einem weißen Leibchen. Nun, zumindest größtenteils weiß. Der Saum ihres Rocks war feucht und fleckig. Ein eleganter breiter Strohhut, eingefasst mit schwarzem Samtband, saß leicht schief auf ihrem Kopf. Dennoch ging sein Herz schneller. »Was machen Sie denn hier?«

Auf ihrem rosigen Gesicht fand er keine Spur von Verlegenheit, als ob es die letzte Nacht niemals gegeben und sie nicht das getan hätten, was sie getan hatten … oder zumindest geplant hatten zu tun.

»Nun, das Gleiche wie Sie, vermute ich. Ich bin früh aufgestanden und wollte zu den Wasserfällen spazieren. Kennen Sie sie?«

»Aye.« Sie waren knapp zwei Meilen weiter, nicht weit von seiner eigenen Grundstücksgrenze. »Sie hätten diesen ganzen Weg nicht allein gehen sollen.«

»Ich weiß nicht, warum ich das nicht hätte machen sollen, aber ich gebe zu, dass es ein langer Spaziergang war«, sagte Mary reumütig. »Ich glaube, ich habe einen Käfer verschluckt, und meine Stiefel spannen doch sehr.«

Alec wusste, dass es derzeit üblich war, Schuhe ein bis zwei Nummern zu klein zu tragen, damit die Füße zierlich erschienen, aber er hatte Marys Füße gesehen, und sie waren perfekt proportioniert. »Sie sind nicht eines dieser Mädchen, die sich dem Modediktat unterwerfen, oder?«

»Wenn Sie danach fragen, ob meine Stiefel gut passen, das tun sie. Ich bin es nur nicht gewöhnt, lange Strecken zu gehen, und das hier sind nagelneue Stiefel. Bei Tagesanbruch schien das alles eine tolle Idee zu sein, aber in der Praxis doch recht ermüdend. Könnten Sie vielleicht ein Stück auf diesem Baumstamm rutschen und mich dazusetzen lassen?«

Alec stand stattdessen auf und merkte, dass er das im Beisein einer Dame schon längst hätte tun können, sobald er die Augen geöffnet hatte. »Er ist nicht sehr bequem. Sie müssen Kosten gespart haben und Totholz verwendet haben, anstatt richtige Bänke zu kaufen. Wahrscheinlich leben auch allerlei Insekten darin.«

»Höchstwahrscheinlich, Ameisen und all das. Ein Stück zurück habe ich auf einem Felsbrocken gesessen, und dagegen ist das hier eine deutliche Verbesserung.« Sie seufzte zufrieden auf, während sie ihre verknitterten Röcke ordnete. »Hier haben sie jedoch nicht viel gespart, nicht wahr? Das Hotel ist großartig.«

Alec blickte zurück. Die offenen Türme und Erker waren gerade noch über den Baumspitzen zu sehen. Man konnte das Hotel auf seiner Anhöhe meilenweit sehen. »Das sollte es auch. Es verschlang über einhunderttausend Pfund an Baukosten.«

»Du meine Güte! Woher hat Bauer denn so viel Geld?«

»Er hat Partner, aber ich denke, Sie wissen, wie er seinen Anteil finanziert hat. Man könnte fast schon sagen, mir gehört auch ein Stück davon«, sagte er kläglich.

»Er hat Ihre Gattin erpresst?«

Alec schüttelte den Kopf. »Erst ganz zum Schluss. Ich habe ihm natürlich Geld geschickt als Ausgleich für ihre ›Behandlungen‹. Und das nicht wenig. Sie war beinahe jeden Tag wegen einer anderen Sache hier.« Er war sich ziemlich sicher, dass die zarte Edith keinesfalls diesen Weg gelaufen wäre, um zum Hotel zu gelangen, und auch wenn sie es hätte, hätte ein Gast sie vielleicht für eine Elfenerscheinung gehalten. Ihr silberblondes Haar, ihre blassen Augen, ihr schlanker Körper waren Uninformierten hinreißend erschienen.

»Oh, Alec.«

Das Mitleid in ihrer Stimme gefiel ihm nicht. »Ja, ich war ein Narr, in jeder Hinsicht. Aber ich hätte jeden Betrag bezahlt, damit sich Ediths Gesundheit besserte. Sie war nervös. Unbeständig.«

Mary schaute ihm direkt in die Augen. »Für mich klingt sie eher schrecklich verwöhnt.«

Das war ihm inzwischen auch bewusst. Aber ursprünglich war er von ihrer entrückten Schönheit benommen gewesen und wollte sie wie all die anderen Männer, die sie unter der sorgfältigen Aufsicht ihrer Eltern kennengelernt hatte. Ihre Eltern mussten gewusst haben, wie schwierig sie war, aber sie haben Alec für alle Geschehnisse die Schuld zugewiesen. Er gab sich auch selbst die Schuld.

Alec musste sich aus dem Blick von Marys hellen, haselnussbraunen Augen lösen. Manchmal hatte er das Gefühl, sie konnte allzu tief blicken. »Was geschehen ist, ist geschehen, Miss Arden. Lassen Sie mich doch diese Stiefel aufknöpfen.«

»Was? Hier in den Wäldern? Sie haben sicher nicht zufällig einen Stiefelknöpfer dabei, oder?«

»Den brauche ich nicht. Zwanzig Jahre lang habe ich alle möglichen Frauen an- und ausgekleidet.« Sie hatte bereits das Schlimmste über ihn gehört – jeder hatte das.

Sie errötete. »Damit sollten Sie nicht prahlen.«

»Und warum nicht? Haben Sie mich nicht deswegen für Ihr kleines Abenteuer ausgewählt?« Er wackelte mit einer Augenbraue, und ihre Farbe intensivierte sich noch mehr.

»Schh! Jemand könnte uns hören!«

Alec blickte den Weg entlang. Man hörte Vögel singen, aber keine Schritte oder Stimmgeräusche. »Ich denke, hier sind wir sicher. Vorläufig jedenfalls. Hier gibt es ein halbes Dutzend Wege. Aber man darf uns nicht zusammen sehen. Ich denke, das war eine Ihrer Regeln.«

»Dann müssen Sie mich gehen lassen.«

»Nicht bevor ich mir Ihre Verletzungen angesehen habe.« Er setzte sich zurück auf den Baumstamm.

»Ich bin nicht verletzt! Ich gehe jetzt einfach wieder in mein Zimmer und trage etwas Salbe auf meine Füße auf.«

»Ah, Ihre berühmte Salbe. Es freut Sie sicher zu hören, dass sie recht effektiv war.« Er hatte sich das Zeug auf die Oberschenkel geklatscht, bevor er sich letzte Nacht bis zum Schwachsinn betrunken hatte, und dann nochmals heute Morgen.

»Gut.« Sie sah aus, als würde sie ein schwieriges Problem wälzen, dann seufzte sie und stieß einen kleinen Fuß in seinen Schoß.

»Diese Stiefel sind für die Stadt gedacht, meine Liebe. Hier sind Sie aber in den Highlands. Wir müssen Ihnen ein angemessenes Paar feste Schuhe besorgen.«

»Ich werde wohl nicht lange genug hier sein, dass sich ein neues Paar Schuhe lohnt«, erinnerte sie ihn.

»Ein Jammer«, sagte Alec, löste die Knöpfe und warf den Stiefel zu Boden. Ihr bestrumpfter Fuß war zwar feucht, roch aber bemerkenswert frisch nach Zitrus. Blenheim Bouquet, wenn er sich nicht irrte. Für ihn roch sie immer gut, aber das lag wohl daran, dass sie seine eigene Cologne-Marke trug. Das Cologne für einen Herren, um es deutlich zu sagen. Miss Arden war eine ungewöhnliche Gentle-Frau.

»Sie werden mir wohl nicht erlauben, Ihren Strumpf herunterzurollen?«

Sie überkreuzte die Arme vor ihrem ausladenden Brustkorb, ein Starrsinn, der viel hübscher anzusehen war als das, was ihm sein Diener Mac zuvor zu bieten hatte. »Auf keinen Fall.«

»Dann muss ich Sie abtasten. Wo tut es weh? Hier?«

Mary zuckte zusammen.

»Blasen, wette ich. Tanzen ist für Sie gestrichen.«

Sie zuckte mit den Achseln. »Ich tanze ohnehin nicht.«

»Was? Nie?«

»Nicht seit Miss Ambrose's Academy for Young Ladies.

Wir hatten dort einen Tanzlehrer, aber ich bin gegangen, bevor ich viel gelernt hatte. Mein Bruder brauchte meine Hilfe im Laden, als unsere Eltern starben.«

Er hörte ihr Bedauern. »Ich werde Ihnen in Raeburn Court das Tanzen beibringen.« Er konnte einen Walzer summen, wenn er sich bemühte. Es gab sogar einen Ballsaal, der seit Jahrzehnten unbenutzt war. Er würde jemanden den Boden reinigen lassen. Wenn nötig, würde er ihn selbst schrubben, wenn das bedeutete, dass er Mary Arden in seinen Armen halten konnte.

»Ich bin zu alt zum Tanzen.«

Alec bohrte seinen Daumen in ihre Fußsohle, was sie mit einem unfreiwilligen Zucken quittierte. Er hatte den Füßen einer Frau nie viel Aufmerksamkeit geschenkt, aber Mary schien eine Fußmassage überaus zu genießen. »Man ist niemals zu alt zum Tanzen.«

»Ich möchte unsere Zeit nicht damit vergeuden. Ich werde ohnehin höchstwahrscheinlich nie zu einem Ball eingeladen.«

»Man weiß nie.« Alec dachte an seine Jugend, die er in Gesellschaft von reichen Müßiggängern verbracht hatte. Im Laufe der Jahre hatte er in Edinburgh und London nicht allzu viele Bälle besucht und immer den bestimmten dritten Tanz mit angemessenen jungen Damen vermieden. Bis Edith kam. Davor hatte er immer nur an strikt unangemessenen jungen Damen Interesse gehabt.

Währenddessen hatte die arme Mary im Kolonialwarenladen ihrer Familie geschuftet, für sie hatte es keine Flirts oder solchen Firlefanz gegeben. Alec wollte, dass sie jetzt etwas Spaß hatte, etwas, das über einen sexuellen Akt hinausging. Er drückte ihre Zehen. »Anderer Fuß, Miss Arden.«

»Und was, wenn ich meine Stiefel nicht mehr anbekomme?«

Er grinste auf sie herab. »Dann werde ich Sie wohl ins Hotel zurücktragen müssen. Ich werde der Ritter sein, der die Jungfrau in Nöten errettet.«

Mary legte ihren anderen Fuß in seine offenen Hände. »Das würde nie funktionieren, und das wissen Sie genau! Wir dürfen nicht zusammen gesehen werden, haben Sie das vergessen?«

»Meckern Sie nicht so herum«, sagte Alec und zog ihr den Stiefel aus. »Wenn Sie sich nicht ab sofort entspannen und das hier genießen, höre ich sofort damit auf.« Er begann, flink zu kneten, und Mary schloss Augen *und* Mund.

Ihre Reaktion auf seine Berührung war äußerst befriedigend. Sie gab ihm nicht das Gefühl, sonderbar oder ungeschickt zu sein, auch wenn sie so viel kleiner war als er. Sie schien auch keine Angst vor ihm zu haben oder davor, was er mit ihr tun könnte, wenn sie ihre merkwürdige Freundschaft vollzogen. Sie hatte sich gänzlich und vertrauensvoll in seine Hände gegeben. Mary Arden war eine höchst ungewöhnliche Frau. Sie verdiente es zu tanzen.

Ihre Wimpern waren um einiges dunkler als ihr Haar, mit einer Spur von Gold, und sie flackerten jedes Mal, wenn er ihre Fußmitte umkreiste. Ihre Lippen teilten sich, aber sie hatte keine weiteren Einwendungen, als sich eine Hand an ihrer Wade hoch bewegte, um die ebenfalls zu massieren. Alec streichelte sie bis zu ihrem Strumpfband. Darüber lag weiches, nacktes Fleisch, das er nicht zu berühren wagte. Zumindest noch nicht.

Er beobachtete, wie sie unter seinen Liebkosungen zerfloss, ihr Körper sich wiegte, bis sie beinahe rückwärts von der behelfsmäßigen Bank fiel. Er zog sie auf seinen Schoß, wobei er sich seiner Erektion nicht schämte und die mitgenommene Haut seiner Oberschenkel gar nicht wahrnahm. Er musste sie noch einmal küssen, aber ihre Hutkrempe war im Weg. Obwohl Alec daran zog, saß die Hutnadel fest. Mary war zu benommen, um ihm zu helfen, also schaffte er es irgendwie, sich darunter zu ducken und über sie herzufallen. Er hatte keine Zeit für Finesse – jemand könnte jeden Moment um die Ecke kommen.

Also war es ein schneller Kuss, und doch glühend. Alec fühlte ihn bis in seine eigenen bedeckten Zehen, und er hoffte, er würde nicht selbst von der Bank fallen.

15

Verflixt. Es passierte schon wieder, und sie konnte überhaupt nicht Nein sagen, geschweige denn versuchen, ihn aufzuhalten. Mary hatte ein bislang kussfreies Leben in nur zwei Tagen wettzumachen.

Sie war ziemlich sicher, dass er ein Kussexperte war, insofern ihr verräterischer Körper überhaupt eine Meinung dazu hatte. Ihr liefen abwechselnd warme und kalte Schauer über den Rücken, und sie zitterte wie jemand auf dem Krankenlager, aber auf absolut herrliche Weise. Hier in den schweigenden Wäldern waren keine Ärzte in weißen Kitteln nötig. Und auch kein Äther, um sie außer Gefecht zu setzen – sie war beinahe schon bewusstlos, verlor sich in der Glückseligkeit seines Kusses. Er hatte sich eng an seinen Körper gezogen, ihr Gesicht nach oben gerichtet und forderte ihre Fügsamkeit. Mary schloss ihre Augen, öffnete den Mund und gab nach, leckte und knabberte genau wie er.

Ihr fehlte lediglich das angemessene Vokabular – Lecken und Knabbern klang nicht wirklich anziehend, Beißen noch weniger, und doch biss er auf die sanfteste Weise in ihre Lippe, was in ihr eine Welle von Empfindungen hervorrief. Mary wollte ihre einengenden Kleider bereits vor Montag von sich reißen, was wohl die verkorksteste Idee war, die es je gegeben hatte. Hier stand sie nun, barfüßig und ihres gesunden Menschenverstands beraubt, und spielte mit einem bekannten Verführer mitten in der Natur Spielchen. Ungeschützt. Erregt. Verrückt.

Einer von ihnen würde ein Ende finden müssen, aber Mary fürchtete, sie würde es nicht sein. In der Tat nestelte sie an den Knöpfen seines Mantels herum. Sie war mehr oder weniger in seiner bärigen Umarmung gefangen und hatte keine Einwände. Sie fühlte sich wohl, wenn man von den irritierenden Stichen in ihren Füßen absah. Aber ein winziger Strahl von Bewusstsein drang durch den Nebel ihrer Lust hindurch, und sie schlug auf Alecs Brustkorb ein.

Er zog sich zurück und blickte mit düsteren Augen nach unten. »Wofür war das denn?«

»Da kommt jemand! Hören Sie das nicht? Klingt wie eine Herde Elefanten.«

»Zum Teufel.«

Mary blieb verlassen auf dem Baumstamm zurück, während Alec durch die Wälder spurtete. Meine Güte, er war wendig wie eine Antilope auf der Flucht, sein aufgeknöpftes Jackett flog nur so hinter ihm her. Und gerade als zwei Kinder und ihre Gouvernante in Sicht kamen, verschwand er um die Kurve auf dem Pfad.

»G-guten Morgen«, sagte Mary und versuchte zu lächeln.

Die Kinder, ein rotgesichtiger kleiner Junge und ein blasses, älteres Mädchen, erwiderten ihr Lächeln. Die Nanny betrachtete Mary mit abschätzigem Blick von ihrem krummen Hut bis hinunter zu ihrem schmutzigen Saum und blieb mit unverhohlenem Entsetzen an ihren bestrumpften Füßen hängen. »Geht es Ihnen gut, Miss?«

»Nein, ganz und gar nicht. Diese ver- äh, verteufelten Stiefel. Sie sind neu, wissen Sie. Ich dachte, wenn ich sie ausziehe, würde ich mich besser fühlen, aber ich bin mir ziemlich sicher, dass ich sie nicht mehr zurück an die Füße bekommen werde.«

Die junge Frau nickte. »Ich habe genau das Richtige. Man weiß bei diesen beiden nie, was man brauchen könnte.« Sie warf ihren Schützlingen einen dunklen Blick zu, und Mary hatte sofort Mitleid mit ihnen. Aus einer großen Handtasche förderte sie einen Stiefelknöpfer hervor und setzte ihn sogleich ein. Marys Füße erlitten Höllenqualen, aber zumindest würde sie nicht in zerfetzten Strümpfen zu ihrem Zimmer zurückkehren müssen.

Wackelig stand sie auf. »Ich danke Ihnen allen vielmals. Genießen Sie Ihren Spaziergang.«

»Wollen Sie, dass wir Sie zurück zum Hotel begleiten? Die Leute könnten vielleicht auf falsche Ideen kommen, wenn sie Sie so sehen«, sagte die Gouvernante.

Mary strauchelte. »Was meinen Sie damit?«

»Penny, Jon, sucht doch nach ein paar hübschen Steinen. Spring zwanzig Schritte, Jon, und Penny, du darfst Riesenschritte machen, aber nicht rennen.« Die Frau senkte ihre Stimme, während die Kinder den Weg entlangschlenderten, wobei Jon unbekümmert kreischte. »Sie sehen aus, als seien Sie geschändet worden, Miss. Hat ein Mann versucht, Sie zu belästigen?«

»Aber nein!« Doch plötzlich sah Mary einen Weg sich auftun, um den Ball für den Abend ins Rollen zu bringen. Sie schlug die Augen nieder. »Es war nicht nur irgendein Mann, sondern Dr. Bauer. Mein Arzt. Er hat sich wahrscheinlich nichts dabei gedacht, aber er kam über mich und … und … küsste mich! Sieht man es?« Sie befingerte ihre geschwollenen Lippen und versuchte, verschämt auszusehen.

Die Nanny blickte finster drein. »Ihr Arzt? Derjenige, der diesen Ort leitet? Das darf doch nicht wahr sein!«

»Er ist losgegangen, um etwas Salbe für meine armen Füße zu holen. Vielleicht wurde er auch einfach nur von den Kräften der Natur überwältigt. Die Wälder, wissen Sie. Meinen Sie, hier gibt es Werwölfe und Heinzelmännchen? Übernatürliche

Kreaturen, die einen dazu bringen, sich gegen seinen Willen falsch zu verhalten? Ich habe so einige Volksmärchen gelesen.«

»Unsinn. Und reden Sie bloß nicht vor den Kindern auf diese Weise, sonst komme ich heute Nacht überhaupt nicht zum Schlafen. Die Zeit ist um!«, rief sie.

Penny und Jon kamen mit ein paar Kieselsteinen zurück, wobei Jon versuchte, einen in seinen Mund zu stecken, bevor ihn seine Schwester wegschlug. »Wir werden mit Ihnen zurücklaufen. Nur für alle Fälle. Ich bin Eliza Lawrence, und dies sind Miss Penelope Hurst und ihr Bruder Jonathan.«

»Wie geht es euch?«, fragte Mary und beugte sich vor, um schmutzige Hände zu schütteln. »Ist dein Vater der berühmte Anwalt?«

Penny nickte. Dies war also die Tochter mit Asthma, von der Oliver erzählt hatte. Armes Ding. Sie sah etwas abgehärmt aus, keuchte aber nicht. Die reine Bergluft sollte sich positiv auf Menschen mit ihrem Gesundheitszustand auswirken. Es musste für Miss Lawrence schon eine Herausforderung sein, für zwei Kinder mit solch offensichtlich unterschiedlichen Bedürfnissen angemessene Beschäftigung zu finden. Jon Hurst sah ganz danach aus, als könnte er eine Gouvernante für sich allein gebrauchen. Er war von Kopf bis Fuß zerzaust und verströmte die Energie eines eigensinnigen Hündchens. Kein Wunder, dass die Nanny Stiefelknöpfer bei sich trug, und wer weiß, was sie sonst noch alles in ihrer Tasche mitführte.

Die Kinder kraxelten voraus, und Miss Lawrence umfasste Marys Hand. »Penny ist doch vor diesem Mann sicher, oder? Sie hat am Montag einen Termin bei ihm.«

»Ich denke schon.« Alec hatte nichts davon erwähnt, dass Bauer versucht hatte, vorpubertierende Mädchen zu verführen, auch wenn es reichlich Männer gab, die diesem furchtbaren Drang folgten. »Stellen Sie nur sicher, dass Sie oder ihre

Mutter anwesend sind.« Mit etwas Glück wäre Bauer bis Montag ohnehin Geschichte.

»Pennys Mutter ist verstorben. Ich fürchte, sie hat nur mich.«

»Nun, dann sollten *Sie* besser ein Auge offen halten. Ich denke, Bauer versucht, unverheiratete junge Frauen auszunutzen.«

»Nun, das wird er bei mir nicht schaffen.« Eliza Lawrence zog eine gefährlich aussehende Haarnadel aus ihrer Tasche und fuchtelte damit durch die Luft.

»Sind Sie glücklich mit Ihrer Arbeit, Miss Lawrence?«, fragte Mary und kehrte damit zu einem Thema zurück, mit dem sie sich auskannte.

»Nicht sehr. Ich wäre es, wenn da nur Penny wäre – sie ist lammfromm, wenn sie nicht gerade krank ist. Aber Jonathan braucht eine festere Hand als die meine. Ich mag Kinder, aber ich würde lieber in einem Büro arbeiten, um ehrlich zu sein. Ich habe einen Sekretärinnenkurs absolviert und kann gut archivieren und organisieren. In der Tat war ich eine von Mr Hursts Schreibkräften, bis er eine ›Notfall‹-Gouvernante brauchte. Ich mache das jetzt seit einem Jahr, und er scheint nicht daran zu denken, mich zu ersetzen.«

Das wunderte Mary nicht. Miss Lawrence war blond und sehr hübsch, zu viel Ablenkung für die Angestellten in einem Anwaltsbüro, aber beim Frühstückstisch hübsch anzusehen. »Warum bleiben Sie dann?«

Die junge Frau zuckte die Achseln. »Ich brauche die Arbeit. Meiner Mutter geht es nicht gut, und die Bezahlung ist großzügig. Aber ich vermute, sobald sich Mr Hurst entschließt, wieder zu heiraten, sitze ich auf der Straße.

Keine Ehefrau wird mich unter ihrem Dach haben wollen, auch wenn Mr Hurst stets ein perfekter Gentleman war. Ich denke, er weiß nicht einmal, wie ich aussehe, so voll ist sein Kopf mit Rechtsdingen und Aufträgen.«

Dieser Mann war entweder mit seinem Beruf verheiratet oder kurzsichtig. Mary langte in ihr Täschchen und fischte ihre Karte heraus. »Wenn Sie wieder zurück nach London gehen, suchen Sie die Evensong-Agentur auf. Mrs Evensong wird für Sie die ideale Stelle finden. Das schafft sie immer.«

Eliza Lawrence steckte die Karte zu den Steinen in ihrer Tasche. »Vielen Dank auch, Miss. Ich kenne nicht einmal Ihren Namen!«

»Entschuldigen Sie. Ich heiße Mary Arden. Ich bin mit meiner Tante und meinem Bruder hier.«

»Oh! Ich glaube, Mr Hurst spielt heute Abend Karten mit Ihrem Bruder.«

»Ist das so? Oliver hatte mir schon gesagt, dass er etwas geplant hat.« Sie passierten die letzten paar Bäume, die den Blick auf den hügeligen Rasen freigaben. Ein Krocketspiel war im Gange, und man konnte das Schlagen von Tennisbällen von den darunter liegenden Tennisplätzen hören. Mary war nicht gerade das, was man sportlich begeistert nannte – offensichtlich konnte sie noch nicht einmal *laufen* –, und sie hatte kein Interesse daran, die Aktivitäten zu nutzen, die den Gästen angeboten wurden. Miss Lawrence entschuldigte sich, um hinter Jonathan herzurennen, und Mary überlegte, wie sie den restlichen Tag verbringen konnte.

Was würde sie an einem Samstag machen, wenn sie zu Hause wäre? Hinter ihrem Schreibtisch sitzen und Briefe und Rechnungen durchforsten.

Das Büro war sechs Tage in der Woche geöffnet, und oft empfing sie potenzielle Kunden und Bewerber an einem Samstag.

Wann hatte sie sich jemals einen Tag freigenommen, um ein Museum zu besuchen oder gar einkaufen zu gehen? Dass sich alles um die Arbeit drehte und dabei das Vergnügen vollkommen auf der Strecke blieb, hatte aus Mary ein stumpfsinniges Mädchen gemacht.

Sie ging durch die Leute, die sich auf der verglasten Veranda aufhielten und wo Bedienstete Tee und Kuchen servierten. Sie hatte reichlich gefrühstückt, was sie in erster Linie dazu inspiriert hatte, sich auf ihren unglückseligen Spaziergang zu machen. Die Landschaft war hinreißend gewesen, aber die Aussicht von oben war das echte Los.

Mary nahm den Fahrstuhl bis zur oberen Etage und stieg die letzten paar Stufen zum Ladies' Tower hinauf. Weit und breit waren keine Hotelgäste zu sehen, was Mary ganz gut passte.

Von den vier Seiten des offenen Turms aus konnte sie meilenweit sehen. Der Fluss funkelte in der Ferne, und winzige Männer standen darin, um ihre Angeln nach noch winzigeren Fischen auszuwerfen. Eine Rauchwolke kündigte die Ankunft des Morgenzugs zum Dorfbahnhof an, in dem weitere Gäste anreisen würden. Etwas näher standen Wagen mit frischen Lebensmitteln am Lieferantenzugang, und Zofen und Diener huschten hin und her. Das Hotel war ein gewaltiges Unternehmen, ein Anschub für die lokale Wirtschaft, und Mary hoffte, dass Bauers Enttarnung dem Erfolg nicht abträglich sein würde. Sicher konnte man einen neuen Arzt finden, jemanden, der keine verletzbaren Frauen in den Ruin treiben würde.

Mary atmete die frische Luft tief ein. Wer würde nicht gern die Hälfte des Jahres hier leben? Das Hotel schloss im Winter, obwohl das manchmal auch schon im Oktober der Fall war, wenn der Schnee frühzeitig kam. Selbst jetzt an diesem sonnigen Junimorgen spürte man eine kühle Brise in der Luft.

Mary lehnte sich über die Balustrade, und ein Windstoß fing sich sogleich in ihrem Hut. Sie sollte eigentlich in ihr Zimmer gehen, um sich wiederherzustellen – sie erinnerte sich daran, wie bestürzt sie Eliza Lawrence angesehen hatte. Aber in all der Schönheit und Rührigkeit dort unten suchte sie nach jemandem.

Und dann sah sie ihn, wie er aus dem Wald kam, sein Jackett richtete und eine karierte Kappe aus der Tasche zog. Wie weit war er wohl den Pfad entlanggerannt, bevor er es für sicher hielt, zurückzukehren? War er bis zu den Wasserfällen gegangen, die Marys Meinung nach atemberaubend waren? Allein dieser Anblick war schon beinahe die Blasen an ihren Füßen wert gewesen. Während seiner Kindheit hier hatte er sie wahrscheinlich schon Hunderte Mal gesehen, schließlich grenzte sein Land an das des Hotels. Ob er diese landschaftliche Pracht als etwas Selbstverständliches hinnahm? Er war ein privilegierter Mann, der an feinere Dinge im Leben gewöhnt war. Vielleicht bedeuteten ihm Bäume, Berge und Flüsse überhaupt nichts.

Sie hob eine Hand. Natürlich sah er sie nicht. Mary war daran gewöhnt, nicht gesehen zu werden, aber heute wünschte sie sich, Lord Alec Raeburn würde hochschauen und spüren, dass ihn jemand beobachtete.

16

Mary fing jetzt langsam an, tatsächlich unter schwachen Nerven zu leiden. Wenn Dr. Bauer ihren Herzschlag hörte, würde er sie wahrscheinlich am liebsten sofort ins Hospital einweisen. Letzte Nacht war sie viel zu nervös gewesen, um Tante Mim aufzusuchen, denn sie war sich sicher gewesen, dass ihre Tante mit nur einem Blick hätte feststellen können, was Mary mit Alec Raeburn getan hatte. Heute Nachmittag war es vermutlich nicht viel besser, selbst nachdem Mary sich gewaschen und ihr verschmutztes Kleid gewechselt hatte. Da war dieses übermäßige Funkeln in ihren Augen, ihre Wangen waren eine Spur zu rosig, und ihre Lippen sahen von der Küsserei spröde aus, trotz der Allzwecksalbe. Mary fühlte sich, als stünden ihre Haarspitzen in Flammen. Sie könnte sich genauso gut ein Schild umhängen, auf dem stand: »Ich werde gerade verführt.«

Und darüber musste sie mit Tante Mim sprechen. Sie klopfte an ihre Tür und hoffte, sie würde nicht gerade ein Nickerchen halten. Mary wusste, dass ihre Tante an diesem Morgen eine hydrotherapeutische Behandlung gebucht hatte, und sie wusste auch, wie entspannend das sein konnte.

Bis Alec hereingeschlichen war, sie berührte und alles in ihr durcheinandergewühlt hatte.

Hamblen ließ sie ein. »Ich bin froh, dass Sie da sind, Miss Mary. Ihre Tante hat Sie letzte Nacht vermisst.«

»Ich – ich hatte einen solch geschäftigen Tag und war derart erschöpft. Wie geht es ihr?«

Die Zofe grinste. »Streitsüchtig, würde ich sagen, nachdem sie die Neuigkeiten von heute Morgen gehört hat. Beinahe wie früher. Sehen Sie selbst.«

Oje. Könnte ihre Tante ihr Stelldichein mit Alec entdeckt haben? Mary war sich nicht sicher, ob sie es würde erklären können. Zumindest die Zusammenkunft von heute Morgen war Zufall gewesen.

Sie fand ihre Tante in einem Rollstuhl sitzend vor ihrem Schlafzimmerfenster vor. Tante Mim genoss aber nicht die Aussicht, sondern schrieb etwas auf Hotelbriefpapier. Auf dem Tisch lag ein Zugfahrplan, und ihr Koffer lag geöffnet auf dem Boden. Der Schrank war geleert, und schwarze Kleider und der Inhalt der Kommode lagen auf der Tagesdecke und warteten darauf, in Seidenpapier verpackt zu werden.

»Was hat das alles zu bedeuten?«, fragte Mary.

»Wir haben heute Morgen ein Funktelegramm von Harriet erhalten«, sagte Tante Mim, ohne von ihrer rasenden Schreiberei aufzublicken. »Oder vielmehr von Harriets armem Vater. Ich konnte mir überhaupt keinen Reim darauf machen, so außer sich war er. Sie ist im Krankenhaus. Irgendetwas mit Peri- … Peridingsda.«

»Peritonitis? Das ist ja schrecklich!« Selbst der König musste seine eigene Krönung wegen einer Appendizitis verschieben lassen.

»Das war es. Sie hat die Operation überstanden, wird aber eine Ewigkeit nicht ins Büro kommen können. Ich muss zurück. Ich werde, denke ich, den Nachmittagszug nehmen. Den Großteil der Reise kann ich schlafen und werde so perfekt ausgeruht am Montag früh ankommen.«

»Aber – «

Ihre Tante hob einen tintenbefleckten Finger: »Kein Aber. Du hast hier noch deine Aufgabe zu erledigen, und Oliver kann sich darum kümmern, dich nach Hause zu schicken, sobald du fertig bist. Du wirst aber ohne Hamblen auskommen müssen, fürchte ich.«

Mary war die ersten fünfundzwanzig Jahre ihres Lebens ganz ohne eine Zofe ausgekommen. »Wirst du denn alles alleine schaffen?«

»Die Reise oder mein Geschäft? Ich denke wohl. Dieser Urlaub, so kurz er auch war, hat mir sehr gut getan. Das Reisen ohne zu viele Unannehmlichkeiten. Der Kontakt zu den Leuten. Es ist an der Zeit, dass ich wieder nach unten komme und mich um die Agentur kümmere. Und was ist schon dabei, wenn mich die Kunden an einem Stock oder in einem Rollstuhl sehen? Ich mag zwar eine alte Frau sein, aber noch lange nicht tot. In mir steckt noch reichlich Leben! Vielleicht lassen wir sogar einen Fahrstuhl in das Gebäude einbauen. Dank dir weist unser Bankkonto ein beträchtliches Guthaben auf.«

Mary schluckte schwer angesichts dieser überraschenden Wendung. »Du wirst mich aber doch nicht entlassen, oder?«

Tante Mim blickte auf. »Dich entlassen? Sei nicht albern! In den letzten vier Jahren warst du unbezahlbar. Unerlässlich. Hast tapfer nahezu alles mitgemacht. Du erinnerst mich an mich selbst, und das nicht nur, weil du wie eine Evensong aussiehst. Die Agentur werde ich einmal dir vererben, nicht deinem Bruder Albert. Du würdest doch sicher nicht nach Oxfordshire zurückgehen wollen, um für ihn zu arbeiten, oder?«

Welch grauenhafte Vorstellung. »Auf keinen Fall.«

»Nun, dann werden wir uns etwas ausdenken, wie wir dich den Kunden vorstellen können. Mein Büro ist groß genug für den Schreibtisch einer Partnerin. Du kannst den Terminen beiwohnen. Und wenn die Leute sehen, dass ich dir bedingungslos vertraue, werden sie sich überwinden und über deine Jugend hinwegsehen. Wir werden das besprechen, wenn du nächste Woche zurückkommst.«

»Was das anbelangt, Tante Mim: Lord Raeburn hat uns alle nach Raeburn Court eingeladen, um seine Belegschaft zu bewerten. Er möchte, dass ihm die Agentur neue Angestellte vermittelt. Aber jetzt, schätze ich, sollte ich lieber nicht gehen.« Mary versuchte, sich diesbezüglich unter Kontrolle zu halten. Was man niemals erfahren hat, kann man schließlich nicht missen, oder?

Tante Mim widmete sich wieder ihren Notizen. »Na hör mal, selbstverständlich solltest du gehen. Du und Oliver seid durchaus in der Lage, euch um all das ohne mich zu kümmern. Bleib noch ein paar extra Tage, wenn du möchtest. Du wirst schon wissen, was er braucht.«

Zumindest wusste Mary, was *sie* brauchte. Aber die Sorge um ihre Tante war echt. »Ich werde so schnell wie möglich zurückkommen.«

Ihre Tante winkte ab. »Mach dir um mich keine Gedanken. Du hast einen angemessenen Urlaub verdient. Und hier oben ist es so reizend. Zu dumm, dass du unsere Hotelreservierungen nicht honorieren kannst, aber ich schätze, nach der heutigen Nacht wird dein Ruf ohnehin ruiniert sein. Die Leute können so grausam sein. Dieses ganze Mysterium um Eva – man gibt die Schuld immer den Frauen. Lilith. Salome. Delilah. Ich sollte besser aufhören. Es ist in der Tat das Beste, wenn du direkt nach Raeburn Court gehst, sobald diese Sache mit Bauer erledigt ist. Du solltest die Zeit genießen. Du hast doch wegen heute Nacht nicht zu viele Bedenken, oder? Ich habe ein paar Notizen gemacht.«

Tante Mim reichte ihr ihre Liste, an der sie geschrieben hatte. Sie schien Anweisungen zu enthalten, wie sie Dr. Bauer außer Gefecht setzen konnte, sollte sich ihre Rettung aus irgendwelchen Gründen verzögern. Sie hatte sogar Zeichnungen gefertigt.

»Ich habe allen Töchtern des Herzogs den gleichen Rat gegeben. Sie sagten, ich sollte darüber ein Buch schreiben. Und alle sind schließlich glücklich verheiratet.« Die Evensong-Agentur hatte einen dritten Ehegatten für die jüngste und wildeste unter ihnen im letzten Jahr gefunden. Auf alle Fälle waren am Ende alle glücklich.

»Und das ist dir zu verdanken«, sagte Mary loyal. Sie hatte all die Geschichten über die fünf schwierigen Töchter des Herzogs gehört. »Das ist wahr. Die Herzogin war hoffnungslos, armes Ding. Sich um einen Jungen zu bemühen hat sie schlichtweg ausgelaugt, und als er endlich kam, war er eine echte Enttäuschung, wie du weißt. Mein Instinkt hat mich nie verlassen, Mary, und ich glaube, das hast du geerbt. Du hättest die letzten paar Jahre nicht so erfolgreich sein können ohne die angeborene Fähigkeit, Menschen derart zu verstehen.«

Mary hoffte, dass ihre Tante recht behielt. Sie würde Alec Raeburn ihre sexuelle Bildung anvertrauen. Sie wollte dadurch nicht an gebrochenem Herzen leiden.

»D-Danke, Tante Mim. Das ist das Netteste, das je jemand zu mir gesagt hat.«

»Und ist das nicht eine Schande? Ein Mädchen in deinem Alter sollte Komplimente von allen möglichen Leuten bekommen, nicht nur von ihrer alten Tante. Jetzt tu mir einen Gefallen und ruf an der Rezeption an, um sicherzugehen, dass uns eine Droschke zur Bahnstation bringen kann. Ich habe bereits zwei Mal angerufen, aber es schadet nie, sich um die Einzelheiten zu kümmern. Das habe ich dir doch beigebracht. Deine Liste braucht eine Liste. Und schick mit bitte Hamblen zurück, damit sie fertig packen kann.«

Mary tat, wie ihr geheißen, und war glücklich, ihre Tante so voller Energie zu sehen. Sicherlich humpelte sie noch, wenn sie aus ihrem Rollstuhl aufstand, und ihr nackter Fuß würde niemals in einen normalen Schuh passen, aber sie bewegte sich lebendiger, als es Mary in vier Jahren gesehen hatte. Sie waren noch nicht lange genug in Schottland, als dass die ganzen Wunderkuren hier hätten anschlagen können, also musste etwas anderes mit ihrer Tante passiert sein. War es die frische Luft? Das Quellwasser? Was auch immer, Mary war dankbar. Letztendlich eröffnete sich ihr die Chance auf ein normaleres Leben.

Aber wenn das der Fall war, sollte sie dann wirklich an dieser Vereinbarung mit Alec Raeburn festhalten? Sie könnte zukünftig mehr Freizeit haben und würde vielleicht einen Gentleman kennenlernen, der sie hofierte. Irgendeinen ehrenwerten, öden Kerl …

Nein. Ihr soziales Leben würde sicher genauso eingeschränkt weitergehen wie bisher. Alec Raeburn war ihre Chance.

Mary gab ihrer Tante einen Abschiedskuss und ging in ihr eigenes Zimmer. Es waren noch Stunden bis zu ihrem Rendezvous mit Dr. Bauer. Mary griff nach einem Buch, das sie mitgebracht hatte, legte es aber gleich wieder weg, denn die Wörter ergaben in ihrem beunruhigten Kopf alle keinen Sinn. Sie starrte aus dem Fenster und zählte die Bergkuppen. Sie rieb Salbe auf ihre nackten Füße und wusch sich die Hände. Sie dachte daran, Tee oder ein Sandwich zu bestellen, aber ihr Magen schlug Kapriolen.

Mary war untätiges Herumsitzen nicht gewohnt, aber sie brachte es heute auch nicht fertig, die Annehmlichkeiten des Hotels zu genießen. So saß sie nun da, mit sauberen, gefalteten Händen auf ihrem Schoß und einem unruhigen Magen, und tat absolut nichts. Es war schon beinahe qualvoll, und ihre

Gedanken wanderten von einer schrecklichen Vorstellung zur nächsten, und nichts konnte sie ablenken, nirgendwo konnte sie hingehen, nichts tun, bis zu dem großen Moment, der später kommen würde. Schlussendlich würde sie noch ein weiteres Tablett in ihr Zimmer bestellen müssen, bevor sie verhungerte – sie wagte es nicht, zum Abendessen in den Speisesaal zu gehen. Im Gegensatz zu dem, was sie gesagt hatte, wäre es nahezu unmöglich für sie, ohne Hamblens Hilfe in eines ihrer neuen Abendkleider zu steigen.

Sie kräuselte die Lippen. Sie könnte Alec bitten, als Zofe zu fungieren, obgleich das Auskleiden mehr zu seinen Spezialitäten gehörte. Oliver wäre wohl die bessere Entscheidung, aber er würde sich selbst und sein Zimmer für die Kartenrunde vorbereiten müssen.

Wenn man vom Teufel sprach. Es klopfte an der Verbindungstür, und Oliver schlenderte in blendend weißer Tenniskluft herein. Er war ein höchst angenehmer Anblick, wenn sie sich auch eine Sekunde lang ihre rauchgraue Brille gewünscht hätte. Oliver war so umwerfend und sah einfach viel zu gut aus. Er ließ seinen schlaksigen Körper in einen ihrer Sessel fallen und runzelte die Stirn.

»Hallo Schwesterlein. Was höre ich da, Tante Mim reist ab? Sollte ich mich als Gentleman zur Verfügung stellen und die alte Dame begleiten?« Oliver hatte sich mit seiner falschen Familie inzwischen recht vertraut gemacht. Er fühlte sich Mary sogar derart verbunden, dass er sie jetzt duzte, und sie hatte nichts dagegen. Im Gegenteil, sie tat es ihm gleich, denn sie empfand tatsächlich eine geschwisterliche Zuneigung zu ihm. Es musste qualvoll sein, von seiner eigenen Familie verstoßen zu werden. Ihr Bruder Albert und seine Gattin Phyllis mochten ihr vielleicht auf die Nerven gehen, aber sie waren noch immer da. Oliver konnte nicht nach Hause gehen. Wie hatte er das letzte Weihnachtsfest verbracht? Mary würde dafür sorgen, dass er es dieses Jahr mit ihr und Tante Mim verbrachte.

»Du solltest sie lieber nicht hören lassen, dass du sie eine ›alte Dame‹ nennst. Ja, es stimmt, und nein, solltest du nicht. Harriet musste sich den Blinddarm entfernen lassen und wird für wer weiß wie lange ausfallen. Jemand musste zurück nach London, und ich kann nicht. Und du auch nicht. Schon den Kartenabend vergessen?«

»Das wäre unmöglich. Das Hotelpersonal ist in diesem Moment dabei, mein Zimmer umzukrempeln. Ich werde mich eine Weile hier aufhalten müssen, wenn es dir recht ist.«

Mary hörte hinter der Tür dumpfe und rutschende Geräusche. »Überhaupt nicht.«

Oliver senkte seine Stimme, obwohl das bei all dem Krach kaum nötig gewesen wäre. »Raeburn könnte für mich einspringen, wenn du dir zu viel Sorgen um deine Tante machst. Die Hälfte der Gäste sind seine Freunde.«

»Nein, das klappt nicht. Du sollst doch brüderliche Empörung darstellen und die Männer davon überzeugen, dass ich viel zu unschuldig bin, als dass ich Bauer selbst hätte locken können. Tante Mim hat Hamblen. Sie ist ein vernünftiges Mädchen, und der Zug fährt durch. Ich weiß nicht, was in meine Tante gefahren ist – sie hat neuen Lebensdrang geschöpft und will wieder im Büro arbeiten!«

»Ich hoffe, das ist nicht auf diese Quacksalbermedizin zurückzuführen, die sie im Bad verteilen. Sie sind alle alkoholisch. Kein Wunder, dass das Hotel keine alkoholischen Getränke ausschenkt – die Gäste bezahlen ein Vermögen dafür, wenn es in kleinen, braunen Flaschen abgefüllt ist.«

»Ha! Ist das das Geheimnis? Und ich dachte, es läge an der frischen Luft und dem gesunden Essen.«

»Ja, das Essen ist ausgezeichnet. Beinahe so gut wie Antoines«, seufzte er.

Armer Oliver. Antoine war seine erste Liebe gewesen. Der französische Koch arbeitete noch immer im Haushalt der Palmers, obwohl, soweit Mary wusste, ihre Affäre vorüber war. Wenn sie zurück in London war, würde sie nach einem diskreten jungen Gentleman für Oliver Ausschau halten. Für ihre Vermittlungsfertigkeiten war die Evensong-Agentur berühmt, selbst wenn es sich um die unkonventionellsten Kunden handelte.

»Ich werde heute Abend nicht zum Essen nach unten gehen, also müssen wir auch keine Auseinandersetzung vortäuschen. Ich bin ohnehin viel zu nervös, um viel zu essen.«

»Du musst aber etwas essen, sonst wirst du tot umfallen, sobald dich Bauer berührt. Ich werde uns jetzt eine Portion Tee bestellen. Ich habe immer Hunger. Wir werden eine kleine lustige Gesellschaft abhalten, nur wir beide.«

Seit Oliver entdeckt hatte, dass sie keine furchterregende alte Frau war, behandelte er sie mit einer Vertraulichkeit, die sie begrüßte. Der Junge war einsam, genau wie sie. Mary war zu beschäftigt gewesen, um in London Freunde zu finden oder die aus Oxford zu halten. Du meine Güte, aber ihr Leben war langweilig gewesen, bis sie Alec Raeburn getroffen hatte.

Nein, das stimmte so nicht. Sie hatte einige Abenteuer erlebt, aber stets im Namen der Agenturklienten. Jetzt war sie an der Reihe.

Oliver beendete sein Telefonat und ließ sich wieder in den Sessel fallen. »Wo bist du heute Morgen hingegangen? Ich habe schon einmal geklopft, aber niemand antwortete.«

»Ich bin im Wald spazieren gegangen.«

»So wie Rotkäppchen?«

Es hatte tatsächlich einen großen, bösen Wolf gegeben, aber

davon würde sie Oliver nichts erzählen. »Tatsächlich habe ich eine Gouvernante getroffen, die ein perfekter Ersatz für dich sein könnte, wenn wir dich befördern. Jetzt, da Harriet sich erholen wird, sind im Büro noch viel mehr Veränderungen nötig.«

»Hast du darüber schon mit deiner Tante gesprochen?«

Oliver schien sehr eifrig zu sein, und Mary durchfuhr ein Schreck. Sie war derart mit Alec beschäftigt gewesen, dass sie es vergessen hatte. »Noch nicht, aber ich bin sicher, sie wird keine Einwände haben. Sie mag dich nämlich sehr, Oliver.«

»Oh, die Leute mögen mich immer. Sie wollen mich nur nicht anstellen. Wenn sie wieder nach unten kommt, gibt es vielleicht zu viele Köche am Herd.«

»Unsinn! Du weißt, wie viel Arbeit wir hatten. Es wäre eine Sache, wenn wir eine reine Personalvermittlungsagentur wären, aber die Menschen kommen aus so vielerlei Gründen zu uns. Und wo ich gerade dabei bin, Lord Raeburn hat uns nach Raeburn Court eingeladen, sobald unsere kleine Maskerade hier vorüber ist. Im letzten Jahr ist ihm ein Großteil seines Personals davongelaufen. Ich vermute, die Ortsansässigen sind nicht gerade bestrebt, dort zu arbeiten, also müssen wir das Anwesen inspizieren und seinen Bedarf ermitteln.«

»Ich weiß, was der Mann braucht, aber ich bezweifle, dass er Interesse hätte.« Oliver zwinkerte ihr vielsagend zu.

Marys Gesicht erwärmte sich. »Du kannst nicht mit den männlichen Klienten flirten, Oliver, sonst setze ich dich wieder zurück an den Rezeptionstisch.«

»Keine Sorge – du weißt, dass ich mich in der Öffentlichkeit gut benehmen kann. Aber jetzt sind wir doch unter uns.«

»Man sollte privat genauso handeln wie in der Öffentlichkeit.«

Nicht dass sie diesen Rat in letzter Zeit befolgt hätte.

»Wirklich? Wie langweilig. Aber du hast sicher recht. Das hast du immer.«

Ob das wirklich stimmte? Sie begann, daran zu zweifeln.

17

Zurück in seiner Suite, nahm Alec ein kaltes Bad. Er war zu alt dafür, Frauen an öffentlichen Orten zu verführen, um dann durch die Wälder aus Angst vor Entdeckung davonzurennen. Überhaupt hatte ihn der Aspekt der Öffentlichkeit bei einer Verführung nie sonderlich gereizt – die Leute konnten ihre eigenen Schlüsse über seine mangelhafte Moral ziehen, während er in Theaterlogen oder Garderoben an Hälsen knabberte. Er war ein Förderer der Künste, auch wenn sich seine Förderung einzig auf die Unterstützung von Schauspielerinnen, Varietétänzerinnen und Künstlermodelle beschränkte. Die Mädchen hatten sich ihm freiwillig hingegeben, und er hatte sie dafür mit großzügigen finanziellen Hilfen und allerlei glitzerndem Schmuck und Tand bedacht. Alle kannten die Regeln, und alle waren glücklich damit. Sogar Edith war erleichtert gewesen, als er sie in Ruhe gelassen hatte und für sein Amüsement nach London gegangen war.

Aber er wollte keine Schande über Mary bringen, und das nicht nur wegen des Spiels, das sie mit Bauer spielten. Sie war wahrhaft unschuldig, trotz ihres undamenhaften Angebots. Er hätte sie niemals nach Raeburn Court einladen sollen. Aber jetzt konnte er keinen Rückzieher machen; ihre Gefühle wären verletzt. Und Alec *wollte* sie auch nicht zurückweisen – er wollte sie in seinem Bett, wollte ihr helles, kastanienbraunes Haar sehen, wie es sich auf seinem Kissen ergoss, ihren weichen Körper unter seinem spüren, ihre weiße Haut heiß und errötet.

Oje! Er würde nochmals baden müssen, wenn er weiter an sie dachte. Also ging er nach unten, um ein spätes Mittagessen einzunehmen. Auf der Veranda waren nur wenige Leute anwesend, was ihm ganz recht war. Er durchblätterte die Zeitungen, die mit dem Morgenzug gekommen waren. Es waren zwar die Nachrichten von gestern, aber es tat ohnehin nicht gut, immer auf dem neuesten Stand zu sein. Die meisten Probleme erledigten sich im Lauf der Zeit von selbst – also gab es keinen Grund, sich über Dinge den Kopf zu zerbrechen, über die er keine Kontrolle hatte. Er hatte seinen Beitrag im Parlament geleistet, und an mehr frustrierenden Unternehmen hatte er sich nie beteiligt, insbesondere was das Debakel der Burenkriege anbelangte. Alecs Entscheidung, den Großteil des Jahres in Schottland zu verbringen, würde seiner mentalen Gesundheit guttun, auch wenn er wieder wie ein Mönch würde leben müssen.

Er würde ein kurzes Abenteuer mit Mary Arden erleben. Die Erinnerung daran würde ihn über den Winter warm halten, aber verflucht, die Winter in Schottland waren lang und kalt. Aber irgendwie schaffte es auch sein Bruder Evan, sie zu überleben. Also würde er es auch schaffen.

Alec aß seinen Lunch und ging zurück in sein Zimmer, wo er die nächste Stunde erwartungsvoll auf und ab marschierte. Heute Nacht würde Edith gerächt werden, und er würde das aufsammeln, was ihm auch immer an Ehre verblieb.

Die Wände seiner geräumigen Suite schienen sich über ihm zu schließen, also ging er die Treppe zum Herrenturm hinauf, um eine Zigarre zu rauchen und die Monotonie zu unterbrechen. Die Wagonette des Hotels stand in der runden Auffahrt, bereit, abreisende Gäste zum Nachmittagszug zu bringen. Er zog seinen silbernen Anzünder aus seiner Tasche und ließ ihn beinahe über die Balustrade fallen, als er sah, wie Mrs Evensongs Zofe ihr in das Fahrzeug half. Reiste sie etwa ab? Saßen Mary und Oliver am Ende bereits unter dem Kabinendach? Bei Gott, sie ließen ihn im Stich, nachdem sie ihn eines Vermögens erleichtert hatten!

Jeden Gedanken an eine Zigarre in den Wind schießend, raste Alec die Treppe hinunter und rannte Mary Arden in der Lobby beinahe um. Ihre Augen glitten warnend zur Seite – Josef Bauer verabschiedete gerade einen Patienten am Hoteleingang.

»Verzeihung, Miss Arden«, sagte Alec mit barscher Stimme.

»Bitte lassen Sie mich allein«, sagte sie laut genug, dass jeder in nächster Nähe es hören konnte.

Alec trat einen Schritt zurück, aber es war zu spät. Bauer hatte ihn schon bemerkt. »Raeburn! Sie haben die Dame gehört. Ihre Aufmerksamkeiten sind unerwünscht.«

Dieser unerträgliche Schnösel. »Ich war in Eile und schlichtweg unaufmerksam, das ist alles. Ich – ich dachte, jemand, den ich kenne, würde abreisen und ich wollte sie nochmals vor ihrer Abfahrt sprechen.«

»Eine Ihrer *lieben Freundinnen*? Sie sehen ja selbst, Miss Arden, wie unstet der Baron ist.«

»Sie haben mich vor seinen verruchten Zudringlichkeiten beschützt, Dr. Bauer. Ich bin Ihnen so dankbar.«

Die kleine Hexe schlug ihre goldgeränderten Wimpern auf und nieder, und Alec musste sich ein Kichern verkneifen. Sie könnte auf der Bühne ein Vermögen verdienen. Etwas kunstvoll aufgetragenes Make-up, um ihre blassen, gleichmäßigen Gesichtszüge zu verstärken, und man hätte sie sogar für eine Schönheit gehalten.

Aber er wollte sie nicht wesentlich ändern. Jetzt, da er sie hinter verschlossenen Türen hatte sehen können, war sie reizend genug, so wie sie war.

»Sie sind ja immer noch da, Raeburn. Ich muss wohl mit dem Hotelmanager sprechen.«

»Ich habe für eine weitere Woche bezahlt, Bauer. Prescott hat keinen Grund, mich loszuwerden. Ich benehme mich ebenso gut – nun, wie *Sie*.«

Alec sah es gern, wie der Arzt vor Zorn rot anlief. Jetzt, ohne Bart, sah sein Gesicht wie ein fades, gekochtes Ei aus.

»Kommen Sie, Miss Arden, lassen wir diesen Kerl einfach stehen. Werden Sie später mit mir zu Abend essen?«

Mary verknotete ihre Hände. Sie trug keine Handschuhe, und ihre Finger waren kurz und prall, wie auch der Rest von ihr.

Alec wollte jede Fingerspitze küssen und würde es auch schon bald tun.

»Oh! Ich kann nicht. Meiner Tante beim Packen zu helfen war doch sehr anstrengend.«

»Ich verstehe. Vielleicht ein anderes Mal.«

Bauer zwinkerte Mary zu, um ihr zu signalisieren, dass er ihre Zehn-Uhr-Verabredung nicht vergessen hatte. Mary errötete – wie tat sie das nur auf Befehl? – und nickte.

Die drei standen in unangenehmes Schweigen gehüllt und starrten auf die offenen Türen, als die Wagonette abfuhr. Mrs Evensong winkte mit einem Taschentuch und schenkte Alec einen äußerst finsteren Blick, bevor sie sich wegdrehte.

»Es ist eine Schande, dass Ihre Tante fortgerufen wurde, Miss Arden«, sagte Alec.

»Ja. Ein Notfall. Aber mein B-Bruder ist hier, um mich zu beschützen.«

»Und ich ebenfalls«, erklärte Bauer und wagte es, einen Arm um Mary zu legen.

Alec biss sich auf die Zunge, ballte eine Faust und machte, dass er zur Treppe kam, bevor er noch etwas Unüberlegtes tat.

Natürlich war er erleichtert, dass Mary und Oliver noch immer da waren, aber er fragte sich doch, weshalb Mrs Evensong so unerwartet abgereist war.

Eine Viertelstunde später sollte er es herausfinden, als es an seine Tür klopfte und er sein Glas mit Raeburn's Special Reserve abstellte. Er hatte sich umgezogen, ebenso wie Mary. Sie stand an der Tür, verschleiert und vollständig in Schwarz gekleidet. Sie erinnerte ihn stark an ihre Tante, aber das würde er ihr so niemals sagen. Sie mit einer wohl siebzigjährigen Frau zu vergleichen würde ihm wohl nur einen Tritt gegen das Schienbein einbringen.

Er wusste, dass er sie wie ein Idiot angrinste, aber sogar in Schwarz gehüllt war sie noch immer eine Augenweide. »Was verschafft mir die Ehre? Und ist Ihnen nicht heiß?«

»Stickig.« Mary schob den Schleier zur Seite und sah sich in seinem Wohnzimmer um. Es war größer und luxuriöser als das ihrer Tante, und sie pfiff anerkennend durch die Lippen. »Sehr nett. Ich bin inkognito hier, aber ich dachte, wir sollten vielleicht vor heute Nacht nochmals miteinander reden. Und ich meine reden, Lord Raeburn. Keine Küsse oder Ähnliches. Und meine Schuhe bleiben dieses Mal an meinen Füßen.« In Bezug auf Letzteres klang sie wehmütig.

»Ich gelobe, mich bestens zu verhalten. Darf ich Ihnen einen kleinen Schluck von Raeburn's Special Reserve anbieten? Mein Diener Mackenzie holt gerade eine neue Kiste. Ich erwarte ihn jede Minute zurück.«

»Er ist eigentlich schon unten und baut mit Oliver die Bar auf. Alle von Olivers Gästen haben ihr Kommen bestätigt. Mr Mackenzie hat zugestimmt zu servieren – er ist ein sehr netter junger Kerl, nicht wahr?«

»Mac? Ja, das ist er wohl.« Der junge Diener hatte zu ihm gehalten, als es alle anderen nicht taten.

»Er ist doch nicht verheiratet oder hat eine sonstige Liaison, oder?«

Alec schnaubte. »Ich fürchte, er hat es nicht auf Unterröcke abgesehen. Alle Zofen, die Ihre Tante für mich anstellt, werden vor ihm sicher sein.« Alec hatte seine Vermutungen über Mackenzie angestellt, war aber nicht bereit, über den Kerl zu klatschen. Mac war stets professionell gewesen, und wenn er wollte, dass Alec farbenfrohere Westen trug, was konnte das schon schaden? »Wollen Sie etwas trinken?«

»O ja. Das wäre reizend. Ich wüsste gern, worum alle derart viel Aufhebens machen.«

Alecs Urgroßvater hatte die Destillerie vor über hundert Jahren gegründet. Zuerst war sie für die alleinige Nutzung der Familie vorgesehen, aber es wäre ein Verbrechen gewesen, andere nicht daran teilhaben zu lassen. Jetzt war ihr Ruf weltweit bekannt, und der größte Teil des Produkts wurde mit beträchtlichem Gewinn in die Vereinigten Staaten exportiert. Er goss einen Fingerbreit der bernsteingelben Flüssigkeit in ein Glas und reichte es ihr, wobei er dachte, die Farbe passe gut zu Mary Ardens Haar.

Sie schaute ins Glas. »Es stimmt. Ihr Schotten seid geizig.«

»Das ist wirklich ausreichend für ein kleines Mädchen, wie Sie es sind. Und vielleicht schmeckt es Ihnen ja auch gar nicht.«

Mary roch daran. »Es riecht wundervoll. Stark, aber wundervoll.« Sie hielt das Glas an ihre Lippen. »Oh, du meine Güte.«

Einen strahlenderen Ausdruck der Wertschätzung hätte er sich auf ihrem Gesicht kaum wünschen können. »Ich werde Evan berichten, dass Sie zustimmen.«

»Das tue ich, in der Tat. Und Tante Mim würde es auch lieben.«

»Ich werde ihr eine Kiste für Ihr Abendritual schicken. Das heißt, falls Sie bei ihr in London bleiben werden.«

»D-das werde ich wohl. Sie möchte mich in das Geschäft einführen.«

»*Sie*?«

Mary empörte sich unter ihrem haarsträubenden schwarzen Hut. »Was meinen Sie mit ›Sie‹? Ist es so schwer vorstellbar, ich könnte mich um die Lösung von Problemen anderer kümmern? Da muss ich Sie darauf hinweisen, dass ich recht kompetent bin!«

Alec war irgendwie ins Fettnäpfchen getreten. Er konnte sie sich hinter einem Schreibtisch in der Mount Street kaum vorstellen. Aber hinter einer Theke in einem Kolonialwarenladen ebenso wenig. Der einzige Ort, an dem er sie sich vorstellen konnte, war eigentlich sein Schlafzimmer in Raeburn Court.

Was zum Teufel! Sie würde nur einen Tag darin verbringen, oder vielleicht höchstens ein paar, wenn er sie überreden konnte, länger zu bleiben. Und danach wartete ein Leben der Buße und Selbstverleugnung auf ihn. Oder etwa nicht?

»Ich wollte Sie nicht beleidigen, Mary. Es ist nur, Sie sind so –« Ja, was war sie genau? Petite? Jung? Nein, jung war sie wirklich nicht, aber soweit er wusste, erinnerte ein Gentleman eine Dame nicht daran.

»… temperamentvoll. Ich kann Sie mir in einem Büro eingesperrt nur schwerlich vorstellen.«

»Vielleicht wird mich meine Tante ja mit mehr verdeckten Tätigkeiten betrauen. Ich denke, das passt zu mir.«

Sie war eine effektive Schauspielerin gewesen, viel talentierter als Alecs übliche Bekanntschaften aus dem Theater.

»Ich werde Ihnen bei Bedarf eine positive Empfehlung schreiben. Wo ist Ihre Tante hingefahren?«

»Meine – ich meine, *ihre* Assistentin hatte einen medizinischen Notfall. Blinddarmentzündung. Ich schätze, sie ist froh, ihn los zu sein. Sie wird eine Weile im Hospital liegen und sich dann zu Hause erholen. Es gab niemanden, der in ihrer Abwesenheit die Agentur leiten konnte, also ist Tante Mim abgereist.«

»Kein Wunder, dass Sie Ihre Hilfe will. Der Betrieb ist recht groß, nicht wahr? In dem Gebäude wimmelte es nur so, als ich dort war.«

Mary nickte. »Es gibt sechs Vollzeitangestellte. Selbst mit Oliver wird Tante Mim alle Hände voll zu tun haben. Die Stenografinnen brauchen eine feste Hand.«

Sie schien bereits einiges über das Geschäft zu wissen, also würde sie vielleicht ganz gut hineinpassen. »Die Evensong-Agentur hat einen ausgezeichneten Ruf. Ich bin sicher, Sie werden Ihren Teil dazu beitragen. Nun, worüber wollten Sie eigentlich reden?«

Sie sah hinab auf ihre Füße, die sie bedeckt halten wollte. »Wie weit wollen Sie, dass ich Dr. Bauer heute Nacht fortschreiten lasse, bevor wir entdeckt werden?«

»Fortschreiten!« Alec wollte überhaupt nicht, dass Bauer auch nur irgendwie »fortschritt«. Er wollte dem Mann am liebsten den Arm abhacken, als er ihn in der Lobby um Marys Schultern gelegt hatte. »Lassen Sie sich nicht von diesem Bastard berühren. Es sollte ausreichen, dass er zu solch später Stunde in Ihrem Zimmer entdeckt wird.«

»Darüber habe ich nachgedacht«, sagte Mary. »Er kann dann immer sagen, dass es mir nicht gut ging und ich nach ihm habe rufen lassen.«

Da hatte sie recht. »Verdammt.«

»Also denke ich, dass ich etwas weiter gehen muss als ich – das heißt, meine Tante vereinbart hat.«

Alec fühlte einen Anflug von Ekel in sich aufsteigen. »Sie schlagen doch nicht etwa vor –«

»Selbstverständlich nicht.«

Er musste den Satz gar nicht erst beenden.

Marys Gesicht war tiefrot, aber sie fuhr fort. »Nur etwas leicht bekleidet. Mit offenem Haar. Etwas in der Art.«

»Sie werden auch schreien müssen.«

»Das kann ich tun. Ich habe ehrlich gesagt heute Morgen am Wasserfall geübt. Das Wasser war derart laut, dass mich, denke ich, niemand hören konnte.«

Alec stellte sich Mary vor, wie sie bei Morgengrauen ihre Lungen trainiert hatte. »Sie haben vermutlich die Eichhörnchen verschreckt.«

»Das kann gut sein.« Sie räusperte sich. »Ich denke, wir werden auf dem Bett sitzen müssen.«

»Verzeihung?«

»Bauer und ich. Das macht es eindeutiger.«

Wäre die Honigfalle, die sich Alec vorgestellt hatte, mit einer namenlosen Schauspielerin besetzt gewesen, wäre es eine Sache. Aber was ihm einst eine brillante Idee schien, entwickelte sich jetzt zu etwas Entsetzlichem. »Ich schätze, Sie haben recht.«

»Und Sie müssen Oliver das Reden überlassen. Wir sind schließlich alle Fremde.«

»Warten Sie einen Moment. Die Leute haben uns zusammen gesehen. Es wäre doch nur natürlich, wenn ich eine Dame in Gefahr verteidigen würde, auch wenn ich schon einmal Tee mit ihr getrunken habe.«

Sie sah ihn ernst an. »Es wird kein Blutvergießen geben, Lord Raeburn.«

»Ich sehe keinen Grund, weshalb nicht«, erklärte Alec stur. Seit Monaten juckte es ihm in den Fingern, Bauer in Grund und Boden zu prügeln. In den Boden hinein, direkt in die ewige Hölle.

»Wenn hier jemand schlägt, dann Oliver. Es wird gut für ihn sein.«

»Ich kann nichts versprechen.« Er sah bereits jetzt Rot, wenn er sich Mary in Bauers Armen nur vorstellte.

»Schauen Sie, Alec, es darf nicht so aussehen, dass wir eine Absprache hätten. Wenn Bauer Verdacht schöpft, haben Sie Ihr Geld zum Fenster rausgeworfen. Und er könnte einen Grund haben, Sie wegen … irgendetwas zu verklagen. Ich bin in Sachen Recht nicht so versiert, wie ich sein sollte.«

Er konnte ihre Argumente nachvollziehen, aber der Wunsch, Bauer auszuweiden, würde nicht so schnell verschwinden. »Ich werde mein Bestes tun, unbeteiligt zu wirken. Lassen Sie uns darauf trinken.« Alec hob sein Glas und stieß mit ihr an.

»Auf einen erfolgreichen Abend«, sagte Mary.

Sie standen noch immer, was sehr merkwürdig war. Er beobachtete sie, wie sie einen Schluck nahm und ihre haselnussbraunen Augen in die seinen blickten. Ein unsichtbares Band verfestigte sich zwischen ihnen, Stück für Stück. Sein Kopf fühlte sich benommen an, und das nicht wegen des einwandfrei verschnittenen Whiskys.

Er war schlichtweg müde, das war alles. Und sexuell frustriert. Er könnte etwas dagegen tun.

»Setzen wir uns doch. Ihre Füße müssen noch immer empfindlich sein.«

»Ich sollte gehen.«

»Es sind noch Stunden, bis Sie etwas zu tun haben. Wollen Sie hier mit mir zu Abend essen?«

»Haben Sie mir überhaupt zugehört?« Sie setzte sich trotzdem, zu weit weg auf einen Stuhl neben dem Fenster. Die Aussicht war atemberaubend, aber er hatte nur Augen für sie.

»Ich schätze, das soll Nein heißen.« Er setzte sich auf das Sofa und hatte die Flasche mit Raeburn's Special Reserve dabei. »Möchten Sie noch etwas?«

Mary schüttelte den Kopf. »Lieber nicht. Es stimmt – er ist

recht stark. Ich möchte nicht aus Versehen einschlafen und vergessen, Dr. Bauer die Tür zu öffnen.«

»Vielleicht sollten wir üben.«

Mary schaute ihn ausdruckslos an.

»Na ja. Ich kann so tun, als sei ich Bauer. Sie bitten mich herein. Und so weiter.«

»Üben.« Sie leckte sich über die Lippen, und Alec dachte, er hätte sie mit seiner Lust angesteckt. Sie würde nach Raeburn's Special Reserve schmecken und nach ihrer ganz eigenen süßen Note.

Er machte seinen Hals frei und seinen Kopf. »Ja. Eine Art Generalprobe.«

»Wie im Theater. Ich vermute, darüber wissen Sie wohl alles.«

Er rieb sich übers Gesicht und war erneut davon überrascht, über Bartstoppeln zu streichen und nicht über Pelz. »Sie kennen meinen Ruf. Ich kann ihn nicht leugnen. Ich habe meine Jugend und mein mittleres Lebensalter vergeudet. Aber ich will das ändern. Keine Chormädchen oder angehende Schauspielerinnen mehr. Ich bin ein geläuterter Mann.«

»Und wie gedenken Sie sich in Zukunft zu unterhalten, Mylord?«

»Ich werde schon etwas finden, das mich beschäftigt.«

»Oder jemanden«, sagte sie etwas herb.

»Nicht hier in den Highlands. Hier halten sie mich für den Teufel. Keine mehr oder weniger anständige Frau will sich in meiner Gesellschaft sehen lassen. Schließlich könnte ich sie ja aus dem Fenster stoßen.«

Er konnte die Bitterkeit in seiner Stimme nicht verbergen. Im Ernst, war das die Art, wie er Mary Arden dazu bringen wollte, ein paar Minuten auf seinem Bett herumzutollen, bevor sie sich die Lunge aus dem Leib schrie? Natürlich leise, um sicherzugehen. Sie würde den letzten Teil vortäuschen müssen.

Ja, es schien so. Sie setzte ihr leeres Glas ab und stand auf. »In Ordnung. Klopfen Sie also an Ihre eigene Tür, und wir werden sehen, wie wir die Falle korrekt aufbauen.«

Obwohl daran nichts korrekt sein würde.

18

Mary hatte in ihrem Kopf bereits verschiedene Szenarien durchgespielt. Warum sie also nicht praktischer umsetzen? Praktische Erfahrung, sozusagen.

Dr. Bauer hatte sie bereits als ihr Arzt berührt. Heute Nacht hatte er vor, sie erneut zu berühren. Mary wünschte, sie hätte die Notizen ihrer Tante mitgenommen, damit sie sich daran erinnern konnte, wie sie ihren Körper bewegen musste, um seiner Aufmerksamkeit zu entfliehen. Sie fürchtete sich davor, dass er sie überwältigen könnte, bevor Oliver hereinstürmte.

Mary dachte wirklich nicht, dass sie Bauer ihre Finger in die Augen pieksen könnte – sie hatte schon genug Schwierigkeiten damit, selbst eine Wimper aus ihrem Auge zu wischen.

Sie hob das Knie versuchsweise an, und Alec sah irgendwie nervös aus. Mary schob ihn in Richtung Tür. »Machen Sie weiter. Wir werden am Anfang beginnen.«

Ihr Zimmer war viel kleiner und hatte ein Bett darin stehen. Sie überlegte. »Warten Sie einen Moment. Es hat keinen Sinn, wenn Sie auf den Korridor gehen. Ich gehe stattdessen in Ihr Schlafzimmer, und Sie können dort an die Tür klopfen.«

»Was tragen Sie?«, platzte Alec heraus.

»Das können Sie doch sehen, oder?« Eine der schrecklichen schwarzen Roben von Mary Evensong. Sie hatte sie fast alle in London gelassen. Aber Mary war stolz darauf, für jede Gelegenheit gewappnet zu sein, und wenn sie in ihr siebenundzwanzig Jahre altes Selbst schlüpfen musste, würde sie mit diesem einen Kleid bereit sein.

»Nein, ich meine heute Abend. Sie werden ihn doch nicht im Nachtgewand empfangen, oder?«

Es könnte auf die anderen Herren verdächtig wirken, wenn sie Bauer hereinbat, während sie ihr weißes Nachtgewand trug. Nicht dass es verführerisch gewesen wäre, mit Rüschen vom Kinn bis zu den Knöcheln. Nichts war zu sehen, abgesehen von ihrem normalen Gesicht und den Zehen. Es war nicht wirklich ein Ensemble, das das Herz eines Mannes höher schlagen ließ. Aber da sie so unschuldig wie möglich aussehen musste, sollte sie wahrscheinlich vollkommen angezogen bleiben.

»Eines meiner Alltagskleider, schätze ich.«

»Gut. Lassen Sie ihn keine Knöpfe oder Haken berühren.«

»Ich werde mich bemühen. Sind Sie jetzt bereit?« Sie setzte sich auf einen Stuhl und faltete ihre Hände.

Alec sah aus, als wollte er noch etwas sagen. Stattdessen aber schloss er die Tür und hämmerte gleich darauf kräftig auf sie ein.

»Wer ist da?«, fragte Mary.

»Ich bin es, Tschosef Bauer.«

Sie verkniff sich ein Lachen – es war merkwürdig, einen Schotten zu hören, der versuchte, Englisch mit einem Wiener Akzent zu sprechen. Sie stand auf und glättete ihre schwarzen Röcke, bis sie bis zehn gezählt hatte.

»Lassen Sie mich ein, mein *Liebchen*. Oder sollte ich *Liebling* sagen?«

»Ich hatte ja keine Ahnung, dass Sie Deutsch sprechen«, sagte Mary.

»Sie wärän übärrascht, wie leicht ich mit dän Sprachän umgehän kann.«

Mary erwartete, dass Alec in den verschiedensten Sprachen wusste, wie man Frauen ein Angebot machte. »Einen Moment, Al- Dr. Bauer.«

Wie töricht – ihr Herz begann zu hämmern, während sie langsam auf die Tür zuging. Sie schaffte es, den Türknauf zu drehen und die Türe zu öffnen.

Alec war viel größer als dieser Josef Bauer, aber seine Größe jagte ihr keine Angst ein, sie genoss es vielmehr, wie er da in seinen Hemdsärmeln stand. Er hatte seinen Wams, Schlips und Leinenkragen ebenfalls abgelegt, bevor sie gekommen war, und seine Halssäule war faszinierend.

»*Guten Abend*, Fräulein Arden.« Er grinste sie anzüglich an, als wären sie in irgendeinem drittklassigen Melodrama gelandet. Es fehlte nur noch ein Schnurrbart, den er zwirbeln konnte.

»Übertreiben Sie es nicht, Alec. Denken Sie daran, Sie sind ein erfahrener Verführer. Sie sind es gewohnt, bei nervösen Damen Ihren Willen durchzusetzen. Wäre ich eine nervöse Dame, würde ich vor diesem Blick davonlaufen. Oder lachen.«

»Sie könnän nicht davonlaufän, Miss Arden. Sie wusstän, was passierän würdä, als Sie mich eingäladän haben.« Er trat nicht aus seiner Rolle heraus und sprach mit noch heftigerem Akzent. Sie sollte lieber darauf einsteigen.

»Oh, Dr. Bauer«, sagte sie atemlos, »ich war nicht sicher, ob Sie auch kommen würden.« Sie stolperte rückwärts zum Sessel, in dem sie gesessen hatte. Obwohl Alecs Schlafzimmer größer war als ihres, gab es die gleiche Ausstattung. Zwei Polstersessel standen vor dem Fenster, und sie deutete auf den anderen. »Wollen Sie sich nicht setzen?«

»Miss Arden – Mary – ich würde gern noch etwas ganz anderes machen. Lassän Sie uns tanzän.«

»Was?« Sie war sich ziemlich sicher, dass Josef Bauer keinen Walzer mit ihr tanzen wollte.

»*Tanzän, ja?*« Alec hielt seine Arme hoch und zwinkerte ihr zu.

»Das ist keine nützliche Übung, Alec. Sie sind albern.«

»Wer weiß schon, wonach es einän Mann verlangän könntä, meine Liebe? Die Wegä des Gehirns sind misteriös. Man muss auf alles vorbäreität sein.«

»Ich bin jetzt nicht bereit zu tanzen. Meine Füße tun weh, wie Sie wissen.«

»Ach. Ich bin Arzt. Lassän Sie mich doch einmal sehän.«

Mary war hin und her gerissen zwischen Verdruss und Belustigung. »Sie sind kein Arzt – nun, Sie tun zwar momentan so wegen des Übens, aber ich kann mir nicht vorstellen, dass Bauer mich bittet, meine Schuhe auszuziehen.«

»Warrum nicht? Wir Männer wollän, dass sich allä Damän auskleidän. Irgändwo muss man ja anfangän.«

»Ich habe nicht die Absicht, meine Schuhe auszuziehen. Ich habe Ihnen das bereits anfangs gesagt.«

Alec seufzte. »Fein. Ich bin zwar untröstlich, aber beharrlich. Fräulein Arden, ich habä noch nie einä solch schüchternä und reizändä Person getroffän. Bittä sagän Sie mir, dass Sie meinä Bewundärung erwidern.«

»Ich – ich schätze schon. S-Sie sind sehr nett.«

»Sagen Sie es so, als ob Sie es auch meinen, sonst stehe ich auf und gehe, und Sie werdän keinä Chance haben, Ihren Kopf zu verlieren.«

»Lassen Sie das, Alec! Ich bin doch kein leichtes Mädchen! Und Sie sind Sie, nicht Bauer. Ich bin sicher, dass ich heute Abend viel besser sein werde, wenn es darauf ankommt.« Mary hatte bislang bei den Gelegenheiten, zu denen sie sich unterhalten hatten, keine Probleme gehabt, Bauer einzuwickeln, aber jetzt war ihr Kopf leer, und es mangelte ihr an Schlagfertigkeit. Es lag an Alec – er schien sie gedankenlos zu machen, ohne es überhaupt zu wollen.

Er sah skeptisch drein. »Sie wissän, warum ich gekommän

bin. Lassän Sie uns nicht um dän heißän Brei reden. Ich werdä Sie jetzt hochhebän und auf das Bett dort werfän.«

Marys Magen schlug Kapriolen. »Das werden Sie sicherlich nicht!«

»Doch, das werdä ich.«

Alec sprang auf und setzte sie auf dem Bett ab, bevor sie wusste, wie ihr geschah. Ihr Hut flog trotz ihrer Hutnadeln davon, und sie versuchte erfolglos, sich vom Bett aufzurappeln. Ehe sie sich versah, hockte er mit einem manischen Glanz in den Augen auf ihr.

»Sie wollän mich. Das wissen Sie genau.«

Das Problem war, dass er recht hatte. Wäre es aber der abscheuliche Bauer gewesen, der sich so barbarisch verhalten hätte – du meine Güte, wie konnte sie auf solch alliterierende Weise denken, wo ihre Jungfräulichkeit bedroht war? –, sollte sie sicher etwas tun, um ihn loszuwerden.

Mary stieß ihn kraftlos zurück.

»Mähr habän Sie nicht zu bietän?«

»Ich will Sie nicht verletzen.«

Der miese Kerl lachte, ein köstliches, grollendes Lachen.

Da er seinen Mund so nah bei ihr geöffnet hatte, konnte sie sehen, dass er ausgezeichnete Zähne hatte. Plötzlich rollte er zur Seite und hinterließ ein unbefriedigtes Vakuum.

Er lag flach auf dem Rücken und langte nach ihrer Hand, um sie am Aufstehen zu hindern. Sie trug noch immer ihre schwarzen Ziegenlederhandschuhe, konnte aber die Wärme seiner Finger spüren, während sie über ihre Handfläche kreisten.

»Sie sehen, meine liebe Miss Arden, wie leicht Sie manipuliert wurden. Sie hätten nach mir schlagen oder schreien sollen.« Jede Spur des Wiener Schurken war weggeblasen.

»Selbstverständlich hätte ich geschrien, wären Sie wirklich Bauer gewesen, aber das waren Sie ja nicht«, sagte sie mürrisch. »Ich denke nicht, dass diese Generalprobe von irgendeinem Nutzen war.«

»Sie haben noch nicht einmal den Eindruck gemacht, als *wollten* Sie schreien.«

Verflucht sei sein selbstgefälliges, stoppeliges Gesicht. Er hatte recht. Seine Nähe stellte etwas mit ihr an und machte aus ihrem Gehirn Haferbrei. »Ich versichere Ihnen, dass ich weiß, wie man schreit, und dass ich es tun werde, wenn die Situation danach verlangt. Und ich bin mir ziemlich sicher, dass mich Bauer heute Abend nicht wie eine Stoffpuppe durch die Gegend heben wird. Haben Sie mit all Ihren Mätressen einen solchen Umgang gepflegt? Nur Muskeln und keine Finesse?«

Alec funkelte sie an. Auch ohne seinen Bart war er wild. »Ich verfüge über ebenso viel Finesse wie jedermann.«

»Beweisen Sie es.« Die Worte entschlüpften ihr ganz entgegen ihrer gewöhnlichen Zurückhaltung.

»Ich muss das nicht bew… – oh, zum Teufel. In Ordnung. Sie bekommen, worum Sie gebeten haben, Sie unmögliche Frau. Liegen Sie still, und sagen Sie kein Wort.« Er kam alarmierend näher.

»Ich meinte nicht *jetzt*.«

»Zu spät für einen Rückzieher. Sie haben mich herausgefordert, und an Herausforderungen pflege ich zu wachsen.« Er zog ihre behandschuhte Hand zur Vorderseite seiner Hosen.

Du meine Güte.

»Sie werden doch nicht – Sie haben doch nicht etwa vor –«

»Schhh. Ich habe gesagt, still sein. Obwohl es am Ende einen kleinen Schrei geben könnte.«

Er zog sie näher zu sich, und die Hitze, die die Kleider zwischen ihnen verursachte, war tropisch. Dann knöpfte er ihren Rock und die Unterröcke auf und entblößte ihre Oberschenkel der kühlen Bergbrise, die durch das offene Fenster eindrang.

»Alec!« Sie quakte wie ein Frosch.

»Schhh. Lassen Sie sich von mir beglücken. Mit Finesse. Ich werde nichts Dauerhaftes machen – dafür haben wir keine Zeit.«

Ein Finger kroch unter die Strumpfhalter, die an ihrem Korsett mit den Strümpfen verbunden waren, aber er machte keine Anstalten, sie zu entfernen. Ihre Füße würden sicher sein, aber der Rest ihres Körpers definitiv nicht. Seine Hände bewegten sich nach oben zu dem Schlitz in ihrer Höschenkombination, und sie vergaß zu atmen.

»Sie tragen Blenheim Bouquet.«

Mary errötete. Sie verspritzte es überall hin, auch wenn es ein Herrencologne war.

»Ich werde Sie jetzt küssen und Sie dabei berühren. Habe ich Ihre Erlaubnis?«

Er klang so ernst. Mary nickte. Selbst wenn ihr Leben davon abgehangen hätte, hätte sie ihre Zunge nicht an den Gaumen pressen und Nein sagen können. Sie schloss die Augen, wartete auf seinen Kuss und fühlte, wie sich die Matratze bewegte.

Die Stelle, an der er sie küsste, war vollkommen überraschend. Es war ganz und gar nicht das, was sie erwartet hatte. Er teilte die spitzenbesetzte Seide und dann berührte er mit der Spitze seiner Zunge einen Knopf, der in ihr ein plötzliches Bedürfnis auslöste. Sie schrie, nur ein klein wenig. Aber mehr aus Überraschung, und er hörte sofort auf, sie zu streicheln.

»Darf ich fortfahren?«

»Ach, hören Sie doch auf zu reden«, murmelte Mary und vermied es, ihm ins Gesicht zu schauen. Sie sollte sich nicht wünschen, daran beteiligt zu sein, aber das war sie. In Lord Harwoods Bibliothek hatte sie Bilder von genau dieser Sache gesehen, während sie auf diesen Mann gewartet hatte. Sie hatte nicht spioniert – die chinesische Bettlektüre hatte offen auf seinem Schreibtisch gelegen. Als er schüchtern mit ihr seinen Bedarf an einer unschuldigen jungen Ehefrau diskutierte, aus Fortpflanzungsgründen, um den Namen Harwood fortzuführen, war es ihr schwergefallen, ein ernstes Gesicht zu machen.

Sie vermutete, dass seine Gattin am Ende sehr glücklich sein musste, wenn er die Illustrationen aus dem Buch befolgte.

»Gern zu Ihren Diensten, meine liebe Miss Arden.«

Sie stellte sich Alecs wölfisches Grinsen vor, ein Mann, der Vertrauen zu seinen sexuellen Fertigkeiten hatte, ein Mann, der dies schon viele Male zuvor mit seinen hilflosen, glücklichen Opfern erprobt hatte. Wieder ließ er seine Zunge und die sanften Finger rund um Bereiche gleiten, von denen Mary nicht einmal wusste, dass sie existierten. Sie war bemerkenswert dumm, hatte aber schon immer schnell gelernt.

Sie brauchte nicht viel Übung, um sich selbst zu erlauben, sich diesem exquisiten Überfall auf ihre Sinne hinzugeben.

Ihr wurde heiß, ihr Blut rauschte wild unter ihrer Haut, wodurch sich ihr Gesicht ganz kribbelig anfühlte. Eine zitternde Hand umfasste den faltigen Stoff ihres Kleids, die andere ermutigte Alecs dunklen Kopf, genau an Ort und Stelle diesen sündhaften Kuss fortzuführen. Sein schwarzes Haar war grob unter ihren Fingern, aber seine Zunge war weich und geschmeidig, während sie sich mit Leichtigkeit um ihren Mittelpunkt wand. Er hielt sie fest, und ein Finger schob sich in ihre heiße Mitte. Er war so sanft eingedrungen, dass Mary nichts als flüssige Hitze und einen unglaublich weichen Druck verspürte. Sie war eng und gedehnt zugleich – wie könnte er am Montag noch köstlichere Dinge mit ihr machen?

Und was das anbelangte – konnte sie wirklich so lange warten? Sie war jetzt an irgendeinem Scheitelpunkt angelangt, ein simultanes Lösen und Zusammenziehen, was sie verwirrte. Mary wünschte, sie hätte ihre Stiefel nicht an. Sie wollte ihre

Füße verbiegen und ihre Zehen verdrehen und sich vom Unterleib bis zu ihren Sohlen kräuseln. Sie war durch ihr Korsette und die Kleider mumifiziert, schnappte nach Luft und griff nach etwas schwer Definierbarem am Rand ihres benebelten Bewusstseins.

Alec intensivierte sein Saugen, umschloss ihre geschwollene Knospe mit zügiger Präzision. Ein Daumen presste zugleich gegen ihr Schambein, und das gab ihr den Rest, sie war unfähig zu denken. Sie gab einen peinlichen Laut von sich, der ihr vollkommen fremd war, was Alec dazu brachte, in ihr nasses Fleisch zu kichern und noch tiefer in sie einzutauchen. Sterne blitzten hinter ihren Augenlidern auf, und ihre Haut stand in Flammen und zeigte gleichzeitig Gänsehaut.

Dies war Folter und Himmel zugleich. Mary konnte genau erkennen, warum eine solche Aktivität geheim und sogar verboten war, denn warum wollte man dann jemals wieder aus dem Bett steigen? Die Welt würde anhalten, und die Zivilisation wäre ruiniert.

Mary war nicht gänzlich unwissend. Vier Jahre lang die Rolle ihrer Tante zu spielen hatte ihr die Augen in Hinsicht auf zahlreiche Launen und die Vielfältigkeit in der Gesellschaft geöffnet. Die Menschen hielten sie für eine ältere Frau, die sich der Welt bewusst war. Von Männern und Frauen, die ihre Hilfe suchten, um ihr Glück zu finden, hatte sie Bekenntnisse zu hören bekommen, die sie lieber nicht gehört hätte. Damals war es so abstrakt gewesen, aber jetzt konnte sie all das nur allzu gut verstehen.

Mary war gesättigt und lag weit gespreizt da, und letzte Kontraktionen durchzuckten sie in schwindenden Wellen, als Alec Hände und Mund zurückzog. Sie beklagte sich nicht. Um ehrlich zu sein, hätte sie nicht mehr von dieser Verruchtheit vertragen, wollte sie je wieder zu Verstand kommen.

Er bedeckte sie mit ihren zerknitterten Röcken und rutschte aufs Bett hoch, sein Gesicht so rot, wie ihres wahrscheinlich auch war, ein verschmitztes Lächeln auf den verdrehten Lippen.

»Ausreichend Finesse für Sie, Miss Arden, oder wollen Sie es erneut versuchen? Ich stehe zu Ihren Diensten.«

Er war stolz auf sich, und das konnte er auch sein. Sie fühlte sich vollkommen entspannt. Mary hatte sich eine solch köstliche Mattigkeit nie vorstellen können, nicht mal in ihren Träumen. Der Gedanke daran, in ihr Zimmer zurückzukehren – der Gedanke daran, zu gehen –, schien höchst unpraktisch, wenn nicht gar unmöglich.

Er wischte eine Träne von ihrer Wange. Komisch. Sie hatte nicht einmal bemerkt, dass sie weinte. Mary war für gewöhnlich keine Heulsuse. Dafür hatte sie gar keine Zeit. Tränen waren nutzlos – daran glaubte sie fest. Was war nur mit ihr los?

»W-was war das?«

Er verstand sie falsch. »Nur ein französischer Trick, den ich auf meiner weiten Reise gelernt habe. Hat es Ihnen gefallen?«

»Natürlich hat es das, Sie unausstehlicher Kerl. Wie könnte einem das nicht gefallen?« Sie hatte die Wörter gelesen. *Cunnilingus. Oralsex*. Barsche Silben, die mit der wirklichen Sache nichts gemeinsam hatten.

Er umfasste ihre feuchte Wange und starrte auf sie hinab. »Ich habe Sie nicht verletzt?«

Vom Regen in die Traufe.

»Nein. Nein, es war hinreißend. Werden Sie das am Montag alles noch mal tun?«

19

Mary Arden sah in ihrem zerknitterten Kleid außerordentlich aus, ein kleines Paket schamloser Unschuld. Ihr helles, kupfernes Haar hatte sich aus den Nadeln gelöst und lag ausgebreitet auf seinem Kissen, ihr Haarknoten konnte nicht mehr so genannt werden und war vollkommen derangiert. Ihre Augen waren erfüllt mit Tränen – glücklichen Tränen, vermutete er – und ihre Wangen rosig. Er wünschte, er könnte sehen, ob sich die Haut unter dem schwarzen Faltenstoff gerötet hatte, aber er würde warten müssen. Es würde ja nicht mehr lange dauern.

»Bis Montag dann«, antwortete er mit rauer Stimme. »Ich habe auf meinen Reisen noch ein paar andere Dinge aufgeschnappt.« Und es würde ihm eine Ehre sein, all seine Fertigkeiten an dieser erotischen Jungfrau auszuprobieren.

Alec schob eine seidige Haarsträhne hinter ihr Ohr. Sie würde einiges an sich wieder herrichten müssen, bevor sie diese Suite verließ, auch wenn sie einen Schleierhut trug. Es wäre fatal für ihren Plan, würde sie jemand erkennen. Sie hatte recht – jedes Mal, wenn sie sich sahen, überschritten sie die Grenzen. Alec war unfähig gewesen, sich zurückzuhalten, sich zu beherrschen. Er benahm sich wie der reinste Narr im Liebesrausch.

Verdammt! Er war aber nicht verliebt. Würde es auch nie mehr sein. Aber er fühlte etwas verflucht Unangenehmes.

»Ich sollte jetzt zurück in mein Zimmer gehen.«

Er wollte sie nicht gehen lassen. Alec hatte das Gefühl, er würde sie in Gefahr bringen. Was, wenn Bauer sie so leicht übermannte, wie es ihm gelungen war?

Er würde ja gleich nebenan zusammen mit Oliver und den anderen sein, erinnerte er sich selbst. Selbst sein spindeldürrer Diener Mac war stärker, als er aussah.

»Lassen Sie mich Ihnen helfen.« Er rollte zögerlich vom Bett und hob ihren schwarzen Strohhut vom Boden auf. Seine Krempe hatte etwas gelitten, und er zog sie mit seinen klobigen Fingern wieder gerade.

Es sah vertraut aus. Alec achtete auf die Kleider von Frauen, da er so oft dafür bezahlt hatte, und wollte auch sehen, was er für sein Geld bekam. Er hatte diesen grauenvollen Hut schon zuvor gesehen, ohne den Schleier, und zwar auf Mrs Evensongs Kopf, als er zu ihr in die Agentur gekommen war.

Vielleicht teilten sich Tante und Nichte die Kleider. Mary war aber zu jung, um sich in einem schwarzen Kleid zu verstecken. Er hielt Trauerkleidung für unnötig deprimierend – was brachte es schon dem Toten, wenn seine weiblichen Angehörigen wie eine Schar Krähen herumliefen? Für Männer war es leichter; er hatte aber natürlich sein schwarzes Armband für Edith getragen. Es war das Mindeste, was er tun konnte, nachdem er so elendig versagt hatte.

Mary setzte sich auf und versuchte, irgendwie ihr Haar in Ordnung zu bringen.

»Hier. Lassen Sie mich mal.« Alec ging zum Rasiertisch und nahm seine silberne Bürste. Mac konnte später die roten Haare entfernen und ihn verhöhnen. Er zog die Haarnadeln aus ihrem Haar und legte sie auf das Kissen. »Sitzen Sie still, und drehen Sie sich etwas zur Seite.«

Alec kniete hinter ihr nieder und ließ die Haarbürste durch ihre Haarpracht gleiten. Sie verhakte sich über einem Knoten, und er legte eine Hand auf ihre Schulter. »Tut mir leid. Ob Sie es glauben oder nicht, aber ich bin es nicht gewöhnt, das zu tun.«

Als er den Dreh raushatte, war es irgendwie beruhigend, eine solch häusliche Tätigkeit zu verrichten. Ihr Haar kräuselte sich unter der Bürste, feine Fäden aus Bronze, Bernstein und Gold, die hell schimmerten. Das einfache Wort mit drei Buchstaben – rot – war unzureichend, denn ihr Haar hatte die Farbe einer gemalten mittelalterlichen Madonna, die er auf derselben großen Reise gesehen hatte, auf der er auch ein paar eindeutig sündhafte Dinge gelernt hatte.

Alec wusste, dass er sie wegschicken müsste, bevor er noch weiter in Versuchung geriet. Er fasste den rosa-goldenen Fluss von Haaren zusammen und schlug ihn zu einem Klumpen, in dem er die Haarnadeln befestigte. Ihr Hut würde das Durcheinander, das er anrichtete, weitgehend verdecken, und sie konnte sich selbst auf ihre Weise für Bauers Besuch vorbereiten.

»Na also. So gut wie neu.«

Sie stand auf und ging zu dem schrägen Spiegel am Rasiertisch, den sie auf ihre kleinere Größe einstellte. »Ich fürchte, Sie werden niemals eine gute Zofe abgeben.« Sie lächelte in den Spiegel und fing seinen Blick auf.

Er grinste zurück. »Dann ist es ja gut, dass ich ein Baron bin, nicht wahr?«

»Was tut so ein Baron eigentlich? Marschiert er in einem Kilt durch die Berge und spielt den ganzen Tag Dudelsack?«

Er hatte die kleine Falte auf ihrer linken Wange noch nicht zuvor bemerkt, die erschien, wenn sie lächelte. Was würde er wohl noch alles entdecken?

»Wohl kaum. Ich würde alle Schafe auf diesen Hügeln verschrecken, und die Schäferhunde würden heulen und mich gewiss beißen. Obgleich die Landschaft zum Wandern absolut einlädt – das werden Sie sehen, wenn Sie nach Raeburn Court kommen.«

Er stand auf und reichte ihr den hässlichen Hut. »Ich muss mich um die Angehörigen, die Liegenschaften und Investitionen kümmern.«

Was er schon viel zu lange vernachlässigt hatte.

Mary stopfte den missratenen Knoten unter seine Krone und ließ den Schleier fallen. »Wir sehen uns später.«

»Warten Sie.« Er hob den Schleier und berührte ihre Wange, dabei suchte er nach dem Grübchen. »Ein Kuss für gutes Gelingen.«

»Alec. Wir sollten das nicht tun. Sie haben heute schon genug getan, um mir Glück zu bringen.« Ihre Augen blickten plötzlich verschämt nach unten. Noch vor ein paar Minuten hatte sie ihm ihren intimsten Teil offengelegt.

»Ich kann niemals genug tun.« Er beugte sich vor und küsste ihre kühle, breite Stirn, dann berührte er flüchtig ihre Nase, um ihre widerwilligen Lippen mit den seinen zu berühren. Sie zitterte, als er ihren Mund bedeckte.

Er wollte arglos sein – eine schnelle Berührung seiner Lippen mit ihren. Aber der Kuss verwandelte sich gleich in etwas Komplexeres, ihre Zungen umspielten sich nahezu verzweifelt. Ihre Arme wanden sich um seinen Hals und zogen ihn zu sich hinab. In Zukunft würde er sie auf einen Schemel stellen müssen.

Konnte sie sich selbst schmecken? Sein Kopf war noch immer erfüllt mit dem zitrusartigen Geschmack ihrer Lust. Sie war so empfänglich gewesen wie eine brennende Kerze. Es gab Dinge, die er tun konnte, Dinge, die er sie lehren konnte, wenn sie zusammen waren, sodass sie ihn nie vergessen würde.

Aber war das ihr gegenüber fair? Sie sollte heiraten und keine Sklavin ihrer Tante in einem kleinen, lausigen Büro sein. Natürlich war die Evensong-Agentur alles andere als lausig – die Räume in der Mount Street waren großräumig und gut eingerichtet, und allen Klienten war klar, dass das Unternehmen florierte.

Aber was dachte er hier an Arbeit und Büroräume? Er hatte eine reizende, warme Frau in seinen Armen, die alle rationalen, problematischen Gedanken aus seinem Kopf vertreiben sollte. Dazu waren Frauen da – zum Ablenken, Lindern, Necken. Aber Mary Arden brachte ihn dazu, seine nichtsnutzige Vergangenheit zu überdenken, und brachte ihn dazu, etwas sein zu wollen, das er nicht war.

Er bewegte sich auf gefährliches Territorium, einen Ort, an dem er schon zuvor gewesen war, mit katastrophalen Ergebnissen. Er hatte schon zuvor daran gedacht, mit Edith ein neues Leben aufzubauen, aber die Ehe hatte ihn nur noch tiefer in die Teufelei getrieben. Nicht dass er etwas getan hätte, was nicht Dutzende von anderen Männern auch taten – er hatte am Bühneneingang reichlich Gesellschaft. Sein Geschmack war nicht ausgefallen, und er machte sich nichts aus minderjährigen Mädchen. Eigentlich waren seine sündigen Erlebnisse letztendlich fade gewesen.

Er lächelte, als er sie küsste, und spürte den Narren in sich. Schon komisch, wie ein absolut unschuldiges Mädchen ihn dazu brachte, sein fehlerhaftes Verhalten zu überdenken.

Alec wollte nicht zu weit in die Zukunft denken. Die heutige Nacht erst einmal hinter sich zu bringen reichte fürs Erste. Der beschämende Bauer würde in gewisser Weise seine eigene Schande ausmerzen. Und dann konnte er sich darauf freuen, Mary Arden in sein Bett zu holen.

Ihre Lippen waren ebenso weich wie der Rest von ihr, und seine Sinne waren von ihrem Duft betäubt. Alec könnte sich daran gewöhnen, sie zu halten, zu küssen, sie zu lehren, auf seine Berührung zu reagieren. Wie konnte sie dieser sinnlichen Erfahrung all die Jahre entrinnen?

Er dankte Gott dafür. Sie war bereit für ihn. Zum Teufel, das war alles ihre Idee gewesen! Aber er hatte keine Erfahrung mit Jungfrauen – er würde vorsichtig sein müssen, noch vorsichtiger, als er es bei Edith gewesen war. Er hatte sie bis zur Abscheu geängstigt, und er könnte es nicht ertragen, wenn das bei Mary auch der Fall wäre.

Zumindest empfand sie jetzt keine Abscheu. Ihre prallen kleinen Finger durchkämmten sein Haar, was ihm Schauer über seinen Rücken schickte. Aber er war vollständig angekleidet. Was würde sie tun, wenn sie sah, wie sich sein bestes Stück aufblähte, um sie aufzuspießen?

Ein Mann seiner Position hatte selbstverständlich maßgeschneiderte Kleider und Schuhe, aber wenn er ein einfacher Kerl wäre, wäre er verdammt, müsste er von der Stange kaufen. Er war einfach zu groß. In jeder Hinsicht. Seine üblichen Flirts waren stets höflich, wenn sie ihm beim Ausziehen zusahen, obwohl sie schnell ihren anfänglichen alarmierenden Blick zu verbergen verstanden – schließlich waren sie Schauspielerinnen.

Er hatte nie eine Frau verletzt, hatte sich dazu erzogen, so viel Vergnügen zu spenden, wie er konnte. Seine *chères amours* bekamen mehr als nur Schmuck und Kinkerlitzchen. Aber Mary Arden war kein Lüstling.

Konnte sie spüren, dass er nervös war? Es war, als wären zwanzig Jahre einfach weggeblasen, und er wäre wieder ein einfältiger Jugendlicher. Sie drückte ihre süße Kontur an ihn, als wollte sie ihm versichern, dass sie an seine Fähigkeiten glaubte. Er selbst war sich da nicht so sicher, obwohl der Kuss äußerst vielversprechend war. Er wusste nicht, ob das Versprechen von ihm oder Mary kam, aber es war ihm auch egal.

Ausnahmsweise fühlte er sich nicht unter Verdacht. In den letzten Monaten hatte er sich mit seinem Reichtum Gesellschaft, wenn nicht gar Frieden gekauft. Sicher hatte er Marys Tante eine exorbitante Summe bezahlt, aber Mary lag jetzt in seinen Armen, weil sie es so wollte.

Alec wollte sie wieder im Bett haben, ohne dieses furchtbare Kleid und mit weit gespreizten Beinen, atemlos, feucht, hungrig. Er würde sein Glied über ihrem hübschen, kupferfarbenen Schamhaar positionieren und sie mit einem sanften, schmerzhaft langsamen Stoß zu seiner machen.

Mary hatte da andere Vorstellungen. Ihre Hände lagen jetzt zwischen ihnen, und sie schob ihn weg, während sich der Kuss in ein frenetisches, dilettantisches Knabbern verwandelte. Er war nicht beleidigt. Er konnte nicht verkennen, was sie brauchte, es gab aber keine Zeit dafür. Also musste das aufhören, der Wind irgendwie aus den Segeln genommen werden. Er musste wieder zu Verstand kommen – Mac könnte jeden Moment hereinplatzen. Morgen würden sie mehr Zeit haben, um die Spannung zwischen ihnen zu erforschen.

Er zog sich zurück und hielt sie auf Armlänge vor sich fest. Ihr Hut saß schon wieder schief, und ihre Wangen und Lippen waren gerötet. Mary hatte einen benommenen Ausdruck, wie ihn Alec so selten bei seinen bezahlten Liebschaften gesehen hatte. Man konnte einen solchen Gesichtsausdruck nicht vortäuschen, und das brachte sein bestes Stück vor unglaublichem Stolz zum Anschwellen. Er richtete ihren Hut und ließ den Schleier herab, damit niemand mehr die Anzeichen ihrer Hingabe sehen konnte.

»Lassen Sie sich von diesem abscheulichen Lüstling ja nicht anrühren, sonst werde ich ihn töten müssen. Sie gehören *mir*.«

Ihr Lachen klang angespannt. »Sie klingen sehr stürmisch, Mylord. Ich schätze, zumindest für eine kleine Weile gehöre ich Ihnen. Ich beginne mich zu fragen, ob ich hier mehr abgebissen habe, als ich zu kauen in der Lage bin.«

Er stellte sich ihre geschwollenen Lippen um sein Glied vor, ohne das Beißen, und verzehrte sich vor Verlangen. Alec musste sie gehen lassen, damit sie sich vorbereiten konnte, und er brauchte jetzt einen harten Drink und ein kaltes Bad.

Er führte sie aus seinem Schlafzimmer in den Salon. »Lassen Sie mich einen Blick auf den Flur werfen. Wenn Sie jemand sieht, denkt man vermutlich, Sie wären Ihre Tante. Hoffentlich hat derjenige dann nicht bemerkt, dass sie heute Nachmittag abreiste.« Alec öffnete die Tür. Der mit Teppichboden ausgelegte Flur war leer. »Niemand zu sehen, meine Liebe. Ich werde heute Abend auf Ihre Sicherheit achten. Haben Sie keine Bedenken.«

»Bedenken zu haben ist eine meiner Spezialitäten, aber ich vertraue Ihnen und Oliver.« Sie winkte ihm kurz zu und lief den Korridor in Richtung Treppe hinunter.

Ohne ihre Anwesenheit wirkten seine Räume viel trister. Alec goss sich einen Drink ein und sah unbeteiligt aus dem Fenster. Zu Hause hatte er fast die gleiche Aussicht, nur aus einem anderen Winkel. Raeburn Court war schon lange vor dem Forsyth Palace Hotel in diese Hügel gebaut worden, aber die Architektur war ähnlich. Beide Anwesen hatten steinerne Türme und merkwürdige Dekorationen aus Metall entlang des Dachs. Es schien, als ob die Londoner Architekten ihre Pläne auf dem Zuhause seiner Ahnen basierten, nur doppelt so groß. Imitation war eine Art von Schmeichelei, aber seine Brüder waren darüber verärgert gewesen, dass unzählige Leute ihr Land durchqueren würden. Er hatte also die Absperrungen an dem Verbindungsweg selbst angebracht.

Raeburn Court war ein etwas wilder Ort, es mangelte an gepflegten Wegen durch den Wald, die Unbefugte anziehen würden. Es war ein echtes Schloss, im Gegensatz zu seiner kopierten Version, aber Alec hätte nichts dagegen, einige der

Rohr- und elektrischen Leitungen einzubauen. All das stand auf seiner Liste in diesem Winter, wo er den generationenalten Familiensitz modernisierte. Die zukünftigen Raeburns würden es ihm danken, auch wenn keiner seiner Brüder bislang Anstalten machte, sich fortzupflanzen. Vielleicht könnte die alte Mrs Evensong ihr Vermittlungsgeschick einsetzen, damit die Nachfolge sichergestellt wäre. Er konnte sich Evans mürrischen Gesichtsausdruck vorstellen, wenn man ihn einem geeigneten Mädchen vorstellte. Nick würde einfach nur lachen und ein neues Zugticket buchen, das ihn an irgendeinen exotischen Ort führte.

Alec rieb sich das Kinn, das schon wieder von Stoppeln übersät war. Der Versuch, Mary Arden derart zu gefallen, war anstrengend, dachte er mit einem reuigen Grinsen. Sollte er auf Mac warten oder einfach selbst den Rasierer über sein Gesicht gleiten lassen?

Zu seiner Schande hatte er den rötlichen Ausschlag auf ihren weißen Oberschenkeln gesehen, den er dort verursacht hatte. Das arme Mädchen hatte jetzt etwas, wodurch sie sich an ihn erinnerte, und das könnte sich als unangenehm erweisen, auch wenn sie ihre Salbe hatte. Er würde es nächste Woche in Raeburn Court besser machen müssen, auch wenn das bedeutete, dass er sich fünf Mal täglich rasieren musste.

20

In der letzten Stunde war Mary mit jedem dumpfen Schlag, Rufen und Klopfen an der Tür nebenan aufgesprungen. Die Kartenrunde war lebendig, und ein Schwall Zigarrenrauch bahnte sich seinen Weg unter der Verbindungstür zwischen ihrem und Olivers Zimmer hindurch. Sie teilten sich auch ein Badezimmer, und Mary fühlte jedes Mal die Röte in sich aufsteigen, wenn sich einer von Olivers Gästen dort erleichterte.

Offensichtlich konnten Männer ihre Unterhaltung weiterführen, während sie pinkelten, was aus Marys Sicht sehr skandalös erschien. Sie war eine solche Nähe zu Männern und deren derbes Verhalten einfach nicht gewöhnt. Als sie noch bei ihrem Bruder Albert und seiner Familie gelebt hatte, wohnte sie oben unter dem Dach bei den Bediensteten, nachdem sie aus ihrem eigenen Mädchenzimmer verbannt worden war, als die Zwillinge kamen. Eigentlich wohnte sie noch immer über dem Laden, sozusagen, aber die Männer, gleich welchen Alters, hatten zur oberen Etage in der Mount Street keinen Zutritt. Hamblen lebte dort, ebenso wie Mrs Norris, ihre Haushälterin und Köchin. Mrs Norris hatte ihre Laufbahn als Norine de la Rue begonnen, und sie hatte auf der Straße gelebt, bis Tante Mim sie aufnahm. Tante Mim war eine anspruchsvolle, aber auch faire Arbeitgeberin, und Norine hatte sich als eine bessere Köchin denn Kurtisane erwiesen, und so war Marys häusliches Leben in den letzten vier Jahren recht komfortabel gewesen.

Würde es so komfortabel bleiben, jetzt, da Tante Mim wieder das Zepter schwingen wollte? Das würde sich mit der Zeit zeigen.

Sie schaute zum hundertsten Mal auf ihre Uhr und lauschte Alecs andauerndem Lachen hinter der Tür nebenan. Zumindest einer von ihnen hatte seinen Spaß. Sie war noch nie so unruhig gewesen.

Ihr Haar hing herab, im Genick mit einem blassrosa Band zusammengefasst, das farblich zu dem Kleid passte, für das sie sich entschieden hatte. Rosa war eine fragile Farbe, mädchenhaft. Mit ihrem roten Haar hatte Mary in ihrem Leben nicht viel Pink getragen, da dies gegen ein ungeschriebenes weibliches Gesetz verstieß. Sie fand jedoch, dass es ihr ganz gut stand und entschied, ein paar weitere Secondhand-Läden auf der Suche nach neuen Kleidern zu durchstöbern, sobald sie wieder in der Stadt war. Sie konnte zwar kein Pink im Büro tragen, wenn sie ernst genommen werden wollte – braun, grau oder marineblau wären hier die Wahl –, aber vielleicht würde sie ja doch die Zeit finden, eine Art gesellschaftliches Leben für sich aufzubauen. Und das würde sie in rosafarbenen Kleidern tun.

Es war kurz nach zehn Uhr. Bildete sie sich das nur ein, oder war es in Olivers Zimmer etwas ruhiger geworden? Sie goss sich ein Glas aus der Karaffe mit Quellwasser ein, das in ihr Zimmer gebracht worden war, und nippte nervös daran. Sie hatte nicht danach verlangt, aber das Forsyth Palace Hotel hatte alle Annehmlichkeiten zu bieten, inklusive eines Bettenservices. Ha. Als ob sie nicht in der Lage wäre, die weiße Tagesdecke zusammenzufalten und ihre Kissen selbst aufzuschütteln. Auf dem Tablett, das die Zofe gebracht hatte, stand auch ein Kristallgefäß mit Bonbons, aber Mary war zu aufgedreht gewesen, um davon zu essen. Bei ihrem Glück würde sie sich noch Schokolade auf ihr Kleid schmieren, und es würde ihr an den Zähnen kleben bleiben.

Mary schritt auf und ab, trank noch etwas Wasser und wünschte sich, es wäre Raeburn's Special Reserve. Wo blieb Bauer? Hatte er etwa einen medizinischen Notfall, der ihn davon abhielt, ihre Verabredung einzuhalten? Es hing so viel von seinem pünktlichen Erscheinen ab.

Mary wusste, dass Kartenspiele oft die ganze Nacht dauerten, aber sie konnte nicht mehr – sie war plötzlich erschöpft von den überraschenden Ereignissen des Tages und wollte eigentlich nur noch unter die zurückgeschlagene Tagesdecke kriechen und schlafen.

Sie gähnte, wobei sich ihr Mund derart weit öffnete, dass ihr Kiefer knackte. Meine Güte. Wenn Bauer nicht bald kam, würde sie am Ende noch sein Klopfen überhören. Sie setzte sich auf einen der Sessel und schloss die Augen. Nur für einen Moment.

Sie hörte ihn nicht, als er eintrat, und fühlte auch nicht seine Finger, wie er flink die Vorderseite ihres Kleids aufknöpfte. Vom Klicken seiner Brownie-Kamera wachte sie schließlich auf.

Mit benebeltem Kopf raffte sie ihr klaffendes Mieder zusammen. »D-Dr. Bauer! Wie lange sind Sie schon hier?«

Marys Zimmer erstrahlte im Lichterglanz. Sie hatte vorher für eine »romantische« Atmosphäre sorgen wollen, aber jede elektrische Lampe war angeschaltet. Sie blinzelte und versuchte, sich wach zu schütteln, aber ihre Arme und Beine fühlten sich bleiern an.

»Noch nicht so lange, meine Liebe. Ich habe geklopft, aber Sie haben nicht geantwortet. Ich dachte mir, kein Wunder bei all dem Lärm im anderen Zimmer. Aber dann habe ich Sie schlafend wie eine Märchenprinzessin auf Ihrem Thron vorgefunden. So schön.« Seine Finger streichelten ihre Wange, und Mary versank noch tiefer in ihrem Sessel.

»W-wie sind Sie hereingekommen?« Sie war sich ziemlich sicher, dass ihre Tür verschlossen gewesen war.

Er gluckste. »Mit einem Generalschlüssel, meine Liebe. So praktisch, nicht wahr? Ich hatte mich gefragt, ob Sie vielleicht im Bett auf mich warten. Ich gestehe, dass ich es etwas bedauere, dass Sie noch immer angekleidet sind.«

Und hatte entschieden, ihr aus ihrem Kleid zu helfen, während sie schlief, um sie dann in ihrer Unterwäsche zu fotografieren. Dr. Bauer war noch gruseliger, als sie es sich vorgestellt hatte.

Aber er musste schließlich einen Nachweis führen, den er gegen seine Eroberungen einsetzen konnte – Bilder und Briefe, um Geld zu fordern. Mary blickte nach unten, um zu sehen, ob ihr Korsett noch fest verhakt war. Das war es zum Glück.

»Ich – ich dachte, wir w-würden erst etwas plaudern«, sagte sie und stotterte, ohne dass sie es vortäuschen musste.

Er zog sie mit beängstigender Kraft aus dem Sessel hoch. »Wir werden viel zu beschäftigt sein, um zu reden, Fräulein Arden. Ich werde Sie in himmlische Gefilde mitnehmen, während Ihr alberner Bruder seine Spielchen spielt.«

Mary wand sich aus seiner Umarmung. »Ich bin schrecklich durstig. Wollen Sie etwas Wasser?«

Bauer schaute sie merkwürdig an. »Nein danke, meine Liebe. Aber Wasser ist gut für den Körper. Gänsewein wird das wohl genannt. Trinken Sie – trinken Sie alles aus.« Er kippte die Karaffe und goss mehr Wasser in ihren Kelch.

Sie nahm einen Riesenschluck und erinnerte sich an letzte Nacht und seine kleine Flasche mit klarer Flüssigkeit. Hatte er dafür gesorgt, dass ihr Wasser mit einem Schlafmittel versetzt wurde? Am Ende war auch noch die Schokolade vergiftet. Er erwartete, dass sie dann zu schwach war, um ihn abzuwehren. Sie ließ das Glas fallen, und es rollte harmlos über den dicken Teppich davon.

»Oje. Ich bin so ungeschickt. Und ich habe irgendwie kein Gefühl.« Ihr war wirklich schwindelig und warm. Mary musste etwas tun, aber wann? Sie fühlte sich, als stecke sie in Molasse fest, unfähig, einen Plan zu schmieden.

»Ha! So ist es perfekt, dass ich als Arzt hier bin. Lassen Sie mich Ihnen aus diesen einengenden Kleidern helfen. Ihr Frauen und eure Korsetts. Wenn Sie nicht aufpassen, werden Sie durch diese enge Schnürung noch Ihre Organe ruinieren.«

Mary konnte nicht die Energie aufbringen, ihn zu stoppen. Er wirbelte sie herum, und sie hörte, wie ihre Korsettbänder durchgeschnitten wurden. Wahrscheinlich Chirurgenscheren, nahm sie an. Der Druck auf ihre Taille und den Bauch ließ nach, aber sie hielt die Vorderseite des Korsetts noch immer mit einer zitternden Hand fest. So war das nicht vorgesehen.

Er kippte sie jetzt rückwärts auf das Bett und überdeckte ihren entblößten Hals mit nassen Küssen. Mary schauderte und schloss ihre Augen in der Hoffnung, der Raum würde sich dann nicht mehr drehen. Seine Hände waren überall. Sie hörte, wie das Korsett zu Boden fiel, fühlte, wie ihre Unterwäsche hinunterrutschte, und hörte Bauers zufriedenes Grunzen. Ihre Nippel härteten sich in der kühlen Abendluft und dann in Bauers Mund. Sie schlug wirkungslos auf seinen Rücken ein, war aber nicht in der Lage, ihn fortzustoßen.

Er kicherte über ihr, während seine langen Finger ihre Brust liebkosten. »Wir sollten jetzt eine Fotografie machen, ja? Vorher und nachher. Vorher sind Sie ein wenig besorgt. Ein törichtes Mädchen. Danach habe ich aus Ihnen eine Frau gemacht, und Sie werden ein breites Lächeln auf Ihrem Gesicht haben. Keine Nervosität mehr.«

Er arrangierte ihren Körper auf den Kissen. Mary war so hilflos wie eine Stoffpuppe, unfähig, ihn davon abzuhalten, Stoff und Bänder wegzuzerren. Mit verschwommenem Blick beobachtete sie, wie er seine Kamera nahm und seine sechs Bilder schoss, dann lud er den Film nach.

»Jetzt kümmern wir uns um den Liebesakt. Aber vielleicht sollte ich etwas über Ihren Mund legen. Wir wollen doch nicht, dass Ihr Bruder etwas von unserem Spaß mitbekommt.« Er schaute sich im Raum nach einem passenden Knebel um, und Mary quälte sich aus ihrer Lethargie.

»Alec! Oliver! Hilfe! Helft mir!«

Ihre Worte klangen sogar in ihren eigenen Ohren matt, aber sie mussten ihr Ziel erreicht haben. Oliver stürmte durch die Verbindungstür, dicht gefolgt von seinen Gästen.

»Grundgütiger! Was soll das bedeuten, Bauer? Was haben Sie meiner Schwester angetan?«

Der Doktor stand wie festgefroren da, seine Halsbinde glitt von seinen Fingern.

Alec schob sich an Oliver vorbei und bedeckte Mary mit seinem Mantel. »Sie kopulieren mit Ihren Patientinnen, Bauer? Verstößt das nicht gegen irgendeinen Eid?«

»Sie – sie hat mich hierher eingeladen. Es hat nichts zu bedeuten.«

»Nichts?«, sprudelte Oliver hervor. »Die Jungfräulichkeit meiner Schwester bedeutet ihnen also nichts? Sie Schwein!« Oliver stürzte auf Bauer zu und packte ihn am Kragen.

»Geht es Ihnen gut, Miss Arden?«, fragte Alec, dessen Gesicht weiß vor Zorn war.

»D-Drogen. Er hat etwas in das Wasser getan, damit er … wissen Sie.« Ihre Augen füllten sich mit Tränen. Eine Minute oder zwei später wäre es zu spät für sie gewesen. Für sie beide.

»Ich werde mir das niemals vergeben«, sagte Alec und beförderte Bauer mit einem zermalmenden Schlag zu Boden, als Oliver ihn fallen ließ.

»So.« Der ältere Richter – Mary konnte sich nicht an seinen Namen erinnern – legte eine Hand auf Alecs Schulter. »Geben Sie sich nicht mit diesem ausländischen Stück Müll ab. Wir werden das dem Manager melden.«

»Er ist Teilhaber an dem Hotel«, sagte einer der anderen Herren. »Ich wette, so macht er das schon seit der Eröffnung dieses Hauses.«

Mary nickte. »Er er-erzählte mir, er würde meine Nervosität so heilen, wie er es schon bei den anderen getan hatte.« Ihre Lippen fühlten sich taub an. Sie musste kämpfen, um die Wörter hervorzupressen.

Ein anderer Fremder beugte sich über sie. »Er hat doch nicht –«

»N-nein. Vielen Dank, dass Sie gekommen sind, um mich zu retten.« Der Damm war gebrochen, und Mary schluchzte jetzt wirklich.

Einer der Männer griff nach der Karaffe mit Wasser.

»Nein! Er hat etwas hineingetan. Ich kann mich kaum bewegen.«

Das war genug für Alec. Er schlug auf Bauer ein, obwohl der noch immer auf dem Boden kauerte. Stehen Sie auf, Sie Lump. Und raus mit Ihnen.«

»Sie! Sie haben all das inszeniert.« Bauer funkelte Alec an und wischte sich das Blut vom Mund.

»Wovon zum Teufel reden Sie da?«, unterbrach ihn Oliver. »Verlassen Sie das Zimmer meiner Schwester, bevor ich die Polizei rufe.«

»Sie sollten das Anwesen lieber verlassen, bevor die Neuigkeiten über Ihre Vorlieben die Runde machen. Niemand wird mehr hierherkommen, um sich Ihrer Art von ›Kur‹ zu unterziehen«, sagte einer der Männer. »Ich habe die Macht, das Hotel zu schließen. Ein Wort in meiner Zeitung darüber, was ich hier gesehen habe, und es ist am Ende.«

Der Zeitungsmann. Alecs Schulfreund. Mary fühlte einen stechenden Schmerz an ihrer Schläfe. Sie wünschte, sie würden alle weggehen. »Die Bilder«, sagte sie angeschlagen.

Oliver hob die Kamera auf. »Sie haben von Mary Fotos in diesem Zustand gemacht?«

Mary dachte zuerst, er würde die Kamera gegen Bauers Kopf schleudern, aber stattdessen warf er sie aus dem Fenster, wo sie am Boden zerschellte.

»Wir werden nach unten gehen und mit Prescott reden. Er wird einen anderen Arzt finden, wenn er hier noch weiter beschäftigt sein will. Machen Sie sich keine Sorgen, Arden. Unsere Lippen sind versiegelt. Ihre Schwester ist hier das Opfer. Niemand würde glauben, dass sie Bauer hierhergelockt haben könnte – sie ist nicht der Typ dafür.«

Mary war zu erschöpft, um beleidigt zu sein. Sie erschien ihnen also halb ausgezogen, in Alecs Jackett gehüllt und mit zerwühltem Haar nicht attraktiv genug? Fein. Sie wollte auch nie mehr wieder begrabscht oder begeifert werden.

»Ich gehe nach unten und sorge dafür, dass Bauer seine Sachen packt«, sagte Alec. »Oliver, kümmern Sie sich um Mada– Miss Arden. Bestellen Sie ihr etwas Tee und gießen sie einen Schluck Raeburn's Special Reserve hinein, das wir ihr guttun.«

»Wenn ich es nicht besser wüsste, Raeburn, würde ich das alles für einen geplanten Schwindel halten, damit ich meine Verluste nicht mehr zurückgewinnen kann«, sagte ein Kerl mit Schnauzbart. »Was für ein Abend, was für ein Abend. Lassen Sie uns also mit Prescott reden, Gentlemen, und geben wir Miss Arden die Privatsphäre, die sie jetzt benötigt.«

Alec zerrte Bauer vom Boden hoch und schob ihn zur Tür hinaus, gefolgt von den anderen Männern. Oliver ließ eine Hand durch seine blonden Locken gleiten und blickte auf sie hinab. »Bei Gott, das war knapp. Es tut mir so leid, Mary. Ich bin den ganzen Abend ständig zur Tür gewandert. Bin sogar ein halbes Dutzend Mal ins Bad gegangen. Ich habe dich kaum gehört, als du schließlich gerufen hast.«

»Setz dich. Ich sehe dich doppelt.« Als sie und Alec »geübt« hatten, hatte sie nie erwartet, dass Drogen ins Spiel kommen könnten. Was für ein Glück, dass sie nur ein paar Schlucke Wasser getrunken hatte. »Wir sollten das Wasser prüfen lassen, um zu sehen, was er verwendet hat. Ich frage mich, ob er alle unter Drogen gesetzt hatte, um seinen Willen durchzusetzen.«

»Das werden wir wohl nie erfahren. Kein Wunder, dass er die Mädchen so einfach erpressen konnte. Er hatte Fotografien als Beweise. Welch ein Bastard.«

»D-Danke, Oliver.« Sie langte nach seiner Hand.

»Ich habe nicht viel getan. Raeburn hat jedoch Prügel ausgeteilt.«

Mary zog den Mantel hoch. Er roch nach Zigarren und Blenheim Bouquet und Alec. »Ich hoffe, dass wir den Zeugen nicht merkwürdig erscheinen.«

»Es war alles so durcheinander, als wir hereinkamen, ich bezweifle, dass sie dem viel Aufmerksamkeit schenkten. Alle Augen waren auf Sie gerichtet – Raeburns Jackett bedeckt nicht wirklich alles.«

Mary bemerkte, dass ihre nackten Beine noch immer auf dem Bett ausgespreizt lagen. »Würdest du mir bitte eine Decke holen, Oliver? Ich kann mich wirklich nicht bewegen.«

»Was habe ich mir nur dabei gedacht?«, schrie er. Er stob in sein Zimmer und kam mit seiner eigenen weißen Bettdecke zurück, die er sanft um ihren zitternden Körper steckte. »Möchtest du, dass ich dir Tee bestelle?«

»Nein. Hol mir bitte einfach nur ein Glas Schnaps. Falls noch etwas übrig ist.«

»Ich habe wohl mehr getrunken, als ich hätte sollen, ich war so nervös. Ich bin gleich zurück.«

Mary schloss die Augen. So viel zu gut vorbereiteten Plänen. Aber zumindest war Bauer weg und konnte hier keine weiteren jungen Frauen mehr belästigen.

Und was, wenn er eine andere Stellung bekam und es wieder versuchte? Marys Kopf schmerzte zu sehr, um darüber nachzudenken. Vielleicht konnten Olivers Gäste die Wahrheit irgendwie verbreiten und damit Bauer davon abhalten, sein abstoßendes Verhalten zu wiederholen.

Mary fühlte sich schmutzig. Seine Hände und sein Mund waren auf ihr gewesen, hatten eine unsichtbare Schleimspur hinterlassen. Jetzt wollte sie nur noch ihren Drink und ein heißes Bad und dann mehrere Nächte lang schlafen. Sie trank den Schnaps, den Oliver ihr reichte, und bat ihn, ihr ein Bad einzulassen. Sie konnte den Zofen im Hotel nicht mehr vertrauen, denn soweit sie wusste, standen sie in Bauers Knechtschaft. Das Mädchen, das ihr an diesem Abend das Tablett gebracht hatte, hatte ein solch unschuldiges, sommersprossiges Gesicht gehabt.

Das Aussehen konnte täuschen. Sie wusste das aus erster Hand, nachdem sie sich jahrelang als ihre Tante verkleidet hatte.

Oliver trat aus dem Badezimmer. »Fertig, wenn du es bist, Mary. Ich werde dafür sorgen, dass dich niemand stört.«

»Wir werden gleich morgen früh abreisen«, sagte Mary und setzte sich im Bett auf, während sie die Stoffteile, die sie bedeckten, zusammenhielt.

»Das ist eine gute Idee. Wir fahren direkt nach Raeburn Court, oder?«

Mary dachte nach. Wollte sie wirklich dorthin? War es nicht sicherer, direkt mit einem Expresszug zurück nach London zu fahren und dieses ganze ekelhafte Abenteuer hinter sich zu lassen?

Sie war beinahe ihres Allerheiligsten beraubt worden. Sie hatte einmal gedacht, diesen Teil Alec Raeburn anzubieten, aber wollte sie das wirklich? Was, wenn sie seine Berührung als ebenso abstoßend empfand wie die von Bauer? »Ich weiß es nicht, Oliver. Ich muss darüber schlafen.«

Falls sie überhaupt schlafen konnte.

21

Alec hatte mit Oliver diskutiert – ganz leise, um Mary nicht aufzuregen –, aber der Junge war hartnäckig. Auf keinen Fall würde er es Alec erlauben, Mary heute Nacht noch zu sehen, und das war seine endgültige Entscheidung. Die Tür war ihm aufgrund der fortgeschrittenen Stunde zwar nicht vor der Nase zugeschlagen worden, aber es kam dem gleich.

Alec hatte einige Zeit gebraucht, Bauer zum Packen zu bringen und auf den Weg zu schicken, wohin auch immer das sein mochte. Alec kümmerte es nicht, wo der Arzt am Ende landen würde, solange ihn der Hotelfahrer, den er aufgeweckt hatte, nur weit genug von Mary Arden wegbrachte. Es war jetzt nach ein Uhr, und Alecs zerschrammte Knöchel schmerzten. Bauer hatte nicht ohne eine Rauferei das Feld geräumt.

Aber er war ohne seinen Generalschlüssel gegangen. Alec hatte alle Fotografien und Briefe konfisziert, die der Mann in seiner Sockenschublade versteckt hatte, und leerte auch seine Taschen aus, nur um sicherzugehen, dass er nichts Verfängliches übersehen hatte. Der Schlüssel hatte einen Schimmer in Bauers Augen ausgelöst, was für die Sicherheit zukünftiger Gäste nichts Gutes prophezeite. Alec war entschlossen, Bauer rechtmäßig aus dem Konsortium befördern zu lassen. In der Zwischenzeit würde er darauf achten, dass der Doktor sich nicht mehr in irgendjemandes Zimmer schleichen konnte.

Der kalte Schlüssel brannte sich in Alecs Handfläche. Durfte er es wagen und Mary stören und sich damit Olivers Zorn zuziehen? Er hatte das nahezu virulente Bedürfnis zu sehen, dass es ihr gut ging und sie sicher war.

Und er hatte das Bedürfnis, sich zu entschuldigen. Er hatte sie einem Monster zum Opfer gemacht. Kein Gehaltsscheck konnte das aufwiegen, was sie heute Nacht durchgemacht hatte, und Alec schwor, dass er es irgendwie wiedergutmachen würde. Gott sei Dank war ihre Tante abgereist, sonst hätte sie ihn zur Schnecke gemacht.

Edith hatte nichts von den Drogen in ihr Tagebuch geschrieben. Vielleicht musste das Bauer nicht bei jedem Opfer machen – einige waren sicher leichter zu erobern als andere. Aber Alec hätte sich denken können, wozu Bauer in der Lage war.

Alec lehnte sich an die Wand im Korridor. Er sollte ins Bett gehen und versuchen, die Vergangenheit für nur eine Nacht ruhen zu lassen. Vielleicht würde ihn Edith auch nicht panisch in seinen Träumen aufsuchen, und falls sie es tat, würde er dieses Mal zuhören. Rache war ein schwacher Trost, wenn er bei einer anderen Frau unter seiner Obhut versagte. Mary Arden war knapp entkommen, und es war sein Fehler gewesen, Josef Bauer zu unterschätzen.

Er musste sie einfach sehen, auch wenn er vielleicht nur ihren Schlaf überwachen konnte. Alec steckte den Generalschlüssel ins Schloss und drehte den Knauf. Eine Messinglampe brannte noch neben ihrem Bett, was ihm die Sache erleichterte. Sie sah schrecklich klein aus in ihrem Bett, ihr Gesicht so weiß wie die Bettdecke. Zwischen ihren Brauen lag eine Falte, als wäre ihr Traum ein Puzzle, das sie zu lösen suchte, und ihr Zopf sah dunkler aus.

Alec streckte die Hand vor, um das Ende zu berühren, das sich auf dem Kopfkissen lockte – es war feucht. Sie musste ein Bad genommen haben, nachdem er gegangen war, um den Makel von Josef Bauer von ihrer Hand zu waschen … sogar von ihrem Haar. Sein Herz verkrampfte sich vor Mitleid.

Alec fragte sich, ob sie immer bei angeschaltetem Licht schlief oder ob sie die Ereignisse des Abends derart verängstigt hatten, dass sie die Schatten als bedrohlich empfand. Eine weitere Last, die ihm ins Fleisch schnitt.

Nun, er hatte sie gesehen und würde sich damit zufriedengeben müssen. Er ging einen Schritt zurück und stolperte über etwas Weiches. Ein Kissen. Aber so harmlos das Kissen auch war, entlockte es ihm doch einen kurzen Fluch. Obwohl er flüsterte, wachte Mary davon auf und setzte sich mit weiten Augen im Bett auf.

Verdammt! Hier kam er so schnell nicht mehr raus, und ihrem Gesichtsausdruck nach zu urteilen, würde er sich eine wohlverdiente Abfuhr einholen. »Das bin nur ich, Mary. Schlafen Sie ruhig weiter. Ich gehe schon wieder!«

Sie blinzelte. »W-was machen Sie hier?«

Zumindest flüsterte sie. Oliver wäre wie der Blitz im Raum gewesen, sollte die Verbindungstür noch immer unversperrt sein. Alec wollte den Jungen nicht verletzen, sollte er sich verteidigen müssen. Mary könnte auch aufstehen und ihm eine Ohrfeige geben.

»Ich wollte nur sehen, ob bei Ihnen alles in Ordnung ist. Und?«

»Das war es. Gehen Sie wieder.« Die Falte auf ihrer Stirn vertiefte sich.

»Das kann ich nicht. Nicht bevor ich gesagt habe, was ich sagen wollte. Es tut mir so leid für das, was heute Nacht passiert ist. Sie derart in Gefahr zu bringen – ich denke, ich werde mir das niemals vergeben können.« Konnte sie sein aufrichtiges Schamgefühl hören?

»Ist er weg?«

Auch ohne zu fragen, wusste er, von wem sie sprach. »Aye. Ich habe ihn selbst in den Wagen gesetzt.«

Sie starrte auf seine Hand. Der silberne Schlüssel glühte im Lampenlicht. »Und haben seinen Schlüssel gestohlen.«

»Um Sie und alle anderen zu schützen.« Alec legte ihn auf ihr Nachttischchen. »Ich habe ihn nur benutzt, weil Oliver mich nicht zu Ihnen lassen wollte. Er sagte mir, sie hätten sich bereits bettfertig gemacht, aber ich musste einfach selbst nach Ihnen sehen.«

»Ich habe eine Ewigkeit gebraucht, um einzuschlafen«, sagte Mary mürrisch.

»Ich werde bei Ihnen sitzen, bis Sie wieder eingeschlafen sind.« Er könnte sie in den Arm nehmen und Nachtwache halten. Versuchen, seine Hände still zu halten.

Mary hob eine ingwerfarbene Augenbraue. »Ja genau, das wäre sicher sehr entspannend. Ein riesiger, massiger Mann wie Sie am Fußende meines Bettes, der jeden meiner Atemzüge und jede meiner Bewegungen beobachtet.«

Er konnte ihr wegen ihrer Beschreibung nicht einmal böse sein. Schließlich war er ja ein klobiger Trampel. »Ich schwöre, ich werde kein Wort sagen.«

»Das werden Sie auch nicht müssen. Ich werde *spüren*, dass Sie da sind.« Sie schob sich eine nasse Haarsträhne hinter ihr Ohr. »Ich schätze, wir sollten ohnehin reden. Über Montag.«

Alecs Herz machte einen Ruck. Er hatte sich alles in seinem Kopf schon zurechtgelegt – sie würde nicht bereit sein, sich bis Montag auf eine Affäre mit ihm oder irgendjemanden einzulassen … oder überhaupt jemals wieder. »Wir müssen gar nichts machen. Ich verspreche Ihnen, Sie nicht einmal zu berühren, es sei denn, Sie bitten darum, und das erwarte ich auch nicht von Ihnen. Nach Ihrer Nervenprobe hier kann ich mir vorstellen, dass Sie nicht mehr viel Vertrauen zum männlichen Geschlecht haben.«

Ihr Mund formte ein perfektes O. »Woher wussten Sie, was ich denke?«

»Ich bin kein vollständiger Idiot. Würde ich in Ihren Schuhen stecken, würde ich mir alle möglichen zerbrechlichen Dinge an den Kopf werfen, weil ich Sie in diese Situation gebracht habe. Aber Sie verdienen nach all dem einen Urlaub. Wir sind vielleicht personaltechnisch nicht so gut ausgestattet, aber ich werde mich persönlich um Ihren Komfort kümmern.«

»Sie wollen doch Zofe einer Dame werden.« Sie lächelte beinahe.

»Nicht nur irgendeiner Dame, Mary. Ich will für Sie da sein.« Und das meinte er wirklich ernst. Ihre derzeitige Zerbrechlichkeit appellierte an seine Ehre, obwohl er genau wusste, dass ihre Kühnheit derzeit nur ruhte.

Sie schlängelte sich zu einer sitzenden Position empor. Sie trug ein sehr prüdes und anständiges weißes Nachtgewand, das bis zu ihrem Kinn zugeknöpft war. Alec dachte, es sei das verführerischste Ding überhaupt, und verfluchte sich selbst dafür. Wenn er wollte, dass sie ihm vertraute, würde er seine Urbedürfnisse unter Kontrolle bekommen müssen. Man hatte sie schließlich fast vergewaltigt. Natürlich wollte sie nicht nach Raeburn Court gehen und bei ihrer verrückten Idee bleiben. Er setzte sich behutsam auf ihre Bettkante und versuchte, nicht so riesig zu erscheinen.

»Alles wird gut, Mary. Ein paar Tage in der Bergluft, gutes Essen – «

»Ich dachte, Ihre Haushälterin sei weg.«

Verdammt! Sie würde sich tatsächlich um ihr Essen selbst kümmern müssen. Vielleicht könnte er einen der Köche aus dem Hotel eine Woche lang ausborgen.

»Das werden wir schon sehen. Es gibt da ein Mädchen. Katie. Und mein Diener Mackenzie ist in der Küche recht geschickt, ein regelrechter Tausendsassa. Das Einzige, was er nicht gern macht, ist fahren.«

»Sie haben ein Automobil?« In ihrer Stimme erkannte er echtes Interesse.

»Aber sicher. Eigentlich sogar zwei. Eines habe ich in der Stadt, das andere hier oben. Mein zweisitziger Pegasus steht momentan in der Hotelgarage. Ich dachte, wir würden morgen darin nach Raeburn Court fahren. Wir können dann eine Droschke für Oliver und Mac zurückschicken. In meinem Stall sind noch alle Bediensteten vorhanden.« Er hatte eine Gruppe junger Stallknechte, die mehr fraßen als seine Pferde.

Ihre Miene verfinsterte sich. Wie gern würde er den düsteren Blick mit seinem Daumen fortwischen. »Ich weiß nicht, ob das klug wäre. Es könnte wie eine geheime Absprache aussehen.«

»Was könnte denn natürlicher sein, als dass ich der Familie Arden eine Ruhepause von ihrem ruinierten Aufenthalt im Forsyth Palace Hotel anbiete? Es wäre das Mindeste, was ich als gastfreundlicher Highlander tun kann. Sie werden doch wohl nicht hierbleiben wollen?«

»Nun, natürlich nicht.« Sie lehnte sich zurück in die Kissen. »Eigentlich hatte ich daran gedacht, wieder zu meiner Arbeit zurückzukehren, das heißt nach London.«

Das war eine unerträgliche Idee. Alec nahm ihre Hand fest in die seine. »Davon will ich nichts hören, Mary. Sie müssen sich ausruhen.«

»Ich kann mich dunkel daran erinnern, dass ich genau das getan habe, bevor Sie hier hereinstürmten.« Ihre Stimme klang aber nicht bissig, und sie machte auch keine Anstalten, ihre Hand wegzuziehen.

Er sah auf sie hinab, prall, weiß und unberingt. Es war eine tüchtige kleine Hand, die sicher in seiner Handfläche lag. Sie zu halten verschaffte auch ihm ein sicheres Gefühl. »Ich wollte Sie nicht erschrecken.«

»Das haben Sie eigentlich auch nicht. Sie machen mir überhaupt keine Angst.«

»Sie sind eine tapfere Frau, Miss Arden. Ich – ich bewundere Sie.«

»Vielen Dank, Lord Raeburn. Dieses Empfinden besteht beiderseitig. Sie haben ein teuflisches Raubtier gestoppt, und das Hotelmanagement sollte Ihnen dafür dankbar sein.«

Er würde seine Briefe an die Mitglieder des Konsortiums am Montag abschicken. Die Gerüchte würden ihren Lauf nehmen, und das Vertrauen, das Bauer von der Gesellschaft genoss, würde in Scherben liegen. Die Drohung der Bekanntmachung in Rycrofts Zeitung und die möglichen rechtlichen Konsequenzen, die Richter Whitley und sein Anwaltsfreund erwähnt hatten, sollten ausreichen, um Bauer aus dem Geschäft zu ziehen. Und Ediths Geheimnis würde noch sicher sein.

»Ich verstehe, weshalb Sie das alles hinter sich lassen wollen, wünschte aber, Sie würden sich dazu entscheiden, eine kleine Weile bei mir zu bleiben.«

Alec konnte praktisch sehen, wie sie nachdachte, all die kleinen Rädchen, die sich hinter ihrer Stirn drehten. Er drückte ihre Hand.

»Es tut mir leid. Ich bin ein Quälgeist, nicht wahr? Ich habe kein Recht, Sie nach all dem, was Sie durchgemacht haben, zu bedrängen. Vergessen Sie, was ich gesagt habe. Vergessen Sie, dass ich überhaupt hier war.« Er wollte aufstehen, aber sie ließ ihn nicht los.

»Schh. Gehen Sie nicht in einem Anflug von Edelmut davon. Haben Sie das wirklich so gemeint, dass Sie bei mir bleiben würden, bis ich wieder eingeschlafen bin?«

»Aye.«

Sie rutschte zur Seite. Das Bett war schmal, was man von ihm nicht behaupten konnte.

»Wenn ich meinen Kopf an Ihre Schulter lehnen könnte ...«

»Meine Schulter würde sich geehrt fühlen.« Zwischen ihnen arrangierten sie die Kissen und Decken.

»Sie sollten Ihre Krawatte ablegen.«

Das sollte er. Irgendwie war sie voller Blutflecken. Sein Jackett und seine Schuhe folgten, aber er schätzte, das war alles, was ihm erlaubt war. Er faltete sich irgendwie ins Bett, weder saß er richtig, noch lag er. Mary kuschelte sich in seine Armbeuge und seufzte.

Und das war alles. Es gab kein Geplänkel, kein Plaudern oder Küssen und sicher auch sonst nichts von wärmerer Natur. Alec hatte noch nie die Nacht mit einer Frau auf solch keusche, beinahe geschwisterliche Weise verbracht und kicherte in sich hinein. Gebe Gott, dass sie seine Erektion oder den unsteten Schlag seines Herzens nicht spüren konnte.

Er lauschte ihrem gleichmäßigen Atem, auf den er nicht lange warten musste. Wie Alec sie beneidete, dass sie einfach so nach der Nacht, die sie hinter sich hatten, wieder einschlafen konnte. Er langte mit seinem freien Arm zur Seite, um die Nachttischlampe zu löschen, und hüllte damit den Raum in ein düsteres Grau. In nur wenigen Stunden würde die Sonne über die Berge klettern und den neuen Tag einläuten. Alec freute sich darauf, Mary über die kurvige Straße nach Raeburn Court zu fahren. Er war stolz auf sein Zuhause, von den Pförtnerhäusern in Miniaturschlossform an den Zufahrten bis zu den weitläufigen Schieferdächern, auf denen er als Junge sehr zum Missfallen seines Kindermädchens gespielt hatte. Er, Evan und Nick waren wilde Kerle gewesen, und daran hatte sich bis heute nicht viel geändert.

Nun, zumindest versuchte Alec, weniger wild zu sein. Er hatte eine junge Frau in seinen Armen und hatte noch nicht einen Knopf gelöst oder ihr einen Kuss entlockt. Mary vertraute ihm, dass er auf sie aufpasste, und er würde alles tun, um dieses Vertrauen zu verdienen.

Er schloss die Augen und konzentrierte sich auf die Dunkelheit, die ihn umgab. Er roch Blenheim Bouquet und Waschseife. Hörte sanfte kleine Schnarchgeräusche. Fühlte, wie Mary neben ihm erzitterte. Er hielt sie fester und legte sein Kinn an ihren Kopf, zählte Schafe und Wolken und Grashalme. Doch nichts konnte seinen Geist zur Ruhe bringen, und sein Körper verzehrte sich nach dem, was er noch nicht haben konnte. Vielleicht auch nie haben würde, und das war gänzlich seine Schuld. Frauen waren sensible Kreaturen – man denke nur daran, wie sie sich benahmen, wenn sie eine harmlose Maus zu Gesicht bekamen. Sprangen auf Stühle und kreischten. Mary war Bauers hilfloses Opfer gewesen, unfähig zu springen und zu schreien. Vielleicht würde sie ihre Ängste nie überwinden.

Edith kam nie über ihre Angst vor Alec hinweg, auch wenn er sich noch so sehr verbog, um ihr zu geben, was sie seiner Meinung nach wollte. Vielleicht war er verflucht, wenn es um das schwache Geschlecht ging.

Ha. Er dachte an Mary Ardens spitzen Ellbogen in seinem Bauch. Sie mochte vielleicht klein sein, aber keinesfalls schwach. Morgen konnte sie neu anfangen und Bauer und das Forsyth Palace Hotel aus ihrem Gedächtnis streichen.

22

Sonntag, 12. Juni 1904

Mary erwachte schweißgebadet aus einem verworrenen Traum. Jemand hatte das Licht ausgeschaltet. Die Decke war erdrückend und erschien ihr bleischwer. Sie konnte sie auch nicht wegschieben.

Dann schnarchte die Decke auch noch. Natürlich. Sie lag halb zerquetscht unter ihrem fahrenden Ritter, Lord Alec Raeburn, und zu klamm, um es entsprechend genießen zu können.

Er hatte angeboten zu bleiben, bis sie eingeschlafen war, aber sie beide hatten sich in den letzten paar Stunden in die Arme des Morpheus begeben. Mary war nicht sicher, wann seine Schulter dem spitzenbesetzten Kissen Platz gemacht hatte oder wann seine große Hand auf ihrer linken Brust gelandet war, aber abgesehen von der Hitze fühlte sie sich ganz gut. Sein Atem kitzelte an ihrer Kopfhaut, und es schien eine Schande zu sein, ihn zu wecken.

Sie wollte es eigentlich nicht. Wie anheimelnd das war, hier in ihrem Einzelbett zu kuscheln. Alle panischen Gedanken an Josef Bauer waren verschwunden, zumindest momentan. Mary würde es sich auch nicht gestatten, sich von Furcht übermannen zu lassen. Bauer hatte es nicht fertiggebracht, ihr letzte Nacht wirklichen Schaden zuzufügen, und wird das auch seinem Schreckgespenst jetzt nicht gewähren. Alec hatte versprochen, sie zu schützen, und obwohl sie beide Bauers Schändlichkeit unterschätzt hatten, war sie noch immer unberührt.

Doch wollte sie auch, dass es so blieb? Das war hier die Frage. Alec Raeburn war ganz anders als der Doktor. Obwohl er wahrscheinlich auf mehr weibliche Eroberungen zurückblicken konnte, hatten sich seine Frauen freiwillig hingegeben – begierig sogar, wenn man den Gerüchten glauben konnte.

Nur Edith hatte sich diesem Dr. Bauer an den Hals geworfen und später aus einem Fenster gestürzt.

Mary sollte für das Mädchen mehr Mitleid empfinden, aber wenn sie ehrlich war, fühlte sie nur Zorn. Edith Raeburn hatte ihren Ehegatten auf fundamentale Weise verletzt. Sie musste wissen, dass ihr Tod sein Leben für immer zerstören würde.

Aber das hatte Edith nicht gekümmert. Sie hatte sich für Josef Bauer entschieden, was eindeutig belegte, dass dieses Mädchen verrückt gewesen sein musste.

Mary vergrub sich noch etwas tiefer in der Schutzhöhle von Alecs langem Körper. Eine Frau konnte sich an diese warme Kraft neben sich gewöhnen. Alec war überall fest. Hart. Sein einziges Anzeichen von Sanftheit war das hinreißende Grübchen an seinem Kinn.

Mary blinzelte in Richtung der Spalte zwischen den Vorhängen. Es dämmerte noch nicht, aber sie fühlte sich erfrischt. Wo würde sie heute hingehen, und mit wem? Oliver war bereit für alles, hatte er gesagt, als er sie letzte Nacht zudeckte. Er hatte sich ihr gegenüber wie ein echter Bruder verhalten – nein, noch besser, denn solange sie lebte, hatte sie einen solch netten Gesichtsausdruck bei ihrem echten Bruder Albert noch nicht gesehen. Wäre sie eine Dose mit Keksen oder ein Stück Schinken, das falsch im Regal lag, würde sich Albert wohl mit ihr beschäftigen. Für ihn war sie nur eine zusätzliche Hilfe im Laden und zu Hause bei seinen Jungs.

Nun, so viel stand schon einmal fest – Mary würde nicht zurück nach Oxfordshire gehen. Nach London? Die wiederbelebte Tante Mim würde bis Montagfrüh alles in bester Ordnung haben. Sie konnte die kichernden Schreibkräfte terrorisieren, wozu Mary nie in der Lage gewesen war.

Bevor sie das Hotel verließ, würde Mary eine Nachricht schreiben, um die Gouvernante, die sie gestern im Wald getroffen hatte, zu ermutigen, sich um Olivers Position zu bewerben. Das Mädchen schien ihr ausreichend kompetent zu sein, das gesamte Evensong-Unternehmen innerhalb von fünf Jahren zu leiten.

Also blieb Raeburn Court. Mary konnte dorthin gehen und ihr skandalöses Angebot durchziehen. Oder auch nicht.

Alec hatte ihr versichert, dass sie sich auch einfach ein paar Tage dort ausruhen könnte, um den Geschmack von Josef Bauer aus ihrem Mund zu bekommen. Alec würde sie nicht anrühren. Das hatte er versprochen. Obwohl er sie gerade in diesem Moment auch berührte. Richtig, es geschah unbewusst, aber seine Finger umfassten definitiv ihren Nippel, und seine Hüften boten einen Hafen für ihr Hinterteil. Und an einem Teil seines Körpers fühlte er sich auch deutlich härter an, wenn sie sich nicht täuschte. Wäre der Mann wach, würde er wissen, dass er sich um mehrere Zentimeter vertan hatte, denn jetzt stieß er verträumt mit einer Sanftheit gegen ihren Rücken, was nicht ganz mit dem übereinstimmte, wozu er nach Marys Vermutung fähig war. Aber sie genoss seine zaghafte Berührung. Sogar wenn er schlief, war Alec Raeburn ein begehrenswerter Mann.

Sie musste sich keine Sorgen machen. Zwischen ihnen lagen noch Schichten aus Kleidern und Bettlaken. Mary musste in dieser Minute noch nicht entscheiden, wie weit sie Alec gewähren ließ, sobald er aufwachte. Sie wusste es noch nicht, hatte aber entschieden, dass der Pegasus allein genug Motivation war, nach Raeburn Court zu gehen. Ihr gehörten Anteile an dem Automobilunternehmen, und sie hatte ein reges Interesse daran zu sehen, wie das Automobil mit den primitiven Straßen in den Highlands zurechtkam.

Und falls Alec ihr auch noch erlaubte zu fahren – umso besser. Sie hatte die paar Male, die sie George Alexander auf eine Rundfahrt mitnahm, bevor sie in sein Unternehmen investierte, nur gewagt, auf dem Beifahrersitz zu sitzen. Er war über den Betrag überrascht gewesen, den sie ihm überreicht hatte, aber sie ging stets sorgfältig mit ihrem Geld um. Mary hatte in den letzten vier Jahren nur wenig Freizeit gehabt, in der sie es hätte ausgeben können, und die Gehälter der Evensong-Agentur waren recht exorbitant. Tante Mim sagte immer, reiche Leute wären skeptisch, wenn sie nicht viel zahlen mussten, also berechnete Mary viel und fragte viel. Die meisten bezahlten gern, und oft zahlten sie auch noch einen Bonus, wenn Mary erfolgreich mit etwas war, das anfänglich als unmögliche Aufgabe erschienen war.

Aber nichts war unmöglich. Nun ja, natürlich konnte Mary nicht einfach ihre Arme ausbreiten und fliegen, aber sie war sicher, dass eines Tages eine geeignete Flugmaschine gebaut werden würde. Erst vor ein paar Monaten war von zwei amerikanischen Brüdern berichtet worden, die es geschafft hatten, in einem Gleiter einen gewissen Zeitraum in der Luft zu bleiben, bis ein Windstoß dem ein Ende bereitet hatte.

Mary interessierte sich für das moderne Zeitalter. Die Wissenschaft. Das Ingenieurwesen. Dinge, für die sich eine Frau normalerweise nicht zu interessieren hatte. Sie hatte sich ausgiebig mit dem Fahrstuhlführer im Hotel unterhalten und fragte sich, ob sie ein solches Gerät in der Mount Street installieren sollten. Warum sollte sie nichts über Dinge lernen, die das Leben einfacher machten? Man konnte nie wissen, wann man eine solche Information brauchen würde.

Mary hatte einen wissbegierigen, insgesamt aufgeräumten

Geist, vergleichbar mit einer Reihe Aktenordner, in denen alles für ein zukünftiges Nachschlagen an seinem Ort war. Sie war sich jedoch noch nicht sicher, wohin sie Alec Raeburn stecken sollte. Er passte in keine Schublade, und das lag nicht an seiner Größe.

Er brummte und rührte sich hinter ihr, wobei seine Hand noch fester auf ihren Busen drückte. Mary hoffte, er würde nicht zu peinlich berührt sein, wenn er erwachte und feststellte, dass er sie so eingehend unbeweglich gemacht hatte. Nicht dass sie vorhatte, aus dem Bett zu springen – durch Alecs Nähe fühlte sie sich beschützt. Geschätzt.

Aber sie sollte wahrscheinlich versuchen, sich selbst zu befreien, und zur Toilette gehen. Ihre Zähne putzen und versuchen, etwas Ordnung in ihre Haare zu bringen. Beim Zimmerservice Kaffee und Brötchen bestellen, vielleicht sogar Eier. Sie war ausgehungert.

Alec zurück in sein Zimmer schicken.

Sie machte sich flach und versuchte erfolglos, unter einem Arm hervorzurutschen. Er verfestigte seinen Griff und stöhnte auf verblüffende Weise. Sie konnte nichts tun, als an ihm zu rütteln und ihm einen Schubs zu geben.

Das Ergebnis war anders, als sie erwartet hatte. Alec drehte sie auf ihren Rücken und liebkoste ihren Hals. Sein Atem war heiß und verursachte Schauer, die ihr bis hinab in die Zehen zogen. Das ergab überhaupt keinen wissenschaftlich begründeten Sinn.

»Halt still, ungezogenes Frauenzimmer. Es ist noch zu früh«, murmelte er und widmete sich jetzt ihrer rechten Brust.

Mary mochte viel sein, aber sicher kein ungezogenes Frauenzimmer. Wusste er überhaupt, wer sie war? »Lord Raeburn, lassen Sie mich los.« Die Schärfe in ihrer Stimme hätte Diamanten schneiden können.

Sein Gesicht war nah genug bei ihrem, dass man sein Stirnrunzeln sehen konnte, seine Augen blinzelten unter den Lidern, öffneten sich aber nicht. Sie legte eine Hand auf seine raue Wange und zwickte ihn.

Er fuhr zurück und fiel beinahe aus dem Bett. »Autsch! Wofür war das denn?«

»Sie nehmen sich Freiheiten heraus«, sagte Mary und fühlte, wie das Mitgefühl in ihr wich.

»Freiheiten! Seien Sie nicht albern. Sie haben sich nicht beklagt, als ich –« Im nächsten Moment wusste sie, dass er vollkommen wach war; sein Körper wich zurück und kroch zur Bettkante. »Ach du Schande. Vergeben Sie mir, Miss Arden.«

»Ich denke, Sie können mich genauso gut wieder Mary nennen. Sie haben schließlich in meinem Bett geschlafen.«

»Und mehr auch nicht, wenn ich mich recht erinnere. Ich habe auch noch die meisten meiner Kleider an, oder?« Er versuchte vergeblich, sein wildes Haar zu glätten. »Es tut mir leid, wenn ich Sie erschreckt habe. Ich hatte einen Traum und ließ mich treiben.«

»Und dachten, ich sei jemand anderes.« Wäre es im Zimmer heller gewesen, hätte sie sehen können, ob er den Anstand hatte zu erröten. Wahrscheinlich war er es gewohnt, im Bett einer Frau aufzuwachen.

Mary hatte bislang kein männliches Wesen in ihrem Bett gehabt, außer ihren Neffen Eddie, als er Windpocken hatte und davon abgehalten werden musste, sich die ganze Nacht zu kratzen.

Alec setzte sich auf und zog an der Lampenschnur. Sein Haar sah noch schlimmer aus, als sie dachte, sein Gesicht verdunkelt durch schwarze Stoppeln.

Er sah gefährlich aus und, wenn sie ehrlich war, irgendwie wie ein Pirat, der Schiffbruch erlitten hatte.

»Es tut mir leid. Ich habe versprochen, über Sie zu wachen, und ich habe versagt.« Er klang zerknirscht.

Sie zuckte mit den Achseln. »Ich hatte nie erwartet, dass Sie wach bleiben, um mich anzuschauen. Das wäre albern gewesen.«

»Nichtsdestotrotz. Sie haben sich letzte Nacht schon genug befummeln lassen müssen, da musste ich nicht auch noch meinen Teil dazu beitragen.«

Mary wollte nicht über Bauer reden. Nicht heute Morgen, und am besten niemals wieder. Sie war auf wundersame Weise davongekommen und gehörte nicht zu denen, die einem geschenkten Gaul ins Maul schauten. Was würde es bringen, über das Grauen zu lamentieren, das sie empfunden hatte, darüber, wie unbeweglich ihre Glieder gewesen waren, wie geschwächt ihre Stimme? Sie war mit benebeltem Johanniskraut abgefüllt gewesen.

»Genug«, sagte sie forsch. »*Bauer* mag vielleicht kein Schimpfwort sein, aber was unsere Konversation anbelangt, wird es wohl so ausfallen. Und wer es ausspricht, dem wird der Mund mit Seife ausgewaschen. Ich hege nicht den leisesten Wunsch danach, die letzte Nacht noch einmal zu durchleben und mich von Ihren Gewissensbissen quälen zu lassen. Ich werde es sein, die Ihnen immer wieder versichern muss, dass es in Ordnung ist, und meine Tapferkeit könnte schwanken. Ich will nicht tapfer sein. Ich will nicht darüber nachdenken, was alles hätte passieren können. Ich will normal sein. Mir geht es gut.«

Alec hob eine dunkle Augenbraue. »Keine Tränen und gegenseitige Schuldzuweisungen?«

Worauf wollte er hinaus? Hatte sich etwa Edith so verhalten? Mary war aber nicht Edith. »Keine. Ich wusste, dass mit dieser Aufgabe Risiken verbunden sind, als ich – als Tante Mim mir diesen Auftrag anbot. Ich wollte etwas reisen und hatte Lust auf Abenteuer.«

»Und haben etwas mehr bekommen, als Sie es sich erhofft hatten.«

Sie hatte ihren Entschluss gefasst. Es würde keine weiteren Verzögerungen oder Händeringen mehr geben. Sie wurde schließlich nicht jünger. »Das hoffe ich.«

Jetzt hob er beide Augenbrauen. »Soll das das bedeuten, was ich denke, dass es bedeutet?«

Mary schenkte ihm ein, wie sie hoffte, ungezogenes Lächeln. »Das könnte schon sein. Lassen Sie uns einen Schritt nach dem anderen machen. Nach dem Frühstück werde ich packen, und Sie können mich nach Raeburn Court fahren. Dann werden wir schon sehen, was passiert.«

Alec hob ihre Hand von der Zudecke und küsste ihre Fingerspitzen. »Ich werde mich bemühen, Ihnen alle Abenteuer zu bieten, die Sie ertragen können. Ich schätze, der junge Oliver wird uns begleiten?«

»Ja.« Oliver hatte eine Zeit lang an ihrem Bett gesessen, bis er ihr schließlich gestand, dass er mit Alecs Diener geflirtet hatte. Mary fragte sich, wieso sich dieser Junge immer zu den Hilfskräften hingezogen fühlte, entschied dann aber, dass es sie nichts anging.

Oliver konnte seine eigene Reise machen und sein eigenes Abenteuer bestehen, solange er dabei aufpasste. Er würde nicht wollen, dass Alec seinen Diener entlassen musste – er hatte ohnehin herzlich wenige von ihnen.

»Großartig! Ich schätze, ich mache mich jetzt lieber davon, bevor auf dem Korridor zu viel los ist. Wir sehen uns dann in der Lobby. Können Sie bis zehn Uhr startbereit sein?«

Sie wäre sofort bereit, wenn Alec sie in einem feuchten, an ihrem Körper klebenden Nachtgewand haben wollte. Noch bevor sie zustimmen konnte, hörte man aus dem Hausflur ein unheimliches Heulen, und Glocken begannen zu läuten.

»Feuer!« Alec holte sie aus dem Bett und rannte zur Tür.

Mary schnupperte. »Ich kann nicht einmal Rauch riechen!« Sie legte eine Hand an das Holz, aber das hatte nur Raumtemperatur. »Sie sollten mich absetzen. Gehen Sie Oliver wecken.«

Das erwies sich als unnötig. Oliver platzte durch die Verbindungstür rein, nur in einen hübschen, chinesischen Morgenmantel gekleidet. Er bremste, als er Alec in seiner zerknitterten Abendgarderobe sah, mit Mary in seinen Armen. »Nun. Guten Morgen. Wir sollten wohl das Hotel räumen. Aber ich denke, Sie sollten mich Mary tragen lassen. Schließlich bin ich ihr Bruder und so. Oder sollte es zumindest sein.«

Mary verdrehte ihre Augen. »Niemand muss mich tragen. Alec, setzen Sie mich ab. Oliver, hol mir meine Pantoffeln. Sie stehen unter dem Bett.«

Angemessen beschuht folgte sie den Männern eilig die Treppe hinunter. Alec hielt sie an einer Hand eisern fest und Oliver an der anderen. Der schrille Alarm und endloses Glockengeläut hatten ihre Aufgabe erfüllt. Weitere notdürftig bekleidete Gäste, einige mit Koffern, stolperten nach ihnen die Treppe hinunter. Verschlafene Hotelangestellte wiesen sie alle zu den Doppeltüren hinaus auf den abschüssigen Frontrasen des Hotels.

Sobald sie draußen waren, erschien im nebligen Morgenlicht alles vollkommen normal. Man sah keine Flammen hinter den Fenstern, und es türmte sich auch kein Rauch auf. Von weit mehr Interesse als das Gebäude waren für Mary die anderen Gäste, die in ihrer Unterwäsche nicht mehr wie Titanen der Gesellschaft und Industrie aussahen. Mehrere Damen und Herren trugen weder ihre Perücken noch ihre Zähne, und in einem Fall fehlten sogar die Augenbrauen.

Einige waren lediglich in Laken gehüllt. Mary hielt es für eine gute Sache, dass in der Menge keine Brownie-Kameras zu sehen waren.

»Was ist los?«, fragte Alec einen jungen Ober, der anscheinend ihrem Rasenabschnitt zugewiesen war.

»Eine der Zofen entdeckte ein Feuer vor einer Turmsuite. Es wurde nichts beschädigt außer ein bisschen Teppich und einer angesengten Tür, aber der alte Prescott hielt es für besser, dennoch den Alarm auszulösen. Sie konnten es schnell genug löschen, aber jetzt wird jede Ecke überprüft. Das wird jemanden teuer zu stehen kommen. Ihrereins lässt sich ja nicht gern in seiner Ruhe stören.«

»Bei diesen Tarifen kann man uns das wohl auch schwerlich vorhalten. Aber ich gehe nicht davon aus, dass Sie Ihren fairen Anteil erhalten«, sagte Alec mitfühlend.

Der Ober schnaubte. »Prescott ist ein Pfennigfuchser, so viel ist sicher. Ich muss meine Mama und meine Schwestern unterstützen, und in diesen Teilen des Landes ist es recht schwierig, eine Arbeit zu finden.«

»Wie wäre es mit Raeburn Court?«, fragte Mary.

»Und für diesen Mörder arbeiten? Wohl lieber nicht. Es ist schon komisch – er wohnt momentan vorübergehend bei uns, und ausgerechnet seine Suite hat gebrannt. Der Wille des Herrn, so viel ist sicher. Ein Blitzschlag, wette ich.«

Mary legte ihre Hand auf den Arm eines fassungslosen Alec. »Sie haben ihm wohl doch nicht alle Schlüssel abgenommen.«

23

Zum Teufel. Als Alec zurück in das Gebäude gehen durfte, ging er mit vom Tau durchnässten Strümpfen direkt mit dem Hotelmanager zu seinen Räumlichkeiten. Nicht nur der Lack war von der Tür abgebrannt und der Teppich davor ruiniert, sondern man hatte auch an der inneren Personaltür ein Feuer gelegt. Beide Ausgänge aus der Suite wären blockiert gewesen, und Alec mochte sich seine Überlebenschance gar nicht ausmalen, wäre er gezwungen gewesen, aus seinem Fenster in diesem oberen Stockwerk zu springen. Prescott lief über vor Entschuldigungsbekundungen. Nach dem unglücklichen Zwischenfall vergangene Nacht war beiden klar, was geschehen war.

Mac hatte zum Glück auch nicht im Ankleidezimmer geschlafen. Alec hatte ihn gesund und munter auf dem Rasen gesehen, ein Bettlaken wie eine römische Toga um seinen Körper geschlungen. Er entschied, dass es ihn nichts anging, in welchem Bett Mac geschlafen hatte – es war ein Segen, dass beide noch lebten.

»Ich werde Ihnen selbstverständlich eine andere Suite zuweisen, auch wenn das bedeuten würde, dass ich ein paar andere Gäste umquartieren müsste«, sagte Prescott und rieb sich nervös die Hände.

»Das wird nicht nötig sein – die Ardens und ich werden heute Morgen abreisen. Und es wäre auch für den Ruf des Hotels nicht zuträglich, wenn die anderen Gäste noch mehr Unannehmlichkeiten ausgesetzt würden, als es ohnehin schon geschehen ist. Sie hatten Glück, dass jemand das Feuer rechtzeitig entdeckte. Ich würde gern mit dem Mädchen reden, wenn ich darf.«

»Selbstverständlich, selbstverständlich. Eines unserer Mädchen war mit einem frühen Frühstück auf dem Weg nach oben. Die Belegschaft wird für Notfälle sehr gut ausgebildet. Sie hat alles richtig gemacht.«

Inklusive des Wegräumens des Tabletts, das sie wohl fallen gelassen hatte, als sie den größten Teil des Feuers mit einem Eimer Sand löschte, der auf dem Korridor stand. Nur ein paar wenige Körner auf dem nassen Teppich wiesen noch darauf hin, dass er jemals dort gelegen hatte.

Alec nestelte nach seinem Zimmerschlüssel. Der Türknauf war noch immer warm. Das Wohnzimmer war noch genau so, wie er es vor dem Kartenspiel verlassen hatte, ein noch nicht geleertes Glas Raeburn's Special Reserve stand auf dem Tisch. Mac hatte als Butler bei der Party gearbeitet und war wohl nicht mehr zurückgekommen, um aufzuräumen, bevor er sein eigenes Abenteuer verfolgte.

»Bitte benachrichtigen Sie die Hotelgarage, dass mein Automobil vorbereitet wird und um zehn Uhr am Eingang bereitsteht. Wir werden auch einen Wagen für das Gepäck, meinen Diener und Miss Ardens Bruder benötigen. In meinen Pegasus passen nur zwei, und ich möchte nicht, dass sie hier länger als nötig bleiben müssen.«

»Natürlich, Mylord.«

»Und bitte informieren Sie mich, sollte Bauer hier auftauchen und für mehr Ärger sorgen.«

Prescott nickte energisch. »Wir werden ihn des Geländes verweisen. Ich möchte keine Scherereien mit den Behörden, Lord Raeburn. Dieses Feuer ist schon schlimm genug, um die Kundschaft zu beunruhigen. Wir haben jede Vorsichtsmaßnahme getroffen, damit sich unsere Gäste sicher fühlen. Ich weiß nicht, was über diesen Mann gekommen ist, etwas Derartiges zu tun.«

»Das ist noch das Geringste. Seit der Eröffnung dieses Hotels hat er seine Patientinnen kompromittiert und wahrscheinlich auch bereits davor. Ein bisschen verbranntes Holz ist nichts gegen den ruinierten Ruf einer Dame. Zuerst hat er auf seine Opfer Jagd gemacht, und dann hat er sie erpresst, damit sie Verschwiegenheit wahrten. Sie wissen, dass er Miss Arden unter Drogen gesetzt hat, um sie bereitwillig zu machen. Ich werde zusehen, dass ihm seine Approbation aberkannt wird, wenn es mir möglich ist.«

»Das sollten Sie, das sollten Sie«, sagte Prescott unterwürfig. »Aber wenn Sie können, würde ich Sie bitten, das Hotel nicht mit hineinzuziehen – ich wusste nichts von seinen Machenschaften, das schwöre ich. Der Bereich der Hydrotherapie lag vollkommen in seinen Händen. Ich weiß nicht, woher ich einen neuen Arzt derart kurzfristig bekommen soll. Die Krankenschwestern können für ihn einspringen, denke ich. Sie kennen ja die Verfahren.«

»Es ist mir vollkommen gleichgültig, wie Sie ihr Personalproblem regeln«, antwortete Alec. »Und jetzt entschuldigen Sie mich bitte. Schicken Sie mir die Zofe, damit ich ihr danken kann. Und auch bitte ein Frühstück. Und gehen Sie sicher, dass Miss Arden und ihr Bruder ebenfalls etwas zu essen bekommen, bevor sie gehen.«

Prescott eilte davon. Der Kerl sah aus, als würde er gleich enorme Kopfschmerzen bekommen, und mit mehr als einhundert aufgeregten Gästen, die ihres Schlafs beraubt wurden, würde sein Tag vermutlich auch nicht besser werden. Die Gesellschaft war wankelmütig und verwöhnt und erwartete in einem Erste-Klasse-Urlaubsort auch eine erstklassige Behandlung. Juni war erst der Anfang der Saison, und wenn sich diese Schwierigkeiten herumsprachen, wäre eine Welle von Stornierungen die Folge. Dem Konsortium würde das nach ihrer immensen Investition gar nicht gefallen.

Mac kam in seiner Toga zurück, sah etwas verlegen aus und machte sich sogleich ans Packen. Ein zaghaftes Klopfen an der Tür kündigte die heldenhafte Zofe und sein Frühstück an. Alec überreichte ihr eine Handvoll Geld und machte ihr ein Anstellungsangebot, was sie jedoch errötend ablehnte. Sie hatte auch gehört, dass er ein Mörder sei.

Alec teilte etwas von seinem Frühstück mit seinem Diener und fühlte sich im Hinblick auf die nächsten paar Tage etwas nervös. Um Viertel vor zehn kam der Gepäckträger, um seine Habseligkeiten abzuholen. Er war nur mit leichtem Gepäck gereist, weil er nur zwei Meilen entfernt wohnte und sein Haus nahezu täglich aufsuchte, um zu holen, was er vielleicht vergessen hatte. Die Renovierungsarbeiten waren noch im Gange, und Alec verabschiedete sich zum Klang von Hämmern und Bergen von Sägemehl.

Er hatte Marys Ankunft nicht angekündigt, denn er wusste eigentlich auch gar nicht, wem er sie hätte ankündigen können. Eine der verbliebenen Küchenmägde war offensichtlich damit beschäftigt, die restlichen Bediensteten zu versorgen, und konnte vielleicht überzeugt werden, ihr Repertoire zu erweitern. Die Schlafräume waren größtenteils verschlossen – falls nötig, würde er selbst die Leinendecken entfernen und sie herrichten. Er hatte Mary Erholung versprochen, und sie würde sich sicher nicht zu Besen und Eimer gesellen wollen.

Vielleicht könnte er die Haushälterin seines Bruders Evan ausborgen. Sie hatte keine allzu große Abneigung gegen ihn und war mit ihrer Aufgabe, sich um seinen jüngeren Bruder zu kümmern, nicht vollends ausgelastet. Evan war derart mit der

Destillerie beschäftigt, dass er kaum zu Hause war, und es war ihm auch relativ gleich, was ihm vorgesetzt wurde, solange es nur heiß war.

Das Telefon klingelte. Mac hatte schon den Hörer in der Hand, bevor sich Alec überhaupt bewegen konnte.

»Das war Prescott selbst. Ich glaube, Sie haben ihm Gottesfurcht eingeflößt. Das Automobil wartet unten, und der Hotelwagen ist beladen und steht für Mr Arden und mich bereit. Sollen wir gehen, Mylord?«

Alec sah sich in dem hübsch eingerichteten Zimmer um. Er würde es nicht vermissen. »Ja. Das, wofür ich gekommen bin, ist erledigt. Wir treffen die Ardens unten.«

Mac schlang die Arme um seinen viel zu schmalen Brustkorb in einer Position, die nichtsdestotrotz einschüchternd wirkte.

Alec seufzte. »Was ist denn los?«

»Wenn dieser komische Arzt versucht hat, uns hier in Brand zu stecken, was soll ihn davon abhalten, nach Raeburn Court zu kommen?«

Alec lief es kalt über den Rücken. »Das würde er nicht wagen.«

»Sind Sie da so sicher? Sie haben die Frau, die er wollte. Sie haben seine Karriere ruiniert. Was hat er also zu verlieren?«

Verdammt. Mac hatte recht. Es gab viel zu viele Türen nach Raeburn Court, und Gott weiß zu viele Fenster und zu wenige Männer auf dem Anwesen, um sie alle vierundzwanzig Stunden am Tag zu schützen. Der nächste Magistrat war in Pitcarran. Alec würde mit ihm reden müssen, sobald sich Mary eingerichtet hatte. Ohne Zweifel hatte Bauer Freunde im Hotel, die ihm einen Unterschlupf bieten würden. Er traute Prescott keinen Meter über den Weg.

Er hätte zusammen mit Bauer letzte Nacht gehen sollen, um sicherzugehen, dass er die Gegend auch verließ. Hätte ihn selbst runter nach Edinburgh fahren sollen. Aber er wollte zurück zu Mary.

»Das ist ein guter Einwand. Was schlagen Sie also vor?«

»Bringen Sie Miss Arden irgendwo anders hin.«

»Aber wohin?« Paris mochte um diese Jahreszeit reizend sein, aber er dachte nicht, dass Mary erbaut davon wäre, öffentlich als seine Mätresse aufzutreten.

Mac klatschte in die Hände. »Wie wäre es mit dem nördlichen Pförtnerhaus? Dort lebt niemand.«

»Und hat es auch nicht in hundert Jahren. Dort muss alles staubverkrustet sein. Und es ist so *klein*.« Alec hatte sich darauf gefreut, Mary sein Haus zu zeigen. Selbst in seinem teilweise renovierten Zustand war es beeindruckend. Das Pförtnerhaus war ein exaktes Replik, außer dass es im Vergleich dazu winzig war.

»Darum könnte ich mich für Sie kümmern. Niemand würde auf den Gedanken kommen, Sie dort zu suchen. Wir können verbreiten, dass Sie sich noch immer in Raeburn Court aufhalten, bis Bauer geschnappt wurde. Ich bin sicher, Mr Arden wäre dabei.«

Daher wehte also der Wind. Alec hatte schon vermutet, dass sich sein Diener während des Kartenspiels zu Oliver hingezogen fühlte. Da waren ein paar schwelende Blicke gewesen, die die anderen Gentlemen glücklicherweise nicht bemerkt hatten. »Und läuft da etwas?«

Mac errötete. »Er scheint ein feiner Kerl zu sein.«

»Und Sie sehen gut in seinem Bettlaken aus.«

»Ach!« Macs Gesichtsfarbe war jetzt ein tiefes Rot. »Sie können mich rauswerfen, wenn Sie wollen.«

»Und warum sollte ich das tun? Solange Sie sich mir gegenüber professionell verhalten – so wie Sie sind, Sie kleiner dreister Teufel –, habe ich keine Einwände dagegen, was Sie mit

Ihrer Freizeit anfangen. Ich betrachte mich aber als modernen Mann. Man kann nie sagen, was andere Leute denken mögen. Oder tun«, warnte Alec. Er musste zusammen mit seinen Brüdern die Bibel lesen und ging auf eine Privatschule. Die Gesellschaft war für gewöhnlich nicht bereit zu vergeben, wenn es um die Überschreitungen der sexuellen Natur ging. Alec würde wahrscheinlich selbst für all die Dinge, die er als junger Kerl ausgelebt hatte, in die Hölle wandern.

Mac blickte auf seine Füße und fragte sanft: »Denken Sie, das ist mir nicht bewusst? Ich musste mein wahres Ich mein Leben lang verstecken.«

»Das tut mir sehr leid. Aber seien Sie vorsichtig mit Oliver. Er ist jünger als Sie und ein wenig ungestüm. Miss Arden würde nicht wollen, dass ihm Schaden widerfährt, dessen bin ich mir sicher.«

»Ja, Mylord.« Mac schenkte ihm ein unsicheres Lächeln.

Er war schon vor Alecs Hochzeit bei ihm gewesen. Nicht ein Leben lang, aber der Diener hatte ihm gute Dienste erwiesen, und er kannte seine Vorlieben und Abneigungen. Die Bekenntnisse an diesem Morgen trafen ihn nicht wirklich überraschend, aber dennoch könnten sich dadurch die Dinge mit Mary verkomplizieren. Oliver war zwar nur ihr angeblicher Bruder, aber zwischen den beiden gab es echte Zuneigung und Fürsorge.

Aber vielleicht wusste sie es bereits. Sie schien immer alles zu wissen. Mary Arden hatte für eine solch junge Person einen bemerkenswert weisen Kopf – es war beinahe, als hätte sie mit ihrer alten Tante Plätze getauscht.

Er und Mac entschieden sich für die Treppe und gegen den Fahrstuhl. Oliver ging in der Lobby auf und ab, während Mary gelassen in einem der plüschigen Chintz-Sessel saß, das Abbild eines späten Frühlingstags. Kaum zu glauben, dass sie in den letzten vierundzwanzig Stunden unter Drogen gesetzt, angegriffen und aus einem brennenden Gebäude evakuiert worden war. Sie steckte in einem ihrer sittsamen weißen Kleider, ein Strohhut mit pinken Rosen auf ihrem blassroten Haar festgesteckt. Eine behandschuhte Hand ruhte auf einem Sonnenschirm aus weißer Spitze.

»Ah! Da sind Sie ja, Lord Raeburn. Wie aufmerksam von Ihnen, mich für meine Rückkehr nach London zum Bahnhof zu fahren«, sagte Mary mit getragener Stimme.

Ein paar Köpfe drehten sich in ihre Richtung.

Alec streckte ihr seinen Arm entgegen. »Haben Sie Angst, dass Bauer uns in Raeburn Court suchen wird?«, fragte er sanft. »Mac hat die Befürchtung.«

»Ich muss gestehen, dass mir das auch in den Sinn kam. Er sollte keinen Verdacht gegen mich hegen, aber ich fürchte, Sie müssen vorsichtig sein, falls er noch in der Nähe ist. Das mit dem Feuer war nicht gut geplant, aber er wird Zeit haben, sich etwas Kreativeres einfallen zu lassen.«

»Ich hätte ihn verhaften lassen sollen«, sagte Mac, während er sie die Stufen nach unten zum wartenden Automobil begleitete. »In der Tat werde ich später noch nach Pitcarran fahren, um Anklage gegen ihn zu erheben, zumindest wegen der Brandstiftung, auch wenn ich es nicht beweisen kann. Ich versuche, Sie nicht darin zu involvieren.«

»Es macht mir nichts aus, involviert zu werden. Was er getan hat, war – ist – höchst unehrenhaft.«

»Das ist dann doch etwas untertrieben.« Er gab dem Mechaniker ein Trinkgeld und half Mary, auf dem Beifahrersitz Platz zu nehmen, wobei er ihr weißes Kleid beäugte. »Ich fürchte, Sie werden schmutzig werden. Die Straße nach Raeburn Court ist nicht geölt. Warten Sie eine Minute.« Er durchstöberte den Ablagekasten und förderte seinen Staubmantel und zwei Paar Schutzbrillen zutage. »Hier, ziehen Sie diese an.«

Marys winzige Figur verschwand in dem riesigen Mantel.

»Sollte ich meinen Hut abnehmen?«, fragte sie, während er die Ärmel zurückrollte.

»Wenn er Ihnen etwas wert ist.«

Mary nahm ihren Hut ab, klemmte ihn unter ihre Füße und zog einen Seidenschal aus ihrer Handtasche. Sie verknotete ihn unter ihrem sturen kleinen Kinn und sah seltsam bezaubernd aus, irgendwie wie eine russische Waise mit ihrer breiten Stirn und den hohen Wangenknochen. »Ich bin bereits einmal gefahren, wissen Sie. George – ich meine, ein Bekannter meiner Tante ist Eigentümer der Pegasus Motor Company.« Sie zog sich die Brille auf und brachte es irgendwie fertig, noch immer hinreißend auszusehen.

Hatte sie George gesagt? Ein heißer Anflug von Eifersucht durchströmte Alec. »Ist das so? Ich werde mich bemühen, so gut wie er zu fahren.«

Alec drehte den Benzinhahn auf, schaltete die Zündung an, prüfte den Kommutator und den Öler. Der Motor startete mit einem zufriedenen Knall. Er legte die Geschwindigkeitsstufe ein, und schon fuhren sie die lange Hotelauffahrt in einer Staubwolke hinunter.

George. Alec zerbrach sich den Kopf und versuchte, sich an den Nachnamen dieses Mannes zu erinnern. Irgend so ein Industrieller, der seine Finger überall im Spiel hatte. Sicher war er zu alt für Mary, auch wenn er reich wie ein Krösus war und fortschrittlich dachte. Das Automobil war das Ding der Zukunft. Bislang wurde das Autofahren noch als Liebhaberei angesehen, aber irgendwann würden die motorisierten Wagen allen zur Verfügung stehen. Alec überlegte selbst, in das Unternehmen zu investieren. Ihm gehörten bereits zwei Modelle. Sein Auto in der Stadt bot Platz für mehr Passagiere, aber jetzt war er froh, mit Mary allein sein zu können.

Sie sagte etwas, aber er konnte es aufgrund des Motorlärms nichts verstehen. Also nahm er den Druck vom Gaspedal und verlangsamte die Fahrt. »Wie bitte?«

»Ich sagte, glauben Sie, Sie könnten mir das Fahren beibringen?«, schrie Mary.

Das Fahren beibringen? Eine Frau hinter dem Steuer? Er wusste alles über Dorothy Levitt, die verrückte Motorbegeisterte, die alle Rekorde in Booten und Automobilen brach, und konnte das nicht gutheißen. Die nächste Frau würde noch ein Flugzeug steuern. Auch wenn sie die Königin und ihre Töchter unterrichtete, es schickte sich nicht für eine Frau zu fahren – es war einfach unnatürlich. Mary Arden kannte wahrscheinlich nicht den Unterschied zwischen einer Gasrohrzange und einer Beißzange. Beim Fahren ging es um so viel mehr, als nur das Lenkrad festzuhalten und sich vorwärtszubewegen. Es war eine schmutzige, gefährliche und komplizierte Angelegenheit.

Aber Alec sah in das Leuchten in ihren riesigen Haselnussaugen hinter der Brille und sagte: »Wir werden sehen.« Er hoffte, er würde sie im Bett ablenken können, sodass sie eine Woche lang an nichts mehr dachte, was Räder hatte.

24

Das war aufregend! Eher wie Fliegen, obwohl man hier die Bequemlichkeit eines prallen Ledersitzes hatte und man nicht mit den Armen schlagen musste. Mary hielt ihren Hut auf dem Boden unter der Spitze ihres Sonnenschirms fest und streckte ihr Gesicht der Sonne entgegen – sollten die Sommersprossen doch kommen. Die vielen Frühsommerblätter beschatteten die Straße ausreichend, sodass sie keinen Sonnenbrand fürchten musste.

Der Duft nach Tannen und Benzinabgasen bildete ein merkwürdiges Aphrodisiakum, aber Mary hätte sich Alec Raeburns physikalischer Anwesenheit nicht stärker bewusst sein können. Sein Haar wurde vom Wind zurückgeblasen, wodurch sein herrliches Profil zur Geltung kam, das gemeißelte Kinn und die formidable Nase. Er betätigte all die Steuerungen und Hebel mit vertrauter Souveränität, und seine Füße tanzten nur so über die Pedale auf dem Boden.

Die Straße, auf der sie fuhren, war wirklich nicht für Reisen in einem Automobil gemacht – eigentlich war es nicht viel besser als ein Trampelpfad – aber Alec kurvte mühelos, vermied Schlaglöcher, wo er konnte, und sah sie bekümmert an, wenn er es nicht schaffte.

Eine Unterhaltung war aufgrund des Lärms mehr oder weniger unmöglich, und das war auch in Ordnung so. Sie würde noch ein oder zwei Tage haben, um Alec Raeburn in Grund und Boden zu reden.

Was sonst würde sie noch mit ihrer Zunge tun? Der Gedanke an seine Küsse wärmten ihre Wangen und andere Regionen, über die sie besser nicht nachdenken sollte.

Nach einer segensreichen Pause brachen sie durch die Heckenreihen. Eine Steinmauer schlängelte sich an der Straße entlang und führte zu einem charmanten Pförtnerhaus mit kleinen konischen Erkern. Niemand kam heraus, um sie zu begrüßen. Alec ließ das Fahrzeug ausrollen, sprang heraus und drückte die schmiedeeisernen Tore auf. »Kein Pförtner mehr, fürchte ich«, zuckte er mit den Achseln. »Ein weiterer Abtrünniger. Alle Landeier denken, dass es in der Stadt mehr Möglichkeiten gibt. Und einige der Jungs sind in den Krieg gezogen und nicht zurückgekommen.«

»Ich könnte mir nicht vorstellen, einen solchen Ort zu verlassen, gleich aus welchem Grund«, sagte Mary. Nicht einmal ihre Pflicht gegenüber König und Vaterland würde sie von diesen Hügeln locken können, würde sie hier leben. Sie konnte Raeburn Court unten am Ende der langen Auffahrt sehen, ein monumentaler Gebäudekomplex eines schottischen Barons, kleiner, aber dennoch eindrucksvoller als das Forsyth Palace Hotel. Das Gras neben der Auffahrt war ein Heufeld. Man würde eine Schafherde brauchen, um es wieder zu stutzen, sollte er sich keine Mäher leisten können.

»Es kann hier langweilig werden, das versichere ich Ihnen. Und Sie haben noch keinen schottischen Winter erlebt.« Er pfriemelte an dem Wagen herum, und sie fuhren in Richtung des gepflasterten Vorplatzes, der vor ihnen lag. Ein großer Brunnen, der vollständig trocken war, stand mitten auf dem Kopfsteinpflaster. Alec fuhr mit dem Wagen vor der Treppe vor und stellte den Motor ab.

Auch hier kam niemand heraus, um sie zu begrüßen. Mary hob ihren leicht verknitterten Hut auf und wartete darauf, dass Alec auf ihre Türseite kam.

Er deutete mit einer Hand auf den leeren Eingangsbereich. »Sie können sehen, weshalb ich die Dienste Ihrer Tante benötige. Wer weiß, wie lange wir hier draußen stehen müssten, bevor jemand zur Tür käme? Geld ist nicht das Problem – davon habe ich genug und mehr, als ich jemals brauchen werde.«

Mary kannte seine finanzielle Lage, denn sie stellte immer eingehende Forschungen über ihre Kunden an. Sie nahm seine Hand und stieg aus dem Automobil. »Und als Ihre Gattin hier lebte, verfügte das Haus noch über das vollständige Personal?«

Alec schaute auf seine Füße hinab. »Edith war nicht die einfachste Hausherrin, und wir leben hier oben recht isoliert. Es war immer schwierig, Raeburn Court zu leiten, sogar zu Zeiten meiner Mutter – sie hatte sehr anspruchsvolle Standards. Schon damals begannen die Probleme mit dem Personal, und es hat sich nicht viel verbessert. Und nachdem Edith gestorben war, wurde es noch schlimmer.«

»Ich werde Tante Mim umgehend schreiben. Es gibt viele begierige, hart arbeitende Bewerber in unserer – ich meine, in ihrer Kartei. Ein bisschen Schnee und alberne Gerüchte sollten ihren Enthusiasmus in Hinsicht auf eine gut bezahlte Arbeit in einem schönen Landhaus nicht trüben.«

Alec hob skeptisch eine Augenbraue. »Ich wünschte, ich könnte Ihnen glauben. Ich werde Sie jetzt erst einmal ankommen lassen, und Sie können nach Lust und Laune schreiben. Ich werde nach Pitcarran fahren, um mit dem Magistrat über Bauer zu reden. Damit die örtlichen Wachtmeister tätig werden.«

Er hatte das bereits zuvor erwähnt, aber Mary hatte gehofft, er würde sie nicht so schnell wieder allein lassen. »An einem Sonntag?«

»Wir dürfen keine Zeit verlieren. Wer weiß, was sich dieser Mann als Nächstes ausdenkt? Und wir könnten feststellen, dass er bereits in einem Zug nach Edinburgh sitzt, was eine echte Erleichterung wäre. Ich werde Sie im Haus herumführen, sobald ich zurück bin. Aber richten Sie sich nicht allzu gemütlich ein. Mac denkt, es wäre das Beste, wenn wir uns im Pförtnerhaus einquartieren.«

»Das Gebäude, an dem wir vorhin vorbeigefahren sind?«

»Nein, das an der nördlichen Grenze, durch den Hauswald. Es ist privater, und wir wären den Arbeitern nicht im Weg. Das Gebäude sieht allerdings genauso aus. Meine Vorfahren hatten etwas übrig für die Symmetrie.«

Das Pförtnerhaus, das Mary gesehen hatte, sah aus wie ein Schloss für ein kleines Kind. Mit Alec an einem solchen Ort zu wohnen fände sie viel behaglicher als diese steinerne Festung. Sie betraten eine ruhige Eingangshalle im mittelalterlichen Stil, reichlich ausgestattet mit staubigen Garnituren von Harnischen und Waffen an jeder Wand. Der gewaltige Kamin war voller Asche. Am Ende der Halle hörte sie den steten Schlag eines Hammers. Du meine Güte, die Männer arbeiteten sogar an einem *Sonntag*. Alec musste in der Tat sehr gut bezahlen.

Er führte sie die breite Eichentreppe empor zu einer enormen, gut genutzten Bibliothek mit Bleiglasfenstern, die farbenfrohe Muster auf die ausgeblichenen Teppiche warfen. Es gab mehr Bücher, als Mary je auf einmal gesehen hatte, und rissige Ledersofas und Sessel, auf denen man es sich zum Lesen bequem machen konnte.

»Das ist mein Reich und das meines Vaters vor mir. Edith durfte an diesem Raum und der Eingangshalle nichts verändern – irgendwie schien das für den Raeburn-Clan wie ein Sakrileg zu sein. Sie können Ihren Brief gern an meinem Schreibtisch verfassen und sich etwas umsehen. Gleich nebenan gibt es einen modernen Waschraum.«

Er schien stolz auf diesen heimeligen Ort zu sein, und das konnte er auch. Es war ein gänzlich maskuliner Raum mit vereinzelten, alten türkischen Teppichen auf dem Parkettboden und ausreichend Jagddrucken an den Wänden, um einen Fuchs zum Davonlaufen zu bringen. Mary fühlte sich unter der hohen Holzdecke regelrecht winzig.

»Ich werde – wen auch immer ich finden kann – mitteilen, dass Sie hier sind, damit man Ihnen ein Mittagessen bringt«, fuhr Alec fort. »Ich muss Sie aber gleich warnen, es könnte dürftig ausfallen. Mac ist ganz passabel in der Küche, aber er hat sich bereit erklärt, das Pförtnerhaus für uns herzurichten, und ich glaube, Ihr Bruder – das heißt Oliver – wird ihm gern helfen. Ich werde jemanden finden, den ich vor der Bibliothekstür positionieren kann, damit Sie nicht ganz allein sind.«

Mary untersuchte einen alten Globus auf seinem runden Ständer. Der Raum steckte voller Schätze, und sie musste sich selbst gegenüber eingestehen, dass sie nicht abgeneigt war, etwas herumzuschnüffeln. »Das wird sicher nicht nötig sein. Wir erwarten schließlich nicht, dass Bauer hinter dem nächsten Vorhang hervorspringt, oder?«

»Wenn er das versuchen würde, hätte er wahrscheinlich vor lauter Staub einen Niesanfall nach dem nächsten«, sagte Alec. »Aber ich möchte Sie lieber in Sicherheit wähnen, bis ich zurück bin. Einer der Arbeiter hätte vielleicht nichts gegen eine Pause einzuwenden. Sie hatten gestern den Tag frei wegen einer Hochzeit und sind deswegen heute hier.« Er legte ihr die Hand auf die Schultern und starrte hinab in ihr Gesicht.

Himmel, sie musste schrecklich aussehen, mit ihrem Schal, den sie unter ihrem Kinn verknotet hatte, und dem Straßenschmutz im Gesicht. Alec hatte selbst einen Fleck auf seiner Wange. Sie hob eine behandschuhte Hand, um ihn fortzuwischen, und er beugte sich, um ihre Handfläche zu küssen. Sie konnte die Hitze seines Mundes durch das dünne Ziegenleder spüren.

»Ich könnte es nicht ertragen, wenn Ihnen etwas geschehen würde«, sagte er mit kaum hörbarer Stimme.

»N-nichts wird mir geschehen.« Außer einem. Mary fürchtete, sie würde kopfüber in den Abgrund der Liebe stürzen, und hatte keine Ahnung, wie sie da jemals wieder herausfinden sollte.

Eigentlich sollte zwischen ihnen eine nonsensfreie Geschäftsbeziehung bestehen. Sie würde ihre Neugier befriedigen lassen und in Zukunft etwas weiser fortfahren können. Ihre lang gehegte Unschuld war zu einer Unannehmlichkeit geworden. Aber als sie so dicht bei Alec stand, war es schwer, sich daran zu erinnern, dass sie sich kaum kannten, dass sie nichts gemeinsam hatten und dass sie schon bald beide wieder ihr Leben führen würden, als sei nichts geschehen.

Sie stand so nahe, dass sie seine Wimpern hätte zählen können, wenn sie gewollt hätte. Er hatte sich am Morgen rasiert, aber ungeübt, und sie könnte auch seine Bartstoppeln zählen. Aber statt zu zählen, schloss sie arglos die Augen und fühlte, wie er noch näher kam. Seine warmen Lippen berührten ihre.

Küssen. Das Wort an sich war schon ein Seufzen, es fing stark an und löste sich dann in sanftem Wohlgefallen auf. Seine Fingerspitzen drückten sich in ihre Schultern, während sich sein Mund auf ihren presste, und Mary stieg auf ihre Fußspitzen. Alec schob sie zu einer Sofalehne, über die sie glitt, und er folgte ihr nach. All das wäre geregelt gewesen, hätten Sie den Kuss ganz von vorn angefangen, aber Mary beachtete nicht das Gewirr von Körpergliedern und Kleidern, solange Alec das tat, was auch immer er gerade tat. Sie saß jetzt auf seinem Schoß, fest in seinen Armen, seine Zunge spielte mit ihrer, seine Zähne knabberten.

Mary hatte niemals zuvor dem Küssen so viel Aufmerksamkeit geschenkt. Sie hatte die schmierigen, nassen Küsse ihrer kleinen Neffen über sich ergehen lassen und hätte nur unter Androhung der Todesstrafe zugegeben, dass die Mädchen miteinander im dunklen Schlafsaal in Miss Ambrose's Academy for Young Ladies geübt hatten. Alec stand gewiss über all diesen Menschen.

Und dann fühlte es sich einfach behaglich an, an seinen großen Körper gedrückt zu werden. Sie fühlte sich behütet. Beschützt. Sicher.

Mary wünschte, sie könnte ihn für immer küssen. Aber sie beide hatten etwas zu erledigen. Und schon bald würden sie andere Ausdrucksformen der Zuneigung erfahren, die mehr Risiken und weniger Kleider involvierten.

Aber nur noch ein paar Sekunden Mattigkeit, die sich mit elektrischer Spannung abwechselte. Mary befand sich auf einer Vergnügungsfahrt ohne Regeln. Für eine Frau, die die Organisation schätzte, war sie schmerzlich unorganisiert und nahezu vollständig der Gnade von Lord Alec Raeburn ausgeliefert.

Aber schließlich war das alles ihre Idee gewesen. Alec schien jedenfalls angemessen begeistert. Die Härte seines Schoßes war Beweis genug. Wie merkwürdig musste es sein, ein Mann zu sein. Der Körper diente als visuelles Barometer der Erregung, während eine Frau ihre Sekrete als Geheimnis wahrte. Außer – oh! – einem spitzen Nippel, der sich selbst in den Mittelpunkt rückte und von Alecs geschickten Fingern bedient wurde.

Marys Kopf sank zurück, und Alec vergrub sich noch tiefer in ihr. Ihre Kopfhaut prickelte, während eine Hitzewelle Besitz von ihrem Körper ergriff. Sie musste so rot sein wie die lumpigen Vorhänge, die an dem Stabkreuzfenster hingen.

Es war Zeit, sich zurückzuziehen, auch wenn sie es gar nicht wollte. Sie wollte ihre Jungfräulichkeit nicht auf einem Ledersofa mitten am Tag verlieren. Seine Brust war breit und hart, und sie musste mit der Faust auf ihn eintrommeln.

Er zog sich zurück und schüttelte seinen dunklen Kopf, um wieder klar zu werden. »Zu viel, oder nicht genug?«

»Beides«, sagte Mary, und bemerkte das gefährliche Glitzern in seinen Augen. »Sie müssen jetzt zum Magistrat gehen, und ich habe meinen Brief zu schreiben.«

Er umfasste ihre Wange, wobei sein Daumen über ihren Mundwinkel strich. »Eigentlich will ich momentan nirgendwohin gehen.«

»Und ich will das ehrlich gesagt auch nicht«, antwortete Mary. »Aber es ist noch nicht Montag.«

»Montag? Was zum Teufel hat der Montag damit zu tun?«

Sie konnte fühlen, wie ihr Gesicht noch heißer anlief. »Wir haben uns auf Montag geeinigt. U-um die Sache am Montag zu machen.«

»Die Sache?« Alecs Gesicht verzog sich zu einem Grinsen. »Meine liebe Miss Arden, ich bin ein ungeduldiger Mann. Ich spüre, dass wir keine Minute zu verlieren haben, und ich werde sicherlich nicht bis Montag warten, um ›die Sache‹ zu tun, wie Sie es so unangemessen genannt haben, und Sie mir nehmen.«

Mary würde ihm nie gehören, zumindest nicht auf eine Weise, die zählte. Ihre Welten waren zu verschieden, ihre Philosophien uneins. Großer Gott, er kannte noch nicht einmal ihren vollständigen Namen.

»Darüber können wir später reden, wenn Sie zurückkommen«, sagte sie und glitt von seinem Schoß. Das Leder knackte unter ihrem Hinterteil, wodurch sie noch peinlicher berührt wurde.

»Reden, hm? Gewaltig überbewertet. Aber«, sagte er und machte plötzlich ein ernstes Gesicht, »wenn das alles ist, was

Sie nach dem Debakel von letzter Nacht ertragen können, werden wir nur reden.«

Mary hatte Bauer und seine Attacke beinahe vergessen. Er steckte in einer der ordentlich organisierten Schubladen in ihrem Kopf, sicher weggesperrt. Sie würde ihm nicht erlauben, mit seinem bartlosen, rosafarbenen Gesicht hereinzuplatzen, um sich zwischen sie und Alec zu stellen. Dieser Mann durfte ihre eine Chance nicht ruinieren.

»Vielen Dank für Ihr Verständnis.« Die Enttäuschung in Alecs Gesicht war erfreulich. Nicht wegen Bauer wollte sie ihre Intimität bis Montag aufschieben. Sie wollte, dass alles perfekt war. Einerseits wollte sie keinen Schal tragen, der sie am Hals würgte, und auch keine solchen Schmetterlinge in ihrem Bauch. Sie würde für Montagnacht besser vorbereitet sein – in einem ihrer neuen Negligés, mit sauberem Haar, das über ihren Rücken fiel, ihr Körper in Parfum gehüllt.

»Ich werde dann also gehen. In Kürze wird jemand nach oben kommen.«

»Es eilt nicht«, sagte Mary. Sie wollte sich ohnehin im Waschraum etwas herrichten.

Alec stand auf und ging zur offenen Tür. Jeder hätte ihre Umarmung sehen können. Sie würden vorsichtiger sein müssen. Wenn sie sich aber ins Pförtnerhaus absetzten, würde das für sie beide mehr Freiheiten bedeuten. Frei, um zu entdecken. Frei, um alle Fehler der Welt zu machen.

25

Mary entschied, dass der Brief warten konnte. Die Neugier über Alecs Zuhause trieb sie viel zu sehr um, als dass sie ruhig in der Bibliothek hätte sitzen können. Sie würde die Arbeiter unten nicht unterbrechen, die so viel Lärm machten, dass man Tote damit hätte aufwecken können. Bevor jemand nach oben geschickt und sie stoppen würde, öffnete sie die Türen entlang des langen Korridors. Die meisten Zimmer waren in Leinentücher gehüllt, und die Gardinen waren zugezogen. Es gab viele Schlafzimmer, aber keines sah so aus, als würde jemand darin wohnen. Vielleicht legte sich Alec gern auf seine knackende Couch in dieser Bibliothek, wenn er zu Hause war.

Sie stieg eine Wendeltreppe hinauf und hielt sich dabei am Seilgeländer fest. Raeburn Court erschien ihr wie ein Schloss, und sie konnte sich problemlos einen Fechtkampf auf der breiten Treppe vorstellen. Sobald sie oben angekommen war, konnte sie Rapunzel spielen, Alecs Domäne untersuchen und sehen, ob sie einen Blick auf das Forsyth Palace Hotel hinter dem bewaldeten Tal erhaschen konnte.

Irgendwie außer Atem fand sie sich vor einer versperrten Tür oben am Ende der Treppe wieder. Zugesperrte Türen stellten für sie quasi kein Problem dar. Mary hatte einst aus Gefälligkeit eine Unterrichtsstunde eines Privatdetektivs erhalten, den sie angeheuert hatte, um ihr bei einem bestimmten schwierigen Klienten zu helfen. Manchmal konnte sie nicht alles selbst machen, wenngleich das nicht oft vorkam.

Mary zog eine Haarnadel aus ihrem Haar und machte sich

an die Arbeit. Sie hörte ein befreiendes Klicken und drehte den Türknauf.

Und dann stand sie erstarrt in der Tür, versuchte, ihre Haltung zu waren. Sie stand in Lady Edith Raeburns Turmschlafzimmer. Dem möglichen Tatort. Edith regierte hier noch immer, auf einem Portrait, das überlebensgroß war. Mary hatte das ungute Gefühl, dass die kalten Augen der Baronin sie direkt anstarrten, und versuchte, den Schauder abzuschütteln, der sie überkam.

Mary glaubte nicht an Geister oder Flüche. Ihrer Erfahrung nach gab es für merkwürdige Ereignisse immer eine praktische Erklärung. Alecs verbliebenes Personal mochte einem abergläubischen schottischen Zauber verfallen sein, aber Mary war sicher, dass Edith Raeburn nicht um Mitternacht umherschlich oder wie eine Todesfee heulte. In einem derart alten Wohnort gab es immer irgendwelche Geräusche. Mörtel bröckelte; Steine lösten sich und fielen. Der Wind blies durch lockere Glasscheiben. Ein unbegrenzter Zugriff auf Raeburn's Special Reserve würde auch nur dafür sorgen, dass solche mit überaktiver Vorstellungskraft ihren Halluzinationen verfielen.

Die goldenen Möbel in Ediths Zimmer waren derart schillernd, dass sich Mary ihre alte graue Brille herbeiwünschte, um den Glanz zu mildern. Es war der richtige Ort für eine Märchenprinzessin, der nicht viel mit dem rauen Mauerwerk und den Holzverkleidungen im unteren Bereich von Raeburn Court gemeinsam hatte. Die unteren Zimmer wurden sehr männlich restauriert, aber dieser Ort war ein ausgesprochen weibliches Zimmer, und doch irgendwie kalt in seiner hübschen Perfektion. Pastellfarbene Tapeten mit floralem Muster bedeckten den größten Teil der Wände. Die Bettbehänge waren mit metallischem Garn eingefasst, zu dünn, um die Kühle eines schottischen Winters abzuwehren. Nicht ein Stuhl sah stabil genug aus, sodass ein normaler Mensch darauf hätte Platz nehmen können, geschweige denn ein Mann von Alecs Größe.

Mary sah zu dem massiven Gemälde zwischen den beiden gebogenen Fensterstühlen auf. Das Modell hätte es als Erstes jeden Morgen beim Aufstehen gesehen. Edith Raeburns Haar hatte die Farbe von Champagner gehabt, ihre Augen waren mehr silbern als blau, ihre Haut durchsichtig, bis auf den winzigen Hauch von Rosa, den der Künstler auf ihre Wangen gelegt hatte. Das Abbild einer fiktionalen Schneekönigin kam einem in den Sinn, denn sie war in weißen Pelzen gemalt, mit einem kleinen weißen Hund zu ihren Füßen. Ganz schön viel, dem man gerecht werden musste, wenn man noch immer Sand in den Augen hatte und das Haar vom Schlafen zerzaust war. Aber vielleicht hatte sich Ediths Haar nicht so verheddert wie Marys.

Mary konnte erkennen, weshalb Alec – weshalb jeder Mann – von ihrem betäubenden Aussehen begeistert war. Edith hatte etwas, das nicht von dieser Welt war, etwas Zerbrechliches und Entrücktes.

Mary versuchte, Mitleid mit ihr zu empfinden, was ihr aber nicht gelang. Sie war eine eifersüchtige Kuh. Edith stellte für sie keine Gefahr dar – das arme Mädchen war tot und hatte Alec ins Unglück gestürzt. Aber jeder würde sich wohl angesichts ihrer Schönheit für ungleich halten, auch wenn man nicht eine kurze, dralle Person mittleren Alters und mittlerer Klasse war, ohne Vermögen oder Ruhm.

Edith war die Tochter eines Viscounts gewesen. Mary war die Tochter eines Kolonialwarenhändlers. Welche gesellschaftlichen Umgangsformen sie auch immer seit ihrer Schulzeit gelernt hatte, hatte sie sich selbst beigebracht. Alec mochte zwar die Garderobe des Gaiety Theatre zu seinem Vergnügen aufsuchen, aber wenn es ernsthaft darum ging, eine Lebensgefährtin zu finden, würde er sich doch eher für jemanden mit ähnlicher Herkunft, wie er sie hatte, entscheiden. Und er *würde* wieder heiraten – es wäre ein Verbrechen, wenn nicht. Er war ein attraktiver, heißblütiger Mann, zu potent, um sein Geburtsrecht an seine Brüder abzutreten.

Ach Gott. Mary sollte nicht hier sein und herumschnüffeln und sich selbst bemitleiden. Alec würde sie sicher nie bitten, ihn zu heiraten, und sie würde sicher einen Antrag nicht annehmen, wenn er es tat. Sie musste ja ein Geschäft leiten. Ihrer Tante ging es nicht gut, ganz gleich, wie energiegeladen sie sich im Moment fühlte, und sie hatte das Pensionsalter auch längst überschritten. Die Evensong-Agentur war für viele Leute zu wichtig, um sie aufzugeben.

Mary streckte der gemalten Edith ihre Zunge heraus, fühlte sich dadurch aber nicht besser. Sie ging zu dem runden Fenstersitz und blickte durch das Bleiglas. Ben-y-Vrackie war in der Ferne in Wolken gehüllt. Etwas näher standen Alecs Schafe auf den Hügeln darunter verteilt. Mary konnte gerade die Spitze der Erkertürme des Forsyth Palace Hotels über den Bäumen ausmachen. Wie seltsam musste es für die Raeburns gewesen sein, den Eindringling am anderen Ende des Weges emporreisen zu sehen.

Sie fasste die überlegte Entscheidung, nicht nach unten auf den gepflasterten Vorhof zu blicken, wo Lady Edith Raeburn ihr Ende gefunden hatte.

Mary hatte sich nie vor der Höhe gefürchtet, aber sie war auch noch niemals zuvor so weit oben gewesen. Sie würde nicht versuchen sich vorzustellen, in welchem Zustand Ediths Geist war, bevor sie auf die Satinkissen kletterte und das Fenster öffnete.

Es schien recht eindeutig, dass Edith nicht zufällig aus ihrem Fenster ins Leere getreten war. Irgendwie konnte Mary keinen verärgerten Bediensteten sehen, der sie schubste, gleich wie anspruchsvoll sie gewesen sein mochte. Alec hätte Himmel und Erde in Bewegung gesetzt, um den Schuldigen zu finden.

Und er hatte sich auf Bauer eingeschossen. Nach Marys Meinung war Selbstmord das Selbstsüchtigste, was man tun konnte. Alec quälte sich noch immer über den Tod seiner Gattin, auch wenn er sie am Ende gar nicht mehr geliebt hatte. Er würde sich für immer fragen, was er hätte tun können, um sie davon abzuhalten, sich das Leben zu nehmen. Indem sie sich entschied, es mit einem derartigen Vorwurf gegen ihn zu beenden, hatte Edith dafür gesorgt, dass er niemanden mehr sonst lieben würde. Wie konnte er jemals wieder einer Frau mit seinem Herzen trauen, wo er doch derart zurückgewiesen worden war?

Warum hatte sie es getan? Aus unerwiderter Liebe für diesen Mistkerl von Bauer? Schwer vorzustellen.

Mary fühlte ein Frösteln, das nichts mit den kalten Steinmauern um sie herum zu tun hatte. Sie fühlte sich ein wenig wie Pandora – sie hatte die verfluchte Kiste geöffnet und ertrank nun in unangenehmen Gedanken und Vorstellungen. Mary sollte lieber wieder in die Bibliothek gehen und ihren Brief schreiben.

»Du hast gewonnen«, flüsterte sie Edith zu und schloss die Tür hinter sich. Bevor sie aber einen Schritt weitergehen konnte, hörte sie einen scharrenden Laut und aufgeregtes Knurren unten auf der Treppe.

Jemand hatte ihr Eindringen bemerkt. Aber nicht etwa eine Todesfee oder ein Geist, sondern ein schmutziger Flaumball kam die Treppe herauf und stürzte sich auf sie. Die bösartige kleine Bestie zog an ihrem Rock, wenn sie nicht gerade bellte, und Mary drückte sich mit dem Rücken gegen Ediths Tür.

»Gutes Hündchen«, sagte sie zaghaft. Offensichtlich eine Lüge, aber sie zeigte Wirkung.

Seine Knopfaugen blinzelten, und dann fuhr das Tier fort, unbekümmert an ihrem Rocksaum zu kauen.

»Sitz.«

Der Hund setze sich auf die Stufe, hörte aber nicht auf, sie zu attackieren.

»Nein! Kein Beißen oder Kauen!« Was war das gälische Wort für Stopp?

Mary zog kurz an, und ein Streifen Spitze blieb im Hundemaul hängen.

»Verflixt. Ich schätze, ich bekomme, was ich verdiene. Du beschützt die Räume deiner Herrin, nicht wahr?« Das war der Hund von dem Gemälde. »Du bist jetzt aber nicht gerade weiß, kleiner Kerl.« Mary sprach beruhigend auf die Kreatur ein, in der Hoffnung, sie wäre mit dem Abriss ihres Rocks zufrieden und würde nicht nach ihren Fingern trachten. Sie bückte sich, um den Hund zwischen den Ohren zu kraulen. Er bellte dumpf durch den Stoff.

»Jetzt ist es genug, wir gehen einfach nach unten, kommst du? Schön langsam. Siehst du? Ich bin ganz harmlos.« Mary packte das Seilgeländer und machte einen zaghaften Schritt um den Hund herum. Nach einer Sekunde stürzte er sich vor ihr die Treppe hinunter, um dann wieder zurückzukommen und sie den ganzen Weg zurück zur Bibliothek zu begleiten.

Dort fand sie Oliver. Er sprang von einem Sessel auf und sah schuldbewusst drein. »Da bist du ja! Ich habe überall nach dir gesucht!«

»Wohl nicht sehr nachdrücklich, sonst hättest du mich gefunden«, entgegnete Mary. »Was hast du da in der Hand?«

»N-nichts. Nur ein altes Buch. Raeburn bat mich, ein Auge auf dich zu haben, bis er von Pitcarran zurückkehrt. Irgendjemand wird uns ein kleines Mittagessen bringen.«

Der Hund knurrte, behielt aber Abstand.

»Sitz.«

Sowohl der Hund als auch Oliver gehorchten.

»Oliver Palmer. Du bist der schlechteste Lügner, den es gibt. Was hast du gemacht?«

»Menschenkenntnis ist alles, nicht wahr? Du hast schließlich alle Augen über vier Jahre lang getäuscht!«, entgegnete Oliver.

»Ich stehe jetzt hier nicht zur Debatte. Du solltest geständig sein. Ich habe gehört, das sei gut für die Seele.«

»Ich habe nichts getan, was du nicht auch getan hättest, hättest du die Chance dazu gehabt, Mary. Du wirst zu einem echten Terrier, wenn es um das Stöbern nach Informationen geht. Genau wie dieses erbärmliche Ding zu deinen Füßen.«

Der kleine schmutzige Hund legte seinen Kopf zur Seite, bellte aber nicht.

»Raeburn sagte, du würdest einen Brief schreiben, und alles, was ich versucht habe, war, die Sachen für dich vorzubereiten. Papier, Feder, Tinte, genau wie du es auf deinem Schreibtisch im Büro gern bereitstehen hast.«

»Sehr geschäftstüchtig von dir. Und?«

Oliver blickte auf das dünne Buch in seiner Hand. »Und dabei habe ich das hier gefunden. In einer Schublade.«

Mary fühlte, wie das Blut aus ihrem Gesicht wich. »Du hast Lord Raeburns private Sachen durchsucht?« Alec hätte jedes Recht, sie umgehend auf die Straße zu setzen.

»Nicht alles. Ich habe aufgehört, als ich dies hier fand.« Oliver lehnte sich nach vorn und reichte ihr das handgebundene lederne Tagebuch.

Alec hatte ein Tagebuch erwähnt, als sie sich das erste Mal getroffen hatten. Edith hatte eines geführt, und so hatte Alec ihre Treulosigkeit entdeckt.

»Leg es zurück!«, schnappte sie.

»Aber Mary, willst du es nicht zuerst lesen?«

Natürlich wollte sie das, aber nicht im Beisein von Oliver, der wie ein Geier in seinem Sessel lauerte. Ebenso wie der Hund. Er – denn es war ein Männchen, wie sie feststellen konnte, als er sich ekstatisch mit dem Stück Spitze im Maul über den Teppich gerollt hatte – blickte sie verächtlich an und schnaubte, um kurz darauf den nassen Klumpen Stoff fallen zu lassen.

»Es ist vollkommen unangemessen«, erklärte Mary steif.

»Aber hast du nicht auch das Tagebuch dieses Viscounts mitgehen lassen, um seiner Gattin dabei zu helfen, eine rechtmäßige Trennung zu bewirken?«, fragte Oliver.

»Das war etwas ganz anderes. Lady Cary hatte jedes Recht, sich gegen einen solchen abscheulichen Schänder zu verteidigen.«

Einige hätten das, was Mary getan hatte, vielleicht Erpressung genannt, aber Lady Cary war nicht glücklich im Cary-Anwesen in Mayfair, während ihr Gatte sein Glück auf einer australischen Rinderranch versuchte. Wenn es einen gnädigen Gott gab, dann würde dieser Mann von einem seiner preisgekrönten Bullen aufgespießt werden.

»In Ordnung. Ich lege es zurück«, sagte Oliver beschämt.

»Es liegt in der unteren linken Schublade, falls du deine Meinung änderst.«

»Ich dachte, du würdest zum Pförtnerhaus gehen.«

»Mac – das heißt Mackenzie – hat einen der jungen Stallburschen geholt, um ihm zu helfen. Ich habe ihm gesagt, dass es mir nichts ausmacht, ein wenig sauber zu machen – meine Brüder haben immer ihre Aufgaben auf mich abgewälzt. Aber er wollte nicht, dass ich mich selbst ›erniedrige‹, wie er es nannte.«

In der Tat hatte Olivers Familie Bedienstete, aber sein Vater, der Drillmeister, hielt nichts davon, irgendeinen seiner Söhne zu verhätscheln. Er hatte sich durch eigene Anstrengung nach oben gekämpft, und das würden seine Söhne auch lernen.

»Ist er nett?«

»Wer?«

»Sei nicht so schüchtern, Oliver. Mac natürlich. Der Diener.«

Oliver schlug die Schublade zu. »Hast du etwa vor, mir seine Freundschaft zu untersagen? Er ist nicht direkt ein Kunde, Mary.«

Sie seufzte. Das Leben des armen Oliver war eine komplizierte Angelegenheit. »Selbstverständlich nicht. Aber sei vorsichtig. Ich möchte nicht, dass du verletzt wirst.«

»Mac könnte keiner Fliege etwas zuleide tun. Er ist nicht einmal halb so groß wie sein Herr.«

»Ich rede auch nicht davon, wie groß oder stark er ist, Oliver, und das weißt du auch:«

»Nun, pass du ebenfalls gut auf dich auf. Ich habe gesehen, welche Blicke dir Lord Raeburn zuwirft, als würde er dich gleich mit Haut und Haaren verschlingen.«

Wirklich? Mary war widersinnigerweise hocherfreut. »Er fühlt sich einfach nur schuldig, dass er mich diesem Bauer ausgeliefert hat und will mir einen kleinen Urlaub ermöglichen.«

»Ich denke, da steckt mehr dahinter. Und warum steckt er dich wohl in dieses Pförtnerhaus? Wenn er sich so viele Sorgen wegen des bösen Doktors macht, sollte er dich zurück nach London schicken.«

Olivers Denkweise hatte in der Tat etwas Logisches. »Wir sind geschäftlich hier, wie du dich vielleicht erinnerst. Ich brauche dich, um die Lage hier zu sondieren. Dies wird sozusagen dein erstes großes Projekt für die Evensong-Agentur sein. Lord Raeburn braucht neue Bedienstete, um ein Anwesen dieser Größe bewirtschaften zu können. Stelle fest, wie viele. Du kannst auch gleich den Brief an Tante Mim verfassen. Wenn wir dann zurückkehren, kannst du einen Großteil der Vorstellungsgespräche führen.«

Oliver fing Feuer. »Mary, das ist ja großartig. Aber was wirst *du* dann während deines Aufenthalts hier machen?«

Die Wahrheit musste er nicht wirklich wissen, oder?

»Mich ausruhen. Spazieren gehen. Die üblichen Dinge, die man auf dem Land so macht. Wenn Lord Raeburn einverstanden ist, möchte ich das Autofahren von ihm lernen.«

Oliver pfiff durch die Zähne und erregte damit die Aufmerksamkeit des Hundes. »Alle Mann in Deckung.«

»Hör auf, so albern zu sein. Warum sollte ich nicht lernen, wie man ein Automobil fährt?«, fragte Mary irritiert.

»Nun, einerseits ist es ein Hobby für einen reichen Mann.«

»Das wird nicht mehr lange so bleiben. Automobile sind die Zukunft.« Das hoffte sie zumindest. Schließlich hatte sie einen Großteil ihres hart verdienten Geldes in die Pegasus Motor Company investiert.

»Du hast ja nicht einmal die notwendige Ausrüstung dafür … Fahrhut und all das ganze Zeug.«

»Ich bin sicher, dass sich da etwas finden wird.« Mary hoffte nur, es hatte dann nicht der güldenen Edith Raeburn gehört.

26

Nach ihrem schnellen und sehr einfachen Lunch, der aus Käse, eingelegten Gurken und Brot bestand, schickte Mary Oliver ins Innere von Raeburn Court, um die verbliebene Belegschaft zu befragen. So sollte festgestellt werden, wie viele Zofen und Diener erforderlich waren, um diesen Ort aufzumöbeln. Sie fragte sich, wann Alec zurückkommen würde. Anstelle von seinem Wagen, der immer noch unten im Hof parkte und in der Sonne glänzte, hatte er sein Pferd genommen. Es reizte sie, nach unten zu gehen und ein paar Dinge selbst zu bewerten, aber in Anbetracht ihrer begrenzten Zeit schloss sie die Bibliothekstür, schrieb einen Brief an Tante Mim, in dem sie ihr mitteilte, dass mehr Einzelheiten von Oliver folgen würden, und öffnete die untere Schublade.

Mary wusste, dass es falsch war. Es war eine Sache, ein paar Regeln zugunsten ihrer Klienten zu verletzen – eine Notlüge, eine besonnene Auslassung –, aber dieses Mal missbrauchte sie Alecs Vertrauen. Er hatte sie in seine Bibliothek gelassen, sein Lieblingszimmer im ganzen Haus. Sicher erwartete er nicht, dass sie in seiner Vergangenheit wühlen würde.

Das perfekt gemalte Bild von Edith Raeburn verhöhnte Mary; das Mysterium ihres Todes machte sie neugierig. Sie mied die kritischen Blicke des Hundes, während sie an Alecs Schreibtisch saß und das Tagebuch öffnete.

Und dann blinzelte sie. Es schien nichts als eine lange Liste zu enthalten – eine Bestandsaufnahme von Ediths Besitztümern in eleganter Kupfersichtschrift. Vielleicht war dies auch nicht das Tagebuch. Fuchsstolen, Diamantspangen, Worth-Kleider. Einunddreißig insgesamt, wenn Mary richtig zählte. Einunddreißig Gewänder von Worth! Die mussten ein Vermögen gekostet haben.

Und Worth war nicht das einzige Modehaus, das in Ediths Kleiderschrank vertreten war. Es gab dort noch andere französische Designer, darunter Doucet und Poiret. Mehrere von Monsieur Poirets umstrittenen Kimonos waren erst kurz vor Ediths verfrühtem Ableben gekauft worden. Die Liste ging über mindestens dreißig Doppelseiten so weiter, jeweils mit Kaufdatum für jedes neu erworbene Stück Firlefanz, angefangen kurz nach Ediths Heirat mit Alec. Er hatte sie mit Verlobungsgeschenken überschüttet und anscheinend auch nicht damit aufgehört, als sie verheiratet waren. Beinahe alle Einträge waren als »von Alec« gekennzeichnet.

Mary fühlte einen Anflug von Eifersucht – er war seiner jungen Braut gegenüber übermäßig großzügig gewesen, sogar als er bei seinen Lebedamen in London war. Seine Gattin war stets in seinen Gedanken gewesen, während er bei anderen Frauen im Bett lag. War es ein Schuldgefühl gewesen, das Ursache für diese teuren Geschenke war, oder etwas anderes?

Sie blätterte über ein paar leere Seiten und wollte das Tagebuch schon in sein dunkles Versteck zurücklegen, als sie auf neue Einträge stieß.

Heute habe ich mit Mama das neue Kurhotel besucht. Sie hatten große Eröffnung, und einige ihrer Freundinnen haben sich dort einquartiert. Wie öde. Nichts als alte kranke Menschen und Angelfreunde, ich langweile mich ja schon zu Hause zu Tode. Aber wir haben den attraktiven Arzt kennengelernt, der dort verantwortlich ist, und er hat uns herumgeführt. Er hat mir gesagt, dass die speziellen Bäder ideal für Menschen sind, die wie ich unter schwachen Nerven leiden. Mama sagt, ich sollte es doch einmal versuchen, und da es wirklich nicht weit weg ist, ziehe ich es tatsächlich in Erwägung. Ich habe es so satt, mir ständig ihre Vorträge über meine Pflichten anzuhören.

Mary kämpfte mit sich. Sie sollte das Buch sofort wieder schließen. Aber stattdessen überflog sie Ediths wunderschöne Notizen. Das heißt, ihre Handschrift war elegant. Was sie darin zum Besten gab, war eher kindisch. Mary erinnerte sich daran, dass Edith gerade einmal einundzwanzig war, als sie starb … fast noch ein Kind. Ein verwöhntes Kind, wie sie aus den niedergeschriebenen Zeilen entnahm, ein Kind, das sich endlos über die Bediensteten, ihre Eltern, das Wetter, Alecs Brüder und Alec selbst beklagte.

Mary erinnerte sich zurück, als sie in diesem Alter war – sie war damit beschäftigt gewesen, für ihren Bruder und ihre Schwägerin zu arbeiten und ihre Neffen zu umsorgen, wenn sie einmal nicht im Laden stand. Sie hatte keine Zeit gehabt, ein Tagebuch zu führen, und hätte ohnehin nichts Interessantes gehabt, das sie hätte aufschreiben können.

Sie las weiter. Von der ersten Begegnung an hatte es genau zwei Wochen gedauert, bis Josef Bauer mit Edith zu flirten begann und sie ins Bett lockte.

In ihr goldenes Bett in ihrem goldenen Schlafzimmer hier in Raeburn Court, entdeckte Mary, in das Bett, in das sie nicht einmal ihren Ehegatten gebeten hatte. Und im Kurbad, in freien Hotelzimmern, einmal sogar auf einer Decke auf einer Schafweide, als der Doktor einen Nachmittag frei hatte. Mit jedem Satz hielt Mary weniger von Edith.

Mary musste über die Lobhudelei des armen getäuschten Mädchens hinweglesen. Jetzt, da sie Bauers Vorlieben kannte wusste sie, dass Edith keine Chance hatte. Und selbst wenn, es war so erschütternd, über ihr schlechtes Urteilsvermögen zu lesen in dem Wissen, wie sehr Alec dadurch verletzt wurde – und welchen Preis sie letztendlich dafür bezahlt hatte.

Der kleine Hund hatte bislang ruhig unter dem Schreibtisch gesessen, aber plötzlich sprang er hervor und begann, sich bellend im Kreis zu drehen. Mary klappte das Buch zu und schob es gerade noch rechtzeitig zurück in die Schublade.

»Alec!«, sagte sie fröhlich. »Ich habe Sie nicht so früh zurückerwartet.«

»Mein Pferd hat ein Hufeisen verloren, und ich musste es im Schneckentempo zurückführen. Ich schätze, der Besuch beim Magistrat kann auch bis morgen warten.« Er sah zerzaust und abgekämpft aus. »Sitz, Beowulf!«, sagte er zu dem Hund und scheuchte ihn mit seinen Handschuhen von seinen Reitstiefeln weg.

Der kleine Hund sprang auf, um hineinzubeißen, aber Alec gewann das Tauziehen.

»Beowulf!«, kicherte Mary. »Wie ein Held sieht er ja nicht gerade aus.«

»Ich habe ihm seinen Namen nicht gegeben. Er sieht aus, als hätte er sich wieder in einem Aschehaufen gewälzt. Seit Ediths Tod hat sich niemand richtig um ihn gekümmert. Er war ihr Baby.« Er tätschelte den Hund abwesend.

Sollte sie Alec erzählen, dass sie bereits ihr Portrait in Ediths Zimmer gesehen hatte? Er hatte sie aufgefordert, sich im Haus umzusehen, hatte aber wohl nicht erwartet, dass sie sich Zutritt zu verschlossenen Räumen verschaffte.

»Er scheint einen ausgeprägten Beschützerinstinkt zu haben«, äußerte Mary eine Vermutung.

»Aye. Er denkt, ihm gehört hier alles. Wenn er Sie stört, kann ich ihn zu den Ställen schicken.«

»O nein! Ich mag Hunde. In unserer Wohnung über dem Laden hatten wir nie einen.« Sie klatschte in die Hände, und Beowulf trabte mit wedelndem Schwanz an. Sie kraulte ihn hinter den Ohren, was er sehr genoss.

»Haben Sie Ihren Brief geschrieben? Ich kann ihn morgen aufgeben, wenn ich nach Pitcarran gehe.«

»Das habe ich. Nun ja, eigentlich habe ich diese Aufgabe Oliver übertragen. Er wurde in einem Haushalt der Mittelklasse erzogen und ist sehr gut dafür geeignet, Ihre Personalbedürfnisse festzulegen. Seine Familie ist sehr vermögend.«

Alec hob eine Augenbraue. »Ist sie das? Und warum arbeitet Oliver dann für Ihre Tante?«

Mary wollte Olivers Geheimnisse nicht verraten. »Er hat sich auf unglückliche Weise mit seinem Vater überworfen.«

»Ich wette, ich weiß, warum.«

Mary schaute ihn erschrocken an.

»Denken Sie, Sie sind die einzige einfühlsame Person auf dieser Welt? Ich vermute, mein Diener und der Assistent Ihrer Tante haben recht viel gemeinsam.«

»Und Sie sind damit einverstanden?«

Alec zuckte mit den Achseln. »Nur Gott weiß, warum Menschen so sind, wie sie sind. Es ist nicht meine Aufgabe, darüber zu urteilen – ich habe selbst genug Probleme. Kommen Sie, ich habe Ihnen einen Rundgang durchs Haus versprochen, und den sollen Sie auch bekommen.«

Mary erhob sich vom Schreibtisch. »Das müssen Sie jetzt nicht, Alec. Sie sind doch sicherlich müde.«

»Ich bin vielleicht müde, aber Sie werden mir doch die Zeit in Ihrer reizenden Gesellschaft nicht verwehren, oder?«

Er würde sie wahrscheinlich nicht mehr für reizend halten, wenn er wüsste, dass sie das Tagebuch seiner verstorbenen Gattin gelesen hatte. »In Ordnung.«

Alec nahm ihren Arm. »Ich zeige Ihnen, wo ich Sie untergebracht hätte, würden wir hierbleiben. Sie werden vom Pförtnerhaus vielleicht sehr enttäuscht sein – es ist ein rechter Abstieg.«

»Sie wissen schon, dass Sie mit einer Frau reden, die über einem Eckladen aufgewachsen ist? Das Pförtnerhaus wird entzückend sein. Erst vor Kurzem hat mein Bruder ein Haus gekauft, das getrennt vom Geschäft liegt.«

»Seine Geschäfte laufen also gut?«

»Ich nehme es an. Er erzählt nicht sehr viel.«

»Sie sind eine achtsame junge Dame. Sie wissen es bestimmt.«

Himmel! Alec dachte, sie wäre noch immer in dem Laden angestellt und nur vorübergehend für Tante Mim tätig. Sie sollte ihm die Wahrheit erzählen.

Aber das Letzte, was Alec Raeburn jetzt brauchte, war eine weitere Frau, die ihn belog. Mary schob ihr Gewissen beiseite und äußerte stattdessen angemessene Kommentare, während er sie herumführte. Er führte sie an all den leeren Schlafzimmern vorbei, die sie bereits gesehen hatte, und ging dann am Ende des Korridors nach links zu einer anderen Treppe. Mary blickte über den Treppenabsatz hinweg. »Wohin führt die Treppe auf der anderen Seite?« Sie wusste es nur zu gut.

»Dieser Raum ist versperrt, und ich habe den Schlüssel nicht dabei«, sagte Alec vage.

Mary hatte vergessen, Ediths Zimmer wieder abzuschließen, nachdem sie von Beowulf ertappt worden war. Wenn er später dorthin gehen würde, hoffte sie, er würde denken, einer der Arbeiter hätte es versäumt abzuschließen.

Sie folgte ihm eine kurze Treppe nach oben zu einem weiteren Flügel mit Schlafzimmern.

»Hier«, sagte er und schwang eine Tür auf, »unser bestes Gästezimmer.«

Die Tapete war frisch, ein kunsthandwerkliches Muster, das zu den dunklen Holzarbeiten passte. Es war ansprechend, aber nicht übermäßig luxuriös.

»Sie sind zu höflich, um es zu sagen, aber ich kann sehen, dass Sie nicht beeindruckt sind. Das Beste daran ist, dass mein Zimmer direkt nebenan liegt.« Alec grinste.

»Oh.« Mary spürte, wie sie errötete.

Er zog sie durch eine Verbindungstür in sein eigenes Zimmer, eine maskuline Höhle, in der das Aroma von Blenheim Bouquet und alten Büchern waberte. Schon eine ganze Weile war hier niemand mehr gewesen, um hinter ihm aufzuräumen. Dokumente und Bücher lagen auf einem Tisch nahe dem Fenster verstreut und stapelten sich zu einem bedenklichen Turm neben seinem Bett. »Mac ist ein bisschen böse auf mich – ich lasse ihn hier nicht aufräumen. Er muss sich mit der Organisation meines Ankleidezimmers begnügen.«

»War das auch Ihr Zimmer, als Sie ein Kind waren?«, fragte Mary.

»Ja, das war es. Ich bin wieder hier eingezogen, als die Situation mit Edith in eine Sackgasse geriet. Sie ist auch umgezogen. Das Haus ist ja wirklich groß genug, um einem Dutzend unglücklich verheirateter Ehepaare Unterschlupf zu bieten. Das waren einmal Musikzimmer. Dieses Gästezimmer war früher das Zimmer meines Bruders Evan. Er lebt jetzt im Witwenhaus auf dem Anwesen.«

Mary stellte sich vor, wie die beiden Jungs Türen knallten und kicherten, ständig bereit für neue Streiche. »Und was ist mit Ihrem anderen Bruder?«

»Nick? Wir haben ihn nie aus der Kinderstube herunterkommen lassen, also entschied er sich, uns eine lange Nase zu machen, und genoss es dort oben. Er sagte, das Licht sei gut für seine Malerei. Aber seit meiner Heirat war er nicht mehr hier. Ich mache mir Sorgen um ihn.«

»Sie sollten ihn drängen, nach Hause zu kommen. Zumindest nach London.«

»Denken Sie, ich hätte das nicht versucht?«

»Er braucht einen Anreiz. Überlassen Sie das doch m-Mrs Evensongs Agentur. Tante Mim wird schon das Richtige einfallen, um ihn hierher zurückzuholen.«

Alec lachte. »Und was wird mich das kosten?«

»Nicht einen Penny. Ich – wir sehen das als eine Gefälligkeit. Schließlich tun Sie mir bald ebenfalls einen Gefallen, nicht wahr?«

»Nicht bald genug«, murmelte Alec und nahm sie in die Arme. Mary war sich des großen Bettes und der beharrlichen Hitze von Alecs Körper bewusst. Er roch nach Leder, Pferd und Schweiß, was eigentlich hätte abstoßend sein müssen, es aber nicht war. Wie konnten die Lippen eines Menschen gleichzeitig so weich und nachdrücklich, so neckend und doch fest sein? Sie vergaß, dass sie durch ihr Herumspionieren sein Vertrauen verletzt hatte, vergaß, dass erst morgen Montag war. Mary wollte ihn, ohne Kleider und Geheimnisse, die zwischen ihnen standen. Sie stellte sich auf die Zehenspitzen, um seinen Hals zu umfangen, wobei ihre Knie mit jeder seiner Zungenberührungen schwächer wurden.

Sie war kurz davor, zu Boden zu gleiten, als er aufhörte, sie zu küssen, und ihr Ohrläppchen liebkoste. »Ich will nicht warten, Mary.« Alec forschte in ihrem Gesicht nach einer Antwort.

Sie hatte die Schmutzflecke weggewischt, war aber sicher, dass es ihm auch nichts ausgemacht hätte, hätte sie sich wie Beowulf in einem Ascheberg gewälzt. Das Verlangen tänzelte zwischen ihnen, ätzte vor Dringlichkeit. Er wollte mit ihr aus

Raeburn Court weggehen, falls Bauer immer noch darauf lauerte, ihn bezahlen zu lassen.

»Es – es ist noch hell«, stotterte Mary.

»Umso mehr Grund für uns, es jetzt zu tun. Ich will sehen, was unter diesem Kragen und Korsett steckt.«

»Ich weiß nicht, ob ich bereit bin.« Mary hatte an Duftbäder und loses Haar gedacht, das hundert Mal gekämmt worden war, aber Alec verstand sie falsch.

»Natürlich. Ich bin ein vollkommener Idiot. Ich habe versprochen, Ihnen Zeit zu geben, Ihre Tortur zu vergessen.«

Mary legte einen Finger auf seinen Mund. »Das ist es nicht. Ich wollte mein bestes Nachtgewand tragen. Mir die Zähne putzen.« Meine Güte, sie hatte zu Mittag eingelegte Zwiebeln gegessen – wie konnte er es nur ertragen, sie überhaupt zu küssen?

»Du kleiner Schatz. Du bist perfekt, so wie du bist.« Er stiefelte zu den Türen und versperrte sie. »Das Pförtnerhaus wird erst später heute bereit sein, und morgen früh muss ich mich noch einmal auf den Weg nach Pitcarran machen. Lass uns die uns verbleibenden Stunden also gut nutzen.«

Dabei blickte er sie derart hoffnungsvoll an, dass sie einfach nicht Nein sagen konnte.

27

Alec wusste nicht, warum es so wichtig für ihn war, Mary Arden in das Bett seiner Jugend zu bringen. Normalerweise war er weder sentimental noch derart ungeduldig. Gott wusste, er hatte viele dunkle Nächte seiner Jugend damit verbracht, sich eine bereitwillige Frau in seinem Bett vorzustellen, mit einer Hand auf seinem Glied, aber er hoffte, er wäre da inzwischen herausgewachsen.

Sie zählte auf ihn, dass er sie in die Kunst des Liebemachens einführte, sie war abhängig von seinen mutmaßlichen Fertigkeiten und seiner Erfahrung. Sie vertraute ihm. Alec war eine solche deplatzierte Ehre nicht gewöhnt. Er wollte herumfummeln und ihren Rock hochschieben, wie er es sich lebhaft als Junge vorgestellt hatte.

Finesse, erinnerte sich Alec selbst, *Verführung*. Trotz ihrer kurzen sinnlichen Begegnungen in den letzten paar Tagen war sie unschuldig. Abgesehen von letzter Nacht bezweifelte er, dass sie je ein Mann außer dem Arzt, der sie entbunden hatte, nackt gesehen hatte.

Er hatte nur diverse Teile duftender weißer Haut gesehen, wusste aber, wie sie schmeckte, wie schwach sie sich in seinen Armen fühlte, wie ihre rostfarbenen Wimpern flatterten, wenn er sie küsste. Er wollte sie als Geschenk für sich auspacken, etwas tun, um das Elend der vergangenen Monate etwas zu lindern. Er hatte sich selbst in diese törichte Theaterwelt begeben, und die Schauspielerinnen waren nicht die Einzigen gewesen, die etwas vorgetäuscht hatten.

Seine klobigen Finger bekamen einen mit Band bedeckten Haken zu fassen. Der Leibhaftige hatte ihn aus seiner Öse befreit, doch da gab es noch ein halbes Dutzend mehr, bevor er überhaupt einen der winzigen Perlknöpfe zu fassen bekam. Mary stand atemlos da, während er sich die Rückseite ihres Kleides hinabarbeitete. Wie hatte sie es nur geschafft, heute Morgen ohne eine Zofe da hineinzuschlüpfen? Seine Mary Arden war eine einfallsreiche Frau.

Ihr Kleid rutschte auf ihre Hüften, und er drehte sie sanft um. Sie musste ihr Korsett von vorne geschnürt haben – noch mehr dieser verflixten Haken –, und sie zu lösen bereitete ihm noch mehr Schwierigkeiten. Seine Hände ließen ihn mit jedem Zentimeter im Stich, weil sie so zitterten. Sie trug ein Unterkleid aus Spitze, noch mehr Weiß auf ihrer Haut aus Creme und Gold. Sie hatte winzige Sommersprossen auf einer Schulter, und Alec beugte sich hinab, um sie zu küssen.

Sie griff hinter ihren Rücken und zog an ihrer Schärpe. Ihr Batistkleid fiel zu Boden, und sie stand zitternd da in ihrem Unterrock und Slip.

»Ist dir kalt?«, fragte Alec.

»Nur ein bisschen nervös. Sie sind etwas übertrieben angekleidet, Mylord.« Sie wünschte, ihre Hände würden jetzt auf ihm ruhen und das Gleiche mit ihm tun, was er mit ihr tat, aber das war zu viel verlangt.

»Steig ins Bett, meine Liebste.«

»Mit meinen Schuhen?«, fragte sie frech.

»Setz dich«, befahl er.

Mary trat zum Bett und setzte sich hin, ihre Hände wie ein tüchtiges Schulmädchen in ihrem Schoß gefaltet. Sogleich sank er auf seine Knie und zog ihr die Ziegenlederschuhe aus. Ein Strumpf verhakte sich an seinen rauen Händen, als er ihn vom Strumpfband löste.

Verdammt. Selbst wenn er versuchte, sanft zu sein, war er noch immer derb. Er rollte die Seide an ihren Beinen hinunter und ließ seine Hände über den blassgoldenen Flaum gleiten. Sie saß absolut still, und ihr fraulicher Duft überschwemmte ihn. Er war so nah – warum nicht? Für das Hauptereignis wäre nach ein paar vergnüglichen Minuten noch immer Zeit.

Alec zog sie an den Bettrand und arbeitete sich von ihren anmutigen Zehen bis zu ihrem Oberschenkel hoch, indem er Schmetterlingsküsse auf ihre zarte Haut setzte. Sie erriet seine Absicht und öffnete sich ihm.

Alec vergrub seine Zunge in ihr. Sie wurde noch steifer, und ein scharfer Schrei entrann ihrer Kehle. Er schwelgte unter ihren Nägeln, die sich in seine Schulterblätter bohrten, und ihre Oberschenkel zitterten. Sie war vom Nektar durchtränkt, beinahe bereit für ihn.

Aber er war, wie sie bereits anmerkte, übertrieben angezogen. Also zerrte er seine Kleider von seinem Körper, als stünden sie in Flammen. In der Zwischenzeit hatte sie schüchtern ihr Unterkleid gelöst, zog ihre Unterwäsche über den Kopf und die Nadeln aus ihrem prächtigen Haar. Sie war blass und exquisit, ihre Brüste waren voll und hatten apricotfarbene Spitzen. Auch dort schwelgte er und warf ihren Rücken auf sein Bett und die verknitterte, abgetragene Decke.

Ihre Atemzüge wurden schneller, während er seine Fingerspitzen über ihre glatte Haut gleiten ließ, dann brachte er sie mit einem feierlichen Kuss zum Schweigen. Konnte sie seinen stillen Schwur hören, es gut für sie zu machen? Es war nicht wirklich möglich, noch viel länger zu warten.

Ihre Augen waren weit geöffnet und fragend, die noch vor Kurzem sichtbare Benommenheit war verschwunden.

Er nahm ihre Hände in die seinen. »Bist du sicher, Mary? Ein Zurück wird es nicht geben.«

Sie nickte einmal.

Ein Finger suchte nach ihrem Zentrum und teilte sie sanft. Sie war so eng – eigentlich war alles an ihr viel zu klein. Er würde sie noch zerquetschen. Und dann kam es ihm. Sie hatte gewollt, dass er sie unterrichtete, aber vielleicht sollte sie die Führung übernehmen, das Tempo bestimmen. Letzte Nacht wäre sie beinahe Bauers hilfloses Opfer geworden. Er würde ihr heute nicht das Gleiche antun. Keine Frau sollte sich ihrer Autonomie beraubt fühlen, es sei denn, natürlich, es war das, was sie wollte. Irgendwie konnte sich Alec nicht vorstellen, wie Mary alle Kontrolle verlor.

Mary war eigensinnig, und Alec wollte all die Dinge entdecken, nach denen sie sich sehnte. Sie wusste es wahrscheinlich selbst nicht, aber er würde ihr die Gelegenheit geben, es herauszufinden. Er rollte sich auf den Rücken und setzte ihren drallen Körper über seinen. Ihr Haar kitzelte auf seiner Brust, und er hielt sie fest.

»Was tust du?«, krächzte sie und wurde rot.

Alec wollte nicht, dass ihr etwas peinlich war. Er schenkte ihr ein, wie er hoffte, höchst anerkennendes Lächeln. »Ich überlasse dir die Zügel, meine Liebe. Wir werden so langsam fortschreiten, wie du es willst. Oder schnell, obwohl ich hoffe, dass wir unsere Zeit genießen können. Anfangs kann es wehtun.« Er führte seinen Finger wieder hinein, dann heraus, fest und doch auf sanfteste Weise. Sie war nicht bereit, noch weiter gespreizt zu werden, obwohl seine geduldigen Stöße eine befriedigende Wirkung zu haben schienen.

Mary stöhnte. »Ich will mehr.«

»Noch nicht, mein gieriges Mädchen. Entspanne dich.«

»Wenn man mir sagt, ich soll mich entspannen, bewirkt man damit genau das Gegenteil«, erklärte Mary mürrisch.

»Aber du musst dich entspannen, sonst wird es unangenehm. Spürst du, wie behaglich du bist? Wir wollen einen weiteren Finger einführen, bevor wir etwas anderes versuchen. Fühl mich, Mary. Ich bin etwas größer als zwei Finger.«

Ihre Hand berührte sein Glied. Sogar ihre ungeschickte Berührung verursachte ihm Vergnügen.

»Redet man denn dabei? Das erscheint mir sehr merkwürdig.« Sie schlang ihre kleine Hand um ihn, und er betete, er möge sich nicht in sie ergießen.

»Sicher kann man reden. Man kann gelegentlich sogar lachen. Natürlich ist es am besten, wenn man derart mitgerissen ist, dass man nicht mehr denken kann.«

So sollte sich der Nachmittag entwickeln – er hätte sie bis zur Besinnungslosigkeit küssen sollen. Es hätte Champagner geben sollen. Erdbeeren. Vielleicht auch Federn. Federn waren lustig. Aber was machte er sich da vor.

Marys Augenbrauen zogen sich zusammen. »Wie lange wird es dauern, mich zu vervollkommnen?«

»Still. Du brauchst keine Vervollkommnung, meine Liebe. Komm hoch auf deine Knie und grätsche dich über mich, dann lass dich nieder.« *Und hör auf zu denken.*

Er hielt seine Hand fest an ihrem Zentrum, umkreiste ihre Klitoris mit seinem Daumen und tauchte seinen Finger noch tiefer in sie hinein. Mit seiner anderen Hand umfasst er sein Glied. Ihr lieblicher Schoß strich gegen seine Oberschenkel. Sie starrte zu der Stelle, an der sich ihre Körper trafen, ihr Rücken richtete sich auf, und ihre Nippel wurden hart. Sie stand von ihren Haarspitzen bis zu ihrem Bauchnabel in Flammen.

Dann hob sie den Blick entlang seines Oberkörpers bis zu seinem Gesicht. »Du siehst mich an.«

»Aye, und du mich. Uns. Was für eine Schönheit du bist, Miss Arden. Kupfernes Haar, Perlmutthaut und Smaragdaugen. Weißt du, dass du darin auch Flecken von Gold hast? Du bist wie eine lebendig gewordene Schmuckschatulle.«

»Du musst keine solch albernen Dinge sagen.« Sie lächelte ihn nervös an.

Wusste sie wirklich nicht, wie perfekt sie war? »Du bezweifelst meine Aufrichtigkeit? Das solltest du nicht. Ich weiß nicht, wann ich je schon einmal so etwas Schönes gesehen habe. Schau, was du mit mir gemacht hast. Nein, schau nicht weg. Das ist für dich.« Er verteilte den glänzenden Tropfen Flüssigkeit auf der Eichel seines Penisses. Er war hart wie Stein.

Verdammt. Er hätte ein Kondom überziehen sollen. Er hatte ein paar in seinem Koffer, aber es würde die ganze Stimmung kaputt machen, wenn er jetzt aufsprang. Er musste später einfach vorsichtiger sein, ihn herausziehen, bevor … Aber wäre es so denn wirklich so schrecklich, wenn es Konsequenzen gäbe? Alec hatte es sich jahrelang nicht gestattet, sich eine annähernd normale Zukunft vorzustellen. Mit einer Frau. Einer Familie.

Aber er kannte Mary kaum, und sie kannte ihn kaum.

Vielleicht wollte sie ja gar nicht ihr Leben mit einem Gorilla verbringen. Er würde sich mit ein paar Tagen in köstlicher Sünde begnügen müssen.

Ein zweiter Finger leistete seinem ersten Gesellschaft, und Mary schloss die funkelnden grünen Augen.

»Tut es weh?«

»Nicht wirklich. Ich *fühle* dich nur.«

»Das hoffe ich doch.« Er betrachtete ihre Arme, die untätig an ihrem Körper herabhingen, und hatte eine Idee. »Wo soll ich dich sonst noch berühren?«

»Ich weiß nicht.«

»Deine Brüste sehen so einsam aus.«

Sie kräuselte die Lippen. »Sei nicht lächerlich. Brüste können nicht einsam sein.«

»O doch, das können sie. Warum berührst du sie nicht? Ich würde das gern sehen.«

Marys Augen sprangen weit auf. »I-ich? Das wäre nicht angemessen.«

»Komm schon. Ich kann an dem, was wir bislang tun, auch nichts Angemessenes finden, du etwa? Du schaust mir zu, wie ich mich streichele, während meine Finger in dich eindringen. Genau jetzt hätte ich gern ein weiteres Paar Hände, um es noch vollkommener zu machen, und rate mal, wer zwei hat, die gerade nichts zu tun haben? Hast du dich nie selbst berührt?« Alec wusste, dass er böse war.

Mary rollte vor Verzweiflung mit ihren smaragdgrünen Augen. »Nicht, wenn mir jemand dabei zugesehen hat. Du sagst, ich soll mich entspannen, aber wie soll das gehen?«

»Also *hast* du dich selbst berührt.«

»Alec«, sagte sie mit schwindender Geduld, »ich bin neunundzwanzig Jahre alt. Eine moderne Frau. Meine Neugier entfaltete sich nicht plötzlich in dem Moment, in dem du mein Büro betreten hast. Ich habe schon vorher andere Männer in Kilts gesehen, und du weißt ja, was man so sagt.«

Ihre Kinnlade klappte vor plötzlicher Bestürzung über ihre eigenen Worte nach unten, und er hörte auf, seine Hände zu bewegen. »Was? Was meinst du damit?«

»Oh! Lass es gut sein. Bitte mach doch weiter.« Mit einer fieberhaften Geste packte sie ihre Brüste und quetschte sie. Es sah eher schmerzhaft denn lustvoll aus. Es konnte nicht sein! Aber sie war ihrer Tante so ähnlich und wusste so viel über die Evensong-Agentur. Sie waren in etwa gleich groß. Eigentlich genau gleich groß. Zum Teufel, sie hatten sogar die gleiche Stimme.

Hatte sie ihn die ganze Zeit zum Narren gehalten? *Ihn* ausgenutzt, nachdem er die Kälte seiner Ehe eingestanden hatte? Wie ein Idiot hatte er der alten Frau sein Herz ausgeschüttet.

»Mary Arden, gibt es da etwas, das du mir erzählen solltest? Etwas Wesentliches?«

»Nein. Na-hein.« Sie schüttelte den Kopf und kniff halbherzig in eine Brustwarze.

Alec rollte sie von seinem Schoß. »Ich kann Unehrlichkeit nicht ausstehen, Miss Arden. Selbst meine Mätressen verstanden es, mich nicht anzulügen. Ich bezahle sie für die Wahrheit. Und es scheint mir, ich habe Sie ebenfalls bezahlt. Und zwar eine beträchtliche Summe für Ihre Dienste – oder sollte ich sagen für die Dienste Ihrer Nichte?«

»Verdammt«, murmelte Mary.

Er fuhr mit einem Arm zwischen ihnen auf und ab. »Ich verstehe das nicht. Wer bist du wirklich?«

»Du weißt, wer ich bin! Mary Arden ... Evensong.« Das letzte Wort flüsterte sie.

Alecs Hand wanderte zu seinem nicht existenten Bart, dann schlug er sich selbst ins Gesicht. »Sag das noch einmal.«

Sie studierte ihre Fingernägel, als wären sie diamantbesetzt, und mied seinen Blick. »Ich – ich hatte nicht vor, dich insbesondere zu täuschen. Wir haben jeden getäuscht. Meine Tante war krank, und ich habe ihren Platz eingenommen.«

Alec war sprachlos. Die Evensong-Agentur war weit und breit als die überragende Arbeitsvermittlungsagentur im Land bekannt. Natürlich lösten sie auch alle möglichen sonstigen Probleme, aber irgendwie konnte er die schüchterne kleine Mary Arden ... Evensong nicht sehen, die all die Dinge tat, die ihrer alten Tante zugeschrieben wurden.

»Und wie lange geht diese Maskerade schon?«

»V-vier Jahre.«

Alecs Augenbrauen stiegen in die Höhe. »Vier Jahre? Bedeutet das, dass du es warst, die zu Viscount Burleighs Schwiegervater gegangen ist und –«

Marys Gesicht lief tiefrot an, so wie es sein sollte, wäre sie in *diese* Affäre verwickelt gewesen. Der alte Mann verdiente jedwede Strafe, die sie ausgeteilt hatte, und Lady Burleigh befand sich schließlich in Sicherheit. »Ja, ja! Aber die Schusswaffe war noch nicht einmal geladen. Verflixt, ich plaudere nie über die genauen Vereinbarungen mit unseren Klienten. Einige von ihnen sind nicht so ganz trickreich, weißt du.«

»Trickreich? Und ob das trickreich war! Grundgütiger! Und hier hast du mich davon überzeugt, dass du rein bist wie ein schottischer Schneesturm.«

»Aber das bin ich! Oder das war ich zumindest, bevor ich dir den unsittlichen Antrag machte. Ich wollte noch niemals zuvor zu einem Kunden ins Bett steigen. Das ist überhaupt nicht professionell«, sagte sie ohne offensichtliche Ironie.

Er war sich plötzlich bewusst, dass sie vollkommen nackt war.

Mary hatte das notwendige Gespür gehabt, ein Laken über sich zu ziehen, nachdem sich ihre Fingernägel wohl als zufriedenstellend erwiesen hatten.

»Vier Jahre. Du hast vier Jahre lang vorgegeben, eine alte Lady zu sein? Ich schätze, die ganze Geschichte mit dem Kolonialwarenladen ist dann erfunden.«

»O nein! Das ist wahr. Mein Bruder leitet jetzt das Familiengeschäft, und ich war gefangen und ganz schrecklich gelangweilt, wenn du es genau wissen willst. Als Tante Mim vorschlug, ich sollte nach London kommen, um ihr zu helfen, habe ich die Gelegenheit sofort beim Schopf gepackt.« Mary saß jetzt vollkommen aufrecht, ihr stures kleines Kinn nach vorn geschoben. Ebenso wie ihre Nippel unter dem abgetragenen Laken.

Alec drehte sich weg. »Ihr helfen! Die Dinge, die du gesehen und getan hast …« Er war recht eingeschüchtert, wo es jetzt darum ging, sich gegenseitig die Wahrheit zu sagen.

»Nun, das musste ich! Ihr Geschäft hätte unwiderruflich gelitten, hätte es sich herumgesprochen, dass sie es an ihre unkundige fünfundzwanzigjährige Nichte übergeben hatte. Schon lange vor der Jahrhundertwende hat sie delikate Angelegenheiten gelöst. Ich hatte die Mission der Agentur zu erfüllen.«

»›Das Unmögliche noch vor dem Frühstück durchzuführen‹«, zitierte Alec seinerseits. »Ich glaube es einfach nicht. Also warst du das die ganze Zeit unter diesem schrecklichen Hut. Welch kleine Schauspielerin!«

»Ich wollte dich niemals belügen. Nun, natürlich habe ich das, aber hatte nicht erwartet, dass ich dir plötzlich *nichts* mehr würde vormachen wollen. Sondern nur noch *mit* dir herummachen.«

»Sieh an, eine Wortkünstlerin ist sie auch noch.« Er langte nach seiner Hose.

»W-was machst du da?«

»Ich ziehe mich an. Und ich schlage vor, du tust das auch.«

Marys Lippe zitterte. »Du meinst, du wirst nicht zu Ende führen, was du begonnen hast?«

»Ich glaube nicht, dass ich in der Stimmung dafür bin. Ist es nicht das, was ihr Damen zu sagen pflegt?«, fragte Alec und fühlte sich unerklärlich hintergangen. Ganz ehrlich, es konnte ihm doch eigentlich gleich sein, ob sie sich die letzten vier Jahre als Zwerg oder in Sackleinen gekleidet hatte. Sie hatte erreicht, wofür er sie engagiert hatte – Bauer war nicht mehr länger im Heilbad angestellt und Edith gerächt.

»Das weiß ich nicht. Ich bin keine Lady, nur die Tochter eines Kaufmanns.« Da war es wieder, dieses Kinn.

»Und eine Lügnerin, um es nicht zu vergessen. Ein Scharlatan.« Ein Chamäleon, das sich von einer tatterigen Matrone in eine Taschenvenus verwandelt hat.

Mary kräuselte die Lippen. »Was unterscheidet mich dann von deinen Schauspielfreundinnen? Lügen die nicht mit jedem Wort auf der Bühne? Bei ihnen scheint es dir nichts auszumachen. Ein Dutzend von ihnen zumindest, wenn man den Gerüchten Glauben schenken darf.«

Da war er auf seine eigene Tretmine gestiegen. Was sollte das, dass sie ihm seinen Ruf vorwarf? »Aber nicht die ganze Welt ist eine Bühne, auch wenn Shakespeare das Gegenteil behauptet, Miss Arden. Miss Evensong. Was auch immer«, antwortete Alec und verhedderte sich mit seinem Fuß in seinem Hosenbein.

»Du hast mich angestellt, um zu lügen«, erinnerte ihn Mary.

»Aber nicht, um mich zu belügen.«

»Ich habe dir jetzt die Wahrheit gesagt! Aber ich werde dich nicht anbetteln, zurück ins Bett zu kommen. Zweifelsohne bin ich nicht wie die Frauen, die du gewöhnt bist.«

Nein, das war sie glücklicherweise überhaupt nicht. Alec entließ einen entnervten Seufzer, und das nicht in Bezug auf seine offensichtliche Unfähigkeit, wieder in seine eigenen Hosen zu steigen. »Versuchst du gerade, mir ein Kompliment zu entlocken?«

»Gewiss nicht!« Mary war wütend. »Ich würde niemals verlangen, dass du etwas sagst oder tust, das gegen deine Ansichten verstößt. Es ist offensichtlich, dass du von mir angewidert bist.« Sie krallte das Laken noch fester an sich. »Das alles war ein schrecklicher Fehler. Du kannst uns zum Abendzug bringen, und wir können die ganze Angelegenheit vergessen. Wenn du wünschst«, sagte sie mit einiger Brutalität, »kann ich auch alles zurückerstatten.«

»Alles zurückerstatten! Ich will mein Geld nicht zurück, du albernes Weib! Ich möchte nur nicht benutzt werden. Du hast mich zum Narren gehalten, Mary Arden … Evensong. Du hättest mir von Anfang an sagen können, wer du wirklich bist. All diese Errötungen und Stottereien – meine Güte, wenn ich einen Schauspielpreis zu vergeben hätte, wärst du die Erste, die ihn sich verdient hätte!«

»Ich habe aber nicht mit dir gespielt!«, sagte Mary hitzig. »Ich wollte nur eine kleine Erfahrung machen. Ist das ein solches Verbrechen? Du hast ja keine Ahnung – »Hier brach sie ab, wahrscheinlich weil sie entschied, dass er keine Ahnung hatte und niemals haben würde.

»Du weißt viel mehr, als ich gedacht habe, wenn du sogar die verfahrene Angelegenheit bei den Burleighs meistern konntest.«

»Jeder kann ein Buch lesen, Alec. Man hört Dinge in der Schule, sogar über den Tresen im Kaufmannsladen hinweg, das kannst du mir glauben. Und Tante Mim stand mir auch stets mit Rat zur Seite. Ich bin genauso unschuldig, wie du dachtest. Zumindest war ich das«, überlegte sie und erinnerte ihn an all die Dinge, die sie während der letzten paar Tage zusammen gemacht hatten.

Feuchte Dinge. Schlimme Dinge. Warme Küsse auf ihrem süßen gekräuselten Mund und noch wärmere dort, wo sie wirklich Wirkung zeigten. »Unschuldig«, schnaubte Alec, aber er versuchte nicht aufzustehen. Bei Gott, diese Frau war eine Hexe.

»Unschuldig«, bekräftigte Mary. »Aber vielleicht gibt es jemanden in London, der mich von meiner ungewollten Jungfräulichkeit befreit. Jemanden, der weniger Skrupel hat als du, falls das überhaupt möglich ist.«

Alec fühlte, wie sein Gesicht heiß anlief. »Ich werde dich Skrupel lehren«, grollte er und zog seinen Fuß wieder aus der Hose.

28

Meine Güte, war er verärgert. Was hatte sie dazu gebracht, ihre Identität auf solch sorglose Weise zu enthüllen? Natürlich hatte sie sich gefragt, was er unter seinem schwarz-gelben Kilt trug, als sie ihn das erste Mal gesehen hatte – sogar Tante Mim wäre vielleicht neugierig gewesen, hätte sie ihn in seiner Highland-Statur gesehen.

Und sie *hätte* ihm erzählt, wer sie wirklich war. Letztendlich. Vielleicht. Später.

Aber sie wäre davor damit herausgeplatzt, und jetzt schien es, als würde alles einen sehr merkwürdigen Verlauf nehmen. Noch vor ein paar Minuten hatte sie auf Alecs massiven Oberschenkeln gethront und eine peinliche Menge Flüssigkeit auf seine talentierten Finger ergossen. Dabei hatte sie sich gefragt, was genau er damit meinte, ihr »die Zügel zu überlassen«. Erwartete er von ihr, dass sie auf ihm ritt, während er an ihr hochschaute und ihre Brüste berührte, mit seinem scharfen, dunklen Blick? Sie hatte sich irgendwie beschämt gefühlt. Ausgeliefert. Sie wollte nicht die Kontrolle – Mary hatte wirklich keine Ahnung, wie dieser Akt überhaupt vollzogen wurde, und das war genau der Grund, weshalb sie Alecs Hilfe gesucht hatte. Er galt schließlich als legendärer Liebhaber, oder etwa nicht? Zumindest bei so ziemlich jeder, außer seiner Frau.

Sie mochte als Mrs Evensong ein oder zwei schockierende Dinge auf den Schattenseiten der Elite der britischen Gesellschaft gesehen und gehört haben, aber jetzt schwamm sie im offenen Meer. Alecs Verstimmung schien auf seinen Feuereifer keinen negativen Einfluss zu haben, so wie er seinen Mund über den ihren neigte. Sie schrie kurz auf, als seine Zunge in ihren Mund eindrang, heiß und verlangend. Weg war der sanfte, neckende Mann, der so viel Unschlüssigkeit und Sorge um ihre Empfindlichkeit an den Tag legte. Mary ertrank in seinen geschnürten Armen, atemlos, ohne Luft.

Und irgendwie hatte sie nicht das Verlangen, ihm auf den Kopf zu schlagen, um ihn zu stoppen. Er war eigentlich recht meisterhaft, der ganze Kerl ein Muskelpaket, voller maskuliner Absichten. Sie fühlte seine Erektion an ihrem Bauch und glitt mit einer Hand nach unten. Zuvor schien ihm ihre Berührung gefallen zu haben, und wenn man jetzt die nahezu heftige Reaktion seines Körpers beobachtete, war das noch immer so.

Alec knurrte in ihren Mund hinein, nippte an ihrer Zunge, presste eine große Hand in ihr offenes Haar und die andere auf ihren Mund. Mary wünschte sich, er würde erneut seine Finger in sie hineingleiten lassen, um sie mehr zu weiten, und das tat er auch. Er musste telepathische Fähigkeiten haben, denn er wusste genau, was eine Frau im jeweiligen Moment brauchte. Ganz gewiss leistete er – oh – hervorragende Arbeit. Sein Daumen presste gegen den kleinen Knopf an ihrem Scheitelpunkt, fest auf ihr Schambein – sie *hatte* Bücher darüber gelesen – und trieb sie damit in den Wahnsinn.

Sie hob die Hüften an, bereit abzuheben. So nah, so nah, gleich hinter der nächsten Ecke. In ihrer Hand war er Samt aus Stahl – eines Tages würde sie ihn gern eingehender untersuchen, aber jetzt gerade waren ihre Augen geschlossen, und winzige rote Funken blitzten unter ihren Lidern. Die ganze Zeit wankte ihr Kuss zwischen Spiel und Zweck, und nach einer kurzen Weile ließ sich Mary einfach von der Empfindung wie von einer warmen Welle umspülen. Sie kauerte unter ihm, sicher, seine Hand lag jetzt auf ihrer, und er richtete sich aus, um sie zu durchbrechen.

Das unangenehme Gefühl war nicht so schlimm, aber einen Moment lang vergaß sie, sich zu entspannen. Vielleicht hatte sie sogar aufgeschrien. Alec küsste sie weiter, ließ seine Zunge über ihre tanzen, erleichterte sich in ihr und hörte dann auf. Ihre Augen öffneten sich flatternd und trafen sein dunkles Paar, das über ihr schwebte.

Er unterbrach den Kuss. »Ist alles in Ordnung?«

»Natürlich ist alles in Ordnung. Müssen wir denn jetzt reden?«

Er kicherte, und sie fühlte, wie sich sein Glied in ihr wand, als würde es über einen Witz lachen.

»Nein. Was würdest du gern tun, Miss Evensong?«

»Nun, das Übliche, schätze ich.« Worauf wollte dieser Mann eigentlich hinaus? Sie war am Rande ihrer Leistungsfähigkeit und konnte nicht mehr denken. *Wollte* nicht denken. Dieses großartige, gelöste Gefühl, das sie hatte, verpuffte gerade, und sie wollte es zurückhaben.

»Ach. Das Übliche also? Nun, dann schlinge deine Beine um mich … genau so.«

Mary dachte, er war noch tiefer eingedrungen, falls das überhaupt möglich war. Ihr innerster Nerv raste in ihrem Unterleib. Sie fühlte sich geschwollen und heiß an, und doch immer noch unbehaglich.

»Deine Arme auch. Oder besser einen Arm. Eine Hand kannst du zwischen uns legen und dich selbst berühren, wie ich es vorhin gemacht habe. Ich würde es selbst tun, aber ich möchte dich nicht zerquetschen – du bist so ein winziges Ding.«

Er war über sie gespreizt, und der Abstand zwischen ihnen war zu groß. Mary wollte ihn fühlen, Haut an Haut, wollte fühlen, wie ihre Brüste an seinem breiten Brustkorb entlangstreiften. Sie konnte jetzt sehen, was er damit meinte, als er über mehr Hände sprach. Sie wären jetzt sehr hilfreich, denn sie wünschte, sie könnte sein beschattetes Gesicht wieder nach unten ziehen, um ihn weiter zu küssen, statt diese merkwürdige Konversation zu führen. Sie brachte ihre Hüften in Stellung und grub ihre Absätze in seine Hinterbacken. Sie hoffte, das würde ihn von der schüchternen Hand ablenken, die ihr Zentrum suchte. Es war äußerst verrucht, aber was kümmerte es sie – es fühlte sich wundervoll an, so ausgefüllt zu sein und berührt zu werden, auch wenn es ihre eigenen Finger waren.

Und dann verstand sie den Grund für den Abstand, als er herabschoss, um einen Nippel in seinen Mund zu saugen. Das saugende Ziehen fuhr ihr direkt in die Leistengegend, und es mochte gut sein, dass sie erneut Laute ausstieß. Er beschäftigte sich abwechselnd mit ihren Brüsten, seine Zunge wirbelte, seine Zähne knabberten, während sie sich selbst noch verzweifelter befingerte. Er bewegte sich jetzt rein und raus, und sie kam ihm entgegen, hörte ihre eigene Erregung mit jedem langsamen Stoß.

Das Geräusch hätte peinlich sein sollen, war es aber nicht. Der ganze Akt wurde zur Musik, das Tempo wechselte, als sie sich ihm öffnete, und das Knarren der Matratze diente als Bassbegleitung. Die Wolke des ungewohnten, männlichen Dufts, die Feuchtigkeit, die Rauheit seines Barts an ihrem Hals, die süßen und wilden Küsse, die zufriedenen Knurrlaute – Mary ließ sich von alldem treiben. Davon hatte sie jahrelang geträumt, und es war noch so viel besser, als sie es sich hatte vorstellen können. Sie waren genau dort verbunden, wo es sein musste, und in ein paar Momenten würde sie auseinanderbrechen.

Alec wusste es, bevor sie sich bewusst war, und reagierte entsprechend. Seine Finger ersetzten ihre, und jetzt schrie sie wirklich – daran gab es keinen Zweifel. Mit einer finalen, eleganten Drehung zog sich Alec aus ihrem Körper zurück und ergoss sich auf das Laken, während sie neben ihm zersprang. Sein Gesicht war eine Maske aus glückseliger Agonie, während er seine Erektion in das Leinen pumpte, und Mary fragte sich, ob sie ebenso aussah. Wild. Primitiv. Rein.

Er hatte sie beobachtet – sie hatte ihn durch ihre Augenschlitze gesehen, gerade als sie dachte, sie könnte nicht noch mehr ertragen. Seine Augen waren schwarz und funkelnd gewesen, sein Grinsen barbarisch, wie ein stolzer, köstlicher Dämon.

Er hatte jedes Recht, Stolz zu empfinden. Die ganze Zusammenkunft war mehr als bildungsreich gewesen. Himmlisch viel mehr, insbesondere gegen Ende. In der Tat wollte sie es noch einmal tun, so bald wie möglich, falls er sich nicht daran erinnerte, dass er ihr wegen ihrer Täuschung böse war.

Momentan sah Alec gar nicht verärgert aus. Sein Gesicht glättete sich, und seine Lippen waren leicht geteilt, als er versuchte, Atem zu schöpfen.

Sie berührte seine stoppelige Wange, so sanft sie nur konnte. »Danke, Alec«, flüsterte sie.

»Ich sollte dir danken. Bist du sicher, dass es dir gut geht? Habe ich dir wehgetan?«

»Mir geht es gut. Wirklich.« Aber jetzt, da das himmlische Spiel vorbei war, merkte sie, dass sie etwas *spürte*. Ihr Gesicht musste Unsicherheit ausstrahlen, denn er sprang vom Bett auf und ging in sein Badezimmer, um kurz darauf mit einem Glas warmem Wasser und einem Waschlappen zurückzukommen.

»Bleib still liegen, ich kümmere mich um dich.«

»Ich habe dir bereits gesagt, dass es mir gut geht!« Aber als sie an sich hinunterblickte, sah sie das Blut und fühlte sich etwas benebelt. Sie hatte oft genug ihre blutenden Neffen verbunden. Warum also war der Anblick ihrer eigenen Unschuld ein Problem?

»Ruhe jetzt. Mein Gott, es tut mir leid, Mary.«

»D-das sollte es nicht. Es – es ist nichts.«

Er war so vorsichtig und wischte alles fort. Er hatte jedoch etwas Freudloses an sich – Schuld –, und sie wollte ihn dafür ohrfeigen.

»Ich habe darum gebeten, Alec. Und es war wunderschön. Nein, *wunderschön* drückt es nicht wirklich aus. Ich werde im Lexikon nachschlagen müssen.«

»Ich war brutal. Schau dich an, du bist wie eine Porzellanfigur! Und schau nur mich an – ein Elefant im Porzellanladen. Ich habe dich verletzt.«

»Aber das hast du nicht! Nun, vielleicht anfangs ein wenig, aber danach war es – meine Güte, bist *du* jetzt auf der Jagd nach Komplimenten? Ich kann dich mit nichts vergleichen, aber ich versichere dir, dass ich es sehr genossen habe. Wir sollten es eigentlich gleich noch einmal tun.« Sie setzte ein Lächeln auf ihr Gesicht und versuchte, den blutigen Waschlappen nicht anzusehen.

Eine Augenbraue krümmte sich. »Jetzt gleich? Du hältst mich wohl tatsächlich für einen Bullen. Ich fürchte, Männer brauchen etwas länger als eine Minute, um wieder zu Kräften zu kommen. Und ich würde dich niemals missbrauchen, so kurz nachdem du deine Jungfräulichkeit verloren hast.«

»Ich habe sie nicht *verloren*«, sagte Mary. »Bei dir klingt das, als hätte ich ein Taschentuch fallen lassen oder einen Handschuh verlegt. Es war schließlich nur ein Stückchen Gewebe, vollkommen überflüssig, so wie ein Blinddarm.«

Alec starrte sie an, warf dann den Kopf in den Nacken und lachte. So sah sie ihn gern, wenn der grüblerische Highlander in ihm verschwand. Er sollte mehr lachen.

Und Mary entschied, das zu ihrer Mission zu machen, während sie in Raeburn Court verweilte. Ihnen beiden konnte etwas Ungezwungenheit in ihrem Leben nicht schaden, zumindest für eine kleine Weile.

»Kein Wunder, dass du als deine Tante durchgehen konntest. Du bist ziemlich altersweise. Ein praktisches Mädchen.«

»*Praktisch* ist mein zweiter Name. Nun, eigentlich lautet er Arden, das weißt du jetzt ja. Und ich bin auch für gewöhnlich vorbereitet. Danke, dass du nicht – « Wie konnte sie das formulieren? *Absondern* oder *ejakulieren* klang so klinisch. »Ähm, am Ende … äh, vielen Dank.« Sie besaß sogar eine dieser neumodischen Vorrichtungen aus Deutschland, hatte sie aus Neugier eingeschmuggelt, aber die lag in ihrer Strumpfschublade vergraben in London. Ihre Hand hatte darübergeschwebt, als sie für Schottland packte, aber sie hatte nicht den Nerv, das Teil mitzubringen.

Es mitzubringen hätte bedeutet, dass sie bereits entschieden hätte, dass Lord Alec Raeburn der Richtige für sie war, und das hätte das Schicksal herausgefordert. Eine Angestellte aus einem Kaufmannsladen und ein Baron? Wie absurd! Aber das Schicksal musste ihre Sehnsucht erhört haben, denn hier lag sie in Alecs Bett und wurde verwöhnt.

»Aye, normalerweise bin ich auch besser vorbereitet. Soweit ich weiß, gibt es von mir keine Bastarde«, sagte Alec, wobei sich seine Wangen ebenso röteten wie die ihren. Welch seltsame Konversation sie doch führten. Jetzt, da die Leidenschaft verflogen war, war es so, als seien sie Freunde.

»Da liegen Kondome in meinem Koffer«, fuhr Alec fort. Er faltete das nasse Tuch zusammen und legte es auf den Nachttisch. Es würde zwar einen Fleck auf dem Holz hinterlassen, aber Mary wollte nicht nörgeln. »Wir werden sie mit ins Pförtnerhaus nehmen. Wenn wir nach wie vor dorthin gehen. Du bleibst doch noch ein paar Tage, oder?«

Mary versuchte zu lächeln. »Möchtest du das? Ich dachte, du hättest mit mir abgeschlossen.«

»Aye, das hatte ich auch. Ich mag es nicht, wenn Frauen unaufrichtig sind.«

Wie Edith. Alec war von seiner Gattin nahezu tödlich verletzt worden.

»Ich verspreche, dir ab sofort alles zu erzählen. Natürlich nichts über die Agentur. Unsere Arbeit ist schließlich vertraulich.«

»Ich will ohnehin nichts über Burleigh und das ganze Zeug wissen. Ich hatte selbst schon genug Probleme«, erklärte Alec und zog ihr das Laken wieder über. »Also, wir haben uns geküsst und versöhnt, sozusagen. Ist dir kalt? Ich könnte ein Feuer anmachen.«

Ihr war tatsächlich kalt, obwohl es Juni war. Die dicken Steinmauern von Raeburn Court schienen die Kühle des Winters im Innern gefangen zu haben. »Aber wir bleiben nicht hier, oder?«

»Mac ist immer noch mit dem Herrichten des Pförtnerhauses beschäftigt. Ich wollte, dass er ein paar bestimmte Arrangements vornimmt. Als Überraschung. Und er ist noch nicht zurück.«

»Woher weißt du das? Er hätte zurückkommen können, als wir – « Nicht *Unzucht trieben*, das klang armselig.

Aber auch nicht *als wir uns liebten.* Das würde dem Ganzen viel zu viel Bedeutung beimessen. Mary fühlte, wie sich ihr Herz ein klein wenig zusammenzog.

»… anderweitig beschäftigt waren«, ergänzte Alec. »Nein, er hat den Wagen genommen, und ich hätte es gehört, wenn er zurückgekommen wäre. Es ist schon lustig, wir sind so isoliert hier oben – oder waren es zumindest, bevor das Hotel gebaut wurde –, dass man das geringste Geräusch meilenweit hören kann. Mein kleiner Bruder Nick behauptet, er kann eine Vogelfeder über dem See fallen hören. Wir wussten immer, wann unsere Eltern aus Edinburgh oder London zurückkamen, und dann nahmen wir alle auf der Vordertreppe Aufstellung, lange bevor der Wagen durch die Tore kam. Meine Mutter dachte immer, wir wären gerührt.«

Er war entspannt, saß bequem und nackt auf der Bettkante, während er sich an seine Kindheit erinnerte. Alec war eine recht prächtige Kreatur, dachte Mary, fast größer als das Leben, wenn man das über einen tatsächlich lebenden Mann überhaupt sagen konnte. Seine Schultern waren breit, sein Brustkorb klar abgezeichnet und mit dunklem, seidenem Haar besprenkelt. Zu ihrem Bedauern lag eine seiner großen Hände über seiner Mannespracht. Mary schluckte, als sie Flecken ihres Bluts auf seinen Oberschenkeln entdeckte. Sie schnappte sich den Waschlappen und wischte sie zögerlich weg.

Er sah nach unten und nahm ihr das Tuch aus der Hand. »Zum Teufel. Was habe ich mir nur gedacht? Wir sollten ein Bad nehmen.«

»Z-zusammen?« Warum sie sich deswegen schämte nach all dem, was sie gerade getan hatten, würde wohl ewig ein Geheimnis bleiben.

»Wer von uns beiden ist hier eigentlich anzüglich? Nein, meine Liebe. Meine Wanne ist nicht groß genug für zwei – wir würden feststecken, und ich denke nicht, dass mich das Evan jemals wieder vergessen lassen würde. Er schwirrt irgendwo hier herum. Du wirst ihn noch kennenlernen. Das heißt, wenn du das möchtest. Er ist mehr oder weniger ein diskreter Mensch, was ich allerdings von Nick nicht behaupten kann, wo immer er auch sein mag. Er ist so wild, wie der Tag lang ist.«

Er sagte das mit Zuneigung. Alec liebte seine Brüder. Er war ein netter Mann, zu nett, um sein ganzes Leben lang hier oben allein zu leben, nur in ihrer Gesellschaft, und zuzuhören, wie die Federn in die Seen fielen.

Aufhören. Sie zwickte sich mental selbst in die Haut. Sie durfte die Lust dieses Nachmittags nicht mit Liebe verwechseln. Was würde es ihr schon einbringen, sich in Lord Alec Raeburn zu verlieben?

29

Alec ließ Mary im Bad zurück, zog sich schnell an und ging nach unten in die Bibliothek. Er würde sich jetzt nicht weiter mit dem befassen, was gerade geschehen war … und erneut geschehen würde, wie er hoffte. Und wieder. Und vielleicht nochmals, bevor er sie am Dienstagfrüh in den Zug setzte. Oder am Mittwoch.

Er sollte über Mary Evensong verärgert sein. Wütend. Sie und ihre Tante hatten ihn getäuscht – zum Teufel, sie hatten alle vier Jahre lang zum Narren gehalten. Man stelle sich so ein kleines Geschöpf vor, das mit einer ungeladenen Kanone in die Höhle des Löwen, oder vielmehr in das Burleigh-Haus geschickt wird, um die schmutzige Wäsche der Gesellschaft zu waschen, gleichzeitig eine Zofe für eine Hausherrin zu finden und einen Bräutigam mit einer Braut zusammenzuführen. Die Evensong-Agentur machte das alles, und sie machte es gut.

Und die süße errötende Mary war die ganze Zeit das Herzstück gewesen.

Nun, vielleicht war sie gar nicht so süß. Alec hatte ihre scharfe Zunge zu spüren bekommen. Aber nicht gerade dort, wo er sie am liebsten hätte.

Er ließ sich auf eines der Ledersofas fallen und starrte aus dem Fenster. Ben-y-Vrackie starrte zurück, blau und glänzend im spätnachmittäglichen Sonnenlicht. Im Haus war es ruhig, seine Arbeiter störten nicht mehr länger den heiligen Sabbat. Er wurde langsam hungrig, aber was auch immer in der Speisekammer an Essbarem vorhanden war, war inzwischen ins Pförtnerhaus gebracht worden.

Er war aufgeregt und unausgeglichen. Dabei sollte er sich entspannt fühlen. Triumphierend. Mary im Bett zu haben war eine Offenbarung gewesen. Sie war so empfänglich gewesen, dass er beinahe vergessen hatte, sich zurückzuziehen. Er wollte sie mit seinem Körper bedecken und zusammen den Gipfel erklimmen, als hätten sie einen gemeinsamen Zweck zu erfüllen. Aber das war absurd. Bis vor einer Stunde hatte er nicht einmal ihren wahren Namen gekannt.

Vielleicht würde ihn ein Drink beruhigen. Er wollte gerade aufstehen, als Evan in den Raum stiefelte, sein rotbraunes Haar ein Meer aus nassen, dunklen Locken. In der Tat war alles an ihm nass, und er roch eher ausgereift, aber das verkniff sich Alec. »Warst du schwimmen?«, fragte er.

»Ich habe dir dein Liebesnest vorbereitet, du dämlicher Idiot. Dein Diener Mac lauerte mir auf und ruinierte meinen Sonntag. Ich schätze, ich habe jedes Möbelstück im Pförtnerhaus gerückt und bin wie ein Reptil auf dem Bauch gekrochen. Überall lagen ausgetrocknete Rattenkadaver. Wenn ich wieder zehn wäre und sie noch leben würde, hätte ich sicher meinen Spaß daran, sie in Miss McCorkles Bett zu legen.«

Miss McCorkle war eine ihrer unglücklichen Gouvernanten gewesen. Sie war uralt, und die drei lebhaften Raeburn-Jungs hatten ihr das Leben nicht leicht gemacht. Zwar hatten die Jungen sie nicht direkt ins Grab gebracht, aber sie hatte sich aus ihrem Haushalt zurückgezogen und war kurz danach gestorben. Alec hoffte, die Frau hatte ihnen, wo auch immer sie sein mochte, alles vergeben. Wie er sich erinnerte, war sie Attila mit einem Lineal, aber sie hätte besser einen Zollstock verwenden sollen.

Evan ging zum Tisch mit den Drinks, ohne dazu aufgefordert worden zu sein, und goss beiden einen guten Schuss von Raeburn's Special Reserve ins Glas. »Wer ist also diese Frau, mit der du dich verkriechen willst?«

»Eine … Freundin. Ist alles fertig? Wurden alle Ratten beseitigt?«

Even schnaubte. »Ich weiß nicht, warum du dich in diesem staubigen kleinen Loch verkriechen musst, wo du dich doch im ganzen Herrenhaus austoben könntest. Wir werden uns um diesen Bauer schon kümmern, sollte er hier auftauchen.«

»Du wirst in der Destillerie beschäftigt sein, und ich kann nicht erwarten, dass du als Wachhund bereitstehst. Du hast dein eigenes Haus, in dem du schläfst. Und ich werde mich einfach besser fühlen, wenn niemand weiß, wo Mary und ich sind. Dieser Mann hat versucht, sie zu vergewaltigen und mich anzuzünden.«

Evan pfiff leise durch die Zähne, wodurch Ediths Hund wach wurde, der am anderen Ende des Sofas geschlafen hatte. Alec würde sich von dem räudigen kleinen Köter wahrscheinlich noch Flöhe einfangen. Er verdrehte das Gesicht, als ihn das Hündchen frenetisch abzuschlecken begann, und setzte es auf den Boden. Beowulf sprang prompt zurück auf das Sofa, drehte sich wieder zu einer Kugel ein und seufzte.

»Ich wusste, dass das Hotel dem Umfeld nicht guttun würde. Was kann ich tun?«

Alec wusste genau, was sein Bruder für ihn tun konnte, was bedeutete, dass er den ganzen Morgen mit Mary im Bett verweilen konnte. »Gehst du morgen zur Bank?«

»Es ist Montag. Ich gehe immer montags zur Bank.«

»Gut. Dann spare ich mir eine Fahrt nach Pitcarran. Ich möchte, dass du Sir John aufsuchst und ihn bittest, einen Haftbefehl für Bauer auszustellen oder zumindest herauszufinden, wohin er verschwunden ist. Ich werde alles schriftlich verfassen.«

»Der Magistrat? Ist er nicht einer der Hotelinvestoren?«, fragte Evan zweifelnd.

»Aye, und wenn er weiß, was gut für das Geschäft ist, wird er seinen kleinen Doktor hinter Gitter stecken. Ich habe Zeugen, und das Wiesel Prescott wird auch kooperieren, wenn er weiterhin einen Gehaltsscheck beziehen will. Wenn ich wollte, könnte ich das ganze Ding schließen lassen. Bah, du stinkst.«

»Gern geschehen, Bruderherz.« Evan leerte seinen Drink und stellte das Glas auf einem Tischchen ab. »Ich werde nur kurz nach oben in dein altes Zimmer gehen und ein Bad nehmen, wenn ich dadurch deine zarte Empfindsamkeit nicht zu sehr störe.«

»Nein!«

»Nein?«

»Mary ist dort oben. Miss Arden. Miss Evensong«, ergänzte Alec.

»Du hast *drei* Frauen in deiner Kammer? Das ist ja ein ganzer Harem! Bei Gott, Alec, was bin ich stolz auf dich! Ich hatte schon befürchtet, du hättest deine Fähigkeiten verloren, als Edith starb. Wir hatten uns alle solche Sorgen um dich gemacht.«

»Verdammt noch mal, Evan. Nur Miss Evensong ist dort oben, und du wirst ihr mit jeder Höflichkeit begegnen.« Der Gedanke daran, dass Evan einen Blick auf Marys helle, sommersprossige Haut erhaschen könnte, brachte sein Blut in Wallung. Er hatte Evan schon zuvor einmal besinnungslos geprügelt, und das könnte er sicher wiederholen. Evan grinste einfältig, und Alec fühlte, wie sich seine Finger in seine Handflächen gruben.

»Und wer ist diese Femme fatale? Ist sie mit dieser Frau verwandt, die die berüchtigte Evensong-Agentur leitet?«

Alec hatte Evan seine Pläne anvertraut, bevor er zurück nach London gefahren war, um Mrs Evensongs Dienste in Anspruch zu nehmen. Evan hatte seinen Plan für verrückt gehalten; daher war er zuversichtlich, dass er klappen würde. Alec war immer der große Denker in der Familie gewesen, der versuchte, vernünftig zu bleiben, wenn es doch so viel leichter gewesen wäre, seinem Temperament freien Lauf zu lassen und die Angelegenheit durch seine Körpergröße zu regeln.

Jetzt aber fühlte er sich überhaupt nicht vernünftig. Mary Evensong sorgte dafür, dass er sich … kribbelig fühlte. Und das lag nicht an Beowulfs Flöhen.

»Sie arbeitet für ihre Tante«, sagte Alec und wollte nicht weiter ins Detail gehen. Evan würde aufheulen, würde er herausfinden, dass Alec Mary irrtümlich für ihre Tante gehalten hatte, ganz gleich, wie überzeugend Perücke und Brille gewirkt hatten. Und das würde er für den Rest seines Lebens zu hören bekommen. Lord Alec Raeburn, der vollendete Connaisseur, was das weibliche Geschlecht ab einem Alter von fünfzehn anbelangte, wurde getäuscht? Er konnte jetzt schon das Lachen seines Bruders hören.

»Wann darf ich diese Perle denn kennenlernen?«

»Erst wenn du wieder vorzeigbar bist.«

»Momentan machst du aber selbst nicht viel her. Deine Haare sehen aus, als seien sie mit einem Sahnerädchen gekämmt worden, und du brauchst eine Rasur. Eine Rasur! Verdammt, was ist mit deinem Bart passiert? Ich wusste doch, dass an dir etwas anders ist.«

»Ich hatte ihn satt«, log Alec. Mary war eine Art Delilah.

»Du bist ein Typ mit starkem Haarwuchs. Schon bald wirst du es leid sein, dich zwei oder drei Mal am Tag rasieren zu müssen«, sagte Evan und erinnerte ihn daran, weshalb er sich ursprünglich überhaupt einen Bart hatte wachsen lassen.

»Darum kann sich Mac kümmern. Ist er mit dir zurückgekommen?«

»Er war fast fertig und wollte nur noch letzte Hand an das alte Haus anlegen. Wie lange hast du vor, im Wald zu leben?«

»Nur bis die Sache mit Bauer geregelt ist. Falls sich herausstellen sollte, dass er wieder zurück nach Edinburgh zu Frau und Kindern gegangen ist, reicht mir das.« Und dann würde Mary gehen, und er – was zum Teufel würde er den ganzen Sommer über machen? Seine Schafe scheren? Seinen Pächtern bei der Ernte helfen? Den ganzen Tag in Evans Büro verbummeln und sich bis zur Besinnungslosigkeit betrinken? Das Parlament würde monatelang keine Sitzungen abhalten, und die Politik langweilte ihn ohnehin. Er hatte jahrelang gegen die Burenkriege gewettert, und was hatte ihm das eingebracht außer Anschuldigungen in Bezug auf seinen Patriotismus?

Vielleicht sollte er verreisen. Versuchen, Nick zu finden, um ihn nach Hause zu bringen.

Aber was erwartete ihn zu Hause? Die Schönheit der Highlands konnte die Leere, die in Raeburn Court herrschte, nicht wettmachen.

Vielleicht war aber die Leere auch nicht in seinem Haus vorhanden, sondern in seinem Innern.

»Warte kurz, bis ich etwas für Sir John verfasst habe. Dann kannst du dich verziehen. Ich möchte nicht, dass Miss Evensong vor dir erschreckt.« Alec ging zu seinem Schreibtisch. Marys Brief an ihre Tante lag in einem Umschlag an ein Tintenfass gelehnt. »Den hier kannst du auch mitnehmen und aufgeben.«

»Bist du sicher, dass du nicht mitkommen willst? Es wäre vielleicht besser, wenn du deine Anschuldigungen persönlich vorträgst.«

»Ich möchte Mary nicht allein lassen. Bauer könnte sich jetzt schon hinter den Büschen versteckt halten.«

Evan ging zum Fenster. »Ich kann ihn nicht sehen. Wie läuft dein Automobil?«

»Wie ein Traum. Du solltest dir auch eines besorgen«, antwortete Alec und hielt die Einzelheiten der vergangenen Nacht und des heutigen frühen Morgens fest.

»Wie, und vom Witwenhaus die Straße runter zur Destillerie fahren? Das ist nicht einmal eine halbe Meile, reine Treibstoffverschwendung, wo ich doch zwei gesunde Füße habe. Ein Automobil wäre auch im Winter nutzlos.«

»Eines Tages werden Automobile und Straßen für alle Wetterverhältnisse gebaut werden, darauf wette ich. In Ordnung, das sollte ausreichen, um den Ball ins Rollen zu bringen. Sag Sir John, ich werde ihn wahrscheinlich am Mittwoch aufsuchen, falls ich Mary zum Bahnhof bringe.«

Evan hob eine rostbraune Augenbraue. »Falls? Du hast mir nicht erzählt, dass du deine Mätresse hier in Raeburn Court auf dauerhafter Basis einquartieren möchtest.«

»Mary ist nicht meine Mätresse! Sie ist eine … Freundin, die einen riesigen Schock erlitten hat. Sie ist bis Mittwoch vielleicht noch nicht reisebereit.«

Und Alec könnte auch nicht bereit sein, sie gehen zu lassen.

30

Mary steckte wieder in ihrem bestickten weißen Kleid, die Schärpe fest um einen Körper gezogen, der sich unter ihrem starren Korsett noch immer knochenlos anfühlte, und mit seinem hohen Kragen, der wunde Stellen an ihrem Hals verdeckte. Ihr Haar war wieder sorgfältig hochgesteckt, auch wenn es unter den Übergriffen von Alecs drängenden Fingern nicht gelitten hatte. Sie hatte sich in der kleinen Badekammer, die für die Raeburn-Jungs konzipiert worden war, eingeweicht und abgeschrubbt. Es war nicht luxuriös, aber es verfügte über moderne Leitungen und fließend heißes Wasser, doch es genügte nicht, um die Mattigkeit fortzuwaschen, die sie empfand.

Sie würde Alec bitten, die Hausführung zu Ende zu bringen, bevor sie wegfuhren – weiter als bis zu seinem Zimmer waren sie nicht gekommen.

Sie wollte ihn in Ediths goldener Kammer sehen. War sie eine Masochistin? Würde er verzückt das Portrait betrachten oder es ganz und gar meiden?

Es zu meiden würde allerdings nicht unbedingt bedeuten, dass er keine Gefühle mehr für seine Gattin hatte.

Mary versuchte, sich daran zu erinnern, wo sie auf den Korridoren abbiegen musste, und fand Alec schließlich in der Bibliothek mit einem leeren Becher neben sich. Er schien erfreut, sie zu sehen, also musste sie sich in seinem Schlafzimmer gut genug angestellt haben.

»Du hast Evan gerade verpasst. Meinen Bruder.« »Derjenige, der die Destillerie leitet.«

»Aye. Er war gezwungen, beim Herrichten unseres neuen Quartiers zu helfen, und er wird den Magistrat morgen früh für mich aufsuchen. Bist du fertig?«

»Jetzt, da die Arbeiter weg sind, würde ich gern sehen, was sie gemacht haben«, sagte Mary. »Und – und ich würde gern hoch in den Turm gehen. Der Ausblick von dort muss spektakulär sein.«

Alecs Gesicht verdunkelte sich. »Der Ausblick ist nicht besser als der vom Forsyth Palace Hotel.«

Sie musste es ihm erzählen – sie hatte versprochen, ehrlich zu sein. »Ich – ich war heute schon einmal dort oben. Es war Ediths Zimmer, nicht wahr?«

»Dieser Raum ist verschlossen!« Alec funkelte sie an. »Lass mich raten. Eine verschlossene Tür kann eine erfinderische Mrs Evensong nicht aufhalten.«

»Ich fürchte nicht. Ich wurde von einem Privatdetektiv unterrichtet, und der wiederum von einem Experten im Schlösserknacken. Ich glaube sogar, dieser Experte war ein Krimineller. Ich kann keinen Safe knacken, aber ein einfaches Schloss ist kein Problem.« Es war nur eine ihrer vielen Fertigkeiten, aber sie bezweifelte, dass Alec die meisten davon zu schätzen wusste.

»Wenn du heute schon dort oben warst, ist das nicht genug?«

»Das sollte es. Aber irgendwie auch nicht.«

»Das musst du mir erklären.«

»Ich bin nicht sicher, ob ich das kann. Ich frage mich nur, wo du doch die anderen Zimmer im Haus umgestalten lässt, warum bleibt ihres unberührt?«

Alec erhob sich von der Couch und goss mehr von der goldenen Flüssigkeit in sein Glas. Er bot ihr nichts an. Er kippte das gesamte Glas hinunter und schenkte nach.

Oje! Sie brachte ihn zum Trinken, wo sie doch eigentlich nur seiner Seele Trost spenden wollte. »D-denkst du nicht, es wäre besser für dein Haus, wenn du den Geist deiner verstorbenen Gattin vom Anwesen austreiben würdest? Du wärst dann vielleicht glücklicher hier«, wagte Mary einen Vorstoß.

Wäre Alec ein regulärer Kunde, hätte sie einen viel nachdrücklicheren Ton angesetzt. Die Menschen bezahlten sie schließlich für ihre Meinung. Sie erwarteten von ihr, ihre Probleme zu lösen, ob sie nun häuslicher, beruflicher oder persönlicher Natur waren.

Alec hielt mitten im Einschenken inne. »Austreiben? Denkst du etwa, in meinem Haus spukt es?«

»Selbstverständlich nicht!« Aber in seinem Herzen wahrscheinlich.

Alec setzte das Glas unberührt zurück. Er drehte sich mit düsterer Mine um. »Es schien irgendwie respektlos zu sein. Ihre Dinge zu berühren. In ihren Raum einzudringen. Aber jetzt, da ich sie gerächt habe, hast du vielleicht recht.«

»Ich weiß, dass ich recht habe.« Mary versuchte, selbstsicher zu klingen. Es war unnatürlich, ein virtuelles Museum zu unterhalten, das einer Frau gewidmet war, die ihn noch nicht einmal geliebt hatte. Der Geist von Lady Edith Raeburn mochte vielleicht nicht über die kalten Steinböden von Raeburn Court wandern, aber ihre Unzufriedenheit hing wie eine Wolke über ihrem Gatten, so viel war sicher.

»In Ordnung.« Alec ging zur Tür. »Dann sollten wir es uns ansehen. Ich war nicht mehr dort oben seit – seit sie gestorben ist.«

Beowulf sprang vom Sofa und folgte seinem Herrn den Korridor entlang und die Treppe nach oben. Mary hatte Schwierigkeiten, mit Alecs langen Schritten mitzuhalten. Wenn er sich erst einmal zu etwas durchgerungen hatte, schien er seine Entscheidung auch begierig zu verfolgen.

Sie stiegen immer höher, bis sie vor der schweren Eichentür zum Stehen kamen. Er griff in eine Tasche und zog einen Schlüsselring hervor.

»Oder soll ich dir die Ehre erweisen? Was hast du verwendet? Eine Haarnadel?«

»Ja.« Mary hütete sich, eine aus ihrem Dutt zu holen. Sie wollte nicht angeben. »Ich meine, nein. Sie ist nicht verschlossen. Du brauchst den Schlüssel nicht.«

Die Tür quietschte beim Öffnen in ihren ungeölten Angeln. Die Spätnachmittagssonne stand tief hinter den unterteilten Fenstern, wodurch all die glänzenden Oberflächen noch heller leuchteten.

Alec machte einen Schritt und blieb dann stehen. »Nach dir.«

Mary drückte sich an ihm vorbei. Beowulf spurtete hinein und sprang auf das Bett, umkreiste mehrere Kisten mit Quasten, bevor er sich mit einem glücklichen Grunzen hinlegte.

»Er vermisst sie«, sagte Mary.

»Aye, und damit ist er so ziemlich der Einzige. Edith war keine wirklich beliebte Herrin. Ich sollte nicht schlecht von den Toten reden. Man stelle sich nur vor, was man sich über mich erzählen wird, wenn ich einst fort bin. Sie reden schon jetzt genug über mich.«

Mary musste etwas tun, um seinen Ruf wiederherzustellen, aber sie wusste nicht, was. Des Mordes verdächtigt zu werden war eine schwere Last.

Es war unüblich für sie, keine Idee zu haben. Aber so nahe bei ihm zu stehen beraubte sie ihres Verstands.

Alec blickte nicht einmal hoch zu dem riesigen Portrait von Edith. Seine Hände steckten in seinen Taschen, und er sah irgendwie beklemmt aus, als würde er auseinanderfallen, wenn er sich zu schnell bewegte. In diesem Raum gab es für einen Mann seiner Größe ohnehin keine Gelegenheit, Platz zu nehmen – die Stühle würden sein Gewicht nicht aushalten. Beowulf sah auch nicht so aus, als wolle er das Bett mit ihm teilen.

»Würden Ediths Eltern das Gemälde gern haben?«, fragte Mary.

»Wahrscheinlich. Es wird ihr jedoch nicht gerecht.«

Gott, konnte diese Frau denn noch schöner gewesen sein? Marys Herz sank. »Ich denke, du solltest es ihnen anbieten.«

»Wahrscheinlich hast du recht.« Seine Hände vergruben sich noch tiefer in seinen Taschen. Sie standen gerade einmal einen halben Meter weit im Raum.

Mary musste sich selbst daran erinnern, dass es ihre Idee gewesen war, hier heraufzukommen, denn sie hatte plötzlich das Bedürfnis zu fliehen. »Es sei denn, du willst es als Andenken –«

»Gott, nein! Ich habe dir erzählt, dass ich seit Monaten nicht hier oben war. Denkst du, ich stehe hier und bete ihren Altar an nach all dem, was sie getan hatte?«

Alec war verärgert. Sie hatte es zu weit getrieben, aber das tat sie immer, wenn sie dachte, sie wäre im Recht. Was wahrscheinlich viel zu oft der Fall war.

»Selbstverständlich nicht. Das habe ich auch überhaupt nicht gemeint. Was ist mit ihren Kleidern und ihren persönlichen Sachen? Ihre Mutter könnte dir beim Aussortieren helfen. Einige Dinge könnte man der Wohlfahrt geben. Du könntest einen Gedenkfonds einrichten.«

»Du hast auch in den Schränken spioniert?«

»Alec«, sagte Mary sanft, »der Kleiderschrank steht offen.«

Beide Türen standen in der Tat weit offen, als ob Edith etwas gesucht hätte, das sie noch nicht gefunden hatte. Sie schien eine Vorliebe für Weiß gehabt zu haben. Viele ihrer Seiden- und Satinkleider waren in weißen Schattierungen gehalten – es war überraschend, wie viele Farben »weiß« es gab.

»Ein Gedenkfonds, hm? Das ist keine so schlechte Idee. Ihren Eltern könnte das gefallen. Sie reden nicht mehr viel mit mir, wie du dir vorstellen kannst.«

»Denken sie … dass du …«

»Sie umgebracht hast?« Alex spie die Worte aus. »Aye. Zumindest machen sie mich dafür verantwortlich. Ich konnte ihnen nicht von Bauer erzählen. Es hätte ihnen das Herz gebrochen. Edith war ein Einzelkind, musst du wissen. Ihr ganzer Stolz, wenn es ihnen passte.«

»Was meinst du damit?«, fragte Mary.

»Ich denke, sie wussten, dass sie nicht einfach zu haben war, aber sie zu kritisieren bedeutete, dass sie sich selbst hinterfragen mussten. Wie sie sie erzogen hatten. Ich denke, sie hatten sich für ihre Tochter mehr als einen niederen Baron zum Gatten gewünscht, aber die Tatsache, dass ich stinkreich und Schotte war, half. Edinburgh ist nicht so weit weg. Sie kamen oft zu Besuch.«

Mary lächelte beinahe. Es stimmte schon, dass ein Baron nicht so hoch stand wie ein Herzog, aber wenn der Baron Alec Raeburn hieß, wie konnte man auch nur ansatzweise einen Einwand haben?

»Sie hätten sie nicht so jung verheiraten sollen«, fuhr Alec fort. »Sie war nicht bereit. Ich habe bei ihr versagt.«

Mary legte eine Hand auf seinen Ärmel. »So solltest du nicht denken.« Ihre Wangen wurden heiß, und ihre Augen blickten auf den Teppich. »Ich muss dir noch ein Geständnis machen, Alec, und es ist beinahe so schlimm wie die ersten beiden. Vielleicht noch schlimmer.«

Alec seufzte. »Was ist es dieses Mal? Ich weiß, wer du bist und dass du alles hier aufgebrochen hast und eingedrungen bist. Hast du noch dazu eine Bank ausgeraubt? Einen Kunden erpresst? Hast du irgendwo einen Gatten verstaut, mit dem du noch nie geschlafen hast? Da wärst du nicht die Einzige.« Sein Lachen klang hohl.

»Ich habe versprochen, dich nie mehr zu belügen. Und im Übrigen waren die Lügen, die ich erzählt habe, eher Auslassungen denn ein Vergehen.«

»Sei nicht so pedantisch, Miss Evensong. Ich hatte meine klassische Ausbildung. Lass uns einfach sagen, du bist mit der Wahrheit sparsam umgegangen. Du könntest selbst eine Schottin sein. Wir achten auf jeden Penny.«

»Ich bin nicht stolz auf mich.« Mary atmete tief ein. »Ich habe recht viel in Ediths Tagebuch gelesen, bevor du heute Nachmittag zurückgekommen bist. Ich – ich entschuldige mich dafür.« Sie wartete darauf, kasteit zu werden. Als Alec nichts sagte, stotterte sie weiter. »Vergib mir, wenn ich das sage, aber sie schien sehr albern und jung zu sein. Du konntest keine Ahnung haben, was sie dachte – sie wusste es ja selbst kaum.«

Er erhob seine Stimme nicht, aber Mary zitterte dennoch. »Was hast du heute sonst noch getan, Miss Evensong? Ich lasse dich eine Stunde lang allein, in der du meine Schreibtischschubladen und versperrten Zimmer durchstöberst. Hat diese Einmischerei denn überhaupt kein Ende?«

»Du hast mich doch dafür bezahlt, dass ich mich einmische! Das heißt dafür, was ich tue. Normalerweise nehmen Leute meine Vorschläge an.«

»Ich habe dich um nichts anderes gebeten, als Josef Bauer bloßzustellen!«, sagte Alec, wobei mit jedem Wort sein schottischer Akzent stärker wurde. Mary hatte schon bemerkt, dass er seinen schneidigen Privatschulakzent abzulegen pflegte, wenn er aufgewühlt war. »Ich brauche es nicht, dass du durch mein Haus spionierst und damit Wunden aufkratzt. Du hast deinen Teil erledigt – mehr als das, wenn man die Geschehnisse von vor einer Stunde mitrechnet. Ich dachte, wir hätten etwas gemeinsam, aber es war wohl doch nur Sex aus Mitleid –«

Mary fühlte ein Summen in ihren Ohren. »Wovon zum Teufel redest du da?«

»Du hast versucht, mich mit deinem absurden Angebot aufzumuntern … ›Erlösen Sie mich von meiner Jungfräulichkeit‹, so ein Scheiß. Nun, ich werde mich niemals besser fühlen, Mary Arden Evensong. Nicht heute, nicht morgen und nicht in einhundert Jahren.«

Er war nicht wütend – er fühlte sich nur elend. Mary unterdrückte das Verlangen, Ediths Portrait von der Wand zu reißen und darauf herumzutrampeln. Was war aus dem teuflischen, reizenden Alec Raeburn geworden, dem Helden der Backstage-Bereiche und privaten Logen? Irgendetwas stimmte hier nicht. Ganz und gar nicht.

»Und warum nicht, Alec? Du hast dein ganzes Leben noch vor dir.«

»Ach wirklich?«, fragte er verbittert. »Egal, wohin ich gehe, flüstern die Leute. Mein eigener Bruder kommt nicht nach Hause zurück. Denkst du wirklich, dass irgendeine Wohltätigkeitssache in Ediths Namen die Gerüchte stoppen wird?«

»Es ist ein Anfang. Wenn du vielleicht die Hilfe von Ediths Eltern in Anspruch nimmst –«

Mary streckte ihre Hand aus, um ihn zu berühren, wollte, dass er ihr ins Gesicht sah. Und wenn er das tat, würde er die Wahrheit sehen – sonnenklar.

31

Alec schob Marys pralle Finger beiseite und ging zum Turmfenster. Die Fliesen darunter waren immer und immer wieder geschrubbt worden, aber er könnte schwören, dass er immer noch das Blut sah. Er ärgerte sich nicht wirklich darüber, dass sie einen Blick in den Schreibtisch geworfen hatte. Es war seine eigene Schuld – das Tagebuch lag genau dort, wo jeder es finden konnte. Er hätte es zerstören sollen, statt sich selbst damit in den vergangenen Monaten zu quälen. Er legte eine Hand auf das Glas. Eine seiner klobigen, nutzlosen Pranken, die den meisten nur Angst einjagten. »Du verstehst gar nichts.«

»Dann erkläre es mir.«

Der Ausblick hatte schon sein ganzes Leben lang eine beruhigende Wirkung auf ihn gehabt. Die Schatten und Wolken auf den Bergen waren genauso Teil von ihm wie die Luft, die er atmete, aber heute fühlte er nichts.

Wie oft hatte Edith hier genau an diesem Fleck gestanden und sich gefangen gefühlt?

»Ich habe Edith hier oben in diesem Turm allein gelassen, als ich es nicht hätte tun sollen. Sie war so jung, eigentlich noch ein Mädchen, als wir heirateten. Sie hatte die Suite meiner Mutter gleich abgelehnt, vielleicht deswegen, weil sie neben der meines Vaters, also meiner, lag. Sie fürchtete, ich würde hereinkommen, um sie zu belästigen.«

»Die Ausübung deiner ehelichen Rechte kann man aber schwerlich als Belästigung bezeichnen. Du hast sie doch nicht mit Gewalt dazu gezwungen, oder?«

Alec fühlte, wie das Blut aus seinem Gesicht wich. Sogar Mary hegte Zweifel an seiner Ehre.

Er war sein ganzes Leben lang wegen seiner Größe und Stärke verdammt und dem Untergang geweiht. Nur seine Brüder verstanden ihn, da sie ähnliche Ausmaße hatten wie er. Es war eine Sache, mit ihnen zu ringen – aber er würde niemals eine Frau anrühren, außer auf sanfteste Weise.

»Natürlich nicht«, sagte er resignierend. Falls Mary ihm nicht glaubte, was machte es schon? Sie würde wieder zurück nach London gehen, zurück zu ihrem Geschäft und ihren Geheimnissen, und er würde hier bleiben, allein, wohin er gehörte. »Ich habe sie allein gelassen, während ich mich in London amüsierte, und nachdem ich dann zurückgekehrt war, lebten wir getrennte Leben. Sie frühstückte allein. Dinierte allein. Ich habe alle Versuche eingestellt. Sie hat kaum gesprochen, und wenn wir redeten, dann haben wir nur gestritten.« Er ließ eine Hand über seinen nicht existierenden Bart gleiten. Er vermisste ihn. Nun, jetzt konnte er ihn sich wieder wachsen lassen, da er Mary Arden nicht mehr gefallen musste. »Wir hätten in einer unvollendeten Ehe leben können. Manche Leute machen das. Menschen, deren Verlangen unter Kontrolle gehalten wird. Aber ich hatte keine Selbstkontrolle. Ich habe mit meinem Schwanz gedacht. Ich habe alles bestiegen, das mir in den Weg kam. Vielleicht mache ich das immer noch so.«

Er hörte Marys zischenden Atem, als sie die Beleidigung verstand. Er wollte sie nicht verletzen, aber nach dem heutigen Tag war er sich nicht mehr wirklich sicher. Wer war Mary eigentlich? Eine unschuldige Jungfrau oder eine berechnende Geschäftsfrau? Gewiss jemand, der seine strengst gehütete Scham ohne große Schwierigkeiten enthüllt hatte. Unter ihrem Blick geriet er ins Wanken.

»Alec, sie hat dich all die Jahre eurer Ehe zurückgewiesen. Gab dir das Gefühl, ein –«

Er lauschte, während sie nach Worten rang, die *ihn* verletzten. Er hatte sie alle schon selbst für sich benutzt. *Bestie. Lustmolch. Tier.*

»Ja, ja. Wie ein Wüstling. Ganz gleich, wie sanft ich zu sein versuchte, sie wies mich zurück. Aber ich hätte es verstehen und härter versuchen müssen. Sie hatte so viel Angst vor mir, dass sie sich lieber selbst das Leben nahm, als mir die Wahrheit zu sagen.«

»Vielleicht hatte sie Angst davor, dir zu erzählen, dass sie ihren Eheschwur gebrochen hatte.«

Er schüttelte den Kopf. Wenn es nur so einfach wäre. »Wo ich das schon Dutzende Male getan hatte? Du kennst meinen wohlverdienten Ruf. Nein, es war schlimmer als das. Viel schlimmer.«

Alec musste es ihr sagen, falls es für sie nach dem heutigen Tag überhaupt eine Zukunft geben sollte.

Er setzte sich auf das Fenstersims. Vor neun Monaten war Edith auf dieses Jacquard-Kissen gestiegen, um sich zu Tode zu stürzen.

»Edith war von Bauer schwanger, Mary.« Er war stolz, dass seine Stimme standhielt – er hatte diese Worte noch nie laut ausgesprochen. Noch nicht einmal Evan wusste es. »Der gute Doktor bot ihr an, ihr dabei zu helfen, es loszuwerden, aber offensichtlich konnte sie damit nicht fertig werden. Anscheinend bist du in ihrem Tagebuch noch nicht so weit vorgestoßen … Sie hat versucht, es mir zu sagen, aber ich habe nicht richtig zugehört. Wir haben wie üblich über irgendeine dumme Sache gestritten – und ich erinnere mich noch nicht einmal daran, worüber! Ich habe es immer wieder versucht, aber alles ist so unklar, nur Anschuldigungen und Schuldzuweisungen, die ruckartig wie bei einem schlechten Film zusammenlaufen. Sie lief weg von mir, kam hier hoch und sprang.«

Er wagte es nicht, Mary anzusehen, die direkt hinter ihm stand. Stattdessen starrte er auf den steinernen Innenhof, der unter ihm lag. »Ich schwöre es, ich hätte mich um das Kind gekümmert wie um mein eigenes, auch wenn das bedeutete, dass Evan nicht geerbt hätte. Ich wollte immer Kinder haben – deswegen habe ich überhaupt geheiratet. Es ist schon ironisch. Ich werde niemals eigene haben, und Ediths Kind ist mit ihr verloren gegangen. Sie vertraute mir nicht, dass ich es hätte großziehen können. Für sie war es besser, das Baby und sich selbst umzubringen, als sich darauf zu verlassen, dass ich das Richtige tat.«

»Oh, Alec.«

Er hörte das Rascheln ihrer Röcke, als sie durch den Raum schritt und sich neben ihn setzte. Er konnte sie nicht ansehen, konnte seinem Versagen nicht ins Gesicht blicken.

Gott sei Dank versuchte sie nicht, ihn zu berühren. Er hatte das Gefühl, er könnte zerspringen, falls sie es tat. Die Stille des Raums hatte ihren eigenen Klang, und Alec hatte sich noch nie so trostlos gefühlt. Sein Geständnis hatte dem, was zwischen ihnen war, ein Ende bereitet, was immer es sein mochte. Es war auch gleich. Aber zumindest würde sie jetzt verstehen, warum er für niemanden mehr geeignet war.

Die Minuten verstrichen. Warum stand sie nicht einfach auf und ging? Er würde dafür sorgen, dass sie morgen früh gleich als Erstes zum Bahnhof gefahren wurden, falls sich Oliver von Mac lösen konnte.

»Du kannst dir nicht die Schuld dafür geben. Sie war unausgeglichen.« Ihre Stimme klang sanft. Vernünftig. Sie sprach mit ihm wie mit einem verletzten Kind.

Er drehte sich zu ihr um, und sein Ärger wuchs. »Hast du mir überhaupt zugehört?«

»Jedes Wort. Sie hat etwas Schreckliches getan. Aber *sie* hat es getan – es hatte nichts mit dir zu tun. Du warst vier Jahre lang geduldig mit ihr. Die meisten Männer hätten eine rechtliche Trennung oder sogar eine Scheidung in Erwägung gezogen. Du hast ihr alles gegeben, was sie wollte, und sie hat dich dennoch betrogen.«

Alec ließ seinen Arm durch den übermäßig dekorierten Raum gleiten. »Ich habe ihr nur *Dinge* gegeben. Das bedeutet nichts.«

»Sie haben ihr immerhin so viel bedeutet, dass sie darüber in ihrem Tagebuch geschrieben hat. Darin finden sich seitenweise Beschreibungen von Möbeln, Schmuckstücken und Kleidern. Du warst sehr großzügig.«

»Ich habe versucht, mir ihre Gunst zu erkaufen«, sagte er bitter. »Es hat nicht funktioniert.«

»Und das hätte es auch nie! Du bist niemand, der andere manipuliert, Alec. Nicht wirklich. Ja, du verfolgst deine Ziele. Aber im Kern bist du ein guter Mann. Du hättest niemals versucht, mich zu verführen. Du erinnerst dich, dass *ich dich* darum gebeten habe? Wenn Bauer dir eines voraus hat, dann, dass er Schwächen erkennt und daraus Nutzen schlägt. Ich denke nicht –« Sie machte eine Pause. »Ich denke nicht, dass Edith am Ende tatsächlich voll bei Sinnen war. Sie war die perfekte Kandidatin für Bauers Heilbad – weltfremd, nervös, reich und hysterisch im wahrsten Sinne des Wortes. Sie war so schrecklich jung. Unreif für ihr Alter. Die meisten einundzwanzigjährigen Frauen sind Mütter. Du hast mir selbst erzählt, dass sie keine Freunde hatte, und ihre Familie konnte sie nicht früh genug in deine Hände geben. Ich weiß aus dem, was du gesagt hast und was ich aus dem Tagebuch lesen konnte, dass die verbliebenen Bediensteten sie nicht mochten. Ich habe ihre Beschwerden gelesen, die sie selbst formuliert hat.«

»Sie war launenhaft.« Zunächst war er von ihren Hirngespinsten fasziniert gewesen. Sie war so schön, dass er dachte, er würde ihr alles geben und vergeben, hatte aber nicht daran gedacht, was es kosten könnte.

»Nun höre, wie du hier das Unentschuldbare entschuldigst. Und jetzt hör *mir* zu. Du kannst dir nicht die Schuld für das Geschehene geben. Du hast bis jetzt und auf deine Kosten sogar ihren Ruf beschützt.«

»Was hätte es denn gebracht, die Wahrheit zu sagen? Niemand hätte mir geglaubt, und ich wäre nur noch als größerer Schurke erschienen, als ich es ohnehin schon war. Ich habe schon vor langer Zeit gelernt, dass hier niemand gewinnen kann, am wenigsten die arme Edith. Tatsache ist, dass sie verzweifelt war und ich ihr nicht geholfen habe.«

»Ich werde hier nicht länger mit dir streiten. Du liegst falsch, und ich habe recht.« Marys Gesicht war bestimmt, und in einem aufblitzenden Moment konnte er die siebzigjährige Frau sehen, die sie einmal werden würde. Kein Wunder, dass sie die Menschen täuschen konnte. Würde sie so lange da sein, dass er sehen konnte, wie sie jeden Tag älter wurde? Von ihr belehrt, schikaniert und getadelt? Sie berührte etwas in ihm, von dem er überhaupt nicht wusste, dass er es hatte.

Alec Raeburn hatte niemals erwartet, sich zu verlieben. Das war für Menschen seiner Klasse nicht üblich. Sollte es zumindest nicht sein. Sein Vater hatte es getan, und was hatte es ihm eingebracht? Er hatte sich in die Tochter seines Pächters verliebt. Und sobald die erste Glut zwischen ihnen erloschen war, brachte das Ungleichgewicht nur Elend. Seine Eltern hatten sich mehr oder weniger zivil verhalten, aber Alec und seine Brüder ließen sich nicht täuschen. Die Wutausbrüche seiner Mutter wurden immer durch etwas ausgelöst, das sein Vater getan oder nicht getan hatte. Der alte Baron verbrachte einen

Großteil seiner Ehe damit, sich in London zu verkriechen, wie es Alec auch getan hatte. Und der Mann ist dort sicher nicht wegen der Sehenswürdigkeiten hingefahren.

Von Männern wurde es erwartet, dass sie ihr Ehegelübde brachen, und das hatte Alec auch getan. Er hatte Edith gewollt – wer nicht, in dem Jahr, in dem sie debütierte? Aber sie hatten nie auch nur den Ansatz einer vorübergehenden Wärme zwischen sich gespürt, eine Flitterwochenphase, auf die er zumindest mit etwas Bedauern hätte zurückblicken können, während er die neusten Mätressen über die Bond Street geleitete.

Wie wäre es wohl, mit einer Frau verheiratet zu sein, die nicht launenhaft, sondern sensibel war? Besonnen. Eine Frau, deren weiser Rat von Dienern und Viscounts gleichermaßen geachtet wurde. Einer Frau mit rostrotem Haar und goldbefleckter Haut, einem sturen Kinn und einer Brust, die man nur als spektakulär bezeichnen konnte.

»Du hast recht und ich unrecht«, wiederholte er. Wenn es nur so einfach wäre.

Sie nickte. »Genau.«

Was zum Teufel! Vielleicht konnte er sich selbst davon überzeugen, ein paar Tage lang an nichts Unangenehmes zu denken. Einfach nur ein sinnliches Intermezzo zu genießen, bevor ihn die Vergangenheit wieder einholte. Er hatte noch den Rest seines Lebens, um sich schuldig und unglücklich zu fühlen.

Alec stand auf. »Lass uns hier rausgehen. Das heißt, falls du noch immer den Mut dazu hast, dich für ein oder zwei Tage im Pförtnerhaus einzuquartieren.«

Mary blickte auf und lächelte ihn an wie die Unschuld in Person. »Du hast mir einen Urlaub versprochen. Ich habe nicht die Absicht, jetzt schon abzureisen.«

»Sogar nach dem, was ich dir erzählt habe? Du bist eine höchst sonderbare Frau.«

»Ich würde deinen Diener und deinen Bruder nur ungern verärgern, wo sie doch all die Schwierigkeiten auf sich genommen haben, das Haus für uns herzurichten.«

Die Ratten würde er lieber nicht erwähnen.

32

Mary hielt ihren Hut fest, als Alecs Pegasus durch einen alten, gewachsenen Wald fuhr. Der Weg zum nördlichen Pförtnerhaus war viel schlimmer als die öffentliche Straße, auf der sie gekommen waren. Ein Baldachin aus Bäumen thronte über ihnen und hielt Sonne, Berge und Himmel verborgen. Die Luft duftete nach Pinien und uralter Erde. Mary fühlte sich, als wäre sie in ein grünes Meer eingetaucht, dessen schwaches Licht etwas bedrückend war.

»Niemand benutzt mehr diesen Weg«, übertönte Alec den röhrenden Motor.

»Das merkt man.«

Der Wagen geriet in eine Spurrinne und schaffte es auf mysteriöse Weise wieder heraus. Er schaltete und verlangsamte die Fahrt, um auf die davonflitzenden Kreaturen vor ihnen achtzugeben. Der Wagen scheuchte ein Schwadron roter Eichhörnchen auf, die über ihnen plapperten, während sie weiterrollten.

Schließlich kamen sie zu dem Steinbau, der ein wenig kleiner war als der am vorderen Tor. Alec parkte in der anschließenden Scheune, warf eine Plane über das Fahrzeug, nachdem er Mary beim Aussteigen geholfen hatte, und holte ihre Kisten.

In seinem Koffer hatte er Kondome, und dank Mary würden sie auch zum Einsatz kommen. Alec brauchte eine Verbindung – er brauchte *sie*.

Kein Wunder, dass er so versessen darauf gewesen war, Bauer zu stürzen. Sie hatte sehr darauf aufgepasst, nicht ihr Entsetzen zu zeigen, als Alec die Wahrheit über Ediths Tod erzählte, aber sie *war* entsetzt. Unter einer solchen Last zu leben – kein Wunder, dass sich Alec in den Fleischtöpfen Londons verloren hatte. Mary hatte größte Mühe, für Edith Mitleid zu empfinden, denn das, was sie getan hatte, ruinierte drei Leben. Würde Alec jemals in der Lage sein, nach vorn zu blicken, eine normale Frau zu finden, mit der er sein Leben teilen konnte? Er verdiente es so sehr.

Mary war gefallen, und sie war hart gefallen. Nun, es war unvermeidlich. Sie war so damit beschäftigt gewesen, die Beziehungen anderer Leute in Ordnung zu bringen, dass es nur eine Frage der Zeit war, bis sie sich um ihre eigenen kümmern musste. Sie hatte aber keine wirkliche »Beziehung« mit Alec. Was als ein geschäftliches Arrangement begonnen hatte, entwickelte sich zu etwas, für das sie keine Worte kannte.

Die Lust musste natürlich mit einbezogen werden. Es war schwierig, beim Anblick von Lord Alec Raeburns prächtigem Körper unberührt zu bleiben. Aber es war noch mehr. Sie genoss seine Gesellschaft, die Gespräche mit ihm, seine Hänseleien. Sie genoss seine Berührung. Huch, jetzt war sie schon wieder beim Thema Lust angelangt, dachte sie reumütig.

Alec quetschte sich durch die Eichentür, wobei er den Kopf einzog, als er in den engen Eingangsbereich trat. Er stellte die aufgestapelten Koffer auf den sauber gefegten Fliesen ab und wandte sich ihr zu. »Nun, was denkst du?«

Das Haus roch nach Zitronen und Lavendel. Bündelweise hing Letzterer von den rohen Deckenbalken. Die Treppe war offen und lud dazu ein, die obere Etage zu erkunden. »Was ist dort oben?«, fragte Mary.

»Ein kleines Schlafzimmer mit vielen kaputten Sachen, soweit ich mich erinnern kann. Mac und mein Bruder haben alles, was nicht mehr in Ordnung war, dort oben verstaut. Es gibt zwei Schlafzimmer im Erdgeschoss, also kannst du auch deine Privatsphäre haben, wenn du willst.«

Mary hatte noch nicht ernsthaft darüber nachgedacht, ob sie tatsächlich neben Alec schlafen sollte, obwohl sie es bereits letzte Nacht getan hatte. Sie konnte sich später noch über ihre Unterbringung Gedanken machen.

Es war wirklich ein langer Tag gewesen, und die Sonne stand noch immer über den Bergen. Das Feuer, die Geständnisse, die Intimität – eines davon allein hätte sie schon auslaugen sollen. Stattdessen fühlte sie einen Anstieg von Hoffnung, als Alec sie durch das kleine Anwesen führte.

Rechts neben der Treppe war die kleine Küche, ausgestattet mit einem einfachen Holztisch, zwei Bänken und einem durchhängenden schwarzen Herd, der schon bessere Tage erlebt hatte. Verbeulte Töpfe hingen von Haken an der Wand. Mehrere Körbe mit Lebensmitteln und eine blaue Schüssel mit drei Äpfeln standen auf dem Tisch.

»Wir werden es etwas primitiv haben. Kannst du kochen?«, fragte Alec.

»Ein wenig.« Aber nicht wirklich gut genug, um Alec oder irgendeinen Mann zu beeindrucken.

»Dann wechseln wir uns ab. Ich kann Toast besser anbrennen lassen, als es sich Escoffier jemals erträumen könnte. Lass uns in den Salon gehen.«

Sie gingen durch die Halle zur anderen Seite des Hauses. Der Salon war auch klein, aber jemand hatte Blumen in eine Glasvase auf den blanken Kamin gestellt. Es gab ein staubig aussehendes Sofa, einen Sessel, ein paar merkwürdige Tische und einen abgenutzten Teppich. Das hatte nun nicht gerade viel mit der Pracht von Raeburn Court zu tun, hatte aber irgendwie seinen eigenen Charme. Die Fenster funkelten, und ein wild verwachsener Staudengarten, die Quelle der Blumen, war durch das wellige Glas zu sehen. Eine lackierte Tür neben dem Kamin führte in ein Schlafzimmer, das wiederum in ein weiteres Schlafzimmer führte. Beide Steppdecken und Laken waren frostig weiß und offensichtlich aus dem Haupthaus hergebracht worden.

»Trautes Heim«, sagte Alec. »Ehrlich gesagt muss ich auf die Nachttöpfe unter den Betten hinweisen. Es gibt einen Abtritt im hinteren Garten hinter der Küche. Niemand hat hier seit einem halben Jahrzehnt mehr gelebt, also sollte es nicht zu abstoßend sein. Mac hat mir erzählt, er habe die Spinnweben vom Sitz persönlich entfernt. Bereit, um schreiend davonzulaufen, oder willst du dich hier einrichten?«

»Es ist hinreißend«, sagte Mary aufrichtig. »Ich habe schon fast erwartet, Schneewittchen und ein oder zwei Zwerge hier zu finden.«

»Wenn wir uns auf ›Hans und die Bohnenranke‹ einigen können, bin ich dein Riese. So habe ich mir deinen Urlaub nicht unbedingt vorgestellt. Aber sobald wir wissen, dass man sich um Bauer gekümmert hat, können wir zurück in den Court gehen und den Hammerschlägen lauschen. Bist du hungrig? Die Teezeit haben wir sicher schon überschritten.«

»Ausgehungert, um ehrlich zu sein.« Sex wirkte sich wohl stimulierend aus. Das Brot und der Käse, den sie zum Mittagessen gehabt hatte, schien eine Ewigkeit her zu sein.

Alec zündete den alten Ofen ohne größere Probleme an, pumpte etwas Wasser in einen Kupferkessel und setzte ihn zum Kochen auf. Mary spähte in einen Korb – noch mehr Brot und Käse, eine Dose Rosinenkekse, ein Stück Schinken. Sie schnitt und legte alles bereit, während sich Alec um die Teekanne kümmerte. Das Porzellan auf dem Regal passte nicht zueinander, aber das war egal. Sie setzten sich an den Tisch und aßen.

»Mac wird uns noch mehr Vorräte bringen. Durch den Personalmangel ist die Speisekammer nicht wirklich üppig gefüllt.«

»Das ist schon in Ordnung«, sagte Mary. Eigentlich erinnerte sie das an die Zeit, als sie als kleines Mädchen zusammen mit ihren Eltern über dem Laden gesessen hatte. Bevor ihr Vater Erfolg hatte, hatten sie reichlich zerbrochene Kekse und alte Dosen mit mysteriösem Inhalt verspeist, die sich nicht verkaufen ließen.

»Ich kann später Käsetoast zum Abendessen machen«, lächelte Mary. »Aber du hast gesagt, du verbrennst den Toast immer. Das hier reicht mir, aber wie du möchtest.« Ein großer Mann wie Alec musste wahrscheinlich häufig essen. Nicht dass er fett war – er war einfach überall fest.

»Wenn es dir nichts ausmacht aufzuräumen, würde ich gern etwas für dich vorbereiten«, sagte Alec, während er vom Tisch zurückrutschte.

Mary machte es nichts aus. Sich Alec mit seinen hochgerollten Hemdsärmeln über eine Abwaschschüssel gebeugt vorzustellen war unmöglich. Ein Baron wusch kein Geschirr ab.

»Komm raus in den hinteren Garten, wenn du fertig bist. Es ist noch ausreichend hell draußen. Ich hatte ursprünglich gedacht, wir würden es im Salon machen, aber ich habe vergessen, wie klein er ist.«

Es machen? *Was* machen? Stillschweigend hatte Mary vermutet, dass es weitere sexuelle Abenteuer zwischen ihnen geben würde, aber welche Art von Akrobatik erwartete Alec von ihr?

Die Couch im Wohnzimmer war offensichtlich zu kurz – und klumpig –, um von großem Nutzen zu sein, und Mary war nicht erpicht darauf, auf dem alten Teppich auf dem Boden zu liegen, also konnte sie Alecs Einwände in Hinsicht auf den Salon verstehen. Aber was fehlte den beiden Schlafzimmern?

Sie wollte sich nicht im Gartendschungel splitternackt ausziehen. Dort musste es Käfer und wer weiß was sonst noch geben. Was, wenn ein Schäfer oder jemand anders sie dabei ertappte, wie Adam und Eva, die weitab vom Paradies umherirrten? Obwohl Mary dem Himmel noch nie so nah gewesen war wie in den Highlands. Selbst das marode Pförtnerhaus hatte seinen Charme.

Von dem hohen Fenster über dem Spülbecken konnte Mary Alecs Kopfspitze sehen, als er pfeifend draußen im ummauerten Garten umherstiefelte. Sie trocknete ihre Hände an einem Handtuch ab, kletterte auf eine Bank und blickte forschend hinaus. Er hatte Jackett, Weste und Krawatte abgelegt, hielt eine Sense in seiner Hand und arbeitete sich vehement durch den zu hoch gewachsenen Rasen. Abgemähtes Gras fiel ihm über die Füße und in leere Beete, in denen wohl einst Gemüse angebaut worden war. Er hatte bereits ein großes, ungleichmäßiges Rechteck freigeräumt – oder war es ein Trapez? Sie war schon immer in Algebra besser als in Geometrie gewesen –, zwei Mal die Größe des Wohnzimmers in der kurzen Zeit, in der sie ein paar Essensreste weggeräumt und Teetassen abgespült hatte. An die offene Stalltür gelehnt stand eine große hölzerne Kiste und darauf etwas, das in eine alte Decke gehüllt war. Fasziniert beobachtete sie ihn, wie er in den Schuppen ging, um kurz darauf mit einem rostigen Rechen zurückzukommen, mit dem er das ganze Gras auf die Seite rechte.

Mit Alex draußen im schwindenden Tageslicht zu kopulieren hätte sie schockieren sollen, aber stattdessen überkam sie ein Schauer aus Neugier. Sollte er geplant haben, sie auf den Rasen zu legen, konnte sie noch immer diese Decke unterschieben, bevor sie sich Sandflöhe holte. Ihre Haut war recht sensibel, und es hatte keinen Sinn, gegen die Natur anzukämpfen. Die Natur gewann immer.

Mary hüpfte herunter und trocknete mit zunehmend klopfendem Herzen das Geschirr ab. Sie hatte heute schon viele Regeln gebrochen – was war also eine mehr? Ihr Aufrichtigkeitsschwur gegenüber Alec galt auch für sie selbst – sie wollte ihn, gleich ob drinnen oder draußen. Sie hatte sich in nur wenigen Tagen von einer respektablen Jungfer in eine Dirne verwandelt, aber sie vermutete, dass Alec Raeburn ebendiese Wirkung auf Frauen hatte, ohne dass er es provozierte. Jetzt, da sie die Art seiner Wunden unter der harten Schale kannte, war sie noch verliebter.

Aber sie konnte es nicht einfach mit ein bisschen Herumtollen im Gras »reparieren«. Nur in Romanen war es möglich, dass die Liebe einer guten Frau bis zur letzten Seite wie Magie wirkte. Sie hatte in ihren vier Jahren als Mrs Evensong zu viel gesehen und konnte nicht erwarten, dass Alec seine Melancholie über Nacht ablegte. Aber diese Nacht gehörte Mary, und sie wollte sie nutzen. Vielleicht nicht unbedingt weise, aber effektiv.

Mit dem Entschluss, ihn zu überraschen – und zu schockieren –, stieg sie aus ihren Schuhen, löste alle Haken und Knöpfe bis zu Korsett und Unterwäsche und zog jede Nadel aus ihrem Haar. Mary würde ihm signalisieren, dass sie für alles bereit war, was er sich vorstellte. Er sollte ihr den Rest ausziehen.

Aber nein. Warum wertvolle Zeit vergeuden? Mary löste die Bänder an ihrem Korsett, zog ihr Unterkleid aus und faltete alles adrett auf dem Küchentisch zusammen. Alte Gewohnheiten starben eben nie.

Tief einatmend und ihr Haar zurückwerfend, trat sie zur Küchentür hinaus in das kühle, geschorene Gras. Alecs Mund klappte auf, und das Taschentuch, das er dazu verwendete, seine Brauen abzuwischen, fiel unbemerkt auf seine Stiefelspitze.

»Ich bin fertig«, sagte sie mit heiserer Stimme.

»Mutter Gottes«, krächzte Alec. Er machte keine Anstalten, sich ihr zu nähern.

Hatte sie einen Fehler gemacht? Sein Verlangen fehlinterpretiert? Vielleicht wollte er nach heute Nachmittag ja nichts mehr mit ihr zu tun haben, abgesehen davon, sie hierherzubringen. Plötzlich fühlte sie sich viel zu schamlos, torkelte zu der Kiste und hob die Ecke der Decke an. Sie könnte sich darin einwickeln und weitere Erniedrigungen ersparen. Offensichtlich hatte sie die Situation falsch interpretiert, was ihr so gar nicht ähnlich sah.

Ihre Emotionen lagen brach, und sie fühlte ihre Wangen heiß anlaufen, während der Rest ihres Körpers immer mehr einfror. Was hatte sie sich nur gedacht? Eindeutig hatte sie gar nicht nachgedacht. Aber Alec war beim Tee so freundlich gewesen, dass sie vermutet hatte, seine Überraschung wäre sexueller Natur. Sie zog an der Decke, und die Kiste kippte zur Seite.

»Vorsicht!«, rief Alec und erwachte schließlich aus seiner Erstarrung. Er spurtete zu ihr hin und nahm ihr den Stoff aus ihren betäubten Fingern. »Da ist ein Grammophon darunter. Ich habe es Mac herbringen lassen, und auch ein paar Wachswalzen. Ich wollte dir das Walzertanzen beibringen. Aber du scheinst andere Vorstellungen zu haben, und die gefallen mir noch viel mehr.«

»W-was?«

Alec hüllte Mary in die Decke ein. Sie war definitiv nicht in einem Wäscheschrank mit Lavendelsträußchen gelagert gewesen, und sie war sich nicht sicher, ob das Aroma der Decke überhaupt ansprechend war. Als sie an sich hinuntersah, entdeckte sie kleine Wattebausche, die überall dort herausschauten, wo die Stiche fehlten.

Aber da prangten keine schwarzen Flecken auf der weißen Baumwolle. Auch keine Käfer, sondern –

»Na ja. Tanzen. Eins, zwei, drei, eins, zwei, drei. Du hast mir neulich erzählt, dass du noch nie bei einem Ball warst, und ich dachte – «

»Mäuse!«, kreischte Mary, warf Alec die Decke zu und hopste auf und ab.

»Sicherlich nicht«, sagte Alec und schüttelte die Decke kräftig aus.

»Nicht jetzt, aber sie haben darin genistet. Und ihren Darm entleert! Igitt!« Sie wischte imaginäre Mäuseköttel von ihrer Gänsehaut.

Alec sah echt gebeutelt aus. »Oje. Ich fürchte, das ist mein Fehler. Ich habe nach dem erstbesten Ding gegriffen, das ich in dem Schuppen finden konnte, um das Grammophon abzudecken. Es sollte ja eine Überraschung sein.«

»Die Überraschung ist gelungen«, sagte Mary und fühlte sich albern. Und sehr nackt.

»Möchtest du nochmals baden? Ich bin sicher, ich könnte ein paar Eimer befüllen und sie erhitzen.«

Drei Bäder an einem Tag! Welch ein Luxus! Aber sie hatte die verzinkte Sitzbadewanne in der Küchenecke gesehen und war nicht wirklich beeindruckt. Im Übrigen hatte sie die Decke nur für höchstens ein paar Sekunden umgelegt gehabt.

»Mir geht es gut. Nur mein Stolz hat ein paar blaue Flecken abbekommen. Du musst mich für sehr anmaßend halten, dass ich all meine Kleider ausgezogen habe.« Möge sich doch die Erde auftun und sie auf der Stelle verschlingen.

»Ich mag es, wenn du anmaßend bist, Mary. Und devot. Komm schon her.«

33

Die Sonne war schon hinter der Bergkette versunken, aber der Himmel war noch hell genug, sodass Alec jeden delikaten Zentimeter ihres Körpers sehen konnte. Sie trat einen Schritt vor in seine Arme und zitterte. Alec roch eine berauschende Kombination aus Seife, Gras und Mary.

Als sie die Küchentür geöffnet hatte, dachte er, sein Herz bliebe stehen. Für eine solch kleine Frau war sie äußerst – dominant. Überwältigend. Diese ganze blasse Haut und ihr rotes Haar, das ihr auf die Schultern fiel, bettelten förmlich darum, berührt zu werden.

Seit ihrer Auseinandersetzung waren erst ein paar Stunden vergangen. Noch weniger als das, seit sie einander in den Armen gelegen hatten. Alec fühlte sich wie ein Pendel, das von einem Extrem ins nächste schwang. Mary Evensong brachte ihn aus dem Gleichgewicht.

Aber jetzt, in diesem Moment fühlte er sich beständig, jetzt, da er diese nackte Frau an sich gedrückt hielt, während die Schatten immer länger wurden.

Sie verdiente einen Tanz, und er würde es ihr beibringen. Wer sagte, dass man dazu Kleider brauchte? Keine abschnürende, gestärkte weiße Krawatte, kein Frack oder Tanzschuhe aus Lackleder. Heute würde alles bodenständig sein. Ursprünglich.

Er legte seine hohle Hand über ihre glatte Wange. »Im Hotel sagtest du, du wärst zu alt, um tanzen zu lernen. Ich werde dir zeigen, dass du damit unrecht hattest.«

Mary blickte unsicher zu ihm auf. »Ich habe nicht mehr getanzt, seit ich ein Schulmädchen war.«

»Das ist meiner Meinung nach ein Verbrechen. Du hättest tanzen müssen.« Er legte eine Hand um ihre Taille und hielt ihren Arm nach oben. Dann beugte er sich, um ihre Fingerspitzen zu küssen. »Genau so. Aber ich denke, du hattest eine großartige Idee, Miss Evensong. Die Bewegungsfreiheit ist weit weniger eingeschränkt, wenn man nicht in einengenden Kleidern steckt.«

»Oh, das ist mir so peinlich«, murmelte Mary in sein Hemd hinein.

»Das sollte es nicht! Ich denke, du bist brillant. Hast du mir nicht oft genug gesagt, dass du immer recht hast? Du hast unrecht, und ich habe recht – so hast du es doch formuliert?« Alec ließ sie los und entledigte sich schnell seiner eigenen Kleidung.

Mary schaute sich überall im Garten um, nur um seinen Anblick zu meiden. Dabei nahmen ihre Wangen die Farbe der Kletterrosen neben der Küchentür an.

»Also los.« Er führte seine Finger in einen gewachsten Zylinder und legte ihn auf den Dorn des Grammophons. »Das wird nur zwei Minuten lang spielen. Wenn du auf einem richtigen Ball bist, dauert ein Walzer natürlich viel länger – ein rechtes Vergnügen für junge Leute, die zum ersten Mal ihre Schwärmereien ausleben. Weißt du, dass, als Bauern das erste Mal Walzer tanzten, sich ihre Gesichter berührten? Ich fürchte, dass ich dich hochheben muss, um das zu schaffen.«

Als er noch jung war, hatte ihn die Aussicht, mit einem hübschen Mädchen über den Tanzboden zu wirbeln, auf skandalöseste Weise erhärten lassen, und das nicht nur ein Mal. Jetzt war er von diesem Status auch nicht mehr weit entfernt.

Der Zylinder war vom häufigen Spielen abgenutzt, und der blecherne Klang war nicht mit einem Live-Orchester zu vergleichen. Aber dennoch erhellte sich Marys Gesicht vor Glück, während sie in seinen Armen über das frisch geschnittene Gras glitt und ihr verlockender Körper sich an seinem rieb. Alec hielt sie zu fest, aber darum ging es schließlich, oder nicht?

Es war lästig, alle zwei Minuten zu pausieren, um den Zylinder auszutauschen, also verzichtete Alec nach einer Weile gänzlich auf die Edison-Gold-Moulded-Platten und wirbelte sie einfach ohne Musik weiter herum, wobei er zunächst sanft zählte und dann gar nicht mehr sprach.

Die Schatten wurden länger und die Luft kühler. Das war die außergewöhnlichste Abenddämmerung seines Lebens, allein mit Mary in dem verlassenen Garten, nackt, wie sie zur Welt gekommen waren, die Körper bewegten sich zu ihrer inneren Musik. Sie kreisten, schwangen und neigten sich, während sich die Blicke nie verloren. Sie hatte ihre Demütigung überwunden und lächelte zu ihm auf, als wäre er ein Prinz.

Das war er zwar nicht. Würde es auch nie sein. Aber unter Mary Evensongs arglosem Blick fühlte er sich so gut wie nie. Vergiss die Vergangenheit, hatte sie ihm gesagt. Vielleicht war es möglich, wenn er sie in seinen Armen halten konnte.

»Ist dir kalt?«, fragte er etwas außer Atem.

»Nur ein wenig.«

Er sollte sie noch näher heranziehen, sie küssen, sie mit seinem Körper bedecken, um sie warm zu halten. Ins Gras fallen und der Natur freien Lauf lassen. Aber das würde bedeuten, dass er sie ausnutzte, und nebenbei könnte es sich als recht unbequem erweisen.

»Ein wenig ist schon zu viel. Komm, lass uns ins Haus gehen und im Salon ein Feuer anzünden. Wir können auch etwas Wein trinken.« Die Temperatur war gefallen, und er konnte es selbst auf seiner verschwitzten Haut fühlen.

Alec wickelte das Grammophon in die zerlumpte Decke und stellte es wieder in die Ecke, wo Mac es versteckt hatte. Vielleicht könnten sie morgen wieder tanzen.

»Ich werde mir etwas anziehen«, sagte Mary von der Küchentür aus.

Alec hob eine Augenbraue. »Warum? Du bist so hinreißend.« Und das war sie wirklich, denn unter dem abnehmenden Mond erschien sie gänzlich in Gold, Elfenbein und Kupfer getaucht. Er wünschte, er könnte malen wie sein Bruder Nick – er würde ihre Vollkommenheit in dieser Nacht für die Ewigkeit festhalten, sodass er sie immer noch betrachten konnte, wenn sie weg war.

Sie verschränkte die Arme über der Brust. »Du musst nicht so nett sein.«

»Nett! Du überschätzt mich, meine Gute. Ich bin kein Heiliger, ich habe nur zwei Augen im Kopf. Du bist wunderschön.«

»Ich war noch niemals wunderschön, Alec. Zumindest hat mir das noch nie jemand gesagt. Attraktiv vielleicht. Nicht wirklich eine alte Schrulle.«

Sie sah so ernst aus, dass er lachen musste. »Du hast offensichtlich mit den falschen Gentlemen verkehrt. Ich könnte dich die ganze Nacht anschauen.« Er verstrubbelte ihr Haar, das entwaffnend über eine Schulter hing. »Ich habe einen Vorschlag. Wenn du dich wohler fühlst, dann zieh dir doch einen Morgenrock über. Ich werde uns in der Küche etwas zusammenstellen, und wir können vor dem Schlafengehen noch etwas entspannen. Ich muss zugeben, dass ich mich beim Tanzen etwas verausgabt habe. Ich bin aus der Form.«

»Mach keine Witze. *Du* bist wunderschön.«

»Mit Schmeicheleien erreichst du alles. Geh schon rein und zieh dich an. Ich werde gleich bei dir sein.«

Der Himmel war in Türkis und Lavendel getaucht, die Berge

hatten ein Marineblau. Alec stand auf dem Rasenstück und atmete die frische Luft des Hochlands ein. So etwas gab es sonst nirgendwo. All diese rauschenden Monate in London waren keinen Penny wert. Dies war sein wahres Zuhause, und irgendwie würde er die Dinge wieder richten. Eine Motte flatterte über eine Reihe verrotteter Strohbienenkörbe in der hinteren Ecke des ummauerten Gartens. Mr Hamilton, der letzte Pförtner hier, hatte Raeburn Court mit Honig versorgt. Der Mann war vor Jahren gestorben, aber Alec konnte sich noch immer an den Geschmack erinnern. Vielleicht konnte er selbst ein Bienenzüchter werden, sich einen dieser Anzüge überwerfen – falls er irgendwo einen fand, der ihm passte. Er stieß ein Lachen aus, als er sich vorstellte, wie er mit einer Kohlenpfanne Bienen beschwor. Wahrscheinlich würden sie ihn zu Tode stechen.

Er würde sich hier oben eine angemessene Beschäftigung suchen müssen. Es war Zeit, sesshaft zu werden. Sesshaft. Unstet. Seine Gedanken wendeten sich der Frau in dem Haus hinter ihm zu. Etwas zögerlich klopfte er seine Kleider ab und zog sie wieder an. Er hatte diesen Moment versäumt, Mary unter dem einzelnen Stern zu nehmen, der sich am sich verdunkelnden Himmel gezeigt hatte. Es war schon fast genug gewesen, sie ganz festzuhalten, ihre Körper glitten mühelos dahin, immer wieder im Kreis, sodass er kaum den Boden unter den Füßen fühlte. Sie war leicht zu führen, so empfänglich.

Mit ihr zu tanzen war so viel weniger schwierig, als zu reden, wenn sie geschickt ihrer eigenen Musik folgte.

Sie hatte ihn heute auf so vielerlei Weise überrascht, einiges davon angenehm, einiges nicht. Die letzten paar Tage waren turbulent gewesen – jetzt war es Zeit für ein Glas Wein vor dem Kamin. Und früh ins Bett zu gehen.

Alec betrat die makellose Küche. Er sollte hausfrauliche Fertigkeiten zu Marys Liste hinzufügen. Er kramte in einem

Korb und förderte ein paar alte Käsestangen und eine Flasche Burgunder zum Vorschein. Das würde reichen.

Er fand Mary im Sessel sitzend vor, mit zugeknöpftem Nachtgewand und einer zugeschnürten Robe. Sie hatte ihr herrliches Haar zu einem Zopf geflochten. Ein kleines Feuer brannte bereits. Wie lange hatte er nur diesen Stern angestarrt?

Sie war tüchtig. Ordentlich. Er sehnte sich danach, sie zu zerzausen. Aber es war zu früh. Sie musste Schmerzen haben und müde sein.

»Es ist kühl für Juni«, sagte sie. »Ich hoffe, es macht dir nichts aus, dass ich schon einmal Feuer gemacht habe. Es lag alles schon bereit.«

»Überhaupt nicht. Um diese Jahreszeit kann es hier oben ein bisschen frisch werden, auf jeden Fall kühler als unten im Süden. Der Sommer kommt langsam.« Alec goss Wein in die schweren Bleiglasgläser, die Mac eingepackt hatte. »Auf einen Sommer in den Highlands«, sagte er und reicht ihr ein Glas.

Sie hielt es fest, trank aber nicht.

»Hättest du lieber Weißwein? Im Korb habe ich auch einen deutschen Rheinländer entdeckt, wobei er wahrscheinlich nicht angemessen gekühlt sein wird.«

»O nein. Ich bin nur nicht mit dem Trinkspruch einverstanden.«

»Was hast du gegen den Sommer? Sonniger, blauer Himmel, Schäfchenwolken, all die Vögel, Schmetterlinge und Blumen.«

»Aber ich werde nicht hier sein, um sie zu sehen«, sagte Mary ruhig.

Du könntest es aber, wollte er sagen. Tat es aber nicht.

»Dann also auf den Sommer, auch den in London. Ich schätze, du wirst ohnehin nicht viel davon haben, wo du doch die ganze Zeit an deinen Schreibtisch gekettet sein wirst und so«, plapperte er.

»Nicht für gewöhnlich, es sei denn, ich muss etwas im Landhaus eines Adligen ausbügeln. Das ist ein oder zwei Mal vorgekommen.« Sie nippte an ihrem Wein.

»Ein Arbeitsurlaub dann sozusagen.«

»Ja.«

Er würde sie nichts über diese Reisen fragen – sie würde ihm ohnehin nichts erzählen. Ihre Diskretion war eine gute Sache. Niemand würde davon erfahren, wie sehr er sich wegen Edith zum Narren gemacht hatte.

Alec biss in eine Käsestange und bewunderte das Feuer.

Das Spucken und Knistern waren die einzigen Geräusche im Raum. Irgendwie hatte sie die wortlose Verständigung, die während ihres Tanzes draußen vorherrschte, nicht nach drinnen begleitet. Mary sah angespannt aus und hielt ihr Weinglas umschlossen, als wäre es ihr Rettungsring.

Alec räusperte sich. »Es war ein hinreißender Abend. Du bist eine wunderbare Tänzerin.«

»Es ist wohl wie mit dem Fahrradfahren. Man vergisst es nie gänzlich. Du bist ein sehr guter Lehrer.«

All diese Höflichkeit trieb ihn in den Wahnsinn. Er setzte sein Glas hörbar ab. »Lass uns nicht um den heißen Brei reden. Ich möchte mit dir ins Bett, Mary. Schon wieder, aber wenn du es nicht ertragen –«

»Natürlich kann ich das ertragen! Ich bin doch nicht aus Zuckerwatte.«

»Das wäre aber nicht so abwegig. Du bist ein köstliches kleines Ding, und ich habe bereits –« Er suchte in seinem Kopf nach dem richtigen Wort.

»Zuvor sagtest du, du bräuchtest auch Zeit zum Erholen. Aber du kannst jetzt wieder«, sagte Mary.

»O ja«, sagte er. »Aber du vielleicht nicht.«

Sie stand auf. »Das sollten wir herausfinden, also los?«

War es so leicht? Alec traute dem Glück nicht, das in seinem Herzen anschwoll. Er folgte ihr zum ersten Schlafzimmer, seine Schlichtheit uneins mit seinen verworrenen Gedanken. Sie zog sich mit unromantischer Effizienz aus, während Alecs Finger am Knopf seines Hosenschlitzes herumfummelten.

Dies war auch wieder nicht richtig ... zu kopflastig. Sie hatte zuvor recht gehabt – man sollte das Reden lassen. Er wollte sie ihrer ruhigen Akzeptanz berauben, während sie passiv unter den nach Lavendel duftenden Bettlaken lag. Sie vergewaltigen, bis sie seinen Namen schrie. Alec unterdrückte sein animalisches Verlangen und stieg ins Bett. Regungslos lagen sie Seite an Seite und starrten die Decke an. Dort gab es einen feuchten Fleck, der fast wie Afrika aussah – oder vielleicht doch eher wie Südamerika? Er fragte sich, ob Mary es auch bemerkte.

Er würde jetzt jedenfalls mit ihr keine Diskussion über Geografie beginnen. Er würde überhaupt nichts sagen für die nächsten ... hm, so lange würde es wahrscheinlich gar nicht dauern. Mary Arden Evensong stellte etwas mit ihm an, das seine jahrelange Erfahrung gänzlich wegwischte.

Alec setzte sich auf und zog Decke und Laken von ihnen beiden zurück. Es musste etwas in seinem Gesichtsausdruck liegen, das Mary davon abhielt, Fragen zu stellen. Er teilte ihre Oberschenkel – wobei er sich über das leiseste Zittern freute – und vergrub seine Zunge in ihr. Kein aufreizendes Vorspiel, einfach nur pure Besitzgier. Frauen liebten das, und Alec ebenfalls. Die verbotene Kostprobe, die hilflose Kapitulation und der moschusartige Duft, die jedem Empfangenden eigen sind, hatten bei ihm immer eine Härte bewirkt, die schon beinahe schmerzhaft war.

Sich selbst zu leugnen und Vergnügen zu bereiten wurde verzehrend. Marys schroffe Süße trieb ihn in den Wahnsinn, und sie war schon an ihrer Grenze angelangt, bevor er ihre Gruft mit Fingerspitzengefühl in diese kurze Ewigkeit befördern konnte, wo alles kristallklar war.

Es war wirklich gut, dass sie allein im Pförtnerhaus waren, denn ihre Schreie hätten den armen Mr Hamilton von den Toten erweckt. Eine Todesfee war nichts gegen Mary, wenn sie ihren Höhepunkt erreichte, und Alec lächelte stolz, als er sie immer und immer wieder so weit trieb. Verantwortlich für die sich auflösende, praktische, perfekte Mary Evensong zu sein – das war die Rolle, für die er geboren war.

Ihr Zopf war Geschichte, ihre Augen wild. Alec stieg über sie und verlor sich in der Hoffnung, niemals wiedergefunden zu werden.

34

Es war zu viel und doch noch nicht genug. Mary klammerte sich an Alec, ließ sich fallen und verdrehte sich, gelobte, endlich zu schweigen. Es war unmöglich, würdevoll zu sein, aber sie musste sich nicht die Seele aus dem Leib brüllen – obwohl das Alec nicht zu erstaunen schien. In der Tat lächelte er, wenn er nicht gerade ihren Mund mit heißen, unbekümmerten Küssen übersäte. Wenn er so tief in sie einsank, mit Zunge und Glied, dass sie sich fühlte, als wären sie eine Person.

Ihr Tanz war ein süßes Vorspiel gewesen, aber diese Verkupplung trotzte jeder Beschreibung. Mary schloss die Augen und hob vom Bett ab, Richtung Südamerika an der Decke, oder war es doch ein gedrücktes Australien? Oder einer der Pole? Ihre Fähigkeiten, eine Landkarte zu lesen, waren zum derzeitigen Punkt eher schwammig. Alec sollte etwas mit dem feuchten Fleck machen, bevor ihnen die Decke auf den Kopf fiel. Aber nicht jetzt, oh Gott.

Wie konnte sie nach London zurückkehren und ihr Leben im Zölibat weiterführen? Jetzt, da sie wusste, was sie verpasst hatte … In London gab es reichlich Männer, rief sie sich in Erinnerung. Aber vielleicht wäre es nicht mit jedem Mann gleich.

Alec war etwas Besonderes, ein einzigartiges Exemplar.

Sie *liebte* ihn. Oje! Das war nicht vorgesehen. Als sie ihren großen Handel mit ihm abgeschlossen hatte, hatte sie sich auf eine neue Erfahrung gefreut, etwas nahezu Unpersönliches. Aber das – was immer es war – konnte gar nicht mehr persönlicher werden.

Mit einem schmerzgeplagten Grunzen zog sich Alec aus ihr heraus und ergoss sich auf das Laken. Er war also noch immer ausreichend bei Verstand, ihr kein Kind zu machen. Er machte das Richtige, und Mary sollte es ihm nicht verübeln. Aber sie tat es dennoch.

Er war ehrenhaft, achtete auf ihre Zukunft.

Er war so verdammt voller Ehre, dass sie ihm am liebsten auf seinen dunklen Schopf schlagen würde. Er hätte seine Probleme lösen können, hätte er Edith und Bauer auf eine viel traditionellere Weise bloßgestellt. Er hätte den Magistrat beispielsweise ihr Tagebuch lesen lassen können – er war schließlich im Vorstand des Konsortiums sowie ein Beamter des Gesetzes. Der Mann hätte Bauer mit einem Fingerschnalzen entfernen können.

Aber hätte Alec die Geheimnisse seiner Gattin nicht gewahrt, hätte ihn Mary vielleicht nicht so anziehend gefunden. Er hatte Ediths Andenken in Ehren gehalten, auch wenn sie das nicht verdiente.

Mary wünschte, sie wäre nicht eifersüchtig. Wünschte, sie wäre nicht die zweite Wahl. Wünschte, sie wäre keine Evensong.

Alec ließ sich auf den Rücken fallen, und sein Brustkorb bewegte sich schwer auf und ab. Er bedeckte sich selbst mit einer Ecke des zerknautschten Lakens, und sie tat das Gleiche mit der anderen.

»Das war –«, begann Alec. »Ich kann es nicht beschreiben.«

Sie bog ihre Lippen nach oben. »Ich habe das Gleiche gedacht.«

Er stützte sich auf einen Ellbogen. Sein Haar war feucht und lockig, wodurch er wie ein äußerst ungezogener Engel aussah. »Wir sind gut zusammen, nicht wahr?«

Mary nickte. »Aye.« Andere Länder …

»Wann musst du gehen?«

Niemals. »Mittwoch, denke ich. Das gibt uns ein paar weitere Tage, um … das zu wiederholen.« Zwei weitere Nächte.

Zur Hölle, zwei weitere Tage. Mary würde nicht bis zur Dämmerung warten, um sich in Alecs Armen wiederzufinden, wenn es nach ihr ging.

Er grinste auf sie herab. »Ich habe noch eine Überraschung für dich. Eine noch bessere als das Tanzen.«

Was konnte noch besser sein, als in der Dämmerung Walzer zu tanzen? »Ach ja? Was denn?«

»Erst morgen. Und du wirst es mir nicht entlocken können, sosehr du es auch versuchst.«

Mary tippte auf seinen Bizeps. »Ich habe schon den Besten so manches entlockt, Mylord.«

»Ich hege keine Zweifel, dass du das kannst. Alle die Jahre Arbeit hinter diesem Schreibtisch – du musst zu viel wissen, als dass es gut für dich sein könnte.«

Marys Kopf war voll mit Fakten, die sie aus ihren zahlreichen Geschäften gesammelt hatte. Die Menschen hatten ihr ihre Herzen ausgeschüttet, weil sie sie für eine weise, alte Frau hielten. Gerade jetzt fühlte sie sich alles andere als weise. »Vielleicht sollte ich nicht in Tante Mims Büro zurückgehen. Es gibt viele andere Jobs, die ich annehmen könnte.«

Alec blickte finster drein. »Du wirst dich doch nicht wieder in einen Kolonialwarenladen stellen.«

Bei ihm klang es so, als handele es sich um ein Freudenhaus. Für einen Baron war wahrscheinlich beides gleich schlimm – obwohl Alec bei seiner Vergangenheit wahrscheinlich keine Abneigungen gegen Freudenhäuser hegte.

»Ich weiß nicht, was ich tun sollte. Tante Mim braucht mich, gleich, wie gut es ihr momentan gehen mag. Ich schulde ihr alles. Sie ist nicht stark, abgesehen von ihrem starken Willen.«

»Hm, daher hast du das also«, neckte sie Alec.

»Sie hat mich gut ausgebildet.« Wenn Mary ehrlich war, war sie, schon lange bevor Mim sie nach London gebracht hatte, reichlich stur und unabhängig gewesen. Das war zwischen ihr, ihrem Bruder und ihrer Schwägerin immer eine Quelle für Reibereien gewesen.

»Ich bin mir sicher, dich auszubilden, war keine schwierige Sache. Du bist schließlich sehr klug, oder? Und obendrein einfühlsam. Du verstehst die Zusammenhänge.«

Sie fühlte sich durch sein Lob etwas unwohl. »Was ich verstehe, Mylord, ist, dass ich erschöpft bin, und dir muss es ebenso gehen. Wir haben anspruchsvolle vierundzwanzig Stunden hinter uns.«

Er rutschte auf dem Bett herum. »Das stimmt. Möchtest du, dass ich in dem anderen Zimmer schlafe?«

Nein, das wollte sie nicht. Sein Körper war warm und tröstlich. Aber was, wenn er lieber allein sein wollte?

»Was willst du denn?« Ihre Stimme knickte ein klein wenig ein.

»Musst du das wirklich fragen, Mary?«

»So mancher schläft besser ohne Gesellschaft im Bett«, sagte sie lahm.

»Und für gewöhnlich gehöre ich auch dazu«, sagte Alec. »Aber letzte Nacht hat es auch gut geklappt, oder? Es sei denn, du meinst, du brauchst meinen Schutz nicht mehr.«

Sie hatte sich nie sicherer gefühlt als in seinen Armen, wach oder schlafend. »Mir würde es gefallen, wenn du bleibst.«

»Dann sind wir uns ja einig. Willst du dein Nachtgewand anziehen? Es könnte dir kalt werden.«

Mary hatte keine Ahnung, wo es war, erinnerte sich dann aber, dass sie alles zusammengefaltet auf einen Stuhl gelegt hatte. Sie wollte sich aufsetzen, aber Alec hielt sie auf. »Ich hole es. Und auch etwas Wasser. Ich habe plötzlich einen unsäglichen Durst. All die harte Arbeit, du weißt schon. Du bist ein Sklaventreiber.« Er zwinkerte ihr zu.

Alec warf ihr das Nachtgewand zu, und sie sah zu, wie er zur Tür rausging, sein Hinterteil genauso sehenswert wie der Rest von ihm. Er fühlte sich nackt sehr wohl – das lag wohl an der jahrelangen Erfahrung, erinnerte sie sich selbst. Weshalb sie ihn ja letztendlich auch ausgesucht hatte, oder nicht?

Sie würde jetzt nicht damit anfangen, daran zu denken, wie oft er mit anderen Frauen den Liebesakt vollzogen hatte. Sie war schon eifersüchtig genug auf Edith.

Mary zog ihr Nachtgewand über, sammelte ein paar Kissen vom Boden auf und richtete die Bettdecken. Der Duft von Lavendel vermischte sich jetzt mit Moschus und Blenheim Bouquet. Letzte Nacht hatte er an ihrer Seite geschlafen … und dann auf ihr, wie sie sich in Erinnerung rief. Es war aber überhaupt kein unangenehmes Gefühl gewesen, auch nicht für eine Frau, die an ihre Privatsphäre gewöhnt war. Privatsphäre war ohnehin überbewertet, entschied sie.

Als Alec aus der Küche zurückkam, reichte er ihr auch einen Becher mit Wasser. Es war frisch und kalt, besser als jeder Wein. Er war noch immer herrlich nackt, und der Schluck Wasser trug nicht dazu bei, ihren trockenen Hals beim Anblick dieser ganzen männlichen Muskelkraft zu lindern.

»Soll ich dich hinaus zum Abtritt begleiten? Wir können uns von den Sternen leiten lassen, oder ich kann eine Laterne anzünden.«

Vielleicht war Privatsphäre am Ende doch nicht so überbewertet. Ihren Körper mit ihm zu teilen war eine Sache, aber ihre körperlichen Funktionen? Sie fühlte, wie sie errötete. »Ich – ich kann selbst gehen.«

»Undenkbar. Es könnten Wölfe umherstreunen.«

»Unsinn. Sicher wurden sie bereits wie die armen Bären bis zur Ausrottung gejagt.« Männer töteten immer irgendetwas.

»Man weiß ja nie. Und wenn du einen Bären gesehen hättest, würdest du ihn nicht ›arm‹ nennen, glaub mir. Als ich in Kanada war – «

Mary lebte auf. »Kanada? Ich wollte schon immer einmal dorthin. Auch in die Vereinigten Staaten. Ich habe ein paar Freunde, die dorthin gezogen sind. Nach New York.« Charles und Louisa Cooper würden sich als Freunde bezeichnen – ohne sie hätten sie sich nicht kennengelernt.

»Du solltest gehen. Weit offenes Land und all das. Einige Teile von Neuschottland erinnern mich tatsächlich an die Highlands. Ich war noch ein Junge, als mein Vater mich mitnahm, aber ich erinnere mich noch an viel, besonders an den Bären. Meine Brüder waren grün vor Neid.«

»Wurdest du angegriffen?«

Alec lachte. »Nein. Der Bär war Teil eines reisenden Zirkusses. Ihm fehlten die meisten seiner Zähne, und er war uralt. Aber in seinen besten Jahren muss er ein furchtsamer Kerl gewesen sein.«

Mary hatte etwas gegen Zirkusse. Sie musste ihre Neffen zu viel zu vielen Vorstellungen begleiten. »Ich bin sicher, dass es draußen wirklich sicher ist – dein Bär ist weit weg«, sagte sie und stieg aus dem Bett.

»Ich gehe trotzdem mit, keine Widerrede.«

Das war's. Und um die Wahrheit zu sagen, es machte Mary nichts aus, Alecs Arm zu halten, während sie über das frisch geschnittene Gras gingen. Eine schaukelnde Laterne leuchtete den Weg. Tausende Sterne blinkten am Himmel, und die Luft war frisch und kalt wie das Wasser, das sie getrunken hatte. Mary erledigte ihr Geschäft und wartete dann auf Alec, dass er das Gleiche tat, wobei sie sich mit den Händen die Ohren zuhielt, um die Würde zwischen ihnen zu bewahren. Wahrscheinlich war sie affektiert, nachdem sie zwei Mal an einem Tag mit diesem Mann Unzucht getrieben hatte.

Eigentlich sollte es ein netteres Wort dafür geben, etwas, das etwas geschmeidiger über die Zunge ging. Wenn sie keines finden konnte, würde man eines erfinden müssen.

Sie kehrten zum Pförtnerhaus zurück, kletterten ins Bett und löschten alle Lichter. Durch die offene Tür konnte man die letzten lodernden Flammen im Salonkamin sehen. Mary kuschelte sich, so gut es ging, in eine kleine Ecke des Bettes – es war nicht groß, Alec hingegen schon. Er küsste sie flüchtig auf die Stirn, und sie lagen Seite an Seite in der Stille der Dunkelheit. Mary hatte sich nicht die Zähne geputzt, aber das schien im Moment unwichtig. Er hatte nicht versucht, ihr einen ordentlichen Gutenachtkuss zu geben, womit sie leben konnte. Wer konnte schon sicher sein, dass sie nach einem Kuss auch aufhören konnte?

Sie konnte einfach nicht einschlafen, obwohl es ein ereignisreicher Tag gewesen war. Eigentlich sollte sie vor Erschöpfung ohnmächtig werden. Aber der Geist war ein seltsames Ding, und ihrer jagte von heute Morgen bis zu dieser Minute. Alec schien ihre reflexiven Tendenzen nicht zu teilen. Sein gleichmäßiges Atmen kam nahezu unverzüglich, was sie ein wenig verärgerte. Wie konnte er sie ignorieren, während sie sich eines jeden Zentimeters von ihm bewusst war?

Mary hatte gerade einmal vier Tage in Alecs Gesellschaft verbracht. Sie hatte zwei weitere Tage, dann würde sie abreisen. Es hatte weniger als eine Woche gedauert, sich zu verlieben.

Wie viele Tage würde sie brauchen, ihn zu vergessen? Sie fürchtete, dass sie die Antwort darauf nur allzu gut kannte.

35

Montag, 13. Juni 1904

Irgendwann musste Mary eingeschlafen sein, denn jetzt erwachte sie. Was gut war, denn in ihrem Traum erlebte sie verstopfte Stadtstraßen, ungesunde Luft, Rückzündungen von Automobilen, Pferde, die verzweifelt wieherten – Welten entfernt von diesem friedvollen Steinhaus. London erwartete sie, und wenn sie ihren unruhigen Traum richtig deutete, war sie nicht erpicht darauf, in dieses Chaos zurückzukehren.

Sie war allein, ein eingedrücktes Kissen das einzige Anzeichen dafür, dass Alec jemals neben ihr gelegen hatte. Die Bettwäsche war hoch- und der Vorhang vor dem kleinen Fenster zurückgezogen. In dieser Nacht hatte es kein Techtelmechtel gegeben – Marys Nachtgewand war noch immer bis zum Kinn zugeknöpft und ihre Lippen ungeküsst. Sie war so ordentlich wie Alecs Bettseite.

Sie setzte sich auf und lauschte, hörte aber nichts als Vogelgezwitscher und das Zischen und Prasseln des Salonfeuers. Es war kühl und noch früh, das fahle zitronenfarbene Licht fiel durch das gewellte Glas auf den blanken Holzfußboden. Sie schnüffelte, konnte aber weder den Geruch nach Kaffee noch nach Speck ausmachen.

Mary spürte, dass Alec nicht im Haus war – dafür war es zu ruhig. Er musste auf dem Abtritt sein, also suchte sie nach dem Eisensteinnachttopf unter dem Bett und wusch sich danach Hände und Gesicht. Alec hatte Wasser hereingebracht, während sie schlief, und das Feuer angezündet. Er war so ruhig gewesen, dass sie nichts gehört hatte, also würde sie ihn vielleicht auf dem Sofa vorfinden, wo er nur darauf wartete, dass sie aufwachte.

Aber dort war er nicht. Der Salon war leer, aber durch das Feuer kuschelig warm. Mary verkniff es sich, in ihrem Morgenrock davor zu stehen, denn es gab einiges zu tun.

Alec hatte von einer Überraschung gesprochen, aber sie könnte ihn auch überraschen. Mary fand sich mehr oder weniger in einer Küche zurecht, zumindest wenn es um die grundlegenden Dinge ging, auch wenn sie reichlich aus der Übung war. Mrs Norris, ihre Köchin in der Stadt, war zu fabelhaft, um sich einzumischen, aber jetzt hatte sie ihre Chance. Sie würde etwas aus den Lebensmittelkörben zum Frühstück zusammenstellen und ihren Beitrag leisten.

Er hatte auch daran gedacht, das Feuer in dem alten Herd anzumachen, bevor er ging, und sie pumpte Wasser in einen Kessel, um Tee zu kochen. Die Regale waren mit einfachem Eisensteingeschirr bestückt, und sie deckte den Tisch. Sie fand einen Rest Schinken, schnitt ihn in Streifen und legte ihn in eine Pfanne zum Braten. Es schien keine Eier zu geben, dafür aber Brot, Konfitüre und Käse. Ihr Magen rumorte auf undamenhafte Weise, aber sie würde warten, bis Alec zurückkam.

Die Kanten des Schinkens rollten sich schon auf, aber Alec war immer noch nicht aufgetaucht. Mary nahm die Pfanne vom Feuer. Die Teeblätter zogen auch schon seit geraumer Weile in der Kanne.

Meine Güte, was, wenn er auf dem Abtritt saß und es ihm nicht gut ging? Oder noch schlimmer – vielleicht war er auf einen Morgenspaziergang gegangen und über eine Wurzel oder etwas anderes gestolpert. Sie stellte sich Alec bewusstlos auf einem Waldpfad vor. Sie würde es nie schaffen, ihn nach Hause zu schleppen, selbst wenn sie ihn fand. Raeburn Court war ein weitläufiges Anwesen, und die Straße zum Haupthaus war meilenweit weg.

Es war nicht ihre Art, den Teufel an die Wand zu malen, aber Mary hatte genug Praxis in der Evensong-Agentur gehabt, um mögliche Probleme und deren Lösungen vorwegzunehmen. Vorbeugen war besser als heilen. Sie konnte nicht länger hier am Tisch sitzen und auf ihn warten. Sicher würde es nicht schaden, in den Garten zu gehen und nach ihm zu rufen. Sie wollte seine Privatsphäre nicht stören, aber wenn er sie nun brauchte …

Mary suchte gar nicht erst nach ihren Schläppchen und kämmte auch nicht ihr Haar. Alec würde sie so nehmen müssen, wie er sie vorfand, genau wie er den trockenen Schinken und den zu lange gezogenen Tee würde konsumieren müssen. Das Gras war nass unter ihren Füßen, und sie bemerkte mit etwas Bestürzung, dass einige Klumpen an ihnen kleben blieben, während sie in Richtung des Anbaus in der Ecke des ummauerten Gartens ging.

»Alec? Guten Morgen!«

Keine Antwort. Sie klopfte an die blau gestrichene Tür, die aufsprang und einen leeren Holzsitz und einen ordentlichen Stapel Toilettenpapier daneben freigab. Auf dem Erdboden lag ein kleines Buch, das Mary in der Nacht zuvor nicht bemerkt hatte. Sie hob es auf – Shakespeares Sonette, ihrer Meinung nach eine ungewöhnliche Badezimmerlektüre – und steckte es in die Tasche ihres Morgenrocks. Es würde vollkommen durchweichen, wenn es weiter auf dem feuchten Boden lag. Sie hätte sich wirklich Schuhe anziehen sollen.

»Alec!« Dieses Mal rief sie etwas lauter.

Vögel raschelten in den hellgrünen Blättern, aber Alec sprang nicht hinter den Bienenkörben oder den zotteligen Rosenbüschen im Garten mit der Backsteinwand hervor.

Vielleicht bastelte er an etwas im Stall. Die Tür war geschlossen, vielleicht hatte er sie also gar nicht gehört. Sie öffnete sie und schaute hinein.

Alecs Wagen war noch immer mit der Plane bedeckt, aber die Schiebetür zur Straße des Anwesens stand offen. Er musste entlang des holperigen Wegs auf einen Spaziergang gegangen sein. Also entschloss sie sich zu frühstücken und drehte sich um, um wieder zu gehen.

Und dann bewegte sich etwas zu ihrer Rechten. »Nicht bewegen, Fräulein Arden.«

Mary stand wie vom Donner gerührt. Es bestand kein Zweifel daran, wer hier bei ihr war.

Was konnte sie sagen, das ruhig und vernünftig klang?

Nicht: »Was haben Sie mit Alec gemacht, Sie Bastard?«

Das würde sie noch früh genug herausfinden.

Bauer trat aus dem Schatten und warf die Plane mit einer Hand zurück, in der anderen hielt er eine bemerkenswert glänzende, silberne Pistole.

Sie würde nicht schreien. Nicht schreien. Alec lag zusammengekauert auf dem Autositz, sein hemdloser Oberkörper so weiß wie Schnee. In seinem Haar war verfilztes Blut, und seine Augen waren geschlossen, aber sie dachte, sie sah, wie sich sein Brustkorb auf und ab bewegte.

Sah sie das wirklich, oder war es nur ein frommer Wunsch? Bauer sah zerzaust aus, als ob er schlecht geschlafen hatte. Verschwunden waren alle Spuren des glatten Verführers. Sie hatte ihn nie für attraktiv gehalten, aber jetzt wollte sie ihm nur noch seine blassblauen Augen auskratzen.

»Warum haben Sie mir das angetan, Mary? Waren Sie die ganze Zeit in seinen Diensten?«

»Ich w-weiß nicht, wovon Sie reden.« Er soll ruhig glauben, sie sei einfältig. Sie sah sich im Stall nach etwas um, das sie gegen ihn einsetzen konnte. Der rostige Rechen hing hinten an einer Wand, und eine Schaufel lag neben dem Automobil. Bauer musste sie für Alec verwendet haben. Sie war nicht zuversichtlich, ob sie eines von beiden erreichen konnte, bevor er sie erschießen konnte.

»Sie haben mir eine Falle gestellt. Haben Sie es für Geld getan?«

»Einen Moment! Sie haben *mir* eine Falle gestellt! Sie haben mich unter Drogen gesetzt, um mich zu vergewaltigen – ich denke nicht, dass Sie sich in einer Position befinden, Zeter und Mordio zu rufen. Wie viele Frauen haben Sie genau auf diese Weise hinters Licht geführt? Ich schätze, Sie mussten das wohl tun – niemand sonst hätte sie auf andere Weise gewollt.«

Mary hatte ihrem Temperament freien Lauf gelassen, aber jetzt genoss sie es, wie sein Mund offen stehen blieb.

Ihre Freude war aber nur von kurzer Dauer. Er schritt durch den Schuppen und schlug ihr ins Gesicht. Sie taumelte rückwärts, stolperte über das Grammophon unter der Rattendecke und landete auf ihrem Hinterteil. Sie konnte ihn wohl schwerlich mit den Wachszylindern schlagen, die auf den Boden rollten, aber sie packte den ausgeblichenen Baumwollstoff und dachte scharf nach.

Ihre Position war unvorteilhaft, um es vorsichtig auszudrücken. Bauer thronte über ihr und hielt die Pistole mit alarmierend ruhiger Hand auf ihren Kopf gerichtet. »Warum erschießen Sie mich nicht einfach?«, fragte Mary. Es war wirklich eine sehr gute Frage, und sie wollte die Antwort darauf wissen.

»Das wäre viel zu einfach. Nein, meine Liebe, Ihr Baron wird Sie umbringen, und er wird wegen Mordes angeklagt werden, wie es schon bei seiner armen Frau der Fall war.«

»Alec hat Edith nicht umgebracht«, sagte Mary.

»Das hat er Ihnen nur erzählt, Sie dummes Ding. Er hat sie aus dem Fenster gestoßen.«

Mary schüttelte den Kopf. »Sie ist gesprungen. Sie hat sich selbst das Leben genommen, weil sie Ihr Kind unter ihrem Herzen trug, und den Gedanken daran, dass etwas von Ihnen in ihr steckte, widerte sie an.«

Bauer lief tiefrot an. »Sie lügen! Sie hat mich geliebt und wollte, dass wir wie in einer idiotischen Romanze zusammen fortlaufen.«

»Aber Sie sind verheiratet.«

Bauer hob eine Augenbraue. »Sie wissen viel über mich.«

»Es ist mein Geschäft, viel über Leute zu wissen. Sie werden damit nicht durchkommen. Alec würde mich nie erschießen.«

»Wer sagt denn, dass ich darauf warte, dass er es tut? Es wird nur so aussehen, als hätte er es getan. Man wird die Pistole in seiner Hand finden, Ihren leblosen Körper daneben. Im Übrigen ist es seine Pistole. Es ist so leicht, sich nach Raeburn Court Zutritt zu verschaffen, so ganz ohne Personal. Wenn Raeburn aufwacht, soll er sich da einmal herausreden. Ich werde längst weg sein, bevor Sie Ihr nutzloser Bruder überhaupt entdeckt. Es ist auch gut, dass Sie dann tot sind, dann müssen Sie nicht mit der Schande seiner Vorlieben leben. Das letzte Mal, als ich ihn sah, hat er Raeburns Diener geküsst.«

Armer Oliver. Derartige Missachtung von einem solchen Haufen Schleim zu erfahren war unerträglich. »Wie haben Sie uns gefunden?«

»Es war nicht schwer, das ganze Hin und Her des Dieners und des anderen Bruders zu beobachten. Evan heißt er, oder? Er wird bald der Baron sein. Und ich habe Ihre kleine Show gestern Nacht beobachtet. Das nackte Tanzen. Es war – wie sagt man da auf Englisch? *Ergreifend*. Sie hätten lieber nach Hause fahren sollen.« Er pausierte und lächelte sie boshaft an.

»Aber dann wäre mein Plan nicht ganz so unterhaltsam. Es besteht eine gewisse Symmetrie, nicht wahr? Zuerst versucht Raeburn, mich zu ruinieren, und jetzt ruiniere ich ihn.«

Bauers Worte würden die Schönheit dessen, was sie und Alec in der Dämmerung erlebt hatten, nicht beflecken. Marys Herz schlug zu schnell.

Sie atmete tief ein und versuchte, sich zu sammeln. Sie saß keinem Irren zu Füßen, und Alec lag nicht verletzt – vermutlich sterbend – im Wagen. Sie war Mary Evensong, sie brachte Dinge auf clevere Weise in Ordnung. Sie war die Patin von Menschen, die viel älter waren als sie. »Er ist reich. Er kann Ihnen Geld geben, damit sie fortgehen, Ihre gesamte Familie mitnehmen können. Um zurück nach Österreich zu gehen, oder wohin auch immer Sie wollen. Ich kann ihn überzeugen.«

Bauer schüttelte den Kopf. »Nein, das wäre nicht genug. Mein Ruf ist ruiniert.«

»Daran hätten Sie denken sollen, bevor Sie aus so vielen jungen Frauen Kapital geschlagen haben.«

»Ich gebe zu, dass ich bei Ihnen einen Fehler gemacht habe. Und Sie sind auch nicht wirklich so jung, oder?«

Welchen Sinn hatte es, mit ihm zu streiten? Er hatte recht.

»Waren Sie überhaupt Jungfrau?«, fragte er.

»Das *war* ich.« Mary schaute trotzig zu ihm auf.

»Dann hat Raeburn allerhand auf dem Gewissen. Dieser Heuchler.«

»Ich habe ihm mich selbst willentlich hingegeben. Was keine vernünftige Frau bei Ihnen jemals tun würde.«

»Halten Sie die Klappe!«

Marys Zunge ging ihr durch. Es war wirklich erstaunlich, dass sie dieser Kerl nicht schon längst erschossen und dem Ganzen damit ein Ende bereitet hatte. Aber sie dachte, wenn sie weiter mit ihm stritt, könnte er vielleicht nicht widerstehen, sie zu dominieren. Vielleicht würde Alec durch irgendein Wunder wach werden, oder sie konnte Dreck in Bauers Augen werfen … oder *irgendetwas*.

Der Boden erwies sich als viel zu fest. Mary würde mit schmutzigen Fingernägeln sterben. »Wollen Sie mich dort erschießen, wo ich sitze, oder darf ich aufstehen?«

»Was macht das für einen Unterschied?«

»Ich habe von Erschießungskommandos gelesen. Werden die Männer dafür nicht vor einer Wand aufgestellt? Es ist so viel leichter für Sie zu zielen.«

Bauer zuckte mit den Achseln. »Wenn es das ist, was Sie wünschen. Ihr Engländer seid verrückt.«

»Werden Sie mir nicht wie ein Gentleman die Hand reichen und mir aufhelfen?« Mary war sich nicht sicher, ob sie allein aufstehen konnte. »Es wäre das Mindeste, was Sie tun können.«

Ein weiteres Achselzucken. Er streckte ihr seine linke Hand entgegen, die rechte hielt noch immer die Pistole an ihren Kopf. Sie würde nicht viel Zeit haben, und es wäre wahrscheinlich auch heikel. Sie hatte stückchenweise die Decke vom Grammophon geschoben, seit sie darüber gestolpert war. Ein kräftiger Ruck, und es würde frei liegen. Und Bauer würde für diesen Ruck sorgen.

Mary stellte sich vor, sie spielte Kricket. Die Decke flog in die Luft und landete auf Bauer. Sie hoffte, dass dabei sein Mund vor Überraschung offen war und ein paar Mäuseködel darin landeten.

»Scheiße!«, schrie Bauer und kämpfte mit der Decke. Sprichwörtlich.

Sie streckte einen nackten, grasbedeckten Fuß vor, über den der temporär erblindete Mann stolperte. Als er fiel, löste sich ein Schuss aus der Pistole, und Bauer knallte zu Boden. Ein paar lange Sekunden lang zuckte er unter der Decke, dann bewegte er sich nicht mehr.

Mary rannte zur Wand und nahm die Harke. Sie sah viel mehr nach Waffe aus als die Schaufel, und sie hatte überhaupt keine Skrupel, sie einzusetzen.

Alec, Alec, bitte wach auf, betete sie. Sie hob die Harke über Bauer, drehte die schmale Seite im letzten Moment weg und schlug mit einem zufriedenstellenden Rauschen auf ihn ein. Sie wagte es nicht, die Decke zu heben, um zu sehen, wo er verletzt war. Er war zum Glück ruhig – hoffentlich hatte er sich selbst eine tödliche Wunde zugefügt und war nicht länger eine Bedrohung.

Mary zitterte jetzt unkontrolliert, hielt aber an der Harke fest, als wäre sie eine Rettungsleine. Dann schlug sie erneut damit auf Bauer ein. Vielleicht würde sie dafür und für so viele Dinge, die sie kürzlich noch getan hatte, in die Hölle kommen, aber sie hoffte es nicht.

»Du warst ganz schön beschäftigt, mein Mädchen.«

Alecs Stimme war schwach, aber hörbar. Sie drehte sich um und sah ihn im Pegasus sitzen, Blut tropfte von seinem Haarschopf.

»Alec!«, schrie sie.

»Nicht so laut. Ich habe verteufelte Kopfschmerzen.« Er deutete in Richtung Bauer. »Der gute Doktor, nehme ich an? Ich habe überhaupt nicht gesehen, wer mich niedergeschlagen hat. Ist er tot?«

»Ich weiß nicht. Ich habe mich nicht getraut nachzusehen. Ich hoffe es.«

»Solche Brutalität von einer kleinen süßen Dame, wie du es bist. Hilf mir aus dem Wagen, Mary. Bitte.«

Mary reichte ihm ihren Arm, und Alec fiel beinahe heraus. »Ich sehe alles doppelt. Ich sehe dich zwei Mal, welch hübscher Anblick. Es tut mir leid, dass ich dich im Stich gelassen habe.« Er war unsicher auf den Füßen und lehnte sich gegen den Kotflügel.

»Du hast mich nicht im Stich gelassen. Wer hätte gedacht, dass er hierherkommen würde?«

»Ich hätte es mir denken können. Wir müssen sichergehen, dass er tot ist, Mary. Gib mir die Harke, damit ich mich darauf stützen kann.«

Mary war sich nicht sicher, ob sie ihren Griff lösen konnte – sie war ebenso wackelig auf den Beinen wie er. Ihre Finger entklammerten sich zögerlich, und sie reichte sie ihm, wobei sie sich fragte, wer *sie* dann stützen sollte.

Alec war ebenfalls barfuß, nur mit Hosen und Blut bedeckt. Er ging über den Boden und lehnte sich schwer auf die Harke.

»Du wirst dich bücken und die Ecke der Decke heben müssen, Mary. Ich kann nicht, sonst stürze ich. Mir ist schwindelig.«

Mary schluckte und hatte Angst davor, was sie sehen würde. Sie schloss die Augen, konnte aber genau hören, als die Pistole erneut losging.

36

»Das ist nicht genau das, womit ich dich heute Morgen überraschen wollte«, japste Alec und hielt seine zertrümmerte Schulter. Der Schmerz war so intensiv, dass er Sternchen vor den Augen tanzen sah, und die tanzten keinen sanften Walzer. Er schloss sie und versuchte, seine Haltung und seinen Atem zu wahren. Es war nur seine linke Schulter, nicht sein Herz. Bauers Zielfertigkeit hatte ihn glücklicherweise im Stich gelassen, und so war der Schurke tot. Er hatte sich selbst versehentlich erschossen, als Mary ihn stolpern ließ, hatte aber nicht den Anstand zu sterben, ohne noch mehr Unheil anzurichten.

Da war Blut, und nicht wenig. Aus Marys Gesicht war all ihr eigenes Blut gewichen, während sie versuchte, gefasst aufzutreten. Ihre Hände verrieten sie, als sie seine Wunde in die abgenutzten Laken wickelte, die sie aus dem Pförtnerhaus geholt hatte, während das Blut so schnell durchsickerte, wie sie seine Haut abdecken konnte.

»Welche Überraschung wäre das?«, fragte sie mit dünner Stimme.

»Nun, du sagtest, du wolltest lernen, wie man fährt. Das ist jetzt deine Chance.«

»F-fahren?« Sie sagte das Wort, als wäre es eine fremde Sprache.

»Bis nach Raeburn Court sind es Meilen durch den Wald. Bis du zu Fuß dort bist, ende ich vielleicht wie unser Freund dort drüben.«

Mary schauderte. Alec dachte nicht, dass das Loch in seiner Schulter tödlich war, aber man wusste ja nie. Er hatte alles vergessen, was er einst im Unterricht über Venen und Arterien gelernt hatte – das Einzige, was er sicher wusste, war, dass das Blut wie ein roter Fluss lief, er seinen Arm überhaupt nicht bewegen konnte, sein Kopf am Zerspringen war und er einen Arzt brauchte. Er war hübsch genug, aber nicht dumm.

»Es tut mir so leid, Mary. Es ist die einzige Möglichkeit. Ich werde dich anleiten. Du solltest dich lieber anziehen.«

»Anziehen?«, fragte sie törichterweise. Sie schien sich nicht bewusst zu sein, dass ihr Morgenrock blutverschmiert und sie barfüßig war.

Sie stand unter Schock. Was sie für ihn getan hatte, würde sie wahrscheinlich ihr ganzes Leben lang verfolgen. Bauer war an der Wunde in seinen Eingeweiden gestorben, aber erst, nachdem Mary die Pistole weggetreten und ihn erneut mit der Harke geschlagen hatte, mit den Zacken nach unten. Dieses Mal ohne zerlumpte Decke, die sein schmerzverzerrtes Gesicht hätte verdecken können. Sie war Alecs eigene Boudicca.

»Zieh zumindest ein Paar Schuhe an. Sonst rutschen deine Füße von den Pedalen. Ich warte hier.« Alec versuchte zu lächeln. Sie war so tapfer gewesen. Alec hatte von seinem schmerzvollen Sitzplatz im Wagen zugehört, wie sie Bauer verhöhnte, und hatte gekämpft, zu sich zu kommen und den Tag zu retten. Nun, letztendlich hatte ihn Mary gerettet, aber sie war noch nicht fertig, das arme Mädchen.

»Ich will dich nicht allein lassen«, sagte sie.

»Mach dir keine Sorgen, ich gehe nirgendwohin. Also los, Mädchen.« *Und beeil dich.*

Er setzte sich mit dem Rücken zur Wand und grübelte über seine Zukunft. Falls er überlebte. Sobald die Kugel entfernt war, bestand noch immer die Möglichkeit einer Infektion. Er könnte sogar seinen Arm verlieren. Und wie sollte er dann Mary umarmen, mit ihr Walzer zu einem echten Orchester tanzen, sich selbst über ihr abstützen, während er in ihre grandiosen Tiefen eintauchte?

Sie hätte Bauer für ihn getötet, hätte dieser Mann nicht schon seinen letzten Atemzug getan. Die Heimtücke in den Augen des Doktors war tödlicher gewesen als der wilde Schuss, den er abfeuerte. Es war vorbei. Natürlich würde es einiges an rechtlichem Brimborium geben, aber Edith war gerächt und Mary in Sicherheit.

Alec würde sie bitten, ihn zu heiraten. Er konnte eine Frau wie Mary Arden Evensong nicht einfach gehen lassen. Wenn sie ihm vergeben konnte, dass er sie in eine solch unhaltbare Situation gebracht hatte.

Er würde es wiedergutmachen. Pelze. Juwelen. Ein eigenes Auto. Was dachte er sich da nur? Bis auf das Automobil würde sich Mary nicht durch Plunder überzeugen lassen. Sie war in jeder Hinsicht jenseits dessen, was er beeinflussen konnte. Er hatte noch nie eine Frau wie sie getroffen und würde es auch nicht mehr. Die Raeburn-Männer waren keine vollkommenen Idioten, auch wenn sie sich über die Jahrhunderte hinweg zu unpassenden Frauen hingezogen fühlten. Sie sahen, was sie wollten, und verfolgten ihr Ziel. Sein eigener Vater hatte die Tochter seines Pächters erblickt, während sie über ein Feld ritt, und so kam, was kommen musste. Ihre Liebe hatte nicht angedauert, aber andererseits war Alecs Mutter nicht einmal annähernd so vernünftig gewesen wie Mary.

Aber man sagte einer Frau nicht, dass man sie für vernünftig hielt, und erwartete eine Belohnung. Vernünftig bedeutete, Schläppchen am Strand zu tragen, damit man sich nicht die Füße zerschnitt, und stets einen Schirm zu tragen, um Regen oder Sonne abzuwehren – was immer die Natur eben für einen bereithielt. Listen zu führen und sich daran zu halten. Abgehakt. Abgehakt. Abgehakt.

Alec wollte mit Mary barfuß über einen Strand laufen, den Sand und die Wellen zwischen seinen Zehen fühlen. Im Regen im Garten stehen und sie mit Küssen überdecken. Die Liste wegwerfen und das tun, was sich richtig anfühlte.

Sein Glied regte sich, und er kicherte. Vielleicht würde er ja doch überleben. Er hörte, wie die Küchentür ins Schloss fiel. Mary stürmte in den Stall, trug knöpfbare Stiefel und ein Kleid, das nicht allzu zugeknöpft war. Ihr Haar war immer noch zu einem wilden Zopf geflochten, und er gab zögerlich zu, dass er froh war, dass sie nicht zu viel Zeit damit verbracht hatte, sich herauszuputzen.

Er lächelte zu ihr hoch. »Bereit für dein Abenteuer? In den letzten Tagen musstest du ganz schön viele bestehen.«

»Erinnere mich nicht daran. Diese ganze Sache schreit: ›Gib Acht, wonach du verlangst.‹«

Alec spürte Betroffenheit. »Bedauerst du es, mein Jobangebot angenommen zu haben?«

»Selbstverständlich nicht. Bedauern wäre auch sinnlos, oder? Man macht Fehler, lernt daraus und geht weiter. Was mich dazu bringt festzustellen, dass wir eigentlich gar keine Zeit für leeres Geplauder haben, Alec. Kannst du selbst aufstehen?«

»Das werde ich erst wissen, wenn ich es versuche.« War er einer ihrer Fehler, die man schnell vergessen sollte? Alec hoffte es nicht. Der Schuppen verschwamm vor seinen Augen, als er hochtaumelte. Nur ein paar Schritte bis zum Wagen. Er würde es schaffen. Da war nichts dabei. Vielleicht sollte er versuchen, sich vorzubeugen, und den Starthebel betätigen. Nein, keine gute Idee. Das würde Mary tun müssen.

Er hielt sich an der Motorhaube fest. »Ich habe bereits alles geprüft, bevor Bauer mich niedergeschlagen hat. Der Kühler ist voll, und der Benzinhahn ist offen. Die Handbremse ist gezogen – du wirst sie lösen müssen, damit wir rausfahren können.« Alec glitt auf den Beifahrersitz und versuchte, sich zu stabilisieren, ohne an irgendwelche Hebel zu stoßen.

»Was soll ich zuerst machen?«, fragte Mary aufgeregt.

»Du musst ein paar Mal die Kurbel drehen. Halte deinen Daumen unter den Griff – wir wollen nicht, dass du ihn verlierst, wenn das Auto eine Fehlzündung hat. Dann schaltest du den Magnetzünder an.«

Mary schaute ihn ausdruckslos an. Seine Hand winkte in die grobe Richtung. »Siehst du? Er ist in der Position A, das bedeutet aus. Sobald sich der Motor dreht, stellst du ihn auf M.«

Mary machte ein paar nicht so heftige Versuche an der Angriffskurbel. Auf wundersame Weise wurde der Motor stotternd zum Leben erweckt, und sie hüpfte in den Wagen. Alec zeigte auf die verschiedenen Knöpfe und Messgeräte, während er so klang, als hätte er das Fahrhandbuch in sein Gedächtnis gebrannt … was er auch hatte. Jeder Autohersteller machte seine Sache auf andere Weise – in der noch unerfahrenen Branche gab es noch keinerlei Einheitlichkeit. Während Alec seinen Pegasus beherrschte, waren ihm andere Automodelle ein komplettes Mysterium.

»Jetzt lass die Drossel langsam kommen … schließe die Vergaserklappe …« Und so machte er weiter, wobei er sie sanft schalt, wenn sie zu zaghaft war.

Sie waren rückwärts aus dem Stall gerollt und gefährlich nah dran, in die Bäume zu krachen. »Bremsen!«

Er langte hinüber und half ihr beim Schalten, dabei zuckte er zusammen.

»Ich kann das!«

»Natürlich kannst du das.« Ihre Hände waren am Lenkrad festgenietet. Sie war weiß wie Pergament, und jede goldene

Sommersprosse stach auf ihrem Nasenrücken hervor. Vielleicht war es das Beste, bewusstlos zu werden und in Raeburn Court wieder aufzuwachen, um ihren Schrecken nicht mit ansehen zu müssen, denn ihr Schrecken war ansteckend.

Er hoffte, sie würde auf diesem zerfurchten Weg keinen Platten fahren, was keinesfalls abwegig war. Von all den Teilen eines modernen Automobils waren die Reifen am wenigsten zuverlässig. Alec legte keinen Wert darauf, in seinem derzeitigen Zustand zu versuchen, einen aufzupumpen und auszutauschen.

Er schloss die Augen, und es war ihm gleich, wie schnell sie fuhren. Wie hoch auch immer die Geschwindigkeit sein mochte, es fühlte sich verflixt zu schnell an. Der Pegasus kippte weniger regelmäßig um als die anderen Automarken, weshalb er einen gekauft hatte, aber bei seinem heutigen Glück würden sie noch in einem Graben landen. Er hob ein Augenlid und sah Marys düsteres Profil, ihre Augen erstrahlten in einem kämpferischen Licht. Entgegen allen Erwartungen schien sie das Fahrzeug unter Kontrolle zu haben.

»Das machst du wunderbar!«, übertönte er den Motorenlärm.

»Ja, nicht wahr?«, rief sie zurück, wobei ihre Augen nicht von der Straße wichen. »Ich habe ein paar Bücher gelesen, musst du wissen. Über Motoren.«

Natürlich hatte sie das. Sie las wahrscheinlich auch Bücher über Radiowellen und Röntgenstrahlen nur so zum Vergnügen. Er presste eine Hand auf die klumpige Bandage und versuchte, die Blutung zu stillen. Ihm war schwindelig, und jedes Schlagloch auf der Straße verursachte ihm Übelkeit. Zumindest hatte er nichts gefrühstückt, was er hätte erbrechen können – sie waren nicht dazu gekommen.

Er hatte es gehasst, sie bei Tagesanbruch zu verlassen. Sie hatte zusammengerollt auf ihrer Seite gelegen, ihr Gesicht errötet, ihr Zopf ein kupferfarbenes Durcheinander. Alec hatte fest vorgehabt, zurück ins Bett zu kommen und sie angemessen mit aller Zuwendung zu wecken, aber die Feuer anzuzünden und sich selbst Erleichterung zu verschaffen hatte Priorität.

Und dann war er in den Stall gegangen, um den Wagen für seine kleine Überraschung zu überprüfen.

Alec hätte voraussehen müssen, dass Bauer ihn verfolgen würde, aber er hatte ernsthaft gedacht, sie wären im Pförtnerhaus sicher. Er hatte sich auf etwas Zeit allein mit Mary verlassen. So viel zu gut vorbereiteten Plänen.

Unter den Blättern und dem sich erhellenden Himmel war es ein wirklich schöner Tag, wenn er nicht über Josef Bauers Körper nachdachte, der auf dem Stallboden lag. Mary nahm die Kurven sorgfältig, und es dauerte nicht lange, bis sie den Steinturm von Raeburn Court über den Baumspitzen sehen konnten. Aus dem Wald kommend fuhren sie an zahllosen Schafen vorbei, die freundlich genug waren, die Straße nicht zu überqueren, und rollten schließlich in den gepflasterten Hof in der Nähe des umgebauten Stalls ein, wo der Pegasus zu Hause war.

Alec versuchte, sich aufzusetzen. »Langsamer werden, bremsen – so ist es gut –, und lass die Freilaufkupplung herab, sobald der Wagen vollkommen steht.« Es war wenig wahrscheinlich, dass der Wagen rückwärtsrollen würde, aber sie waren jetzt so weit gekommen, und Alec wollte nicht im letzten Moment in eines der Außengebäude krachen.

»Du solltest besser um Hilfe hupen«, sagte Alec und knirschte mit den Zähnen. Jetzt, da sie standen, bewegte sich die Welt um ihn herum noch weiter. Es erinnerte ihn an seine Seereise nach Amerika als kleiner Junge, und für einen kurzen Moment wünschte er sich, sein Vater wäre noch hier, um sich um alles zu kümmern.

Mary tat, wie ihr geheißen, und betätigte die Fußhupe und die am Lenkrad gleichzeitig. Der Lärm brachte Alecs Kopf zum Zerspringen.

»Ich gehe rein«, sagte Mary. »Bewege dich nicht.«

»Ich fürchte, das kann ich ohnehin nicht«, sagte Alec. Seine Augen rollten nach oben, und er sank auf das Armaturenbrett.

Er kam wieder zu sich, als er zu seinem eigenen Bett getragen wurde. Mac und Oliver Palmer rempelten ihn dabei des Öfteren an. Die zwei zusammen konnten einen Mann seiner Größe zwar kaum eine Treppenflucht hochhieven, aber angespornt durch Marys nachdrückliche Anordnungen hatten sie keine andere Wahl.

Alec fragte sich, wo die Arbeiter waren. Glücklicherweise hörte er keine Hammerschläge, was seinen Kopfschmerzen noch den Rest gegeben hätte. Vielleicht war es noch zu früh. Er hatte keine Ahnung, wie spät es war.

Er wurde im Bett abgelegt, wodurch jeder Knochen erschüttert wurde, und erkannte das Mädchen, das derzeit in der Küche arbeitete, das schweigend dastand und Marys Anweisungen entgegennahm.

»Ich fahre mit dem Wagen nach Pitcarran, um den Arzt zu holen«, sagte Mary.

Dadurch wurde Alec wach. »Du machst *was*?«

»Oliver wird mich begleiten.«

Das war dem jungen Mann neu. »*Werde* ich das?«

»Bei Mac und Katie bist du in guten Händen«, sagte Mary und ignorierte Oliver. »Katie wird dir etwas Brühe und Tee holen, und Mac wird sich um deinen Verband kümmern.«

»Und was, wenn du eine Panne hast?«

»Mac hat bereits einen der Stallburschen losgeschickt. Dr. King wird ohnehin herkommen.«

Alec versuchte, sich den bärtigen alten Doktor vorzustellen, wie er guter Dinge neben Mary im Wagen saß, und schaffte es nicht. King hatte nichts für moderne Erfindungen oder moderne »Verhätschlungsmethoden« der Medizin übrig. Alec könnte sterben.

Dr. King hatte keine Geduld mit Ediths Migräneanfällen gehabt, weshalb sie sich Bauers Behandlungen überhaupt erst unterzog. King hatte sich lautstark und herablassend über die Einrichtungen des Forsyth Palace Hotels geäußert und aufgebracht über den neuen Arzt in der Gegend. Aber er sollte in der Lage sein, eine Kugel aus einer Schulter zu holen und etwas Lebertran zu verabreichen. Außerdem dürfte er mehr als erfreut sein, seinen Wettbewerber tot zu wissen.

»Bist du sicher, dass du fahren kannst, Mary?«, fragte Oliver mit bebender Stimme.

»Ich habe es schließlich auch hierher geschafft, oder? Ich kann nicht einfach hier sitzen und auf die Ankunft des Doktors warten.«

»Es geht die ganze Zeit bergab«, erinnerte sie Alec. »Und wenn du wieder hochkommst, und das Auto zu rutschen anfängt, zieh jeden Knopf, den du sehen kannst, und stelle deinen Fuß auf alle Pedale. Irgendetwas funktioniert dann schon.«

Olivers Gesicht verfärbte sich grün.

»Und wenn es ganz schlimm kommt, spring einfach raus«, sagte Alec und versuchte, aufmunternd zu wirken. Der Gedanke daran, Mary könnte in einem Wrack verbrennen, war nicht gerade das, was er sich vorstellen wollte. King würde sie wahrscheinlich in seiner Karosse unterwegs mitnehmen – er bezweifelte nämlich ohnehin, dass der Pegasus noch ausreichend Treibstoff im Tank hatte, um es bis zum Ort zu schaffen, und er entschied sich, die Extrakanne mit Treibstoff, die in der Garage stand, gar nicht erst zu erwähnen.

Es wäre besser, wenn sie aus dem Weg war – er war es müde, tapfer sein zu müssen. Wie ein verwundeter Hund wollte er beißen, heulen und fauchen.

Und er wollte, dass Mac den Smaragdring seiner Mutter aus dem Safe in der Bibliothek holte. Alec hatte einen Antrag zu machen. Sobald er sich etwas besser fühlte.

37

»Du hast mir erzählt, dass dein Vater eine ganze Automobilflotte in seiner Garage stehen hat«, nörgelte Mary. Sie fegte den Schmutz von ihrem nicht mehr weißen Kleid. Bei Oliver würde Ausbürsten nichts mehr helfen. Er lag auf dem Bauch und sah nach dem Motor unter dem Vordersitz des Pegasus. Seine Hände waren ölverschmiert. Sogar seine goldenen Locken waren nicht mehr wirklich golden.

»Nun, das stimmt auch, aber er hat einen Chauffeur, Mary! Einen Mechaniker, der weiß, was er tut. Und ich lebe seit einem Jahr nicht mehr zu Hause, wie du dich vielleicht erinnerst. Ich wurde rausgeworfen. Enterbt. Hatte ich etwa genug Geld, um mir selbst einen Wagen zu kaufen? Nein, sicher nicht.«

Armer Oliver. Sie sollte ihren Frust nicht auf seine Kosten austragen. »Dann brauchst du wohl eine Gehaltserhöhung und eine Beförderung.«

»Ich kann es kaum erwarten. Was hast du dir dabei gedacht, dich allein auf den Weg nach Pitcarran zu machen?«

»Ich bin nicht allein. Ich habe dich.« In Wahrheit wusste Mary nicht, was sie sich dabei gedacht hatte. Sie war nur derart verzweifelt gewesen, Dr. King so schnell wie möglich nach Raeburn Court zu bringen. Sie konnte es nicht ertragen, in Alecs schmerzgeplagtes Gesicht zu blicken, oder zuzusehen, wie das hellrote Blut von seiner Schulter rann. Was, wenn er verblutete?

Sie hatte – einfach gesagt – Panik gehabt. War geflohen mit der Vorgabe, Hilfe zu holen. Sie war ein echter Feigling. Und jetzt saß sie an einem Berghang fest, der Wagen rauchte, und der loyale Oliver stand grimmig neben ihr. Sie brach in Tränen aus.

Oliver wirbelte Staub auf, als er hervorkroch und sie umarmte. »Hey, hey. Nicht weinen! Hast du mir nicht immer wieder gesagt, wie nutzlos Tränen seien?«

»U-und w-was, wenn Alec stirbt? Es wäre mein Fehler!«

»Wie kannst du so etwas sagen? Du hast ihn zurück nach Raeburn Court gebracht.«

»Aber ich h-hätte mich um Bauer kümmern sollen, als ich es konnte. Ich hatte zu viel Angst, unter der Decke nachzusehen, ob er auch tot war.«

»Und schau, was passiert ist, als du nachgesehen hast. Er hätte auch *dich* erschießen können.«

»Ich überlasse niemals etwas dem Zufall. Niemals.« Mary war ihr ganzes Leben lang eine Planerin gewesen. Wie dumm von ihr, auf ein Wunder zu hoffen, als sie Bauer im Stall zu Fall gebracht hatte. Er hätte genauso gut aufstehen können, noch erboster als zuvor. Es war reines Glück gewesen, dass sich der Schuss gelöst hatte, als er mit der Decke kämpfte.

Aber nicht ausreichend Glück.

»Schau mal, Mary, Bauer war ein Irrer. Man kann von dir nicht erwarten, dass du herumgehst und Menschen mit Harken tötest. Das liegt einfach nicht in deiner Natur.«

»Aber ich wollte ihn töten. Es war so Angst einflößend.« Sie hatte die Harke gehoben und nach unten sausen lassen. Zwei Mal.

Aber jedes Mal hatte sie in der letzten Minute nicht ihr Ganzes gegeben.

Außer beim dritten Mal.

Sie wusste nicht, was schlimmer war.

Oliver verwuschelte ihr das Haar. »Natürlich wolltest du ihn töten. Er hat den Mann verletzt, den du liebst.«

Mary zog das Taschentuch aus Olivers Manteltasche und schnäuzte hinein. »Ich liebe ihn. Aber das ist sinnlos. So sinnlos wie Tränen.«

»Warum?«

»Weil er Alec Raeburn ist und ich Mary Evensong!«

»Nun, zum Glück hast du deinen Verstand nicht vollends verloren. Du kannst dich an deinen Namen erinnern.«

Sie schubste ihn an. »Im Ernst, Oliver. Es wird nie funktionieren.«

»Und warum nicht? Und jetzt erzähl mir nichts von Klassenunterschieden. Du bist jedem ebenbürtig. Du bist förmlich genug, um eine Herzogin zu sein.«

»Ich will keine Herzogin sein. Vielleicht kann ich seine Mätresse werden«, sagte Mary schniefend.

»Unsinn. Ich werde mit ihm reden, wenn wir zurückkommen«, bot sich Oliver an und setzte dabei ein jungenhaftes und ach so naives Lächeln auf.

»Das wirst du nicht! Sonst feuere ich dich. Und das meine ich ernst.«

»Tust du nicht. Aber wenn du nicht willst, werde ich Raeburn nichts sagen. Setze einfach deine weiblichen Waffen bei ihm ein – er wird schon einlenken.«

»Ich habe keine weiblichen Waffen«, hickste Mary.

Oliver packte das Taschentuch und wischte den Schleim von Marys Unterlippe. Sie musste furchtbar aussehen. »Ich muss zugeben, sie würden bei mir nicht wirken, insbesondere da du vollkommen fleckig und nass bist, aber verkaufe dich nicht unter Wert, Mary. Jetzt, da du keine Perücke und nicht diese alberne Brille trägst und auch keinen Schirm schwingst, bist du eine sehr attraktive Frau.«

»Wer redet hier jetzt Blödsinn?«

Er schubste sie zurück. »Du wirst mir eine noch größere Gehaltserhöhung geben müssen, wenn ich dir weiter Komplimente machen soll. Komm schon, Mary. Raeburn ist verrückt nach dir. Das sagt zumindest Mac.«

Marys Herz flatterte – und das tat es wirklich, nicht nur im übertragenen Sinn. »Hat er das? Was hat er gesagt?«

»Ich kann mich nicht genau erinnern. Aber Mac sagte, dass, seit Lord Raeburn dich getroffen hat, er viel – wie hat er es gleich genannt? –, viel leichter sei. Auch wenn ich dir sagen muss, dass ich mir den Rücken ruiniert habe, als wir diesen Mann die Treppe hochtragen mussten. Wenn das alles vorbei ist, werde ich einen Urlaub vom Urlaub brauchen.«

Mary schlang ihre Arme um Oliver und warf ihn beinahe um. »So viel du willst. Ich danke dir für alles. Ich weiß nicht, was ich ohne dich getan hätte.« Sie gab ihm einen Kuss auf die Wange, den er sofort abwischte, was einen öligen Schmierfleck hinterließ.

»Wir sollten wohl das Auto stehen lassen und zurückgehen. Dieser Doktor sollte jede Minute hier vorbeikommen.«

Mary lauschte nach Geräuschen von weiter unten. »Falls wir überhaupt auf der richtigen Straße sind. Da war diese Abzweigung –«

»Du hast den Wegweiser genauso gut gesehen wie ich. Pitcarran. Fünf Meilen.«

»Aber was, wenn es jemand verdreht hat?«

»Oh, genau, weil die Highlander das so zum Spaß machen. Also wirklich, Mary …«

Sie zankten den ganzen Weg den Berg hoch, bis sie zu dem fraglichen Schild kamen. Marys Füße bereiteten ihr erneut Qualen, und sie schwor sich, dass, wenn sie jemals in Zukunft ein normales Leben führen sollte, sie es barfuß tun würde. Und wenn Alecs große, sanfte Hände dann auch noch ihre Füße massierten, umso besser.

Nach einer kurzen Auseinandersetzung, weil sie nach links und Oliver nach rechts gehen wollte, deutete er in eine Richtung. Dort drüben, über einer Baumgruppe, konnte man ein kleines Stück des Steinturms von Raeburn Court erkennen. Auf der rechten Seite. Ediths Zimmer.

Jetzt nur nicht an Edith denken, sagte sich Mary. Und auch nicht an Bauer. Und schon gar nicht an Alec, der gerade verblutete. Wo zum Teufel blieb nur dieser Arzt?

Das offene Fronttor kam in Sicht, als sie die Hufschläge auf der Straße fühlten und das Klimpern von Pferdegeschirr hörten. Zu Marys Bestürzung verlangsamte Dr. King nicht eine Sekunde lang seine Fahrt, und sie mussten in den Abzugsgraben springen, um nicht überfahren zu werden.

»Was soll das!«, sagte Oliver mit geballter Faust.

»Es ist doch viel besser, er fährt direkt zum Haus, anstatt anzuhalten. Schau uns nur an – würdest du uns mitnehmen?« Wenn Mary nur halb so zerrauft aussah wie Oliver, mussten sie der Außenwelt wie ein paar Zigeuner vorkommen. Oliver hatte sein ölverschmutztes Jackett eine Meile zurück auf einen Busch geworfen, weil ihm heiß war, und Mary hatte keinen Hut, weder schwarz noch anderweitig. Sie waren beide schweißgebadet und dreckig.

»Wir sollten uns beeilen«, sagte Mary. Was war schon eine weitere Blase?

Vier Stunden später saß Mary an Alecs Bettkante, gewaschen, und trug eines von Katies schlecht sitzenden Kleidern. Sie war außer sich. Alec war still, seine Haut hatte die Farbe von frischem Gips. Dr. King hatte ihm ein Schlafmittel gegeben, das nur zu gut wirkte.

Er musste auch nicht für lange aufwachen, nur eben lange genug, dass Mary ihm sagen konnte, dass sie ihn liebte. Er musste auch nicht ihre Liebe erwidern, aber wenn er nach London kam, wäre sie verfügbar. Äußerst verfügbar.

Mit der Hilfe der Agentur konnte er seinen Haushalt in Ordnung bringen, und dann hätte er vielleicht Zeit für ein paar Reisen in die Stadt. Mary machte es nicht einmal etwas aus, wenn sie ihn mit einer Schauspielerin oder zwei teilen musste – oh, das war natürlich vollkommener Unsinn. Sie würde ihnen die Augen auskratzen wollen. Oder eine Harke zur Hand nehmen.

Diese Blutrünstigkeit war eine neue Empfindung, und Mary hatte vor sich selbst Angst. Von ihr wurde erwartet, dass sie seelenruhig war. Sorgfältig. Sorgsam. All diese guten Eigenschaften mit *s* schienen ihr momentan abhandengekommen zu sein.

Aufwachen, aufwachen, aufwachen. Dies war heute das zweite Mal, dass sie betete, Alec möge wieder zu Bewusstsein kommen.

Sie wollte seine Genesung nicht behindern, aber sie wollte wirklich mit ihm reden.

Und dann würde sie gehen. Mac konnte sie zum Abendzug bringen – in dem zuverlässigen Wagen des Anwesens. Jemand könnte ihr ihre Habschaft aus dem Pförtnerhaus nachsenden, wenn man dazu kam. Mary machte es nichts aus, nach London zurückzureisen, während sie wie eine Küchenmagd aussah – nur die Schürze fehlte. Es war wirklich süß von Katie gewesen, ihr saubere Kleider anzubieten, nachdem sie dem armen Mädchen auf furchtbare Weise eine Moralpredigt über Alecs Pflege gehalten hatte.

Sie würde davonlaufen, auch zum zweiten Mal heute. Sie war noch immer ein Feigling. Sie nahm Alecs kalte Hand in ihre und drückte sie. Er drückte nicht zurück.

Dr. King sagte, es sollte alles in Ordnung sein – die Kugel hatte keine lebenswichtigen Organe verletzt, und mit etwas Ruhe und Rehabilitation würde Alecs Arm so gut wie früher werden. Sie mussten auf Anzeichen einer Infektion achten, wie nach jeder Verletzung dieser Art, aber er war zuversichtlich, dass es Alec schaffen würde.

Mary hatte Alecs Bruder Evan getroffen, einen hochgewachsenen Rothaarigen mit einem prächtigen Bart – wenn man solche Dinge mochte. Er war von seinem Besuch beim Magistrat zurückgekommen und war, sobald Alec wieder zusammengeflickt war, direkt wieder den Berg hinunter, um Sir John mitzuteilen, dass er die Suche abblasen konnte. Wahrscheinlich kümmerte er sich jetzt jemand darum, Bauers Körper zu entfernen, aber Mary hatte sich nicht bemüht, aus dem Fenster zu sehen.

Alec würde in guten Händen sein. Er hatte seinen Bruder. Mac. Eine Restbelegschaft, die loyal war. Einen mürrischen alten Doktor, der sich seit seiner Geburt um ihn kümmerte. Er brauchte sie hier nicht.

»Alec«, flüsterte sie. »Bitte wach auf, bevor ich gehen muss.«

38

Etwas Warmes und Festes lag auf seiner Hand, eine angenehme Abwechslung zu dem Brennen in seiner Schulter und der bleiernen Schwere in seinem Kopf. Alec musste aufwachen, um etwas zu tun, aber er konnte sich nicht erinnern, was es war. Unruhig rutschte er in seinem Bett hin und her. Er hatte schon einmal heute versucht aufzuwachen und war zu seiner Schande zu spät dran gewesen.

Mary hatte ihn gebraucht, und er hatte ihr Leben in Gefahr gebracht. Er würde es in Zukunft besser machen. Sich um sie kümmern.

Wenn sie ihn ließ. Sie war eine unabhängige Frau.

Herrisch. Ein wenig wie seine Mutter, abgesehen von den Wutanfällen.

Aber er würde sie nicht mit seiner Mutter vergleichen. Keine Frau wollte mit der Mutter eines Mannes verglichen werden. Alec wusste genug über Frauen, um seine Komplimente in dieser Hinsicht angemessen vage zu halten. Aber er hatte seine Mutter trotz all ihrer Fehler geliebt, und es bekümmerte ihn, dass die Ehe seiner Eltern nicht glücklich gewesen war.

War es überhaupt möglich, eine glückliche Ehe zu führen? Nicht seiner Erfahrung nach. Aber Mary war eine andere Sorte Mädchen – so sensibel. Nicht dass er ihr das erzählen würde, wenn er ihr seinen Antrag machte. Das war es! Er wollte ihr einen Antrag machen. »Alec, bitte wach auf, bevor ich gehen muss.«

Was für ein Unsinn war das? Alec versuchte, die Augenlider zu heben. Sie waren schwer wie Backsteine, aber irgendwie schaffte er es dennoch. Sie saß an seinem Bett und trug ein rostschwarzes Kleid, als ginge sie zu einer Beerdigung. Guter Gott, war er am Ende tot? Falls ja, würde er Mary viel lieber nackt sehen, ihren delikaten, kurvigen Körper, übersät mit Sommersprossen. Wie schön wäre es, die Ewigkeit mit ihr zu verbringen, zu Engelsharfen über Wolken zu tanzen. Er würde ihr beibringen, wie man richtig Walzer tanzte … Aber das würde bedeuten, dass sie auch tot sein musste, und das war ein schrecklicher Plan.

Er konnte nicht anders und platzte heraus: »Bist du tot? Bitte sag Nein.«

»Nein. Natürlich bin ich nicht tot, Alec, und du bist es auch nicht. Ich fürchte aber, mit deinem Wagen ist etwas nicht in Ordnung. Wir mussten ihn auf der Straße stehen lassen.«

»Ich werde einen neuen kaufen. Und auch einen für dich.« Er würde für sie jedoch einen Chauffeur anstellen. Er hatte sich ein wenig vor dem Schimmer in ihrem Auge gefürchtet, als sie hinter dem Lenkrad saß.

»Danke, aber ein Automobil hat in London keinen Sinn.«

Hatte sie denn gesagt, dass sie dorthin gehen würde? Er konnte nicht richtig denken. »Geht es deiner Tante gut?«

»Ich schätze schon. Ich habe zumindest nichts Gegenteiliges gehört.«

»Dann gehst du auch nicht zurück nach London«, sagte Alec. Er hoffte, er klang nachdrücklicher, als er sich fühlte.

Sie zog ihre reizende weiche Hand zurück. »Aber meine Tante braucht mich.«

»Gerade hast du gesagt, dass sie es nicht tut. Du kannst nicht gehen. *Ich* brauche dich.« Wo hatte er nur den verflixten Ring hingetan? Nicht in seine Pyjamahose jedenfalls – er trug gar keinen Pyjama.

»Ich werde mich um Bedienstete kümmern, die von der Agentur hierhergeschickt werden. Und eine Rund-um-die-Uhr-Krankenschwester, falls nötig.«

»Ich will aber keine Krankenschwester! Ich will dich.«

Sie senkte den Blick. »Es ist wirklich nicht angemessen, dass ich hier noch länger bleibe. Und es ist nicht nötig – Bauer ist tot und wir sind sicher.«

Alec fühlte sich überhaupt nicht sicher. Sein Herz dröhnte. »Du kannst nicht gehen. Ich habe noch eine Aufgabe für dich.«

Eine Aufgabe? Hatte ihm Bauer neben seiner Schulter auch das Gehirn weggeblasen? Alec vermasselte diese ganze Antragssache.

»Ich bin sicher, darum kann ich mich von London aus kümmern. Und wenn du zu Besuch kommst, werde ich höchst erfreut sein – dich zu unterhalten, wenn du kommst.«

»Einen Teufel wirst du tun!« Alec versuchte, sich aufzusetzen. Eine Entscheidung, die er sogleich bereute. »Mary, ein ›Unterhalten‹, wie du es nanntest, wird es nicht geben. Du wirst nämlich hierbleiben.«

»Ich habe mich um ein Geschäft zu kümmern, Alec! Nur weil ich Zuneigung zu dir empfinde, heißt das nicht, dass ich all meine harte Arbeit wegwerfen kann.«

Alec hielt sich selbst für einen modernen Mann. Er wollte keine Frau in einem goldenen Käfig als Dekoration – eine solche hatte er in einem goldenen Turm bereits gehabt –, und so versuchte er, sie mit dem perfekten Vorschlag davon zu überzeugen, ihn zu heiraten. »Ich würde auch nicht von dir erwarten, dass du deine Arbeit gänzlich aufgibst. Ich weiß, dass deine Tante dich braucht. Du kannst ein paar Tage jeden Monat nach London gehen. Auch länger, wenn es sein muss. Denkst du nicht, die Evensong-Agentur hätte noch mehr Prestige, wenn eine der Eigentümerin eine Baronin wäre?«

Marys rosiger, perfekter Mund klappte auf.

»Ich bitte dich, mich zu heiraten. Zugegeben, das ist jetzt nicht wirklich romantisch, aber aufrichtig. Wenn ich aber dafür auf die Knie gehen muss, werde ich ehrlich gesagt nicht mehr hochkommen. Und ich will nicht warten, bis es mir besser geht.«

»Du – du hast heute eine Kopfverletzung erlitten«, sagte Mary schwach.

»Denkst du, mein Gehirn ist so durcheinander, dass ich nicht mehr weiß, dass ich dich liebe? Nein, ich weiß, was ich denke, und ich danke Bauer dafür, dass er mir deutlich gemacht hat, dass ich nicht ohne dich leben kann. Sag Ja. Irgendwo hier habe ich den Smaragdring meiner Mutter. Ah! Unter dem Kissen, denke ich. Bitte nimm ihn und stecke ihn an.«

»Ich – ich könnte deine Mätresse sein. Du musst mich nicht heiraten.«

Alecs Herz klopfte. Diese Frau wollte keinen Smaragdring, der zu ihren Augen passte? »Bist du verrückt? Warum sollte ich dich nicht heiraten wollen?«

»Mein Vater war nur ein Kaufmann.«

»Und?«

»Und? Mehr hast du nicht zu sagen? Du bist ein Baron! Wir leben vielleicht im zwanzigsten Jahrhundert, aber es wäre ein Skandal, würdest du mich heiraten.«

Alec lachte. »Skandal! Überlege, mit wem du sprichst, meine Liebe. Ich habe das ganze letzte Jahr unter einer schwarzen Wolke gelebt. Du wärst diejenige, die leiden würde, und sag mir nicht, du hättest Angst vor ein bisschen Skandal. Ich kann dafür sorgen, dass Rycroft unsere Geschichte in seiner Zeitung bringt – wie tapfer du dich verhalten hast. Wie könnte ein Mann widerstehen, dich zu heiraten, Kaufmannstochter hin oder her?«

Mary erbleichte. »Du solltest die Harke nicht erwähnen. Ich kann das nicht aus meinem Kopf bekommen.«

»Ach, du armes kleines Ding. Komm her, meine Liebste.« Alec vergaß und versuchte, ihr seine beiden Arme entgegenzustrecken. Eine weitere Entscheidung, die ihm nicht gut bekam.

Aber sie beugte sich dennoch zu ihm und legte ihren Kopf auf seine heile Schulter. »Bist du sicher, dass du mich liebst? Du hast mein wahres Ich erst am Donnerstag kennengelernt.«

»Ich bin mir sicher. Ich gestehe, dass ich jetzt gern hören würde, dass du annimmst – aber du hast ein paar schwere Tage hinter dir. Wenn du warten willst …«

»Ich war nicht tapfer«, unterbrach ihn Mary. »Und jetzt bin ich auch nicht tapfer. Ich weiß nicht, wie es ist, eine Baronin zu sein.«

»Wenn du vorgeben kannst, eine alte Frau zu sein, hast du sicher auch mit einer Baronin keine Probleme.«

»Bei dir klingt das alles so einfach«, sagte Mary und nestelte an seiner Armbeuge. Er konnte sehen, dass sie von seiner Idee immer mehr begeistert war – sie hatte jedenfalls nicht Nein gesagt, wenn auch noch nicht Ja. »Dieses Mal – und vielleicht nur dieses eine Mal – habe ich recht und du unrecht.«

»Du machst dich über mich lustig.«

»Das würde ich nie tun. Ich bewundere dich, Mary, das ist die Wahrheit. Ich wünschte, ich hätte dich vor Jahren getroffen, aber wir können nicht zurückgehen und die Vergangenheit ungeschehen machen. Wir haben nur die Zukunft, und die will ich mit dir verbringen.«

Na also, bei diesem Antrag wurde er mit jeder Minute besser.

»Es würde dir wirklich nichts ausmachen, wenn ich arbeitete?« Ihre Worte kitzelten an den Haaren auf seiner Brust. Sie könnte für den Rest ihres Lebens so daliegen, kitzeln und reden. Berühren. Küssen. Lieben.

»Überhaupt nicht. Aber wenn die Kinder kommen, können wir das noch einmal besprechen. Doch ich schätze, mit all deinen geschäftlichen Verbindungen werden wir die furchtsamsten Kinderfrauen haben, die es gibt. Sie werden sich hervorragend um sie kümmern, obwohl sie alle Hände voll zu tun haben werden, wenn unsere Kinder auch nur annähernd so geraten wie ich und meine Brüder.«

»Kinder.« Sie sagte das Wort so, wie sie etwas früher heute das Wort *fahren* ausgesprochen hatte – hatte sie diese Möglichkeit denn nie in Betracht gezogen?

»Vielleicht nur *ein* Kind«, ergänzte Alec. Er wollte sie nicht verschrecken. »Ich bin mit dem zufrieden, wie es kommt.«

»Kinder!« Mary setzte sich mit leuchtenden Augen auf. »Ich habe mir nicht viel aus meinen Neffen gemacht, aber deine Kinder wären wahrscheinlich gänzlich anders.«

»Das will ich hoffen. Wirklich, Mary, sag doch ja. Ich würde ja selbst nach dem Ring suchen, aber ich bin kein Schlangenmensch.«

Sie ließ ihre Hand unter das Kissen gleiten und holte mit großen Augen einen schillernden Verlobungsring hervor.

Ich habe recht, und du hast unrecht. Oder hieß es: Du hast unrecht, und ich habe recht? Sie konnten sich abwechseln und sich das immer wieder gegenseitig sagen, bis sie alt und grau waren. Dank Marys Perücke hatte er ja bereits eine Vorstellung davon, wie reizend sie aussehen würde, wenn sie älter wurde.

Sie hielt den Ring in ihrer Hand, steckte ihn aber nicht an. »Er ist wunderschön.«

»Meine Mutter hat ihn zuletzt getragen. Darf ich ihn dir anstecken?«

Mary sah ihn an, und ihre Augen leuchteten tränengefüllt noch mehr. »Das darfst du.«

Alec ließ den Ring über ihre Knöchel gleiten. Er saß ein wenig locker, aber das konnte ein Juwelier problemlos richten. Er gelobte, dass es nichts zwischen ihnen geben würde, das man nicht auf die eine oder andere Weise lösen konnte. »Siehst du. Du gehörst zu mir. In guten wie in schlechten Zeiten.«

»Wir gehören *zueinander*«, korrigierte Mary.

Und sie hatte recht. Wie immer.

Meredith Duran

Rühr nicht an mein dunkles Herz

Roman

Einen Ehemann finden – dieses Glück blieb Lady Lydia Boyce stets versagt, und so steckt sie all ihren Eifer in die Geschäfte ihres Vaters, einem angesehenen Archäologen. Als Lydia entdeckt, dass einige seiner Fundstücke gefälscht sind, versucht sie, die Missetäter auf eigene Faust zu ermitteln. Dabei kreuzen sich ihre Wege mit denen des attraktiven, aber verrufenen Viscount Sanburne, der ihr seine Hilfe anbietet – zu einem unverschämt hohen Preis!

Romantisch, atmosphärisch, sinnlich

Band 1: Rühr nicht an mein dunkles Herz
ISBN 978-3-8025-8779-5

Band 2: Die Wahrheit deiner Berührung
ISBN 978-3-8025-8780-1

Band 3: Suche nicht die Sünde
ISBN 978-3-8025-9092-4

Band 4: Eine nächtliche Begegnung
ISBN 978-3-8025-9252-2

je ca. 400 Seiten,
broschiert mit Klappe
€ 9,99 [D]

www.egmont-lyx.de

LYX
EGMONT

Nie wieder ohne Liebe!
LoveLetter
Ein HERZ für Sportler
Ritter meiner TRÄUME
Susan MALLERY
Der Traum vom Schreiben
Ausgabe #107 / April 2015
Hintergrundberichte
Autorenporträts
Interviews
Rezensionen
Neuigkeiten
Exklusive Beiträge beliebter Autoren
Gewinnspiele • u.v.m.
Jeden Monat neu.
/LoveLetterMag
Im Handel und auf www.loveletter-magazin.de